Arena-Taschenbuch
Band 51080

Weitere Bände der »Stravaganza«-Trilogie von Mary Hoffman:
Stravaganza. Stadt der Sterne
Stravaganza. Stadt der Blumen

Mary Hoffman
wurde 1945 in einer kleinen Stadt bei London geboren. Sie studierte
Englische Literatur und machte zwischen 1968 und 1970 ihr Diplom in
Linguistik am University College in London. Die erfolgreiche Kinder- und
Jugendbuchautorin ist eine begeisterte Italien-Liebhaberin, was den
Grundstein zu der grandiosen Fantasy-Trilogie »Stravaganza« legte, deren
Übersetzungsrechte in 18 Länder verkauft wurden. Mary Hoffman hat drei
Töchter und lebt mit ihrem Mann auf einem Landgut in Oxfordshire.

Mary Hoffman

STRAVAGANZA

Stadt der Masken

Aus dem Englischen von
Eva Riekert

Arena

1. Auflage im Arena-Taschenbuch 2018
© 2003 Arena Verlag GmbH, Würzburg
Alle Rechte vorbehalten
Die Originalausgabe erschien 2002 unter dem Titel
»Stravaganza – City of Masks« bei Bloomsbury Publishing Plc, London
Copyright © Mary Hoffman, 2002
Aus dem Englischen von Eva Riekert
Umschlaggestaltung: Maria Seidel unter Verwendung von
Fotos von © istockphoto/fazon1; Extenzy
Gesamtherstellung: Westermann Druck Zwickau GmbH
ISSN 0518-4002
ISBN 978-3-401-51080-4

Besuche uns unter:
www.arena-verlag.de
www.twitter.com/arenaverlag
www.facebook.com/arenaverlagfans

*Für Rhiannon,
eine echte Bellezzanerin*

> »Jedes Mal, wenn ich eine Stadt beschreibe,
> sage ich etwas über Venedig.«
> Italo Calvino, Unsichtbare Städte

> ». . . Jedermann empfand im Geiste eine
> hochgradige Befriedigung, wann immer wir in die Nähe
> der Herzogin kamen . . . Und da war auch nicht einer,
> der es nicht für die größte Freude hielt,
> die ihm auf Erden widerfahren konnte, ihr zu gefallen,
> oder für die größte Schmach, sie zu verletzen . . .«
> Castiglione, Das Buch der Höflinge, 1561

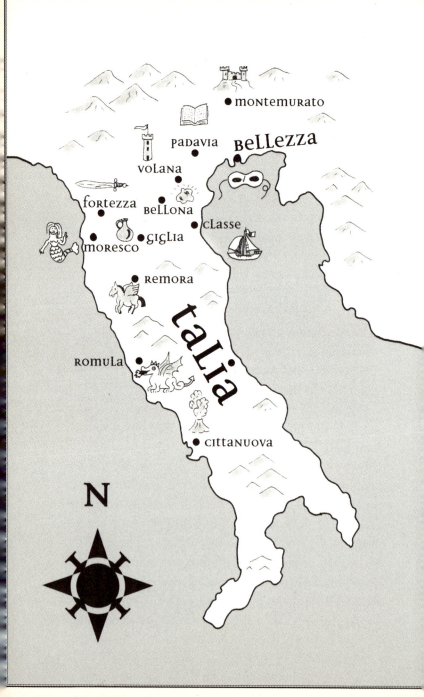

Prolog

Ein Blick in die Zukunft

In einem Zimmer im obersten Geschoss eines großen Hauses, das auf einen Kanal blickte, saß ein Mann und legte Karten auf einem Tisch aus, der mit einem schwarzen Seidentuch bedeckt war. Zwölf Karten ordnete er gegen den Uhrzeigersinn in einem Kreis an, das Bildmotiv jeweils nach oben aufgedeckt. Dann legte er eine dreizehnte in die Mitte des Kreises, lehnte sich zurück und betrachtete das Ergebnis.

»Seltsam«, murmelte er.

Die Karte in der Mitte – die wichtigste Karte – war das Schwert. Sie bedeutete Gefahr. Rodolfo hatte sich daran gewöhnt, dass dieses Bild das Leitmotiv seines Kartenlegens war. Auch war es keine Überraschung, die Königin der Fische als siebtes Symbol, rechts neben dem Schwert, zu sehen. Gefahr tauchte oft in der Nähe der bedeutendsten Frau von Bellezza auf und die Königin mit dem Wasserzeichen war ganz offensichtlich die Duchessa. Doch die Prinzessin der Fische war die erste Karte zur Linken des Schwertes und er hatte keine Ahnung, was sie bedeuten mochte.

Es war die seltsamste Anordnung, die er je gesehen hatte. Die einzigen Zahlenkarten, die aufgedeckt lagen, waren Vieren, alle vier, eine aus jeder Farbe – den Fischen, den Vögeln, den Salamandern und den Schlangen. Sie waren wie Wächter zu beiden Seiten der Prinzessin und der Königin angeordnet. Alle anderen Karten waren wichtige Trumpfkarten – die Liebenden, der Magier, die Göttin, der Turm, die Jungfrau und – was ihn besonders beunruhigte – der Tod.

Rodolfo betrachtete die Karten eine ganze Weile, dann raffte er sie zusammen, mischte sie gründlich und legte sie erneut aus. Prinzessin der Fische, Schlangen-Vier, die Liebenden, der Magier ... Als er schließlich das Schwert in die Mitte legte, zitterten seine Hände. Er hatte genau dasselbe Muster noch einmal gelegt.

Hastig schob Rodolfo die Karten wieder zusammen und wickelte sie in ein schwarzes Seidentuch. Er verstaute sie in dem Schubfach eines geschnitzten Schreibtisches und holte aus einem anderen Fach einen Samtbeutel, der Glassteine enthielt. Mit geschlossenen Augen griff er hinein, zog eine Hand voll Steine heraus und streute sie mit leichtem Schwung über die Schreibtischplatte. Glitzernd blieben sie im Kerzenlicht liegen.

In jedem der Glasklümpchen war in der Mitte ein silbernes Emblem eingefügt. Überrascht entdeckte Rodolfo eine Krone, ein Blatt, eine Maske, die Zahl 16, eine Haarlocke, ein Buch ... Beim Anblick des Buches erschrak er.

Dann erhob er sich. »Silvia wieder mal«, murmelte er und nahm das glatte purpurfarbene Glasstück mit der Silberkrone auf. Er trat ans Fenster und sah in seinen Dachgarten hinaus. Zwischen den Bäumen schaukelten sanft Laternen. Sie beleuchteten die Blumen und Blätter, deren Farben am Tag so kräftig strahlten, die jetzt aber blass wirkten. In der Ferne schrie ein Pfau.

Er ging an den Schreibtisch zurück und nahm zwei zwölfseitige Würfel aus der Schublade. Sechs und zehn würfelte er, acht und acht, sieben und neun – wohin er an diesem Abend auch sah, immer tauchte die Zahl sechzehn auf. Diese Zahl und die Hinweise auf ein junges Mädchen, das in Gefahr war. Was immer das bedeuten mochte, es stand in Verbindung mit der Duchessa und er würde es ihr berichten müssen. Wie er Silvia kannte, würde sie ihm nicht sagen, was diese Vorzeichen ihrer Ansicht nach bedeuteten, aber immerhin konnte sie sich wappnen, dass eine Gefahr drohte – welche auch immer.

Seufzend räumte Rodolfo seine Utensilien fort und machte sich daran, die Duchessa aufzusuchen.

Kapitel 1

Die Vermählung mit dem Meer

Licht strömte auf die seidenen Bettdecken der Duchessa, als ihre Kammerzofe die Fensterläden aufstieß.

»Es ist ein schöner Tag, Euer Gnaden«, sagte die junge Frau und rückte ihre Maske aus grünen Pailletten zurecht.

»Jeder Tag an der Lagune ist schön«, erwiderte die Duchessa. Sie setzte sich auf, ließ sich von ihrer Zofe einen Schal um die Schultern legen und eine Tasse heißer Schokolade reichen. Sie trug noch ihre Nachtmaske aus schwarzer Seide. Eingehend betrachtete sie ihre junge Bedienstete. »Du bist neu hier, nicht wahr?«

»Ja, Euer Gnaden«, sagte das Mädchen und knickste. »Und wenn ich mir erlauben darf, das zu sagen: Es ist mir eine große Ehre, Euch an einem solchen Tag zu dienen!«

Gleich klatscht sie vor Begeisterung in die Hände, dachte die Duchessa und nippte an ihrer Schokolade.

Die Zofe schlug überschwänglich die Hände zusammen. »Ach, Euer Gnaden, bestimmt seht Ihr der Vermählung mit großer Freude entgegen!«

»In der Tat«, sagte die Duchessa gelangweilt. »Ich sehe ihr jedes Jahr mit Freude entgegen.«

Das Boot schaukelte bedenklich, als Arianna mit ihrer großen Segeltuchtasche hineinstieg.

»Vorsichtig!«, grummelte Tommaso, der seiner Schwester ins Boot half. »Du lässt uns noch kentern. Wozu brauchst du denn so viel Zeug?«

»Mädchen brauchen eben eine Menge Zeug«, antwortete Arianna bestimmt und drückte die Tasche an sich. Sie wusste, dass für Tommaso alles, was mit Frauen zu tun hatte, völlig rätselhaft war.

»Selbst für *einen* Tag?«, fragte Angelo, ihr anderer Bruder.

»Das wird schließlich ein besonders langer Tag«, sagte Arianna noch bestimmter und beendete damit die Fragerei.

Sie ließ sich am einen Ende des Bootes nieder und hielt die Tasche fest auf den Knien, während ihre Brüder mit den ruhigen, gemächlichen Schlägen von Fischern, die ihr ganzes Leben auf dem Wasser verbracht hatten, zu rudern begannen. Sie waren von ihrer Insel gekommen, von Merlino, um Arianna in Torrone abzuholen und zum größten Lagunenfest des Jahres mitzunehmen. Seit der Morgendämmerung war Arianna bereits wach.

Wie alle Anwohner der Lagune war sie immer bei der Vermählung mit dem Meer dabei gewesen, seit sie ein kleines Kind war, aber dieses Jahr hatte sie einen besonderen Grund, warum sie so aufgeregt war. Sie hatte nämlich einen Plan. Und die Dinge, die sie in ihrer schweren Tasche verstaut hatte, waren ein Teil davon.

»Das mit deinen Haaren tut mir ja so leid«, sagte Luciens Mutter und biss sich auf die Lippe, während sie sich die übliche tröstende Geste verkniff, ihrem Sohn über den Lockenkopf zu streichen. Es gab keine Locken mehr und sie wusste auch nicht, wie sie ihn oder sich selbst trösten sollte.

»Ist schon in Ordnung, Mum«, sagte Lucien. »Das ist doch ganz in Mode. Viele Jungs in der Schule haben sich den Kopf rasiert.«

Dass er gar nicht gesund genug war, um in die Schule zu gehen, erwähnten sie beide nicht. Aber dass ihm der Verlust seiner Haare nicht allzu viel ausmachte, stimmte tatsächlich. Was ihm wirklich zu schaffen machte, war seine Müdigkeit. Sie war ganz anders als die Müdigkeit, die er sonst gekannt hatte. Nicht wie die Erschöpfung nach einem anständigen Fußballspiel oder nach fünfzig Längen im Schwimmbad. Es war schon lange her, seit er an dem einen oder dem anderen hatte teilnehmen können.

Es war, als ob er Vanillepudding in den Adern hatte statt Blut, denn er wurde schon müde, wenn er sich im Bett aufzusetzen versuchte. Wenn er nur eine halbe Tasse Tee trank, kam ihm das so anstrengend vor, wie den Mount Everest zu erklimmen.

»Es wirkt sich nicht bei jedem so heftig aus«, hatte die Krankenschwester gesagt. »Lucien hat leider Pech. Aber das beeinflusst die Wirkung der Behandlung nicht.«

So ausgelaugt und entkräftet, wie er sich vorkam, konnte Lucien eigentlich gar nicht mehr sagen, ob es die Behandlung oder die Krankheit selbst war, weswegen er sich so schrecklich fühlte. Und er merkte, dass seine Eltern das auch nicht wussten. Das machte ihm überhaupt am meisten zu schaffen: die beiden so voller Angst zu erleben. Es schien, als ob sich die Augen seiner Mutter jedes Mal, wenn sie ihn ansah, mit Tränen füllten.

Und was Dad anging ... Luciens Vater hatte sich nie richtig mit ihm unterhalten, bevor die Krankheit ausgebrochen war, auch wenn sie sich ganz gut verstanden hatten. Sie hatten Sachen zusammen unternommen: schwimmen gehen, ein Fußballspiel ansehen, gemeinsam vorm Fernseher sitzen. Erst seit sie nichts mehr zusammen unternehmen konnten, fing Dad an mit ihm zu reden.

Er brachte Lucien sogar Geschichten aus der Bücherei mit und las ihm vor, weil Luciens Hände nicht kräftig genug waren, um ein Buch zu halten. Das gefiel Lucien. Bücher, die ihm bereits vertraut waren, wie »Der kleine Hobbit« oder »Der Herr der Ringe« wurden abgelöst von Büchern, die Dad noch aus seiner Kindheit und Jugend kannte, wie »Die Schatzinsel« oder die »James Bond«-Romane.

Lucien verschlang sie alle. Dad hatte es irgendwie geschafft, für die jeweiligen Romanfiguren verschiedene Stimmen zu erfinden. Manchmal fand Lucien, dass es die Krankheit fast wert gewesen war, weil er diesen ganz neuen, andersartigen Dad kennengelernt hatte, der mit ihm redete und ihm Geschichten vorlas. Ob er wohl wieder zu dem alten Dad werden würde, wenn die Behandlung anschlagen und die Krankheit verschwinden würde? Aber solche Gedanken machten Lucien Kopfschmerzen.

Nach der letzten Chemotherapie war Lucien noch zu müde, um sich zu unterhalten. Außerdem hatte er Halsschmerzen. An diesem Abend hatte Dad ihm ein Notizbuch mit elfenbeinfarbenen Seiten und einem Einband aus schönem marmoriertem Papier mitgebracht, auf dem dunkelrote und grüne Schlieren miteinander verschwammen, sodass Lucien die Augen schließen musste.

»Im Buchladen habe ich nichts Nettes gefunden«, sagte

Dad gerade. »Aber das hier war ein glücklicher Zufall. Wir haben ein altes Haus in der Waverley Road ausgeräumt, ganz in der Nähe deiner Schule, und die Besitzerin sagte, wir sollten den ganzen Papierkram in die Müllmulde werfen. Da ist mir das hier aufgefallen und ich habe es herausgefischt. Es ist noch ganz unbeschrieben und ich dachte, wenn ich es hier neben dir auf dem Nachttisch lasse, dann könntest du reinschreiben, was du sagen möchtest, wenn dein Hals wehtut.«

Dads Stimme brummte beruhigend wie ein Hintergrundgeräusch; er erwartete gar nicht, dass Lucien antwortete. Er erzählte etwas von der Stadt, wo das hübsche Notizbuch gemacht worden war, aber Lucien musste wohl nicht alles mitbekommen haben, denn es ergab keinen rechten Sinn.

». . . schwimmt auf dem Wasser. Du musst sie eines Tages besuchen, Lucien. Wenn du über die Lagune kommst und all die Gebäude vor dir hast, die über dem Wasser schweben, weißt du, das ist einfach wie im Himmel. Alles so golden . . .«

Dads Stimme erstarb. Lucien überlegte, ob er es vielleicht als taktlos empfunden hatte, dass er den Himmel erwähnt hatte. Aber Dads Beschreibung der geheimnisvollen Stadt gefiel ihm – Venedig, so hieß sie wohl? Während seine Lider schwerer wurden und sein Geist im Nebel eines tiefen Schlafs versank, spürte er noch, wie Dad ihm das kleine Notizbuch in die Hand steckte.

Und er fing an zu träumen – von einer Stadt, die auf dem Wasser schwamm, durchzogen von Kanälen und überragt von Kuppeln und Kirchtürmen . . .

Arianna beobachtete die Prozession vom Boot ihrer Brüder aus. Sie hatten sich den Tag freigenommen, wie jedermann auf den Laguneninseln, mit Ausnahme der Köche. Keiner, der nicht unbedingt musste, arbeitete am Tag des Sposalizio, aber all die Feiernden mussten doch schließlich verköstigt werden.

»Da ist sie ja!«, rief Tommaso plötzlich. »Dort ist die Barcone!«

Arianna stand im Boot auf und brachte es wieder zum Schaukeln. Sie sah angestrengt zur Einmündung des Großen Kanals. Weit in der Ferne konnte sie eben das Scharlachrot und Silber der Barcone erkennen. Andere Leute hatten die Festtagsbarke auch entdeckt und alsbald ertönten Jubelrufe und Pfiffe über dem Wasser, während sich die Duchessa würdevoll und feierlich der Vermählung mit dem Meer näherte.

Die Barke wurde von einer Mannschaft der besten Mandoliers der Stadt gerudert – von jenen gut aussehenden jungen Männern, die die Mandolas durch die Kanäle der Stadt stießen. An diesen jungen Männern war Arianna in erster Linie interessiert.

Als die Barke der Duchessa auf der Höhe von Tommasos und Angelos Boot war, starrte Arianna auf die Muskelpakete der schwarzhaarigen, glutäugigen Mandoliers und seufzte. Aber nicht vor Sehnsucht.

»Viva la Duchessa!«, riefen ihre Brüder und schwenkten ihre Hüte durch die Luft. Arianna riss ihren Blick von den Ruderern los und richtete ihn auf die Gestalt, die bewegungslos an Deck stand. Die Duchessa bot ein eindrucksvolles Bild. Sie war groß und hatte langes dunkles Haar, das auf ihrem Haupt zu einer kunstvollen Frisur mit eingeflochtenen weißen Blüten und wertvollen Juwelen und Edelsteinen aufgetürmt war. Ihr Gewand war aus feinem dunkelblauem Taft, der mit Grün und Silber durchwirkt war, sodass sie im Licht schimmerte wie eine Nixe.

Von ihrem Gesicht war nur wenig zu sehen. Wie üblich trug sie eine Maske. Die heutige war aus Pfauenfedern gemacht, so glänzend und schillernd wie ihr Kleid. Hinter ihr standen ihre Zofen, alle in Masken, wenn auch einfacher gekleidet. Sie hielten Umhänge und Handtücher bereit.

»Es ist ein Wunder«, sagte Angelo. »Nie sieht sie auch nur einen Tag älter aus. Fünfundzwanzig Jahre herrscht sie jetzt über uns und hat immer für unser Wohlergehen gesorgt, und immer noch hat sie die Figur eines Mädchens.«

Arianna schnaubte verächtlich. »Du weißt doch gar nicht, wie sie vor fünfundzwanzig Jahren ausgesehen hat«, sagte sie. »So lange kommst du noch gar nicht zur Vermählung.«

»Aber fast«, sagte Tommaso. »Das erste Mal haben mich unsere Eltern mitgenommen, als ich fünf war, und das war vor zwanzig Jahren. Und da hat sie genauso ausgesehen, kleine Schwester. Es ist ein Wunder.« Und er machte das Zeichen, das für die Lagunenbewohner Glück bedeutete – er berührte mit dem Daumen der rechten Hand den kleinen Finger und legte die mittleren Finger erst auf die Stirn und dann auf die Brust.

»Und ich bin zwei Jahre später dazugekommen«, ergänzte Angelo und sah Arianna stirnrunzelnd an. Offenbar ärgerte ihn der rebellische Zug, den seine kleine Schwester an den Tag legte, wenn es um die Duchessa ging.

Arianna seufzte erneut. Auch sie hatte die Vermählung das erste Mal mit fünf Jahren gesehen. Zehn Jahre zusehen und warten. Aber dieses Jahr war es anders. Sie würde morgen bekommen, was sie wollte, oder bei dem Versuch umkommen – und das war nicht nur so dahingesagt.

Die Barke hatte das Ufer der Insel Sant'Andrea erreicht. Dort wartete der kirchliche Hohepriester, um die Duchessa an der Hand auf den roten Teppich hinauszugeleiten, der über den Uferkies geworfen worden war. Sie trat so leichtfüßig wie ein junges Mädchen herab, gefolgt von ihrem Hofstaat von Damen. Von ihrem Standort im Wasser aus konnten Arianna und ihre Brüder die schlanke blaugrüne Figur mit den Sternen im Haar gut sehen.

Die Mandoliers stützten sich erschöpft auf ihre Ruderstangen, während die Musik der Kapelle am Ufer über das Wasser wehte. Als der Klang beim Einsetzen der silbernen Trompeten seinen Höhepunkt erreichte, ließen zwei junge Priester die Duchessa von einer eigens errichteten Plattform ehrfürchtig und langsam ins Wasser gleiten. Ihr schönes Kleid wallte auf der Wasseroberfläche, während sie sanft versank. Als das Wasser der Duchessa bis zu den Hüften gestiegen war, erschallte unter der gesamten Zuschauerschaft der Ruf »Sposati« – »sie sind vermählt!«. Trommeln und Trompeten ertönten und alle winkten und jubelten, während die Duchessa wieder aus dem Wasser gehoben wurde und ihre Damen sie umringten. Einen kurzen Moment lang konnte jeder ihre jugendliche Gestalt erkennen, als das feine Kleid an ihrem Körper klebte. Es würde kein zweites Mal getragen werden.

Was für eine Verschwendung, dachte Arianna.

In der Staatskajüte der Barke war es eine andere Frau, die diesen Gedanken aussprach. Die echte Duchessa, bereits in das üppige rote Samtkleid und die silberne Maske gekleidet, die sie zu dem Hochzeitsbankett tragen würde, reckte sich und gähnte.

»Was für Dummköpfe die Bellezzaner sind!«, sagte sie zu ihren zwei Dienerinnen. »Alle denken sie, ich hätte die Figur eines jungen Mädchens – und das habe ich ja auch. Wie heißt sie diesmal?«

»Giuliana, Euer Gnaden«, erwiderte eine der Zofen. »Da kommt sie schon!«

Ein durchnässtes, niesendes Mädchen, das einer Herzogin jetzt nicht mehr besonders ähnlich sah, wurde von den Kammermädchen fast über die Stufen in die Kajüte hinuntergetragen.

»Zieht ihr die nassen Sachen aus«, befahl die Duchessa. »So ist's schon besser. Rubbelt sie fest mit dem Handtuch. Und du, nimm ihr die Steine aus dem Haar.« Die Duchessa tätschelte die eigene kunstvolle Frisur, die ein genaues Abbild derjenigen des jungen Mädchens war.

Giulianas Gesicht war zwar ganz hübsch, aber doch sehr gewöhnlich. Die Duchessa musste lächeln hinter ihrer Maske, wenn sie daran dachte, wie leicht die Bevölkerung getäuscht werden konnte.

»Gut gemacht, Giuliana«, sagte sie zu dem schnatternden Mädchen, das versuchte, einen Knicks zu machen. »Eine gute Darstellung.« Sie warf einen Blick auf das Amulett, das dem Mädchen an einer Kette um den Hals hing. Eine Hand mit drei ausgestreckten Mittelfingern und aneinandergelegtem Daumen und kleinem Finger. Es war der Glücksbringer der Insulaner, *manus fortunae* genannt – die Glückshand –, und er symbolisierte die Einheit des Kreises und die Gestalten der Göttin, ihres Gemahls und Sohnes, die geheiligte Dreifaltigkeit der Lagune. Aber es war kaum anzunehmen, dass dieses junge Ding davon Kenntnis hatte. Die Duchessa rümpfte die Nase, nicht wegen des Symbols, sondern weil das Amulett aus billigem Gold war und eher kitschig wirkte.

Giuliana war bald wieder trocken, wurde in ein molliges Wollgewand gehüllt und mit einem silbernen Kelch mit purpurrotem Wein versorgt. Die Pfauenmaske hatte sie abgelegt; sie würde zusammen mit dem salzwassergetränkten Kleid bei den vierundzwanzig anderen Masken aufbewahrt werden, die sich schon im Palazzo befanden.

»Danke, Euer Gnaden«, sagte das Mädchen, offensichtlich froh darüber, dass die eisige Umarmung der Lagune allmählich aus ihren Beinen wich.

»Eine barbarische Sitte«, bemerkte die Duchessa. »Aber man muss den Menschen etwas bieten. Also, du hast die Bedingungen ja gehört und auch begriffen?«

»Jawohl, Euer Gnaden.«

»Wiederhole sie.«

»Ich darf niemandem jemals davon erzählen, dass ich statt Euer Gnaden ins Wasser gestiegen bin.«

»Und wenn du es doch tust?«

»Wenn doch – was ich niemals tun würde, Herrin –, dann werde ich aus Bellezza verbannt.«

»Du und deine gesamte Familie. Für immer verbannt. Glauben würde dir sowieso keiner; es gäbe ja keinen Beweis dafür.« Die Duchessa warf einen stahlharten Blick auf die Zofen, die für ihren Lebensunterhalt alle ganz und gar auf ihre Herrin angewiesen waren.

»Und als Dank für dein Schweigen und für die Leihgabe deines frischen, jungen Körpers komme ich für deine Mitgift auf. Viele Jahre lang sind zahlreiche junge Mädchen auf diese Weise dafür entschädigt worden, dass sie ihre Körper für ihre Herrinnen zur Verfügung stellten. Du hast mehr Glück als die meisten. Deine Tugend ist unberührt – mit Ausnahme eines geringfügigen Eindringens von Meerwasser.«

Die Damen lachten pflichtschuldig, wie jedes Jahr. Giuliana errötete. Sie hatte den Verdacht, dass die Duchessa etwas Unanständiges gesagt hatte, aber das konnte doch nicht sein – bei einer so wichtigen Persönlichkeit! Sie sehnte sich nach Hause zu ihrer Familie, um ihnen das Geld zu zeigen. Und um ihrem Verlobten mitzuteilen, dass sie sich nun eine Hochzeit leisten könnten. Eine der Kammerzofen war inzwischen damit fertig, ihre Frisur zu lösen, und flocht das Haar nun rasch zu einem Kranz um den Kopf.

Tommaso und Angelo ruderten hinter der Barcone her, die langsam über die Lagune auf Bellezza, die größte der Inseln, zusteuerte. An Deck stand die Duchessa in einem roten Samtkleid, über das sie einen schwarzen Umhang geworfen hatte, der die Umrisse ihrer Figur undeutlich erscheinen ließ. Die untergehende Sonne schimmerte auf ihrer silbernen Maske. So passte sie genau zu den Farben der Barcone und verschmolz mit dem Gefährt und der See. Der Wohlstand der Stadt war auf ein weiteres Jahr gewährleistet.

Und nun wurde es Zeit für den Festschmaus. Die Piazza Maddalena vor dem großen Dom war übersät mit Ständen, die Speisen verkauften. Die leckeren Düfte ließen Arianna das Wasser im Mund zusammenlaufen. Jede nur denkbare Form von Teigwaren war zu haben, zusammen mit würzigen Soßen aus scharfen Paprikaschoten und milden Zwiebeln. Gebratenes Fleisch und gegrilltes Gemüse wetteiferten mit Oliven, Käse, leuchtend roten Rettichen, dunkelgrünem, bitter schmeckendem Salat, schimmerndem Fisch, übergossen mit Öl und Zitrone, rosigen Langusten und Bergen von Saffranreis und saftigen wilden Pilzen. Suppen und Eintöpfe köchelten in riesigen Kesseln und Steingutschüsseln waren gefüllt mit Kartoffeln, die in Olivenöl gebacken und mit Meersalz und Rosmarin bestreut waren.

»Rosmarino – Rose des Meeres!«, seufzte Angelo und leckte sich die Lippen. »Kommt, lasst uns was essen.« Er vertäute das Boot an einer Stelle, wo sie es nach dem Festschmaus leicht wieder finden würden, dann stellten sich die jungen Leute in einer der Schlangen auf der Piazza an. Aber bis jetzt wollte noch keiner essen. Die Augen aller waren auf den Altan oben am Dom gerichtet. Dort standen vier bronzene Widder und schon bald würde eine scharlachrote Gestalt heraustreten und zwischen den paarweise angeordneten Tieren stehen.

»Da ist sie!«, ging ein Ausruf durch die Menge. Die Glocken von Santa Maddalenas Glockenturm fingen an zu läuten. Die Duchessa winkte ihren Untertanen von dem Balkon aus zu. Ihren lauten Jubel konnte sie allerdings nicht hören, denn ihre Ohren waren fest mit Wachs versiegelt. Diese Vorsichtsmaßnahme hatte sie nur bei ihrem allerersten Erscheinen auf dem Fest der Vermählung versäumt – aber danach nie mehr.

Unten auf dem Platz begannen die Leute zu schmausen. Arianna saß mit angezogenen Beinen unter einer der Arkaden und hatte einen großen, voll gehäuften Teller auf dem Schoß. Ihre Blicke huschten überall herum. Tommaso und Angelo aßen sich unerbittlich durch Berge von Speisen und hielten die Blicke auf ihre Teller gerichtet. Arianna war es zufrieden, zunächst noch bei ihnen zu bleiben; der richtige Zeitpunkt zum Verschwinden würde erst kommen, wenn das Feuerwerk losging.

Im Palazzo drinnen wurde ein sehr viel vornehmeres Festmahl veranstaltet. Die Duchessa hatte keine rechte Lust, mit der silbernen Maske vor dem Gesicht viel zu essen; sie würde sich später eine anständige Portion auf ihre Gemächer kommen lassen. Aber das Trinken machte ihr keine Mühe, und da die Farce dieses Tages nun beendet war, tat sie das auch reichlich. Zu ihrer Rechten saß der Botschafter von Remora und sie brauchte schon eine Menge schweren roten Bellezzaner Wein, um seine Gespräche zu ertragen. Dennoch, es war heute Abend ihre einzige, wichtigste Aufgabe, ihn bei Laune zu halten.

Endlich wandte sich der Botschafter seiner anderen Nachbarin zu und die Duchessa hatte Zeit, nach links zu blicken. Rodolfo, elegant in schwarzen Samt gekleidet, lächelte ihr zu. Und hinter ihrer Maske lächelte die Duchessa zurück. Selbst nach all den Jahren gefiel ihr sein hageres Raubvogelgesicht immer noch. Und dieses Jahr hatte sie einen besonderen Grund zur Freude.

Rodolfo, der wie so oft ihre Gedanken zu erahnen schien, hob sein Glas. »Wieder ein Jahr vergangen, wieder eine Vermählung«, sagte er. »Das Meer könnte mich wirklich eifersüchtig machen!«

»Keine Sorge«, sagte die Duchessa. »Wenn es um Wandelbarkeit und Wendigkeit geht, kommt es nicht gegen dich an.«

»Vielleicht sind es deine jungen Ruderer, die ich eher beneiden sollte«, meinte Rodolfo.

»Der einzige junge Ruderer, der mir je etwas bedeutet hat, warst du, Rodolfo.«

Er lachte. »So viel, dass du nicht zugelassen hast, dass ich Mandolier wurde, wenn ich mich recht erinnere.«

»Der Beruf des Mandoliers war nicht gut genug für dich. Die Universität passte viel besser zu dir.«

»Doch für meine Brüder war der Beruf gut genug, Silvia«, sagte Rodolfo und jetzt lachte er nicht mehr.

Das war ein heikles Thema und die Duchessa war überrascht, dass er davon anfing, vor allem an einem Abend wie diesem. Sie hatte noch nicht einmal von Rodolfos Existenz gehört, als sich seine Brüder Egidio und Fiorentino an der Scuola Mandoliera beworben hatten. Wie es ihr zustand, hatte sie die beiden für die Ausbildung ausgewählt und so, wie sie es eben mit den bestaussehenden Schülern machte, hatte sie sie zu ihren Liebhabern gemacht.

Erst als der jüngste Bruder an der Schule auftauchte, hatte sie sich wirklich verliebt. Sie hatte Rodolfo nach Padavia auf die Universität geschickt, und als er zurückgekehrt war, hatte sie ihn mit dem besten Laboratorium Talias ausgerüstet, damit er seinen Experimenten nachgehen konnte. Und dann waren sie ein Liebespaar geworden.

Die Duchessa streckte die Hand aus und berührte Rodolfos Handrücken kurz mit ihren Fingerspitzen, deren Nägel silbern verziert waren. Er nahm ihre Hand und küsste sie.

»Ich muss gehen, Euer Gnaden«, sagte er mit lauter Stimme. »Es wird Zeit für das Feuerwerk.«

Die Duchessa sah seiner hohen, schlanken Gestalt nach, als sie durch die Banketthalle schritt. Wenn sie eine ganz gewöhnliche Frau gewesen wäre, hätte sie sich jetzt eine Vertraute gewünscht. Aber sie war die Duchessa von Bellezza, daher erhob sie sich von ihrem Platz und veranlasste alle anderen ebenfalls zum Aufstehen. Sie schritt allein zu dem großen Fenster, das eine Sicht auf einen Teil des Platzes und das Meer eröffnete. Der Himmel war tiefblau und den hell strahlenden Sternen sollte gleich Konkurrenz gemacht werden.

In Kürze musste sie den remanischen Botschafter Rinaldo di Chimici bitten, neben ihr Platz zu nehmen. Doch einen kleinen Moment blieb sie mit dem Rücken zu der Reihe von Senatoren und Ratsherren stehen, nahm die Maske ab und rieb sich die müden Augen mit der Hand. Dann erblickte sie ihr Spiegelbild in dem hohen Fenster und musterte es kritisch. Der Farbe und dem Glanz ihres Haares und ihrer Augenbrauen war vielleicht etwas nachgeholfen worden, aber ihre veilchenblauen Augen waren echt und ihre blasse Haut zeigte nur wenige Linien. Sie sah immer noch jünger aus als Rodolfo mit seinem silbernen Haar, auch wenn sie fünf Jahre älter war als er. Zufrieden setzte sie ihre Maske wieder auf.

Die Menge auf dem Platz wurde vom Wein und von der schieren Freude über die zwei Feiertage immer lustiger. Die Bellezzaner und die Bewohner der anderen Inseln konnten gut feiern. Inzwischen tanzten sie in wilden Kreisen und mit eingehakten Armen und sangen die zweideutigen Lieder, die traditionsgemäß die Vermählung mit dem Meer begleiteten.

Der Höhepunkt des Abends rückte näher. Man hatte das Boot von Rodolfo entdeckt. Es näherte sich dem Holzfloß, das in der Mündung des Großen Kanals schwamm und das mit Kisten und Kartons beladen war. Zum fünfundzwanzigsten Sposalizio – der Silberhochzeit der Duchessa – erwartete man etwas Besonderes.

Und man wurde nicht enttäuscht. Die Vorstellung begann mit den üblichen Kometen, Raketen, Leuchtkugeln und Feuerrädern. Die Gesichter der Bellezzaner auf dem Platz leuchteten grün und rot und golden auf im Widerschein des Feuerwerks am Himmel über dem Wasser. Aller Augen waren nun abgewandt vom Palazzo und von der Gestalt mit der silbernen Maske, die am Fenster stand und zusah.

Arianna und ihre Brüder waren natürlich auch auf dem Platz, herumgeschubst und eingequetscht zwischen den anderen Insulanern.

»Bleib nahe bei uns, Arianna«, warnte sie Tommaso. »Wir dürfen uns in diesem Gedränge nicht aus den Augen verlieren. Nimm Angelos Hand.«

Arianna nickte, aber sie hatte vor, auf jeden Fall verloren zu gehen. Sie ergriff Angelos gebräunte und schwielige Fischerhand und drückte sie liebevoll. Die beiden würden solche Schwierigkeiten bekommen, wenn sie ohne sie nach Torrone zurückkehrten!

Nach einer kurzen Unterbrechung wurde der dunkelblaue Himmel jetzt von Rodolfos kunstvollen Feuerwerksbildern erhellt. Als Erstes ein bronzefarbener Stier, der über den Himmel zog, dann eine blaugrüne Meereswelle, aus der eine glitzernde Schlange wurde. Dann flog ein geflügeltes Pferd über sie hinweg und schien in das Wasser des Kanals einzutauchen und dort zu verschwinden. Und danach stieg ein silberner Widder aus dem Meer empor und wurde über den Blicken der Zuschauer riesig groß, ehe er sich in tausend Sterne auflöste.

Angelo ließ die Hand seiner Schwester los, um zu applaudieren.

»Signor Rodolfo hat sich dieses Jahr mal wieder übertroffen, nicht wahr?«, sagte er zu Tommaso, der ebenfalls klatschte. »Was meinst du, Arianna?« Aber als er sich nach ihr umwandte, war sie verschwunden.

Arianna hatte sich ihren Plan sorgfältig zurechtgelegt. Sie musste über Nacht in Bellezza bleiben. Der Tag nach dem Sposalizio war der wichtigste Feiertag der Stadt und niemand, der nicht in Bellezza geboren war, hatte das Recht, auf der Hauptinsel zu bleiben. Selbst die anderen Lagunenbewohner aus Torrone, Merlino und Burlesca mussten um Mitternacht auf ihre Inseln zurückkehren. Wer gegen diese Regel verstieß und trotzdem am Giornata Vietata – dem Verbotenen Tag – in Bellezza verweilte, wurde mit dem Tode bestraft. Aber seit Menschengedenken hatte es keiner mehr gewagt.

Arianna ging keine Risiken ein; sie wusste genau, wo sie sich verstecken würde. Um Mitternacht würden die Glocken von Santa Maddalena nochmals erklingen und am Ende des Geläutes musste sich jeder Nicht-Bellezaner, ob Insulaner oder fremder Besucher, auf den Booten über das Wasser entfernen. Tommaso und Angelo würden ohne sie aufbrechen müssen. Aber da wollte sich Arianna schon sicher versteckt haben.

Sie schlüpfte in den höhlenartigen Dom, während draußen noch alle *Oh!* und *Ah!* riefen, als die Feuerwerksgarben erstrahlten, zerbarsten und wieder verloschen. Santa Maddalena war noch hell von Kerzen erleuchtet, aber die Kirche war leer. Eilig erklomm Arianna die ausgetretenen, steilen Stufen, die zu dem großen Schausaal hinaufführten.

In ganz Bellezza war dies Ariannas Lieblingsort. Sie fand immer einen Weg hinein, selbst wenn der Dom so von Besuchern belagert war, dass sie um den ganzen Platz herum Schlange stehen mussten und nur in Gruppen eingelassen wurden, wie Schafe, die man in ein Bad trieb. Der Saal selbst mit seinen verstaubten Schriften interessierte sie dabei gar nicht sonderlich. Arianna eilte durch ihn hindurch, vorbei an den vier Originalstatuen der bronzenen Widder, und trat hinaus auf den Altan, wo vor einer Stunde die Duchessa gestanden hatte – zwischen den beiden nachgebildeten Paaren.

Arianna sah hinunter auf den Platz, auf dem sich die Leute drängten. So viele, dass man leicht jemanden aus den Augen verlieren konnte. In der Menge der Festgäste konnte sie ihre Brüder nicht ausmachen, aber sie dachte liebevoll an sie. »Nicht weich werden«, wies sie sich streng zurecht. »Das ist die einzige Chance.« Sie ließ sich neben einem der Bronzebeine nieder und hielt sich Trost suchend daran fest, während am Himmel Signor Rodolfos Finale zerplatzte. Es würde eine lange und ungemütliche Nacht werden.

Lucien wachte auf und spürte die Sonne auf seinem Gesicht. Sein erster Gedanke war, dass seine Mutter im Zimmer gewesen war und das Fenster geöffnet hatte, aber als er richtig wach wurde, sah er, dass er sich im Freien befand.

Ich muss wohl noch träumen, dachte er, aber es störte ihn nicht. Es war ein wunderbarer Traum. Er war in der schwimmenden Stadt, da gab es keinen Zweifel. Es war sehr warm und doch noch früh am Morgen. Das hübsche Notizbuch war noch in seiner Hand. Er steckte es in die Schlafanzugtasche.

Er stand auf; im Traum war das leicht. Er befand sich in einem Säulengang aus kühlem Marmor, aber zwischen den Säulen, dort, wo die gleißende Sonne hereinschien, gab es warme Lichtflecken, die so wohltuend waren wie ein heißes Bad. Lucien kam sich irgendwie anders vor; er griff sich an den Kopf und spürte seine alten Locken. Es war also eindeutig ein Traum.

Er trat auf den Platz hinaus. Dort schien irgendein großes Fest stattgefunden zu haben; die wenigen Leute, die herumliefen, fegten auf und steckten Abfall in Säcke – keine Müllsäcke aus Plastik, wie er bemerkte, sondern eher Säcke, die aus so etwas wie Jute gemacht waren. Lucien starrte den riesigen Dom an, dem er gegenüberstand. Er kam ihm irgendwie bekannt vor, aber etwas daran stimmte nicht ganz.

Er wandte sich in die andere Richtung und sah über das Wasser hinaus. Das war der schönste Ort, an dem er sich je befunden hatte! Aber noch schöner war es, darin umhergehen zu können. Lucien hatte fast vergessen, wie schön das Gehen überhaupt war.

Doch kaum hatte er diesen Gedanken gefasst, da veränderte sich sein Traum völlig. Jemand packte ihn grob von hinten beim Arm und zerrte ihn in die kühlen Schatten der Kolonnade. Ein aufgebrachter Junge, ungefähr in seinem Alter, flüsterte ihm ins Ohr: »Bist du verrückt? Die bringen dich um!«

Erstaunt sah Lucien ihn an. Wo der Junge ihn gepackt hatte, tat ihm sein Arm heftig weh. In seinem richtigen Leben hätte Lucien so eine Berührung gar nicht ausgehalten; er hätte vor Schmerz aufgeschrien. Aber das Entscheidende war: Er konnte den Schmerz spüren! Dann war es also doch kein Traum.

Kapitel 2

Die Scuola Mandoliera

Die Nacht war genauso ungemütlich gewesen, wie Arianna es erwartet hatte. Oben auf der Widdergalerie war es eiskalt, trotz des warmen Umhangs und der robusten Jungenkleider, die sie in der Tasche mitgebracht hatte. Um Mitternacht hatten die Glocken vom Campanile die volle Stunde geläutet, sodass Arianna fast taub wurde, doch sie zog ihre wollene Fischermütze fester über die Ohren und wich bis an die riesigen Kirchenmauern zurück. Als das Läuten aufgehört hatte, trat sie vor, beugte sich über die Balustrade aus Marmor und beobachtete, wie die Menge auf das Wasser und die wartenden Boote zuströmte. Irgendwo unter ihnen waren wohl ihre Brüder, die ohne sie nach Hause mussten.

Arianna zog sich tiefer in die Schatten zurück, als sie plötzlich den alten Mönch seine Runde machen hörte, der die Domschätze bewachte. Jetzt war ihre vordringliche Angst, dass er sie bei den Bronzewiddern bis zum späten Vormittag aussperren könnte. Sie hatte ein kleines Holzscheit zwischen die Türflügel geklemmt, die auf die Loggia hinausführten, einfach zur Sicherheit, aber sie hätte sich keine Gedanken machen müssen. Der alte Mann hob seine lodernde Fackel nur kurz hoch, warf einen mehr als flüchtigen Blick auf den Altan, schob die Tür zu und schlurfte davon.

Arianna stieß hörbar die Luft aus und ließ sich für die lange Nacht zwischen den Widderpaaren nieder. Sie gaben ihr ein gewisses Sicherheitsgefühl, wie sie da rechts und links von ihr standen, wobei das linke Paar die linken Vorderhufe hochgehoben hatte und das rechte Paar spiegelbildlich die anderen. Aber die Figuren waren nicht gerade gesellig.

»Gute Nacht, ihr Widder«, sagte Arianna dennoch und machte das Zeichen der Glückshand. Dann deckte sie sich mit ihrem Umhang zu.

Früh am Morgen wurde sie von den Rufen der Menschen geweckt, die gekommen waren, um die Piazza nach den gestrigen Feierlichkeiten aufzuräumen. Sie streckte die frierenden, verkrampften Glieder und rieb sich den Schlaf aus den Augen. Steif trat sie an die Balustrade und sah über den Platz zu den Kolonnaden hinter dem Glockenturm. Und erstarrte.

Dort drüben war ein Fremder, ein Junge, etwa in ihrem Alter, der sein Leben aufs Spiel setzte. Er war eindeutig nicht aus Bellezza und seiner Kleidung nach nicht einmal aus Talia. So etwas Fremdartiges wie seine Kleider hatte Arianna noch nie gesehen. Er wirkte so fehl am Platz wie ein Hund in einer Ratsstube. Und doch schien er gar nicht die Gefahr zu bemerken, in der er schwebte. Er wärmte sich im Sonnenschein und lächelte mit dem idiotischen Ausdruck eines Schlafwandlers. Vielleicht war er nicht ganz richtig im Kopf?

Arianna zögerte nicht lange. Sie raffte ihre Tasche auf, schlüpfte von der Loggia hinein, eilte durch den Furcht erregend riesigen Saal und flog die Stufen hinunter auf die Piazza.

»Was meinst du mit umbringen?«, fragte der Junge verständnislos. »Wer bist du? Und wo bin ich hier?« Er machte eine hilflose Geste, die das Meer und die silbrigen Kuppeln des Doms und den belebten Platz umfasste.

»Du bist ja wirklich nicht ganz richtig im Kopf«, stellte Arianna fest. »Wie kannst du dich an der Giornata Vietata in Bellezza aufhalten, dem einzigen Tag im Jahr, der allen Fremden verboten ist, und dann weißt du noch nicht einmal, wo du bist? Du bist doch nicht entführt worden, oder?«

Der Junge schüttelte seine dunklen Locken, sagte jedoch nichts. Arianna sah mit einem Blick, was sie zu tun hatte, obwohl sie ihn dafür hasste. Sie zog ihn zurück in den Schatten des Glockenturms und fing an, sich die Jungenkleider vom Leib zu reißen, ohne im Geringsten zu beachten, welche Wirkung das auf ihn hatte.

Erstaunt sah der Junge zu, wie ihr braunes Haar unter der Fischermütze hervorquoll und sie in ihren weiblichen, wenn auch ziemlich abgenutzten Unterkleidern dastand und einen Rock aus der Tasche zog.

»Schnell, hör auf, mich wie ein Fisch anzustarren, und zieh meine Jungensachen an, über das komische Zeug, das du trägst. Du hast nur ein paar Minuten, dann entdeckt dich jemand und schleppt dich vor den Rat.«

Der Junge bewegte sich wie im Traum, zog folgsam die grobe wollene Hose und den Wams an, die noch warm vom Körper des Mädchens waren, während sie weitere Kleidungsstücke aus ihrer Tasche zog, sich ankleidete und dabei die ganze Zeit redete. Sie schien furchtbar wütend auf ihn zu sein.

»Fast ein ganzes Jahr habe ich dafür gebraucht«, schäumte sie, »um diese Verkleidung zusammenzubekommen, und nun hast du mir alles verdorben. Ich muss wieder ein Jahr warten. Und das alles, um das Leben eines halb verrückten Fremden zu retten – wie heißt du eigentlich?«

»Lucien«, erwiderte er auf die einzige Bemerkung, die er verstanden hatte.

»Luciano«, sagte das Mädchen und sein Name klang aus ihrem Mund so anders, wie sein ganzes Leben an diesem Ort – diesem »Bellezza«, wie sie die Stadt nannte – anders schien.

Lucien war sicher, dass das nicht der richtige Name der Stadt war, wie er auch wusste, dass sein richtiger Name nicht Luciano war, aber er beschloss, die Version des Mädchens zu akzeptieren. Hier war sowieso alles verkehrt.

»Wie heißt du?«, fragte er und klammerte sich an das kleine Ritual des Bekanntmachens, das hier wie im normalen Leben üblich schien.

»Arianna«, sagte sie und band sich ihr offenes Haar mit einem Spitzentuch zurück. Sie sah ihn kritisch an. »Wenigstens wirst du jetzt nicht mehr so viel Aufmerksamkeit erregen. Wie gut, dass wir ungefähr gleich groß sind. Aber sobald dich jemand ausfragt, bist du erledigt. Du musst dich an mich halten.«

»Warum wolltest du eigentlich so tun, als ob du ein Junge bist?«, fragte Lucien.

Arianna stieß einen tiefen Seufzer aus. »Das ist eine lange Geschichte. Komm mit. Wir gehen lieber von der Piazza und ich erzähle dir alles in Ruhe. Dann kannst du mir erklären, wie du hierhergekommen bist, ausgerechnet an diesem Tag. Ich hätte schwören können, die Einzige in der Stadt zu sein, die nicht aus Bellezza ist.«

Sie führte ihn durch einen Bogen unter einer großen Uhr hindurch und dann durch ein Labyrinth enger Straßen, über kleine Brücken, an schmalen Wasserstraßen entlang und über verlassene Plätze. Es schien, als ob die meisten in der Stadt noch schliefen. Lucien folgte ihr. Still genoss er es, zu gehen, ohne außer Atem zu geraten, und mit diesem unbegreiflich energischen Mädchen mitzuhalten. Er spürte die Sonne, die seine Schultern durch den groben Wams wärmte, und er konnte sich nicht erinnern, wann er das letzte Mal so glücklich gewesen war.

Schließlich kamen sie an einen Platz mit einem kleinen, verbarrikadierten Theater, auf dem schläfrig dreinblickende Händler Gemüsestände aufbauten und ein Mann gerade eine Taverne öffnete. Arianna verlangsamte ihr Tempo und sah sich den Mann genau an, ehe sie die Taverne betrat. Lucien folgte ihr.

Innen roch es lecker, süße Düfte mischten sich mit beißenden Gerüchen. An der Theke standen Handwerker und tranken kleine Tassen einer schwarzen Flüssigkeit – wohl Kaffee. Arianna bedeutete Lucien, sich an einen Tisch zu setzen, dann brachte sie zwei Becher mit Schokolade – eindeutig Schokolade! – und krümeliges Gebäck.

»Also«, sagte Arianna, »was ist deine Geschichte?«

»Erzähl du mir erst deine«, erwiderte Lucien. »Warum bist du so wütend?«

»Du kannst eigentlich nichts dafür.« Arianna wurde zum ersten Mal seit ihrer Begegnung etwas gelassener. »Du bist mir ja nicht absichtlich dazwischengekommen. Es ist nur, dass ich den heutigen Tag schon seit Langem geplant hatte. Wenn du tatsächlich nichts über Bellezza weißt«, hier senkte sie die Stimme zu einem Flüstern, »dann weißt du auch nicht, dass heute der Tag ist, an dem alle Fremden aus der Stadt verbannt sind, bei Todesstrafe. Es ist der Giornata Vietata – der Tag nach der Vermählung mit dem Meer.«

Und als Lucien kein Anzeichen des Verstehens verriet, fuhr sie fort: »Von der Vermählung mit dem Meer hast du doch schon gehört, oder?«

»Geh einfach mal davon aus, dass ich über gar nichts Bescheid weiß«, sagte Lucien. »Das macht die Sache leichter.« Er wollte Zeit gewinnen, um zu verstehen, was hier los war, oder zumindest, was mit Arianna los war.

»An diesem Tag«, erklärte sie ihm, »immer im Mai, begeht die Duchessa das Fest der Vermählung mit dem Meer. Sie wird ins Wasser getaucht, und wenn es um ihre Hüften reicht, wird die Ehe als vollzogen angesehen und das Wohlergehen der Stadt ist für ein weiteres Jahr garantiert. Ich weiß, das ist verrückt, aber daran glauben die Lagunenbewohner. Am folgenden Tag kann sich jeder, der den Beruf des Mandolier erlernen will, in der Scuola bewerben. So will es die Tradition.«

»Einen Moment«, unterbrach sie Lucien. »Was ist ein Mandolier?«

»Jemand, der eine Mandola lenkt, natürlich«, sagte das Mädchen ungeduldig. »Die Duchessa wählt die hübschesten Männer aus und damit haben sie ihr Glück gemacht. Und jeder weiß auch, was sie mit dem Allerschönsten macht.«

Sie sah ihn erwartungsvoll an. Lucien hatte – wie schon von Beginn ihres Zusammentreffens an – das Gefühl, dass er überhaupt nicht verstand, was sie ihm sagen wollte.

»Und wie passt du in die Geschichte?«, fragte er vorsichtig.

»Jeder*mann* kann sich anmelden«, sagte sie betont. »Alle Mandoliers sind Männer. Findest du das nicht ungerecht? Ich bin genauso groß und kräftig wie die Jungen meines Alters, sogar kräftiger, wenn sie wie du sind.« Dabei warf sie einen abschätzigen Blick auf Luciens Gestalt. »Und auch gut aussehend, wenn das zählt.«

Sie machte wieder eine Pause und diesmal fehlten ihm nicht die Worte. »Du siehst wirklich gut aus«, sagte er.

Arianna fuhr eilig fort, ohne das Kompliment zu würdigen,

als ob sie nur eine Tatsache hatte feststellen wollen. »Ich meine, die Stadt wird von einer Frau regiert.«

»Von der Duchessa«, sagte er, froh darüber, endlich mal etwas begriffen zu haben.

»Genau, von la Duchessa«, bestätigte Arianna ungeduldig. »Das Schlimme ist nur, sie setzt alle Regeln fest. Wenn sie also gut aussehende männliche Mandoliers will, bekommt sie sie auch.«

»Aber was würde mit dir passieren, wenn man es herausfinden würde?«, wollte Lucien wissen.

»Du meinst, was wäre passiert«, erwiderte Arianna bitter und zerkrümelte ihr Gebäckstück. »Jetzt kann ich mich nämlich nicht mehr melden, in Mädchenkleidern, nicht wahr? Ich habe Glück, wenn sie mich nicht erwischen und hinrichten. Und du ebenfalls. Wir können nur hoffen, dass hier niemand weiß, dass wir keine Bellezzaner sind«, setzte sie flüsternd hinzu.

Lucien konzentrierte sich darauf, sein Gebäck zu essen, denn das war etwas, womit er zurechtkam. Er schloss die Augen und ließ die Mandeln und den Zucker auf seiner Zunge zergehen. Seit Langem hatte ihm nichts mehr so köstlich geschmeckt.

»Nimm mein Stück auch, wenn du so hungrig bist«, sagte Arianna und schob ihm ihren Teller zu.

»Danke. Hör mal, es tut mir leid, dass ich deinen Plan verdorben habe. Aber wie du schon sagtest, ich hatte keine Ahnung. Und vielen Dank, dass du mich gerettet hast, wenn das tatsächlich stimmt.«

»Da gibt's kein ›wenn‹. Jetzt erzähl du aber, was du hier machst, damit ich weiß, ob es die Sache wert war.«

Es dauerte lange, bis Lucien antwortete. Er konnte keine Erklärung anbieten. Alles um ihn herum war fremd: die Menschen, die Sprache, die sie verwendeten und von der er mit ziemlicher Sicherheit annahm, dass es Italienisch war. Und doch verstand er sie! Das finster entschlossene, schöne Mädchen, das ihm gegenübersaß und auch Italienerin zu sein schien und das ihn dennoch verstehen konnte. Die Frauen, die in das Lokal kamen und die alle Masken trugen. Es war absonderlich.

Doch nichts war mit dem seltsamen Gefühl zu vergleichen, das er im Inneren spürte. Er war gesund und kräftig, egal, was Arianna von ihm hielt. Er hatte das Gefühl, einen Berg hinaufrennen oder quer über die Lagune schwimmen zu können, und andererseits – er konnte nicht erklären, warum er hier in dieser schönen, seltsamen Stadt war und nicht in seinem Bett in London.

Wenn er sich in einem Traum befand, war es egal, was er sagte. Aber so einen Traum hatte er noch nie erlebt. Schließlich erzählte er ihr einfach die Wahrheit.

»Ich kann nicht erklären, wie ich hierhergekommen bin, aber ich komme aus einem anderen Land. Aus London. In England. Wenn ich dort bin, bin ich sehr krank. Um genau zu sein, könnte ich sogar sterben. Ich habe Krebs und ich bekomme Chemotherapie. Meine Haare sind mir ausgefallen. Ich bin ständig müde. Ich war eingeschlafen, während ich über eine Stadt nachdachte, die auf dem Wasser schwimmt, und als ich aufgewacht bin, war ich dort, wo du mich gefunden hast, und ich hab plötzlich wieder Haare gehabt.«

Arianna streckte die Hand aus und zupfte an seinen Locken. Sie spürte den Widerstand, zog kurz die Luft ein und machte ein Zeichen mit der Hand, indem sie den Daumen an den kleinen Finger legte und Stirn und Brust berührte.

»*Dia*«, flüsterte sie. »Es ist wahr. Ich verstehe zwar nicht alles, was du mir erzählt hast, aber ich glaube dir. Du kommst aus einer Stadt, die weit weg von hier liegt. Dort bist du erkrankt, an was auch immer. Und jetzt bist du auf einmal hier und gesund. Was bedeutet das?«

Sie starrten sich an. Dann sah sich Arianna unsicher in dem Lokal um. Der Mann an der Theke schien ziemlich interessiert in ihre Richtung zu sehen. »Hier sind zu viele Leute. Jemand könnte mich erkennen. Lass uns verschwinden.«

»Warum tragen alle Frauen Masken?«, fragte Lucien. »Ist das wieder für ein Fest?«

»Nicht alle tragen welche«, sagte Arianna. »Nur die Unverheirateten. Ich muss auch eine tragen, sobald ich sechzehn bin, in ein paar Monaten. Noch so eine Regel der Duchessa. Allerdings nicht von der jetzigen. Das geht schon seit vielen Jahren so. Sie selbst muss auch eine tragen.«

»Sie ist also nicht verheiratet?«, fragte Lucien, aber Arianna schnaubte nur verächtlich als Antwort.

Sie führte ihn fort von dem Platz zu einem ruhigen Wasserarm der Stadt. Die Häuser waren rosa und sandfarben und ocker getüncht und auf manchen der Innenhöfe oder der Dachterrassen wucherten kleine Gärten. Der Himmel war leuchtend blau und zwischen den Häusern entdeckte Lucien bisweilen weitere Glockentürme, die von Vögeln umkreist wurden. Kleine Kanäle kreuzten so oft ihren Weg, dass sie im Zickzack gehen und die Brücken benutzen mussten; geradeaus kam man nie weiter.

»Sie ist sehr schön, eure Stadt«, sagte Lucien.

»Stimmt, deshalb ist sie auch so reich«, stellte Arianna nüchtern fest. »Schönheit bedeutet Geld – das ist das Motto von Bellezza – Bellezza è moneta.«

»Wo gehen wir hin?«, fragte Lucien.

»Wir können uns die Scuola ja mal ansehen«, erwiderte Arianna knapp.

Sie überquerten einen weiteren kleinen Kanal und erreichten einen Gehweg, der an einem viel breiteren Kanal entlanglief. Am anderen Ende einer steinernen Brücke war ein prächtiges Gebäude, auf dem über dem Eingang »Scuola Mandoliera« eingemeißelt war. Davor schaukelten mehrere schwarze Boote und geschäftige Menschengruppen kamen und gingen, als ob etwas Wichtiges im Gang wäre.

»Mandoliers«, sagte Lucien. »Das sind die Männer, die die Boote rudern, stimmt's?«

Arianna sah ihn mit einem vernichtenden Blick an. »Führen sagt man, nicht rudern. Und es sind keineswegs Boote, sondern Mandolas. Weil sie mandelförmig sind. Es ist ziemlich schwierig, sie zu führen.«

»Hast du es schon probiert?« Lucien warf einen Blick auf die schmalen Kähne. Er musste daran denken, wie er auf dem Fluss in Cambridge mit seinem Onkel Graham, dem Bruder seiner Mutter, Stocherkahn gefahren war. Da stand man auch hinten im Kahn und stieß sich ab.

»Aber sicher«, sagte Arianna ungeduldig. »Auf den anderen Inseln haben wir auch Kanäle. Und ich bin auf Torrone mein Leben lang mit Mandolas umgegangen. Meine beiden Brüder sind Fischer auf Merlino.«

Sie zog die Stirn kraus.

»Ich habe sie in ganz schlimme Schwierigkeiten gebracht – und wegen gar nichts! Unsere Eltern werden sich zu Tode ängstigen, weil sie gestern Abend ohne mich nach Hause gekommen sind. Ich bin ihnen entwischt, verstehst du. Meine Eltern wissen gar nicht, wo ich bin.«

Lucien erwiderte nichts, aber plötzlich dachte er an seine Eltern. Wenigstens weiß Arianna selbst, wo sie sich befindet, dachte er. Was ich von mir nicht behaupten kann.

Arianna umklammerte seinen Arm. »Es ist wohl Zeit für die Auswahl«, zischte sie. »Das ist die Mandola der Duchessa.«

Eine kunstvoll verzierte Mandola glitt geschmeidig durchs Wasser, geführt von einem überaus hübschen jungen Mann. Sie hatte in der Mitte einen Aufbau mit einem Baldachin aus silbernem Brokat. Geschickt steuerte der Mandolier das Gefährt an den Landesteg und ein Mann aus der Schule, der in einer schmucken Uniform steckte, half zuerst einer Kammerzofe und dann einer eleganten maskierten Person heraus, die nur die Duchessa sein konnte.

»Schnell, lass uns hineingehen!«, sagte Arianna.

»Darf man das denn?«, wunderte sich Lucien. »Werden wir nicht erwischt?«

»Es ist eine öffentliche Auswahl«, sagte Arianna trotzig. »Und sie können sich sicher nicht vorstellen, dass sich jemand dem Verbot widersetzt. Darauf wollte ich mich verlassen. Solange du mit keinem sprichst, passiert uns schon nichts.« Damit eilte sie über die Brücke und Lucien musste ihr hinterherlaufen.

Die hölzernen Torflügel unter dem Steintor standen in der Tat weit offen und schon bald fand sich Lucien in einem Innenhof wieder, der voller elegant gekleideter Menschen war. Er kam sich in seinen geborgten Sachen etwas schäbig vor, aber keiner beachtete ihn. Am einen Ende des Innenhofes war eine Tribüne aufgebaut, die die Duchessa in diesem Moment erklomm. Sie ließ sich in einem geschnitzten Stuhl nieder. Eine Schlange nervös dreinblickender junger Männer hatte sich rechts neben der Bühne gebildet.

Arianna hatte sich bis in die erste Reihe der Zuschauer

durchgekämpft und schien sich nicht mehr zu fürchten, erkannt zu werden. Als es Lucien gelungen war, sich zu ihr hindurchzuzwängen, war sie völlig gebannt. Ihre veilchenblauen Augen leuchteten und das Haar hatte sich aus dem Tuch gelöst. Das war es, worauf sie ein Jahr gewartet hatte, und selbst wenn es nicht so geklappt hatte wie geplant – sie war dabei!

Was dort auf der Bühne geschah, wirkte auf Lucien fast wie ein Schönheitswettbewerb. Die jungen Männer wurden einer nach dem anderen vorgeführt, um von der Duchessa in Augenschein genommen zu werden. Sie öffnete zwar nicht gerade ihre Münder und besah sich ihre Zähne, aber es war fast so schlimm. Nach jeder Inspektion sprach die Duchessa mit dem Uniformierten aus der Schule. Die Kandidaten, die kein Glück gehabt hatten, wurden von der Bühne geführt, während die erfolgreichen am hinteren Ende der Bühne aufgereiht wurden und dort etwas dämlich herumstanden.

Es war eindeutig, wo in der Menge sich die Familien der Kandidaten befanden; Stöhnen und Jubel folgte jedem Beschluss. Lucien war sich gar nicht sicher, dass Ariannas Plan geklappt hätte. Keiner schien ohne Anhängerschaft gekommen zu sein. Der Eifer der Familien bewirkte, dass sich die Menge nach vorne bewegte und Lucien und Arianna näher an die Tribüne geschoben wurden.

Plötzlich stand Lucien in erster Reihe, ein paar Meter von der Duchessa entfernt. Die Schlange hoffnungsvoller zukünftiger Mandoliers ging zu Ende. Der vorletzte der jungen Männer war ziemlich klein und der letzte hatte eindeutig Säbelbeine. Sie wurden so rasch abgefertigt, dass sich Lucien bereits umwandte, um zu gehen. Doch da ertönte die Stimme der Duchessa: »Der junge Mann dort. Bringt ihn herauf.«

Köpfe fuhren herum, auch der von Lucien. Finger deuteten.

Auf ihn. »Nein, das ist ein Irrtum«, protestierte er. »Ich bin nicht gekommen, um Mandolier zu werden.«

Doch kräftige Hände zogen ihn auf die Bühne. Verzweifelt sah er sich nach Arianna um. Er entdeckte kurz ihr Gesicht, das zornig zu ihm aufblickte. Und dann war sie weg. Er wurde vorwärts in Richtung der Duchessa gestoßen und war plötzlich wie hypnotisiert von ihrer Gegenwart.

Ihre Augen, die durch die Schlitze in ihrer silbernen Schmetterlingsmaske glitzerten, waren veilchenblau, wie die von Arianna. Muss hier wohl häufiger vorkommen, dachte Lucien. Ihre Stimme war tief und schmeichelnd und sie duftete einfach wundervoll. Luciens Mutter trug fast nie Parfüm und ihm wurde ganz schwindelig.

Die Duchessa hielt ihm eine Hand entgegen, eine Gunst, die sie nur einem oder zwei Kandidaten erwiesen hatte. »Sag mir deinen Namen, junger Mann«, bat sie ihn.

»Luciano«, sagte Lucien, denn er erinnerte sich an Ariannas Version.

»Luciano«, wiederholte die Duchessa langsam und ließ die Silben wie einen besonders köstlichen Kuchen auf der Zunge zergehen.

Lucien spürte, wie er errötete. Was hatte Arianna gesagt? Jedermann weiß, was sie mit dem anfängt, der am besten aussieht. Er fühlte sich völlig verloren. Er wollte weder Mandolier werden noch eines der Schoßhündchen der Duchessa. In diesem Augenblick wollte er nur zu Hause sein, umgeben von Dingen, die er verstand. Doch während er das noch dachte, begriff er, dass er hier tatsächlich Mandolier werden *konnte*; hier war er kräftig genug und schließlich konnte es doch nicht so viel anders sein, als mit dem Stocherkahn zu fahren.

»Du erinnerst mich an einen jungen Mann, den ich vor vielen

Jahren auswählte«, sagte die Duchessa und der Klang ihrer Stimme ließ vermuten, dass sie lächelte. »Doch, ich meine, du wirst einen guten Mandolier abgeben. Willkommen in der Scuola.«

Die Menge war verstummt. Wenn Arianna noch anwesend war, so gab sie keinen Laut von sich, während Lucien zu den anderen erfolgreichen Kandidaten geführt wurde und die Duchessa die Bühne verließ. So kräftig er sich auch in dieser traumartigen Stadt fühlte, jetzt hatte er doch das Gefühl, gleich ohnmächtig zu werden.

Mit einem Mal hieß es, alle jungen Männer, die für die Ausbildung zum Mandolier erkoren worden waren – und sie alle sahen ein gutes Stück älter aus als Lucien –, sollten in ihre neuen Quartiere geleitet werden. Alle außer ihm wurden von ihren Familien umarmt und tränenreich, wenn auch stolz verabschiedet. Selbst Lucien wurde ein paar Mal von fremden Müttern und Schwestern umarmt, die vor Begeisterung ganz aus dem Häuschen waren.

Schließlich war er allein in einem kleinen Raum mit einem hölzernen Bett, einer altmodischen, geschnitzten Holztruhe und einer Waschgarnitur aus Porzellan, bestehend aus einer Schüssel und einem Krug. Der freundliche Bedienstete, der ihn hereingeführt hatte, hatte noch gesagt: »Bis zum Morgengrauen«, dann hatte er ihn allein gelassen. Lucien setzte sich aufs Bett und stützte den Kopf in die Hände. Er begriff überhaupt nichts mehr und plötzlich übermannte ihn eine große Erschöpfung. Er schwang die Beine auf die harte Matratze und ließ den Kopf aufs Kopfkissen sinken. Während er versuchte, es sich bequem zu machen, spürte er, wie sich etwas in ihn bohrte. Er griff in seinen Wollwams und zog das venezianische Notizbuch aus seiner Schlafanzugtasche.

Eine Weile lag er mit dem Notizbuch in Händen da und überlegte, ob er sein eigenes Zuhause jemals wiedersehen würde. Dann fiel er in einen tiefen Schlaf.

Kapitel 3

Ein Garten im Himmel

Lucien kehrte mit einem Ruck in seinen Körper zurück. Wenigstens fühlte es sich so an, als sei er in seinen Körper zurückgekehrt. Sofort wurde er von seinem erschöpften Zustand niedergezogen. Wenn er nicht schon im Bett gelegen hätte, wäre er hingefallen. Seine Kehle war ausgetrocknet und wund. Er hob die Hand zum Kopf, um nach seinem Haar zu tasten, und fühlte nur seine kahle Kopfhaut. Tränen drangen ihm unter den Lidern hervor; irgendwie war es viel schlimmer, das Haar zum zweiten Mal zu verlieren.
Es war also doch alles ein Traum gewesen. Aber was für ein erstaunlicher Traum! So wirklich. Und wie hatte er Arianna und die Duchessa und diese gesamte unglaubliche Stadt erfinden können, die Venedig war und doch auch wieder nicht? Es kam ihm immer noch alles so wirklich vor – fast schien ihm sein Leben hier, das ihn ans Bett fesselte, wie ein Traum. Trug er in Wahrheit nicht noch immer Ariannas Wams und Hose? Nein, das tat er nicht. Nur den blauen Schlafanzug, in dem er nach Bellezza versetzt worden war.
Es klopfte und sein Vater trat ein.
»Guten Morgen, Junge. Du siehst ein bisschen besser aus. Hast wieder etwas Farbe gekriegt.«
Lucien war erstaunt. Ihm war absolut elend. Aber er musste

zugeben, dass ihm das wahrscheinlich gerade im Kontrast so vorkam, weil er sich in Bellezza so munter und wohl gefühlt hatte. Vielleicht ging es ihm ja tatsächlich besser, seit er das letzte Mal in diesem Körper gewesen war. Beziehungsweise in diesem Bett. Was auch immer.

»Immer noch Halsschmerzen?«, fragte Dad besorgt. »Du kannst in das Büchlein schreiben, vergiss das nicht.«

Das Notizbuch! Lucien hielt es noch immer in der Hand. Rasch griff er nach einem Bleistift und schrieb hinein. »Erzähl mir noch mehr von Venedig.«

Ariannas Eltern waren außer sich über ihre Tochter, doch sie beachtete es kaum. Nachdem die Duchessa Lucien auf die Bühne hatte rufen lassen, war sie mit brennenden Wangen durch die Straßen gelaufen, zurück zur Kathedrale Santa Maddalena und der Piazzetta, wo ein paar Boote vertäut waren. Dort hatte sie einen Bootsmann bestochen, sie nach Torrone zurückzubringen – mit dem Geld, das sie gespart hatte, damit sie das Antrittsgeld in der Scuola Mandoliera zahlen konnte.

Sie brauchte die gesamte Summe, um einen echten Bellezzaner zu überreden, seine Stadt am Tag nach der Vermählung mit dem Meer zu verlassen. Er hatte die ganze Strecke über vor sich hin gebrummt, doch Arianna hatte einfach nicht darauf reagiert. Sie umklammerte den Bootsrand mit einer Hand und presste die Lippen aufeinander, um nicht vor Wut und Schmach zu schreien.

Es war so ungerecht. Dieser Junge, Luciano, hatte all ihre Pläne vereitelt und war dann kühl und gelassen an ihre Stelle getreten. Ein Teil von ihr wusste, dass es nicht seine Schuld gewesen war, dass er es nicht darauf angelegt hatte, der Duchessa aufzufallen. Er war so ein Einfaltspinsel, wusste nichts von der Duchessa oder vom Führen einer Mandola oder von ganz Bellezza.

Doch ein anderer Teil ihrer selbst beneidete ihn glühend. Dieser Junge mit den dunklen Augen und den Locken und dem schüchternen Lächeln würde schon bald Besucher über den Großen Kanal steuern und ein Vermögen machen. Seine Zukunft war gesichert. Sie ärgerte sich, dass sie nicht begriffen hatte, dass die Duchessa ihn einfach hatte wählen müssen. Obwohl er kaum alt genug wirkte, um die Aufnahmebedingungen zu erfüllen – war er überhaupt schon fünfzehn? –, und obwohl er zierlich gebaut war. Trotz alledem sah er ungewöhnlich gut aus. Dabei war er nicht mal aus Talia, geschweige denn aus Bellezza!

Arianna lockerte ihren Griff, tauchte die Hand ins Wasser und benetzte ihr Gesicht damit. Sie waren jetzt draußen auf der offenen Lagune und hatten das Brackwasser der Kanäle hinter sich gelassen. Luciano hatte gesagt, er sei Anglianer, und das glaubte sie ihm, obwohl er Talianisch sprach. Aber dem Rest seiner Geschichte traute sie inzwischen nicht mehr. Wie sollte sie auch? Er sagte, dass er krank sei, wo er doch ganz offensichtlich gesund wirkte; dass er kahl sei, wo er doch ... Pah! Sie schnaubte bei dem Gedanken. Er musste sie veräppelt haben. Vielleicht war er gar nicht so einfältig, sondern schlau?

Als das Boot am Steg von Torrone anlegte, war Ariannas Zorn verflogen und einem dumpfen, verbitterten Leid gewichen. Der Posten, den man aufgestellt hatte, um zu sehen, ob sie vielleicht doch noch über die Lagune zurückkam, rannte am Ufer des Hauptkanals entlang und hob eine Hand zum Gruß. Arianna schlich nach Hause.

Sie wusste besser als jeder, welchen Aufruhr ihr Ausbleiben auf Torrone ausgelöst haben musste. Sie war die Figlia dell'Isola – die Tochter der Insel – das einzige Kind, das in den letzten zwanzig Jahren dort geboren war.

Auf Torrone waren alle alt. Arianna hatte keine Spielgefährten außer ihren Eltern und ihren beiden viel älteren Brüdern gehabt. Es lebten überhaupt nur noch wenige Familien auf Torrone. Ariannas Vater, Gianfranco, hatte sein ganzes Leben auf der Insel verbracht und war jetzt Verwalter der Schätze des Klosters. Die Basilika von Torrone war das älteste Gebäude der ganzen Lagune – es war schon vor Jahrhunderten erbaut worden, als Bellezza noch ein Sumpfgebiet war. Besucher kamen von weit her, um die Kathedrale und die wunderbaren Silbermosaiken in ihrem Inneren anzusehen.

Aber es gab auf der Insel keine Läden und keine Schule. Arianna fuhr per Boot in die Schule auf Merlino, die größere Insel, auf der auch ihre Brüder arbeiteten und in einer Hütte am Ufer wohnten. Dort gab es auch Märkte, die Lebensmittel und Luxusgüter vom Festland verkauften. Und im Sommer kamen von der kleineren Insel Burlesca täglich Händler nach Torrone und brachten Gebäck und Wein und Spitzen und Glaswaren, die an Besucher und Reisende verkauft wurden. Im Winter jedoch hatte Torrone nur Fisch von Merlino und was sie selbst anbauten. Hauptsächlich während dieser Wintermonate hatte Arianna von ihrer Flucht geträumt.

Der Wachposten war ganz offensichtlich zur Kirche gelaufen, um Gianfranco zu suchen und ihm die Nachricht zu überbringen. Jetzt stürzte Ariannas Mutter Valeria aus ihrem kleinen, weiß getünchten Haus und umarmte die Ausreißerin heftig, wobei sie weinte und lachte vor Erleichterung. Allzu bald jedoch schlug dies in Schimpftiraden und Vorwürfe um.

»Wo bist du gewesen?«, fragte Valeria immer wieder. »Wir haben uns zu Tode geängstigt. Tommaso und Angelo sind ganz außer sich. Sie sollten den Feiertag heute genießen, aber weißt du, was sie machen? Sie sind draußen mit ihrem Boot und versuchen, so nah an Bellezza heranzufahren, wie sie es wagen.«

Arianna murmelte etwas von einem dringenden Bedürfnis und dass sie sich danach in der Menge verlaufen habe. Sie erwartete nicht, dass man ihr glaubte. Sie hätte jedes Boot, das zu den Inseln zurückfuhr, bitten können, sie mitzunehmen.

Was sie ihrer Familie erzählt hätte, wenn sie tatsächlich an der Scuola angenommen worden wäre, hatte sie sich überhaupt nicht überlegt. All ihre Pläne hatten mit der Aufnahme in die Schule geendet. Wenn die Lehre erst mal abgeschlossen gewesen wäre, hätte sie sich möglicherweise ihrer Verkleidung entledigt und die Duchessa wäre gezwungen gewesen, in Zukunft auch einer Ausbildung von Mädchen zuzustimmen. Aber wenn sie ganz ehrlich zu sich selbst gewesen wäre, dann hätte Arianna zugeben müssen, dass sie nicht damit gerechnet hatte, dass die Schule nach ihr von weiblichen Anwärterinnen überlaufen würde. Bei ihren Plänen ging es ihr nur um sich selbst.

Sie wurde mit Vorhaltungen überschüttet, den ganzen Tag lang, auch von ihrem Vater, der nach Hause geeilt kam, und von ihren Brüdern, die mitten am Nachmittag hungrig und verärgert zurückkehrten. Auch Nachbarn schauten vorbei, um sich zu vergewissern, dass sie in Sicherheit war, und schüttelten voller Mitgefühl für ihre Eltern den Kopf über ihren Ungehorsam.

Arianna war es zutiefst leid, so im Mittelpunkt des Interesses zu stehen, und wünschte, wie schon so oft zuvor, dass es noch andere Kinder auf Torrone gäbe, die sie von einem Teil der Aufmerksamkeit entlasten könnten.

». . . und keiner weiß, wie lange sie noch überleben kann«, beendete Dad seinen Bericht. »Das Wasser steigt jedes Jahr, und wenn die Flutsperren nicht gebaut werden, könnte die ganze Stadt im Meer versinken – wie Atlantis.«
Dann war es doch nicht Bellezza. Lucien war sicher, dass die Stadt aus seinen Träumen nicht am Versinken war, wenn er auch keine Ahnung hatte, warum er das wusste. Bellezza war von einer dem Untergang geweihten Stadt so weit entfernt wie nur denkbar, war es doch voller Leben und Wohlstand, erfüllt von der eigenen Bedeutung. Und so wenig er über die Duchessa wusste, er konnte sich nicht vorstellen, dass sie sich die Stadt vom Meer entreißen lassen würde.
»Interessierst du dich für Venedig?«, fragte Dad. »Ich könnte dir ein paar Bücher aus der Bücherei besorgen.«
Lucien nickte und schrieb: »Bist du jemals dort gewesen?«
Dad wirkte ein wenig verlegen. »Nur einmal«, sagte er. »Bevor ich Mum kennenlernte.«
Lucien schloss daraus sofort, dass sein Vater mit einer früheren Freundin dort gewesen war.
»Hast du auch irgendwelche der Inseln besucht?«, schrieb er auf.
Dad sah ihn überrascht an. »Woher weißt du was über die Inseln? Ich glaube nicht, dass ich davon gesprochen habe. Ja, da sind wir auch hingefahren. Ähm, ich meine, ich bin hingefahren. Auf die eine, wo das Glas hergestellt wird, und auf die mit den Häusern, die alle in verschiedenen Farben ge-

tüncht sind, und auch auf die mit der alten Basilika mit den Goldmosaiken.«

»Torrone?«, schrieb Lucien.

»Ich dachte, das sei eine klebrige Süßigkeit«, erwiderte Dad verwundert. »Aber der Name ist so ähnlich. Ich hol dir wohl mal ein paar Bücher.«

Als Dad gegangen war, brachte Luciens Mutter das Frühstück. Er schaffte ein paar Löffel matschiger Cornflakes und eine halbe Tasse Tee, dann sank er erschöpft in seine Kissen zurück. Er hörte die Tür ins Schloss fallen, als sie das Tablett fortbrachte, und verfiel in ein unruhiges Dösen . . .

Und erwachte schweißgebadet aus einem Traum, in dem er im Heck eines schlanken schwarzen Bootes stand und ein langes Ruder hielt. Die Duchessa saß weit weg am anderen Ende und machte sich Notizen in ein Buch, als ob sie seine Leistung benoten würde.

»Wenn du den Rekord nicht überbietest«, hatte sie gerade gesagt, »dann nehme ich meine Maske ab.«

Im Traum war das eine äußerst beunruhigende Drohung gewesen. Lucien hatte sich mit Gewalt aus dem Schlaf gerissen, um das Grauen, das er hinter jener Maske vermutete, bloß nicht erleben zu müssen. Doch während er nass geschwitzt vor Angst dalag, machte sich eine seltsame Gewissheit in ihm breit. Wenn das hier ein Traum gewesen war, dann war das, was er vorher erlebt hatte, keiner gewesen. Das hier war albtraumhaft wie in einem schlechten Film und hatte nichts von der logischen Realität seines Bellezza-Besuchs an sich gehabt. Die Stadt, in der Arianna und die Duchessa lebten, war echt; da war er sicher.

Jetzt musste er nur noch herausfinden, wie er dorthin zurückgelangen konnte.

Der nächste Tag war ein Sonntag. Ariannas Eltern sprachen nicht mit ihr, verboten ihr aber auch nicht den jährlichen Besuch der Messe in Santa Maddalena. Die gesamte Familie ruderte früh am Morgen nach Bellezza hinüber und machte ihr Boot genau wie viele andere Lagunenbewohner an der Piazzetta fest.

Im Inneren des dämmrigen Doms ließ Arianna den Blick zu der Empore hinaufwandern, die zur Loggia degli Arieti führte, dem Altan mit den Widdern, wo sie die vorletzte Nacht so ungemütlich zugebracht hatte. Eine Gestalt in brauner Robe fiel ihr ins Auge, auf einem der vielen hölzernen Stege, die dicht unter dem Kuppelgewölbe des Doms kreuz und quer angebracht waren. Sie erinnerte sich, dass sie in jener Nacht genau dieselbe Gestalt gesehen hatte – oder eine, die genauso aussah. Der Mann war ihr vorgestern, als sie nur an ihren Plan gedacht hatte, kaum aufgefallen. Doch jetzt, beim dumpfen Ableiern der Liturgie um sie herum, hatte sie Zeit zum Nachdenken. Warum war zu dem Zeitpunkt ein Mönch im Dom gewesen, warum war er nicht draußen gewesen, um wie jedermann das Feuerwerk anzusehen?

Jeder in Bellezza schenkte öffentlichen Zeremonien und Feiern mehr Aufmerksamkeit als der Religion, selbst Priester und Mönche. In der Lagune stand Tradition ganz vorne. Tradition und Aberglaube. Deshalb war ihre Familie heute auch hier, denn traditionsgemäß ließen alle Inselbewohner ihre heimischen Kirchen links liegen, selbst die ganz besondere auf Torrone, und kamen am Sonntag nach der Vermählung mit dem Meer zur Messe in die Heilige Basilika Santa Maddalena. Die

Duchessa saß höchstpersönlich weithin sichtbar in der ersten Reihe, schlank wie eine junge Braut, ganz in Weiß gekleidet, mit einer silbernen Maske in Form eines Katzengesichts.

Arianna hatte in jedem ihrer fünfzehn Lebensjahre daran teilgenommen und es war immer genau gleich abgelaufen. Doch heute gab es einen Unterschied. Als sie die Kirche verließen, führten ihre Eltern sie von der Piazzetta weg in die kleinen Gassen, die nördlich des großen Platzes lagen.

»Wir besuchen deine Tante Leonora«, war die einzige Erklärung, die sie bekam.

Sie gelangten zu dem Haus von Gianfrancos Schwägerin, hinter dem Campo San Sulien. Arianna hatte es immer sehr gerne besucht, sie liebte den Garten mit seinem Marmorbrunnen, den man eigentlich nicht erwartete. Wasser im Herzen der Stadt, die von Wasser umgeben war, bedeutete immer eine Überraschung. Aber der Besuch sollte diesmal wohl keine frohe Überraschung sein.

Leonora bat sie herzlich ins Haus und schenkte ihnen Rotwein ein. Trotzdem, die Atmosphäre war angespannt. Ariannas Brüder saßen nervös auf den Kanten von Leonoras zierlichen vergoldeten Stühlen. Gianfranco räusperte sich.

»Da du dich nicht nur uns widersetzt hast, sondern auch den Gesetzen der Stadt, Arianna«, sagte er, »und dich in Gefahr gebracht und uns außerdem große Sorgen gemacht hast, haben wir deine Tante gebeten, dich eine Weile bei sich aufzunehmen. Das wird dir den Hang nach Bellezza vielleicht endlich austreiben. Vielleicht lernst du dein Zuhause schätzen. Denn wenn es auch nicht aufregend ist, bietet es doch Sicherheit und ist voller Menschen, die dich lieben.«

Nach dieser Rede, die für seine Verhältnisse lang gewesen war, putzte er sich die Nase und Arianna hatte das Bedürfnis, ihm die Arme um den Hals zu schlingen. Doch sie war zu verblüfft, um sich zu rühren. Was war denn das für eine Strafe? Das war doch so, als würde man ein Kind, das Marzipan stibitzte, eine ganze Woche lang zu einem Zuckerbäcker stecken! Arianna kannte Leonora nicht sehr gut und ihre Tante hatte auch keine Kinder. Aber ihr Mann, Gianfrancos älterer Bruder, war vor einigen Jahren gestorben und hatte ihr sein nicht unerhebliches Vermögen hinterlassen, das er mit dem Verkauf von Andenken an auswärtige Besucher verdient hatte. Das Haus war daher bequem und Leonora selbst war freundlich. Und sie wohnte in Bellezza! Arianna wusste, dass sie gut davongekommen war.

Als sich ihre Eltern und Brüder dann allerdings verabschiedeten, sammelten sich hartnäckige Tränen in ihren Augen. Sosehr sie das Leben auf Torrone mit seinen wenigen Menschen und noch weniger Abenteuern auch anödete, stieg doch jetzt schon heißes Heimweh in ihr auf. Sie klammerte sich an ihre Mutter und bat um Verzeihung.

Lucien wachte in dem harten, schmalen Bett auf und sah, wie das Sonnenlicht durchs Fenster strömte. Er schaute hinaus und entdeckte einen grünen Kanal unter dem leuchtend blauen Himmel.

Er war wieder zurück. Es schien in Bellezza der nächste Tag zu sein, obwohl es Nacht gewesen war, als er seine eigene Welt verlassen hatte. Er hatte einen nicht enden wollenden langweiligen Tag in seinem Bett in London verbracht. Nur die Farbfotos in den Büchern über Venedig, die ihm sein Dad aus der Bücherei gebracht hatte, hatten ihn aufgemuntert.

Lucien griff sich an den Kopf und wagte es kaum zu glauben, als seine Finger die dichten Locken spürten.

Es klopfte leise an der Tür, dann steckte ein ziemlich hässlicher alter Mann den Kopf herein. »Schnell«, zischte er. »Wir müssen dich fortbringen, bevor es jemand merkt.« Ohne auf eine Antwort zu warten, ging er schnellen Schrittes auf Lucien zu, führte ihn am Ellbogen aus dem Zimmer, über den Innenhof und hinunter zum Anleger der Scuola, wo eine schlanke schwarze Mandola festgemacht war. Er verfrachtete Lucien in das Boot, dann wendete er es geschickt mitten auf dem Kanal und steuerte es mit erstaunlicher Geschwindigkeit davon.

»Wo fahren wir hin?«, wollte Lucien wissen, denn er war sich nicht sicher, ob er gerade gerettet oder entführt wurde. Doch wie bei seinen vorherigen Erlebnissen in Bellezza genoss er ganz einfach das Gefühl, dass es ihm gut ging, und ließ sich ein Stück weit treiben.

»Ins Laboratorium«, sagte der Mandolier knapp. »Signor Rodolfo erwartet dich.«

Da ihm das gar nichts sagte, verhielt sich Lucien still, bis die Mandola an einem Anleger zum Halten kam, der irgendwo hinter dem großen Platz liegen musste, auf dem er sich am Tag zuvor plötzlich befunden hatte. Er konnte die silbrigen Kuppeln des Doms ganz in der Nähe hinter den Dächern aufragen sehen.

Sein Begleiter führte ihn eine Marmortreppe hinauf, die direkt aus dem Kanal emporstieg, und geleitete ihn durch eine schwere Holztür, die dem Anschein nach ständig geöffnet war. In dem Haus oder Palast war es dunkel und Lucien stolperte, weil er nach dem hellen Sonnenlicht auf dem Kanal Schwierigkeiten hatte, seine Augen umzustellen.

Weiter ging es über viele Stufen, bis er sicher war, sich im letzten Stock des Gebäudes zu befinden. Der Mandolier machte vor einer dicken dunklen Holztür halt, klopfte und gab Lucien einen Stoß.

Gleich hinter der Schwelle blieb Lucien stehen. Er versuchte zu begreifen, was er da sah. Es war eine Mischung aus einer Werkstatt, einem Chemielabor und einer Bibliothek. Es hing nicht gerade ein ausgestopftes Krokodil von der Decke, aber auch das hätte ganz gut gepasst. Der Raum war mit ledergebundenen Folianten gefüllt, mit Regalen voller Gläser und Flaschen, die farbige Flüssigkeiten oder Dinge enthielten, die er nicht benennen konnte. Auf einem Gestell standen riesige Kugeln und in einer Ecke sah er ein seltsames Gebilde aus Metallreifen auf einem Ständer. Und es gab ein Modell des Sonnensystems. Lucien war sicher, dass es sich bewegte.

In der Ecke neben einem hohen Fenster mit niedriger Fensterbank saß ein Mann, der in schwarzen Samt gekleidet war. Seine Gewänder sahen kostbar aus und Lucien wusste sofort, dass es sich um eine wichtige Persönlichkeit handeln musste – auch wenn das weniger damit zu tun hatte, wie er gekleidet war, sondern eher mit der Aura, die ihn umgab. Er hatte weißes Haar und war groß und schlank. Er saß wie ein lauernder Habicht in seinem Sessel. Dennoch hatte er nichts wirklich Beängstigendes an sich, obwohl er eine Art beherrschte Macht zur Schau trug. Der Mann bedeutete seinem Diener, Alfredo, dass er gehen könne, und Lucien hörte, wie sich die Tür laut hinter ihm schloss.

»Willkommen«, sagte Rodolfo. Seine Augen blitzten auf und er sah aus, als würde er sich am liebsten die Hände reiben. »Ich habe dich schon erwartet.«

»Das hat Ihr Diener auch gesagt«, erwiderte Lucien lahm. »Aber ich verstehe nicht, wieso. Ich meine, ich weiß selbst nicht, wie ich hier gelandet bin. Oder warum.«

»Aber du musst doch vermutet haben, dass es etwas mit dem Notizbuch zu tun hat«, sagte Rodolfo. »Schließlich ist es dir schon das zweite Mal passiert.«

»Ja, schon . . .« Lucien verstummte. Woher wusste dieser Mann von dem Notizbuch und woher wusste er, dass es schon zweimal passiert war? Zu Hause hatte er den ganzen Tag versucht, mit dem Notizbuch in der Hand einzuschlafen – und der Schlaf hatte sich einfach nicht einstellen wollen. Er hatte das Buch in die Tasche gesteckt, bevor der fremde Mann hereingeplatzt war, und da war es auch immer noch, wenn auch versteckt unter den Jungenkleidern von Arianna, die er zu seiner Freude wieder vorgefunden hatte.

»Ich wusste nicht, wer kommen würde«, sagte Rodolfo. »Aber als ich dich in der Scuola Mandoliera sah, wusste ich, dass du es bist.«

»Ich habe Sie dort gar nicht gesehen«, sagte Lucien.

»Man konnte mich auch nicht sehen«, erwiderte Rodolfo schlicht.

Er erhob sich und lud Lucien mit einer Bewegung ein, ihm in eine dunkle Ecke des Zimmers zu folgen, wo ein silberner Brokatvorhang an der Wand hing. Als Rodolfo ihn zur Seite zog, war sich Lucien zunächst nicht sicher, was er da vor Augen hatte. Er hätte gesagt, dass es ein Pult mit Monitoren sei, nur dass das so modern klang. Und das hier war alles andere als modern.

Sechs kleine Spiegel, schmuck eingefasst in Rahmen, die nach Ebenholz aussahen, zeigten Szenen, die sich bewegten und von denen Lucien einige wiedererkannte. Da war die Scuola und die Piazza, auf der er Arianna das erste Mal getroffen hatte, dann möglicherweise das Innere einer großen Kirche und noch drei weitere Schauplätze – alles üppig ausgestattete Zimmer, die er nicht kannte, die jedoch offensichtlich bellezanisch waren.

Unter den Spiegeln befand sich eine verwirrende Ansammlung geriffelter Knöpfe und Messinghebel, jeweils versehen mit Symbolen, die nach den Sternkreiszeichen aussahen, wenn einige davon Lucien auch unbekannt waren. Er versuchte erst gar nicht zu begreifen. Es war wirklich leichter, sich wieder darauf zurückzuziehen, dass Bellezza doch nur ein Traum war.

Rodolfo deutete auf den Spiegel, der die Scuola Mandoliera zeigte, und Lucien verstand, wie er ihn am Tag zuvor entdeckt hatte. Und während Lucien noch voller Faszination hinschaute, sah er, wie eine winzige Mandola ins Bild glitt. Eine elegante, winzige Gestalt stieg leichtfüßig aus und betrat unter eifrigen Verbeugungen und Kratzfüßen einiger Uniformierter die Schule.

»Ist das die Duchessa?«, fragte Lucien.

»Sie ist gekommen, um ihre neuen Rekruten zu begutachten«, sagte Rodolfo. »Sie wird sich fragen, was mit dir geschehen ist.«

»Spieglein, Spieglein an der Wand«, sagte Lucien, doch Rodolfo schien nicht zu verstehen.

»Zauberei«, bemerkte Lucien.

»Keineswegs«, entgegnete Rodolfo mit angewidertem Ausdruck. »Wissenschaft.«

»So haben Sie mich also entdeckt«, stellte Lucien fest. »Aber woher wussten Sie, dass ich derjenige bin, den Sie erwartet haben? Weil ich nicht wie ein Bellezzaner aussehe?«

Rodolfo sah ihm forschend ins Gesicht. »Du weißt es also wirklich nicht?«, fragte er. »Komm mit und ich zeige dir etwas.«

Er strebte dem tiefen Fenster zu, öffnete einen Flügel und schwang seine langen Beine über den Sims. Lucien erschrak, bis er feststellte, dass sich eine Art Dachgarten dahinter befand. Rodolfo winkte ihm zu und der Junge folgte.

Es war eine Oase im Herzen der Stadt. Doch Lucien merkte sofort, dass der Garten mehr Platz einnahm, als eigentlich möglich gewesen wäre. Er bedeckte eine viel größere Fläche, als das Dach dieses Gebäudes hergab. Er erstreckte sich bis in die Ferne und Lucien hatte den Eindruck, am Ende ein paar Pfauen zu sehen.

Riesige Tröge enthielten ausgewachsene Bäume und überall waren Blumen, die die Luft mit schwerem Duft erfüllten. In der Mitte des Dachgartens plätscherte ein Brunnen – auch wieder Wissenschaft, dachte Lucien. Der größte Teil des Gartens war beschattet und zwischen zwei Orangenbäumen schaukelte sogar eine Hängematte. Nahe der steinernen Balustrade, die ihn umschloss, brannte die Sonne jedoch auf eine gefliese Terrasse.

Rodolfo stand im Sonnenschein und wartete auf ihn. Als Lucien zu ihm trat, nahm er ihn sanft bei den Schultern und bedeutete ihm hinabzuschauen.

»Was siehst du da?«, fragte er.

Erst sah Lucien durch die Balustrade auf die unglaubliche Schönheit Bellezzas, deren silberne Kuppeln und Glockentürme sich gleißend von dem blauen Himmel abhoben, doch das meinte Rodolfo nicht. Er richtete Luciens Blick auf die Fliesen mit ihrem kunstvollen astronomischen Muster. Genau die Art von Garten, die man bei einem Zauberer vermuten würde, dachte Lucien.

Und dann entdeckte er, was er sehen sollte. Zu ihren Füßen war nur eine einzige schwarze menschliche Silhouette zu sehen.

»Ich habe auf eine Person ohne Schatten gewartet.«

Kapitel 4

Die Stravaganti

Die Zeit auf dem Dachgarten schien stehen geblieben zu sein. Oder hatte sich zumindest zu einem zähen Sickern verlangsamt. Lucien starrte immer noch auf die Stelle, wo sein Schatten hätte sein müssen. Rodolfo war wieder ins Innere gegangen und kehrte soeben mit zwei Gläsern zurück, die eine prickelnde goldene Flüssigkeit enthielten.

»Prosecco«, sagte er. »Du hast einen Schock erlitten.«

Lucien wollte gerade sagen, dass er keinen Alkohol trinke, doch dann merkte er, wie durstig er war, und er hatte keine Ahnung, wie das Wasser in dieser Stadt war. Wo er sich befand, war eine Sache, aber die Zeit, in die er geraten war, war auf jeden Fall nicht das einundzwanzigste Jahrhundert, und die ganze Schönheit der Stadt konnte den faulen Geruch, der den Kanälen entstieg, nicht überdecken.

Er trank den Prosecco. Er war kalt und etwas herb und schmeckte ganz ausgezeichnet. Alfredo, der alte Mandolier, der ihn von der Scuola hergebracht hatte, kam hinter Rodolfo aus dem Fenster, in der einen Hand eine Flasche und in der anderen ein Tablett, auf dem ein paar appetitlich aussehende Schinkenbrote lagen. Erst jetzt bemerkte Lucien, dass er am Verhungern war. Wann hatte er das letzte Mal gegessen? Das Gebäck in dem Lokal mit Arianna? Oder waren es die paar Bissen Rührei gewesen, die er in seinem anderen Leben vor dem Schlafen mit Mühe hinuntergewürgt hatte?

Wie dem auch sein mochte, es schien lange zurückzuliegen, und er hatte drei Brote verschlungen und zwei Gläser des prickelnden Weins getrunken, bevor er auch nur anfing, über die Fragen nachzudenken, die er Rodolfo jetzt stellen musste.

Der weißhaarige Gelehrte oder Zauberer oder was er sein mochte saß in zugeneigter Stille bei ihm, während Lucien sein Mahl beendete. Er selbst aß jedoch nichts.

»Geht's dir jetzt besser?«, fragte er schließlich.

»Ja, vielen Dank. Es geht mir sogar prächtig.«

Lucien stellte sein Glas neben sich auf den Terrassenboden und streckte sich, fühlte bei dieser Bewegung ganz bewusst jedes Glied, jeden Muskel in sich. Keine Müdigkeit, keine Schwäche, keine Schmerzen waren zu spüren. Vielleicht war es ja der Wein, aber er fühlte, wie er von Energie durchrieselt wurde.

Rodolfo lächelte. »Erzähle mir von dir und deinem Leben in der anderen Welt.«

»Das wissen Sie also nicht?«, fragte Lucien, der davon ausgegangen war, dass Rodolfo zu der Art von mächtigen Zauberern gehörte, die alles wissen.

»Nur, woher du wohl kommst und ungefähr, aus welcher Zeit«, antwortete Rodolfo. »Über dich persönlich gar nichts, nicht mal, wie du heißt.«

»Lucien«, sagte Lucien. »Aber hier sagt man wohl Luciano. So habe ich mich zumindest der Duchessa vorgestellt.«

»Dann belassen wir es besser bei Luciano«, entschied Rodolfo ernst, doch seine Augen umspielte ein Lächeln.

»Ich weiß nicht, was Sie wissen möchten«, sagte Lucien. »In meinem richtigen Leben bin ich sehr krank. Ich bekomme eine

Behandlung, die mich vielleicht mal heilt, aber solange sie gemacht wird, geht es mir viel schlechter. Hier fühle ich mich jedoch unglaublich gut. Als ob ich kerngesund wäre.«

Rodolfo beugte sich vor und lauschte aufmerksam jedem Wort. Die nächste Stunde verbrachte er damit, Lucien über jede Einzelheit seines normalen Lebens auszufragen, selbst über solche Banalitäten wie die Essensgewohnheiten seiner Familie und wo sie einkauften. Seine dunklen Augen blitzten auf, als Lucien ganz alltägliche Dinge wie Supermärkte, die U-Bahn oder Fußballspiele beschrieb. Selbst als er von Pizza erzählte, von der Lucien doch annahm, dass sie ihm völlig geläufig sei, runzelte Rodolfo verständnislos die Stirn.

»Ein rundes Fladenbrot mit gebackenen Tomaten und Käse drauf?«, fragte er. »Bist du sicher?«

»Oder mit Truthahn oder meinetwegen sogar mit Labskaus. Heutzutage kriegt man alles.«

Rodolfo sah ihn verständnislos an. »Diese Speisen, die du da erwähnst, gibt es bei uns in Talia nicht. Schmecken sie gut?«

»Ja – einige wenigstens –, wenn auch nicht unbedingt auf Pizza«, sagte Lucien.

Rodolfo lehnte sich in seinem Stuhl zurück und streckte mit knackenden Gelenken die Glieder.

»Jetzt sind Sie dran«, sagte Lucien. »Erzählen Sie mir von Bellezza und von Talia.«

»Was möchtest du wissen?«

»Alles.« Lucien machte eine umfassende Geste. »Ich verstehe nichts von alldem. Ich meine, warum ich hier bin und warum ich keinen Schatten habe. Und warum haben Sie jemand wie mich erwartet?«

Rodolfo erhob sich und trat an die steinerne Balustrade. Er

blickte über das silberne Dach der Kirche. Dann wandte er sich um und starrte Lucien an.

»Um deine Fragen zu beantworten, muss ich weiter zurückgehen. Vor einiger Zeit tauchte ein Reisender aus deiner Welt hier bei mir auf. Nach eurer Berechnung lag die Zeit, aus der er kam, Hunderte von Jahren zurück, nach meiner jedoch nicht. Er war der Erste, der das Geheimnis entdeckte, das erste Mitglied der Bruderschaft, der ich angehöre. Er war der erste *Stravagante*.«

»Was ist das?«

»Ein Wanderer. Für uns ein Wanderer zwischen den Welten oder den Zeiten. Es handelte sich um einen mächtigen Gelehrten aus deinem Land. Vielleicht hast du von ihm gehört. Sein Name war William Dethridge.« Rodolfo unterbrach sich und sah Lucien erwartungsvoll an, aber der schüttelte nur den Kopf.

»Seit der ersten Reise von Doktor Dethridge«, fuhr Rodolfo fort, »sind weitere Stravaganti nach den Prinzipien verfahren, die solche Reisen ermöglichen. Es ist ein schwieriges Unterfangen und bisweilen gefährlich. Im Laufe der Zeit haben wir die Risiken entdeckt, die im Übergang von einer Seite auf die andere liegen.«

»Wie in *Raumschiff Enterprise*«, sagte Lucien und wusste sofort, dass er das genauer erklären musste. »Das ist eine Fernsehserie, die in der Zukunft spielt. Da dürfen sie das Raum-Zeit-Kontinuum auch nicht verletzen, sonst sind die Folgen schrecklich. Und sie dürfen sich auch nicht in fremde Kulturen einmischen. Das ist das oberste Gesetz.«

»Davon verstehe ich zwar gar nichts«, sagte Rodolfo langsam, »aber es scheint aus dem gleichen Geist geboren. Keine Reise zwischen eurer Welt und unserer darf leichtfertig angetreten werden. Nur wer die Wissenschaft der *Stravaganza* erforscht hat und sich mit ihren Fallen und ihren Grenzen befasst hat, darf sie antreten.«

»Einen Augenblick«, sagte Lucien. »Nichts davon trifft auf mich zu. Ich hab einfach das Buch in der Hand gehabt und an die Stadt gedacht. Allerdings zuerst nicht mal an Bellezza. Ich habe an Venedig gedacht. Ich glaube, so heißt Bellezza in unserer Welt.«

»Ve-ne-dig«, sagte Rodolfo gedankenvoll. »Klingt nicht wie ein talianisches Wort, aber ich habe es schon gehört. So hat Doktor Dethridge unsere Stadt auch genannt.«

»Wie gesagt, ich habe nichts von alldem studiert.«

»Und dennoch bist du ein Stravagante«, sagte Rodolfo. »Und das bringt dich hier in große Gefahr.«

»Warum?«, fragte Lucien. »Sie haben immer noch nicht erklärt, warum ich überhaupt hier bin.«

»Das wird für dich schwer zu verstehen sein.« Rodolfo schritt auf der Dachterrasse hin und her. »Ich kann nicht behaupten, dass ich selbst alles verstehe, obwohl ich mich seit Jahren mit dieser Wissenschaft befasst habe. Du hast gesagt, dass du ›das Buch gehalten hast‹. Kann ich es mal sehen?«

Etwas widerwillig zog Lucien das Notizbuch aus der Tasche seines blauen Schlafanzugs, den er immer noch unter seinen bellezzanischen Kleidern trug. Er reichte es Rodolfo und der nahm es ehrfürchtig in Empfang – wie eine Bibel. Er wendete es in den Händen. »Weißt du, woher es kam?«, fragte er.

»Mein Vater hat es in einer Abfallmulde in der Waverley Road gefunden.«

»Nein. Deine Beschreibung sagt mir zwar nichts, aber daher ist es nicht gekommen. Es ist in der Werkstatt meines Bruders Egidio hier in Bellezza gemacht worden.«

»Aber wie ist es dann nach London in meine Welt geraten?«
»Ich selbst habe es dort hinterlassen.«

Lucien zog scharf die Luft ein. »Sie waren in meiner Welt?«

»Selbstverständlich«, sagte Rodolfo. »Habe ich dir nicht gesagt, dass auch ich ein Stravagante bin?«

Bei der Vorstellung, dass Rodolfo in seinem schwarzen Samtgewand durch London schritt, musste Lucien lächeln. Aber sicher hielt man ihn einfach für einen ältlichen Hippie und sah nicht zweimal hin; die Leute dachten wahrscheinlich, dass er aus der Künstlerkolonie in Hampstead kam, nicht aus einer anderen Dimension.

Rodolfo gab Lucien das Notizbuch mit den roten und violetten Schlieren zurück.

»Pass gut darauf auf. Zeige es keinem anderen. Es gibt Menschen, die es dir wegnehmen würden.«

»Aber wieso?«, wollte Lucien wissen. »Was könnten sie damit anfangen?«

»Es könnte ihnen helfen, das Geheimnis der Reise in deine Welt zu lüften. Was aber wichtiger ist: Wenn du es verlieren würdest, könntest du nicht mehr zurück«, sagte Rodolfo bedeutungsvoll.

»Wen meinen Sie?«, fragte Lucien. »Andere Stravagantes?«

»Stravaganti«, korrigierte ihn Rodolfo. »Nein. Wenn der Talisman eines anderen in die Hände eines echten Mitglieds der Bruderschaft gelangen würde, würde der sich diese Abkürzung nicht zunutze machen. Aber wir haben Feinde. Menschen, die eure Welt ausbeuten und ihre Wunder hierher bringen möchten.«

»Ihre Wunder?«, fragte Lucien. »In meiner Welt gibt es keine Wunder. Sie ist völlig banal.«

»Und doch könnt ihr große Menschenmengen in Metallbehältern unter der Erde und auf der Erde und sogar in der Luft transportieren!«, sagte Rodolfo. »Ihr habt Maschinen, in die ihr hineinsprechen und Abendessen bestellen könnt, und Maschinen, die es euch dann bringen. Ihr habt viele Arten, mit Leuten in Kontakt zu treten, die meilenweit von euch entfernt leben, und ihr könnt die Bücher aus Bibliotheken in anderen Ländern lesen. Ist das nicht alles ein Wunder?«

»Nein«, sagte Lucien. »Ich verstehe, dass es Ihnen so vorkommen muss, weil Sie keine Flugzeuge und kein Internet und keine Handys haben. Aber Wunder sind das alles nicht – es sind Erfindungen. Sie verstehen schon, Technologie – Wissenschaft.«

Rodolfo schien nicht überzeugt. »Was ich hier in meinem Laboratorium mache, ist Wissenschaft«, sagte er. »Aber lassen wir das mal beiseite. Es ist eure Art der Wissenschaft, die ich als Zauberei, als Wunder bezeichne, hinter der die Chimici her sind.«

»Die Kimitschie«, wiederholte Lucien. »Sind das Ihre Feinde?«

Rodolfo nickte. »Das ist eine der ältesten Familien in Talia. Eine große Familie, die ständig heiratet und sich vermehrt. Jede Stadt in Talia außer einer wird von ihnen regiert. Vielleicht nicht gerade offiziell. Doch sie sind die Macht hinter jedem Herzogtum und jedem Fürstentum im Lande, außer diesem hier, außer der Stadt Bellezza. Selbst der Papst ist einer von ihnen.«

»Der Papst?«, fragte Lucien überrascht. »Sie haben einen Papst?«

»Gewiss«, erwiderte Rodolfo. »Ihr etwa nicht? Unserer regiert offiziell von Remora aus. Doch sein älterer Bruder, Niccolo di Chimici, hat tatsächlich das Sagen.«

»Was würden die Chimici denn machen, wenn sie in meine Welt kommen würden?«, wollte Lucien wissen.

»Wenn sie nicht nur in eure Welt, sondern auch noch in eure Zeit gelangen würden«, sagte Rodolfo, »dann würden sie alle möglichen Wunderdinge mitbringen: Heilmethoden für Krankheiten, Zauber, mit denen man aus unbeweglichen Dingen bewegliche machen kann, geheimnisvolle Waffen, die aus der Ferne töten und verstümmeln können ... Muss ich fortfahren?«

»Und die Stravaganti?«, fragte Lucien. »Was machen die? Nehmen die nichts von diesen Sachen?«

»Nein«, sagte Rodolfo ruhig. »Sie – oder ich könnte auch ›wir‹ sagen, da du jetzt einer von uns bist, ob es dir gefällt oder nicht – wir nehmen nichts mit aus eurer Welt, außer es garantiert eine sichere Rückkehr. Wir bewachen das Geheimnis dieser Art von Reise. Seit Doktor Dethridge seine erste Reise machte, rein zufällig, war jemand nötig, der alle Reisen zwischen unseren Welten beobachtet.«

Lucien runzelte die Stirn. »Einen Moment. Da ist was, das versteh ich nicht. Eigentlich versteh ich gar nichts, aber haben Sie nicht gesagt, dass der Doktor vor vielen Hundert Jahren in meiner Welt lebte?«

»Ja, im sechzehnten Jahrhundert. In der Zeit von Shakespeare und Königin Elisabeth.«

»Die haben wir jetzt auch wieder«, sagte Lucien. »Keinen Shakespeare, aber eine Elisabeth. Aber wenn Sie nichts über Supermärkte oder die U-Bahn wissen und so altmodische Klamotten tragen, in welchem Jahrhundert leben Sie?«

Rodolfo seufzte. »Leider immer noch im sechzehnten. Deshalb sind die Chimici so versessen darauf, eure Wunder des zwanzigsten Jahrhunderts in die Finger zu bekommen.«

»Inzwischen haben wir das einundzwanzigste«, sagte Lucien abwesend. Seine Gedanken überschlugen sich. Allmählich begann er die Lage etwas mehr zu begreifen, auch wenn es in seinem Verständnis noch große Lücken gab. »Sie wollen sagen, dass die Chimici es nicht abwarten wollen, bis diese Dinge hier erfunden werden? Sie möchten die Zivilisation sozusagen vorantreiben?«

Rodolfo sah ihn bekümmert an. »Falls man das Zivilisation nennen kann, wenn Unmengen von Menschen mit einem Schlag getötet werden, dann ist es wohl genau das, was sie wollen, ja.«

»Aber es ist ja nicht alles so negativ«, wehrte sich Lucien. »Sie haben es ja selbst angesprochen, man könnte gewisse Krankheiten heilen und dergleichen.«

»Wäre das ungefährlich? Würden die Chimici wissen, wie man mit dem Zaubermittel umgeht, von dem man erwartet, dass es dir hilft?«

Lucien hatte irgendeinen verrückten Schurken in Samtumhang vor Augen, der versuchte, einem Bellezzaner chemische Mittel einzuspritzen. »Nein. Der müsste wohl schon von einem Arzt des einundzwanzigsten Jahrhunderts unterwiesen werden.«

»Und wenn sie diese Heilmethoden hätten und die Kunst, sie anzuwenden«, fuhr Rodolfo beharrlich fort, »glaubst du vielleicht, sie würden sie allen zugänglich machen? Nein. Die Chimici wollen nur den Chimici helfen. Sie würden sich nur das zusammenrauben, was sie selbst stärken würde, was sie länger leben lassen würde, was ihren Frauen leichte Geburten und gesunde Säuglinge bescheren würde. Zum Teufel mit allen anderen.«

Er ging jetzt mit langen Schritten die Terrasse auf und ab,

verärgert und ziemlich aufgebracht. Bei allem, was Lucien von dem Spiel verstand, in das er verwickelt worden war, konnte er sich wohl glücklich schätzen, dass er auf derselben Seite stand wie Rodolfo. Der Stravagante würde ein äußerst unangenehmer Widersacher sein.

Rodolfo hielt abrupt inne, als sich Alfredo durch das Fenster quälte.

»Herr«, rief der Diener, »der remanische Botschafter steht unten. Er möchte vorgelassen werden.«

Während er sprach, drückte er rasch Daumen und kleinen Finger der rechten Hand aufeinander und berührte mit den mittleren Fingern Stirn und Brust.

»Sage ihm, ich sei nicht da«, wies ihn Rodolfo stirnrunzelnd an.

»Das habe ich bereits versucht, Herr, aber er hat gesehen, dass Eure Mandola unten angebunden ist«, sagte der alte Mann. »Und er sagt, dass ›seine Leute‹ Euch heute noch nicht haben ausgehen sehen.«

»Seine Leute?«, sagte Rodolfo empört. »Jetzt setzen sie also schon Spitzel auf mich an, was?« Er drehte sich rasch nach Lucien um. »Schnell, in mein Laboratorium. Wenn ihr Spitzel meine Tür beobachtet hat, wird er dich hereinkommen gesehen haben. Aber man kann von hier auf mehr als einem Weg verschwinden. Wir müssen dich fortschaffen.«

Lucien folgte Rodolfo über den niedrigen Fenstersims, war jedoch verwirrt. Wie sollte er fortkommen? Und warum war der remanische Botschafter für ihn von Bedeutung? Rodolfo schritt rasch auf die gegenüberliegende Wand zu und ergriff einen Kerzenhalter in Form eines Pfauen mit ausgebreitetem Rad. Es war ein ganz wunderschönes Stück Kunsthandwerk und Lucien fragte sich, wieso er es nicht gleich bemerkt hatte, als er das Laboratorium zum ersten Mal betreten hatte. Der Pfau war aus Silber und jede Farbe der Federn war in leuchtendem Email aufgebracht. Die Blautöne der Pfauenbrust und die Violett- und Grüntöne des Rades schimmerten in der Düsternis des Raumes wie ein Leuchtfeuer, das einen sicheren Hafen ankündigt.

Rodolfo drehte den Kopf des Pfauen herum und die dahinter liegende Wand wich zurück. Lucien traute seinen Augen nicht. Ein Geheimgang! Doch bevor er noch ein Wort sagen konnte, scheuchte Rodolfo ihn bereits in den Gang und griff wieder nach dem Pfauenkopf. Lucien konnte von außerhalb des Laboratoriums Lärm und Stimmen hören.

»Folge dem Gang einfach«, flüsterte ihm Rodolfo zu. »Er führt dich in den Palast der Duchessa. Drücke leicht gegen die Tür, wenn du ans andere Ende kommst, und du wirst dich in ihren Privatgemächern wiederfinden.«

Lucien blieb reglos stehen. Er hatte keineswegs vor, der Duchessa in ihren Privatgemächern allein gegenüberzutreten! Lieber würde er einem Tigerweibchen in einem Käfig gegenüberstehen. Die Duchessa war eindeutig die beunruhigendste Person, der er je begegnet war!

»Wow!«, sagte er. »Und warum sollte ich das tun?«

Rodolfo beugte sich näher und seine großen Augen fixierten Lucien mit dem Blick eines Hypnotiseurs. »Weil die Person, die da heraufkommt, Rinaldo di Chimici ist«, sagte er leise. »Und wenn er dich je findet, dann wird er dich wegen deines Notizbuchs, ohne mit der Wimper zu zucken, umbringen. Geh jetzt. Und ich komme so bald wie möglich nach. Nimm diesen Feuerstein, damit du was siehst.« Er durchsuchte seine Gewänder und steckte Lucien etwas zu, das ungefähr die Größe eines Enteneis hatte.

»Sage Silvia, dass ich dich schicke.«

Damit wurde Lucien in den Gang geschubst und die Wand schloss sich hinter ihm, noch bevor er mit Shakespeares Worten fragen konnte: »Wer ist Silvia?«

So stand Lucien nun im Inneren des Ganges und gewöhnte seine Augen an die Dunkelheit. Es war pechschwarz. Lucien hielt das »Ei« hoch und sah fasziniert zu, wie es zu leuchten begann. Bald fühlte es sich warm an und glühte rot. Es gab ein schwaches Licht ab, gerade genug, um ihm zu zeigen, dass er sich in einem engen, steinernen Gang mit unebenem Boden befand. Es roch muffig, aber nicht feucht. Nachdem er eine Weile an der Tür hinter dem Pfauenleuchter gelauscht und herausgefunden hatte, dass er durch das dicke Holz nichts hören konnte, zuckte er mit den Schultern und machte sich auf, den Gang zu durchqueren. Der Feuerstein warf beim Gehen seltsame Muster an die Wände und wieder bemerkte Lucien, dass er keinen Schatten hatte.

»Duchessa, jetzt komm ich!«, murmelte er vor sich hin.

»Herr Botschafter, was kann ich für Euch tun?« Rodolfo begrüßte Rinaldo di Chimici mit eisiger Höflichkeit, doch es bestand kein Zweifel, dass er innerlich wegen der Dreistigkeit dieses adeligen Spions kochte.

»Herr Senator«, sagte di Chimici und verbeugte sich förmlich, während sein Blick durchs Zimmer huschte. Er hatte den Hinweis erhalten, dass ein Junge von der Scuola Mandoliera in Signor Rodolfos Laboratorium gebracht worden war, und war nun verblüfft. Aber er konnte ja schlecht fragen, wo der Junge steckte.

»Ich gebe nächste Woche in der Botschaft ein Diner für die Duchessa«, sagte er stattdessen, »und ich hoffe doch sehr, dass Ihr mit von der Partie seid.«

»Mit dem größten Vergnügen«, erwiderte Rodolfo. »Doch Ihr erweist mir zu viel der Ehre, die Einladung selbst zu überbringen.«

Beide Männer ergingen sich eine Weile in Floskeln, sagten eine Sache und meinten doch eine andere und ihr Treffen dauerte nicht lang. Rodolfo entledigte sich des Botschafters so rasch, wie es die Höflichkeit zuließ, doch er folgte Lucien nicht sofort durch den Geheimgang zur Duchessa.

Stattdessen richtete er seine Spiegel neu aus und stellte einen auf den Kanal vor seinem Haus ein. Dort, auf der Brücke gleich vor dem Haus, lehnte eine Person in einem blauen Umhang, die anscheinend unbeteiligt in das trübe Wasser blickte. Während Rodolfo etwas vor sich hin murmelte, sah die Person erschrocken auf, als sei sie sich bewusst, dass der Blick des Zauberers auf ihr ruhe. Kurz darauf war die Brücke leer. Rodolfo lächelte. »Das war's wohl dann mit Eurem Spitzel«, sagte er.

Lucien tastete sich vorsichtig durch den in rotes Licht getauchten Geheimgang. Manchmal hatte er das Gefühl, Musik zu hören, aber nur ganz schwach. Die Steinwände wirkten sehr massiv. Schließlich erreichte er das Ende und stand vor einer Tür, die der vom Laboratorium ziemlich ähnelte. Er hielt an und überlegte.

Silvia musste doch wohl die Duchessa sein? War sie Freund oder Feind? Für Rodolfo war sie eindeutig eine Freundin und dann stand sie vermutlich auf der richtigen Seite. Aber Lucien konnte nicht verhindern, dass er sie viel beunruhigender fand als Rodolfo. Vielleicht sollte er sich einfach in dem Gang verborgen halten, bis der remanische Botschafter gegangen war?

Beim Gedanken an den Botschafter fielen ihm jedoch die

Worte Rodolfos ein: »Wenn er dich je findet, dann wird er dich wegen deines Notizbuchs, ohne mit der Wimper zu zucken, umbringen.« Plötzlich hatte Lucien nicht mehr nur Angst, sondern kam sich auch sehr verletzlich vor. Das Leben hier in Bellezza war zwar aufregender, als zu Hause im Bett zu liegen und sich elend zu fühlen, aber er wollte nicht auf ewig hier festsitzen. Und was würde wohl mit dem anderen Lucien passieren, wenn er hier in Bellezza umgebracht würde?

Das waren genügend Gründe, um weiterzugehen, auch wenn er all seinen Mut zusammennehmen musste und die Augen schloss, als er die Tür aufstieß.

»Sieh mal an, wen haben wir denn da?«, sagte eine Stimme, die er wiedererkannte.

Lucien öffnete die Augen und blinzelte, so geblendet war er von der üppigen Ausstattung des Raumes, in dem er sich befand. Ihm gegenüber saß die Duchessa, diesmal ohne Maske. Ihr Antlitz war keineswegs Furcht einflößend – es war umwerfend schön, wenn auch nicht mehr jung. Ihre großen veilchenblauen Augen sahen ihn durchdringend an, während er sie mit offenem Mund staunend anstarrte. Ihre Lippen verzogen sich zu einem amüsierten Lächeln.

»Gefällt dir, was du siehst, mein Junge?«, fragte sie mit ruhiger Stimme, doch dann schlug ihr Ton völlig um: »Ist der Anblick es wert, dafür zu sterben?«

Sie schnippte mit den Fingern nach ihrer Kammerzofe. »Ruf die Wachen. Sag ihnen, wir haben einen Eindringling.«

»Nein, warten Sie!«, stammelte Lucien. »Rodolfo hat mich hergeschickt.«

Die Duchessa bedeutete der Frau zu warten. »Ich habe mir schon gedacht, dass du seinen geheimen Eingang nicht ohne sein Wissen benutzt. Doch wer bist du?« Sie erhob sich und griff ihm mit der Hand unter das Kinn. Er bemerkte, dass er etwas aufsehen musste zu der hoch gewachsenen Frau. »Bist du nicht einer von meinen neuen Mandoliers?«

Sie wartete nicht, bis er antwortete. »Was denkt sich Rodolfo nur? Er weiß doch so gut wie keiner, dass es für jeden Außenstehenden den Tod bedeutet, mich ohne meine Maske zu sehen.«

Lucien geriet in Panik. Es schien, als ob der Tod an beiden Enden des Geheimgangs auf ihn lauerte. »Er hat mich hierher geschickt, weil Rinaldo di Chimici die Treppe heraufkam. Er sagte, der Botschafter würde mich umbringen.«

Die Duchessa erstarrte. »Du kannst gehen«, sagte sie hoheitsvoll zu ihrer Zofe.

»Die Wachen, Euer Gnaden?«, fragte diese vorsichtig und wurde mit einem Blick bedacht, der jede weniger mutige Person in Stein verwandelt hätte.

»Sag ihnen, sie sollen ihre Waffen polieren«, befahl die Duchessa schließlich.

Als die Frau das Gemach verlassen hatte, deutete die Duchessa auf einen Stuhl neben sich.

»Jeder Feind der Chimici muss ein Freund Bellezzas sein. Und ich *bin* Bellezza. Nun erzähle mir, wer du eigentlich bist.«

Kapitel 5

Lagunenstadt

Sehr zu ihrer Überraschung langweilte sich Arianna. Sicher, sie war die Insel losgeworden und den neugierigen Blicken ihrer Mitbewohner entkommen. Doch hier in Bellezza war sie nichts Außergewöhnliches, einfach nur ein weiteres junges Mädchen. Während sie mit ihrer Tante beim Obst- und Gemüsehändler Schlange stand, einen Korb am Arm, grüßte sie keiner mit Namen oder erkundigte sich nach dem kranken Bein ihres Großvaters. Ariannas Blick glitt zum Dom hinüber. Zu mehr hatte ihr großes Abenteuer also nicht geführt. Statt reiche Besucher durch die Kanäle der Stadt zu schippern, spielte sie die Hausfrau und hatte nichts Spannenderes vor, als die glänzendste Aubergine auszusuchen.

Arianna seufzte. Sie überlegte nicht zum ersten Mal, was wohl passiert wäre, wenn sie beharrlich bei Luciano geblieben wäre. Sie hätte behaupten können, seine Schwester zu sein, und ihn dann vielleicht ersetzen können, nachdem die Duchessa fort gewesen wäre. Die Duchessa! Es war einfach ungerecht, dass sie so viel Macht hatte und die anderen Frauen von Bellezza so wenig. Arianna verabscheute sie.

Plötzlich entstand eine leichte Unruhe in der Schlange. Die Frauen machten Platz, um eine große, schwarz gekleidete Gestalt vorbeizulassen. »Guten Morgen, Herr«, »Seid gegrüßt, Senator«, murmelten sie und knicksten und nickten. Leicht verwundert sah Arianna, dass der Senator bei ihrer Tante stehen blieb und sich an sie wandte. Leonora wirkte etwas verwirrt. Womöglich hatte sie einen neuen Liebhaber? Er sah stattlich genug aus, um zu einer reichen Witwe zu passen, aber gab es nicht Gerüchte um ihn und die Duchessa?

»Dann bis heute Nachmittag. Guten Tag – Guten Tag, die Damen.« Und schon war er weiter und lief mit langen Schritten über die Piazza.

»Um was ging's denn da?«, fragte Arianna auf dem Rückweg zu Leonoras Haus. »Ich wusste gar nicht, dass du Signor Rodolfo kennst.«

»Nur flüchtig. Er hat sich meinem Mann einmal behilflich erwiesen«, sagte ihre Tante und sah sich verstohlen um, denn sie wollte sichergehen, dass sie nicht belauscht wurden. »Er scheint sich für dich zu interessieren.«

Arianna war verblüfft. »Für mich? Wieso das denn?«

»Ich habe keine Ahnung. Aber er kommt uns heute Nachmittag besuchen und er sagte, ich solle dir unbedingt ausrichten, er brächte Neuigkeiten von deinem Freund Luciano.«

Arianna schnaubte. »Ein schöner Freund!« Doch mehr wollte sie nicht verraten, und da Leonora auch nicht mehr wusste, verbrachten sie die nächsten paar Stunden in besorgter Erwartung. Leonora bewältigte ihre Neugier, indem sie jeden Zentimeter des bereits tadellosen Hauses putzte und eine besonders gehütete silberne Kaffeekanne polierte. Arianna tat, was man ihr sagte, doch in Gedanken war sie anderswo.

Als die große Glocke des Campanile drei Uhr schlug, wurde der Senator in den Garten im Innenhof gebeten. Er sah sich voller Anerkennung um, ehe er sich setzte und Leonora begrüßte. Dann richtete er seinen durchdringenden Blick auf

Arianna. Ganz unwillentlich errötete sie. Er war ja so eine beherrschte und vornehme Erscheinung und sie hatte das seltsame Gefühl, dass er nur zu gut über ihren misslungenen Versuch, ein Mandolier zu werden, Bescheid wusste. Luciano musste ihm davon erzählt haben, dieser gefühllose Schurke! Doch Ariannas Verlegenheit wurde alsbald zu Angst, als ihr aufging, wie gefährlich es war, wenn Rodolfo von allem wusste.

Als der Kaffee und das Gebäck herausgebracht worden waren, beugte sich Rodolfo vor und sprach sie höflich an.

»Soviel ich weiß, kennst du meinen jungen Lehrling Luciano?«

»Euren Lehrling, Herr? Ich dachte, er sollte Mandolier werden.« Arianna konnte die Verbitterung in ihrer Stimme nicht unterdrücken. »Hat ihn die Duchessa doch nicht ausgewählt?«

»Doch«, sagte Rodolfo. »Aber ich habe sie überredet, dass das ein Irrtum war. Ein verständlicher Fehler, aber er war nicht zur Scuola gekommen, um sich anzumelden. Er war auf dem Weg zu mir.«

Was spielt er wohl für ein Spiel?, überlegte Arianna. Luciano hätte den Senator Rodolfo vor ein paar Tagen nicht mal von einem Teller mit Heringen unterscheiden können. Und nun war er sein Lehrling ... Aber sie stellte fest, dass sie froh war zu erfahren, dass er doch nicht Mandolier wurde. Es machte sie glücklicher, als sie seit Tagen gewesen war. Nun musste sie ihm nicht mehr böse sein.

»Würdest du ihn gerne wiedersehen?«, fragte Rodolfo und wandte sich dabei gleichzeitig an Leonora. »Natürlich nur, wenn Ihr zustimmt, Signora. Er kennt in Bellezza niemand in seinem Alter und ich dachte, Eure Nichte sei eine passende

Gefährtin für ihn. Er ist neu in der Stadt und sie könnte ihn vielleicht herumführen?«

Als sie sich eine Stunde später von ihrem Besucher verabschiedeten, sah Leonora Arianna stirnrunzelnd an. »Signor Rodolfos Lehrling ist also nicht aus Bellezza und dennoch war er am Tag nach der Vermählung mit dem Meer in der Scuola? Das macht schon zwei, die am Verbotenen Tag in der Stadt waren. Würdest du mir vielleicht erklären, wie du ihn kennengelernt hast?«

Lucien wachte auf und bemerkte, dass seine Mutter ihm ins Gesicht sah. Das kam so unerwartet, dass er eine Weile brauchte, um zu begreifen, dass er nicht mehr in Bellezza war.

»Oh, Lucien«, sagte seine Mutter und strich ihm über die Wange. »Du hast mir vielleicht Angst gemacht. Ich hab dich nicht wach bekommen. Wie fühlst du dich?«

Das war eine Frage, die er nicht beantworten konnte. Einerseits fühlte er sich genauso elend wie jetzt immer in der realen Welt. Aber gleichzeitig stand er irgendwie unter Adrenalin. Bellezza war eben auch real und er hatte seine erste bewusste und freiwillige Reise dorthin und wieder zurück bewerkstelligt. Er war ein Stravagante, wie Rodolfo das nannte, und es war überraschend einfach gewesen.

Er lächelte seine Mutter an. »Ganz gut. Wirklich. Ich habe gut geschlafen. Und tief – wahrscheinlich habe ich dich deshalb nicht gehört.« Er streckte sich und gähnte weit und sah, wie die Angst aus ihrem Gesicht wich. Sie lächelte zurück.

»Möchtest du was frühstücken?«

»Gerne. Könnte ich ein Schinkenbrot haben?«

Beschwingt stand seine Mutter auf. Seit Wochen hatte er nicht mehr nach so etwas gefragt und es war deutlich, dass sie es ihm nur zu gern zubereiten wollte.

Sobald sie aus dem Zimmer gegangen war, ließ sich Lucien in die Kissen fallen. Alles drehte sich ihm im Kopf. Als er der Duchessa so plötzlich gegenüberstand, hatte er gemeint, sein letztes Stündlein habe jetzt geschlagen, aber zum Glück war Rodolfo ihm alsbald durch die Geheimtür gefolgt und hatte ihr alles erklärt. Es war erstaunlich, wie viel weniger beunruhigend sie wirkte, wenn Rodolfo in der Nähe war. Sie kannten sich offensichtlich schon seit langer Zeit und Rodolfo hatte genauso offensichtlich keine Spur von Angst vor ihr.

Zu dritt hatten sie sich eine Alibigeschichte für Lucien ausgedacht. Er war Luciano, ein junger Cousin Rodolfos aus Padavia, der bei ihm eine Lehre machte. Man würde ihm standesgemäße bellezzanische Kleider geben und ein Zimmer in Rodolfos Palazzo. Aber zu seinem eigenen Schutz musste er auch tatsächlich bei Rodolfo lernen. Abgesehen von allem anderen durfte er nicht unfreiwillig in seiner alten Welt verschwinden und musste die Kunst der Zeitreise richtig erlernen.

Eine Menge verstand Lucien immer noch nicht. Er hatte selbst herausgefunden, wie man von dieser Welt nach Bellezza kam, und zwar anscheinend, indem man das Notizbuch umklammerte, wenn man einschlief, und an die schwimmende Stadt dachte. Als er die Heimreise das erste Mal angetreten hatte, war es Zufall gewesen, aber es hatte den Anschein, dass er, wenn er in Bellezza das Bewusstsein verlor, in seine eigene Welt zurückkehrte – jedoch auch nur, wenn er das Buch in der Hand hielt.

»Bedeutet das, dass ich in Bellezza nicht schlafen kann?«, hatte er gefragt, als er wieder mit Rodolfo in seinem Laboratorium war.

»Wenn du das Buch festhältst, nein«, sagte Rodolfo, der ihn genauestens nach dem Verlauf seiner vorherigen Reisen ausgefragt hatte.

»Und hierher kann ich nur gelangen, wenn ich in meiner eigenen Welt schlafe?«, bohrte Lucien weiter nach. »Mir ist aufgefallen, dass es hier immer Tag zu sein scheint, wenn es daheim Nacht ist.«

»So sieht es wohl aus«, sagte Rodolfo. »So war es wenigstens auch bei Doktor Dethridge, obwohl auch er nicht wusste, warum es so war. Wir wissen nur eines, nämlich, dass es leichter ist für Stravaganti aus eurer Welt, unsere zu betreten und zu verlassen, als für unsere, in die entgegengesetzte Richtung zu reisen. Vielleicht, weil der Erste der Bruderschaft, Doktor Dethridge, aus eurer Welt kam und den Zugang geöffnet hat. Wir wissen noch immer sehr wenig über die Zeitverschiebung zwischen den beiden Welten.«

Aus welchem Grund auch immer, Lucien war es gelungen, zurückzukehren, indem er das Buch berührt und sich auf sein Zuhause konzentriert hatte. Vielleicht war er jetzt deshalb so erschöpft. Als das Schinkenbrot kam, konnte er es fast ganz aufessen, sehr zur Freude seiner Mutter. Lucien hatte eine geheime Hoffnung: dass all seine Aktivitäten in Bellezza – gehen, essen, sich ganz normal zu verhalten – sich vielleicht auf sein alltägliches Leben übertragen und ihn hier kräftigen würden.

Jetzt konnte er an nichts anderes mehr denken, als in die

Stadt zurückzukehren und jede Nacht dort zu verbringen. Aber wie sollte er nur die Zeit in seiner Welt bis zum Abend herumbringen?

Arianna war ratlos. Schließlich erzählte sie ihrer Tante ehrlich, was passiert war. »Und als ich gesehen habe, dass die Duchessa ihn wählen würde, bin ich davongerannt und heimgekehrt«, schloss sie.

Leonora lief aufgeregt im Hof auf und ab. »Die Sache gefällt mir nicht«, sagte sie. »Da passt doch nichts zusammen. Und ich will auf keinen Fall, dass du dahinein verwickelt wirst. Politik bedeutet immer Ärger in der Lagune – wenn nicht sogar in ganz Talia! Und wenn das irgendwas mit der Duchessa zu tun hat, dann steckt auf jeden Fall Politik dahinter. Dennoch, Senator Rodolfo ist ein ehrenwerter Mann, und wenn er diesen seltsamen Jungen unter seine Fittiche genommen hat, nehme ich an, dass es nicht schaden kann, wenn du die Zeit mit ihm verbringst.«

Leonora schien viel weniger beunruhigt über die Tatsache, dass Lucien aus einer anderen Welt kam, als darüber, dass er in die Machenschaften der Duchessa verwickelt war. Und dann brachte sie noch etwas anderes auf: »Aber das Risiko, das du eingegangen bist, am Verbotenen Tag in der Stadt zu bleiben! Wenn man dich erwischt hätte, wärst du festgenommen und zum Tode verurteilt worden! Deine Mutter hatte nur zu Recht, sich Sorgen um dich zu machen. Ein Mandolier zu werden, also wirklich! So etwas hab ich ja noch nie gehört!«

Arianna wollte sich verteidigen, doch sie brach ab. Schließlich erlaubte es Leonora, dass sie Luciano wiedersah, und die Tatsache, dass er Rodolfos Lehrling war, machte ihn nur umso anziehender. Er muss selbst ein guter Wissenschaftler sein, überlegte sie, sonst würde ihn Signor Rodolfo doch nicht anstellen. Und er will, dass ich ihm die Stadt zeige. Das bedeutet auf jeden Fall Abenteuer! Wenigstens habe ich mehr Chancen, dass mal was Interessantes passiert, als wenn ich hier sitze und das Silber putze!

In einer Taverne im Norden der Stadt schüttete ein Mann in einem blauen Umhang ein Glas Strega nach dem anderen in sich hinein. Er war der Ansicht, sich das nach dem, was er kürzlich erlebt hatte, verdient zu haben. Gerade noch hatte er das Haus von Senator Rodolfo ausspioniert – und plötzlich war er in Padavia gewesen! Er hatte Tage gebraucht, um nach Bellezza zurückzuwandern, und er war äußerst schlechter Laune. In Zukunft würde er seinen Herren einiges mehr in Rechnung stellen, wenn er wieder einen mächtigen Gelehrten wie Rodolfo bespitzeln sollte – zumindest so viel, dass er seine Rückfahrt per Kutsche bezahlen konnte, sollte er wieder aus der Stadt hinausgezaubert werden.

»Noch einen!«, wies er den Mann hinter der Theke an. Nach alldem hatte er nichts anderes im Kopf, als sich einen anzutrinken. Später würde er dann vielleicht noch seine Verlobte Giuliana besuchen.

»Du bist es!«, rief Lucien aus, als Rodolfos Diener Arianna ins Laboratorium einließ.

Sie lachte über sein Unbehagen.

»Du scheinst dich inzwischen in Bellezza viel wohler zu fühlen, du Kahlkopf«, neckte sie ihn. »Weißt du überhaupt, wie viele Bürger alles geben würden, um an deiner Stelle zu sein? Signor Rodolfo ist ein sehr bedeutender Mann!«

»Danke«, sagte der Senator und trat aus einer dunklen Zimmerecke. »Ich freue mich, dass du zustimmst.«

Arianna fiel mit einem ungeschickten Knicks auf die Knie und machte das Zeichen der Glückshand.

»Das ist nicht nötig«, tadelte Rodolfo sie. »An einem Ort der wissenschaftlichen Forschungen ist kein Platz für Aberglauben.«

»Ich habe ja keine Ahnung gehabt, dass *du* mich durch die Stadt führen sollst«, sagte Lucien. »Ich möchte dir erklären, was in der Scuola passiert ist.«

»Ich weiß, was passiert ist«, sagte Arianna und presste kurz die Lippen aufeinander. »Die Duchessa hat dich gesehen und du hast ihr gefallen. So läuft das hier in Bellezza. Der äußere Schein ist alles. Ich weiß, dass du nichts dafür konntest.«

»Genau das sollst du Lucien beibringen – wie die Dinge hier in Bellezza laufen«, sagte Rodolfo. »Wir verbreiten, dass er aus Padavia ist, doch ich nehme an, du weißt, dass dem nicht so ist?«

Arianna nickte langsam und wandte sich an Lucien. »Dann stimmt es also. Du bist wirklich aus einer anderen Welt?«

»Ja«, bestätigte Lucien. »Ich bin ein Stravagante.«

Arianna konnte nicht anders, ihre gekrümmte Hand berührte automatisch die Stirn. Jedermann in der Lagune hatte dieses Wort gehört, doch nur wenige wussten, was es bedeutete. Nur eines war klar: Es bedeutete Macht und Geheimnisse und Gefahr. Da hatte sie ihr Abenteuer, sie musste gar nicht mehr suchen.

»Wirst du das machen?«, fragte Rodolfo. »Wirst du Luciano so unterweisen, dass er als Bellezzaner durchgeht?«

Die nächsten paar Wochen waren die glücklichsten, die Lucien je erlebt hatte. Seine Tage vergingen genauso langsam und quälend wie zuvor. Doch in der Nacht schlüpfte er mit Leichtigkeit in sein bellezzanisches Leben zurück. Er trug Samt, trank Wein, brachte den Vormittag mit wissenschaftlichem Unterricht zu, wie er ihn in der Schule noch nie erlebt hatte, und verbrachte die Nachmittage mit Arianna, indem sie durch die Straßen und über die Brücken der wunderbaren Stadt schlenderten. Seine einzige Sorge war es, daran zu denken, nicht im direkten Sonnenlicht zu gehen, damit niemand sah, dass er keinen Schatten hatte.

Wenn er in seiner alten Welt wach war, las er alles über Venedig, was er in die Finger bekam. Sein Vater freute sich richtig über sein neues Interesse, brachte ihm Bildbände aus der Bücherei und kaufte einige Venedig-Bücher in der Buchhandlung in ihrem Viertel.

»Du wirst ja ein richtiger Spezialist sein, wenn du wieder in die Schule kommst«, sagte er. »Bestimmt hilft dir das in Geschichte und Erdkunde.«

Doch je mehr Lucien über Venedig erfuhr, desto klarer wurde Luciano, dass es sich von seinem Bellezza unterschied. Zum Beispiel wurde in Bellezza Silber besonders geschätzt, viel mehr als Gold, das man für ein minderwertigeres Metall hielt. Alle Kuppeln des großen Doms waren in Bellezza aus Silber gemacht. Als er Arianna darauf ansprach, ließ sie ihr typisches verächtliches Schnauben vernehmen.

»Aber sicher doch, was denn sonst? Gold läuft an. Verstehst du, es wird schwarz. Wir nennen das ›morte d'oro‹. Ist das in eurer Welt nicht so?«

»Nein«, sagte Lucien. »Silber wird schwarz, wenn man es nicht putzt. Gold muss man nie putzen.«

»Wir müssen Silber hier bei uns nie putzen, höchstens mal ein bisschen aufpolieren.«

Lucien überlegte sich, was wohl passieren würde, wenn er etwas Gold, das in Bellezza überall billig zu haben war, in seine Welt mitnähme.

»Jetzt fängst du schon an, wie ein Chimici zu denken«, sagte Rodolfo, als er ihn um Rat fragte.

Lucien war entsetzt, aber letztlich musste er zugeben, dass es stimmte. »Dann gilt das also in beide Richtungen?«, fragte er. »Ich darf auch von hier nichts mit zurücknehmen?«

»Nur das Buch, das du mitgebracht hast«, sagte Rodolfo. »Und viel später, wenn du ein Stravaganza-Experte bist, wirst du vielleicht auserkoren, wieder einen Talisman mitzunehmen – irgendein Objekt, das es einem zukünftigen Stravagante erlaubt, die Reise von eurer Welt in unsere zu machen.«

»So wie Sie uns das Buch gebracht haben?«

Rodolfo nickte. Lucien seufzte. Er konnte sich nicht vorstellen, jemals so ein gelehrter Experte zu werden wie Rodolfo. Die Lektionen waren schwer. Solange es um Materie und Geologie ging, war das immerhin noch dem ähnlich, was Lucien bisher in den Naturwissenschaften gelernt hatte. Aber meistens war der Unterricht eher wie Meditation. Rodolfo war sehr bemüht, Luciens Fähigkeit zur Konzentration zu entwickeln.

»Mach deinen Kopf leer«, sagte er immer, was Lucien unmöglich schien. »Nun konzentriere dich auf einen Punkt in der Stadt. Stelle ihn dir vor. Beschreibe ihn mir. Farben, Gerüche, Geräusche, Beschaffenheit.«

Das war eine Übung, bei der Lucien mit der Zeit immer besser wurde, dank seiner nachmittäglichen Spaziergänge mit Arianna. Schließlich waren ihm die Gässchen und Plätze und Durchgänge von Bellezza so vertraut wie die Straßen und

Parks und Wege seines Viertels in Nordlondon. Aber die Stadt verlor nie ganz ihre Fremdartigkeit für ihn.

Sie war wie ein Netz angelegt, zusammengehalten von ihren Hunderten von kleinen Wasserstraßen. Die seltsam geformten Landstückchen, die miteinander durch Tausende von kleinen Brücken verbunden waren – teils aus Holz, teils aus Stein –, waren dicht bebaut mit hohen, schmalen Häusern, von denen einige vornehm und palastartig waren, andere dagegen ärmer und eher funktional. Jeder kleine Platz hatte seinen eigenen Brunnen und war der natürliche Treffpunkt der Anwohner. Und ganz viel vom Leben der Menschen fand draußen im Freien statt.

Immer wieder wurde Lucien bewusst, dass das Leben in dieser Stadt nach seiner Geschichtsrechnung vor über vierhundert Jahren stattfand. Es gab keine Motorboote auf den Kanälen, kein elektrisches Licht, keine richtigen Toiletten. Er hatte sich sehr angewöhnt, mit einem Gang dorthin zu warten, bis er wieder in seiner Welt war, und sich so wenig wie möglich auf die primitiven sanitären Gegebenheiten Bellezzas einzulassen. Er wusste, sosehr ihn die Stadt auch faszinierte, er blieb ein Besucher, ein Zeit- und Weltenwanderer.

Ein deutliches Zeichen dafür, dass er in der Vergangenheit gelandet war, war auch die Tatsache, dass einige der prächtigen Gebäude so neu waren. Und überall in der Stadt wurden noch neue Häuser gebaut. Mandolas und Kähne mit Steinblöcken reihten sich in den Kanälen aneinander. Die Welt Ariannas war sehr geschäftig und voller neuer Vorhaben.

»Das gibt's doch nicht!«, rief sie ständig aus, wenn er ihr seine Welt zu erklären versuchte. »Jedermann hat einen Kasten mit lebenden Bildern im Wohnzimmer stehen? Und Jugendliche in unserem Alter haben sogar einen in ihrem Zimmer?

Und überhaupt haben viele ein Zimmer für sich ganz allein? Und sie können mit ihren Freunden am anderen Ende der Stadt reden, ohne das Zimmer zu verlassen? Das gibt's doch nicht!«

Einige Dinge vermochte er ihr überhaupt nicht zu erklären. *Gameboys* zum Beispiel. Genauso Fußball. Je mehr Lucien die Regeln und all die kleinen Rituale zu erläutern versuchte, desto lächerlicher klangen sie in seinen eigenen Ohren. »Und warum ziehen sie sich das Trikot über den Kopf?«, wollte Arianna beispielsweise wissen. Darauf konnte er nichts antworten.

Je mehr er über ihre Welt erfuhr, desto ferner rückte ihm sein Leben in London. Arianna berichtete ihm von den vielen Festlichkeiten, die in der Stadt gefeiert wurden. Vom Karneval hatte er natürlich in den Büchern über Venedig schon gelesen und sie hatte ihm bei seinem ersten Besuch bereits von der Vermählung mit dem Meer berichtet. Doch es gab außerdem Mandola-Regatten, Ruderregatten, Lichterfestivals, bei denen alle Mandolas mit Fackeln geschmückt wurden, und Feste auf speziellen Brücken, auf denen traditionelle Kämpfe zwischen verschiedenen örtlichen Gruppen ausgefochten wurden. Die Liste hörte gar nicht mehr auf. Es schien, als ob es für die abergläubischen und impulsiven Lagunenbewohner fast jede Woche einen Anlass zum Feiern gab. Und jede Feier wurde durch üppige Festmahlzeiten und wunderbare Feuerwerksschauspiele gekrönt.

»Das hört sich an, als ob man sich hier ständig amüsieren könnte«, sagte Lucien. »Ihr Bellezzaner wisst wirklich, wie man es sich schön macht.«

»Es ist aber nicht alles schön«, sagte Arianna und machte zur Abwechslung ein ernstes Gesicht. Sie saßen auf einer Steinbank, einen Katzensprung entfernt vom Großen Kanal, und aßen Pflaumen. Arianna deutete über das Wasser, wo ein prächtiges Gebäude kurz vor seiner Vollendung stand. »Die neue Kirche dort heißt Santa Maria delle Grazie – Heilige Maria der Dankbarkeit.«

»Der Dankbarkeit?«, wunderte sich Lucien. »Was soll denn das für ein Name sein?«

»Vor zwanzig Jahren, da war ich natürlich noch nicht geboren, gab es eine Pestepidemie in der Stadt. Daran ist fast ein Drittel der Menschen, die hier lebten, gestorben.«

»Das ist ja schrecklich«, sagte Lucien und stellte sich das vor: ein Drittel seiner Mitschüler oder jeder dritte Nachbar.

»Das war es auch«, bestätigte Arianna. »Aber es hätte noch schlimmer ausgehen können. Die Kirche ist aus Dankbarkeit gebaut worden, weil es nicht schlimmer wurde. Dass die Pest bei einem Drittel haltgemacht und die beiden anderen Drittel am Leben gelassen hat.«

Als sie von der Pest redete, machte Arianna wieder die Bewegung mit der Hand, die Rodolfo die *manus fortunae* nannte, die Glückshand. Er hielt es für gewöhnlichen Aberglauben und tadelte seinen Diener Alfredo jedes Mal, wenn er ihn dabei ertappte. Lucien war aufgefallen, dass die Bürger von Bellezza ständig diese Geste machten, ganz unwillkürlich, ein bisschen, wie wenn man auf Holz pochte, nur noch häufiger. Jetzt sprach er Arianna darauf an.

Sie sah ihre Hand an, die mitten in der Bewegung verharrte, und schien überrascht, dass sie die Geste gemacht hatte. Es kam ganz instinktiv.

»Es bedeutet: ›Mögen uns die große Göttin, ihr königlicher Gemahl und ihr Sohn helfen.‹ Oder auch: ›Möge unser Kreis des Lebens ungebrochen bleiben‹«, gab sie auswendig zum Besten.

»Die große Göttin?«, bohrte Lucien weiter. »Aber da drüben wird doch eine Kirche gebaut. Ich dachte, das Land hier gehört zum Christentum?«

Arianna zuckte mit den Schultern. »Tut es auch. Aber es schadet doch nicht, sich mit den alten Göttern gut zu stellen, oder? Ich weiß schließlich, wen ich lieber auf meiner Seite hätte, wenn die Pest wieder auftauchen würde.«

Lucien musste an die Worte Rodolfos denken, dass die Chimici Heilmethoden aus seinem Jahrhundert mitbringen, sie aber nur ihren eigenen Leuten vorbehalten wollten. Ein Schritt weiter, und sie würden die Krankheiten des einundzwanzigsten Jahrhunderts in Reagenzgläsern einschleppen. Lucien dachte an AIDS und schauderte. Mit dem Rücken zu Arianna machte er heimlich selbst das Glückszeichen.

Während er und Arianna sich aufmachten, um ihre Erkundungen am Großen Kanal entlang fortzusetzen, sah ihnen ein Mann in blauem Umhang nach. Und folgte ihnen heimlich.

Kapitel 6

Doktor Tod

Lucien ging es besser. Er befand sich zwischen zwei Behandlungsphasen und glaubte mehr denn je, dass er eines Tages wieder gesund werden würde. Sein bester Freund, Tom, besuchte ihn – eswar das erste Mal seit Langem, dass Lucien sich gut genug fühlte, um Besuch zu empfangen.
Nach ein paar Augenblicken der Verlegenheit, in denen sich Tom an das veränderte Aussehen von Lucien gewöhnen musste, fingen sie zu erzählen an, als ob sie nie getrennt gewesen wären. Lucien hörte vor allem zu und beschränkte sich auf Fragen und Kommentare. Schließlich hatte er ja nach Toms Ansicht nichts Erzählenswertes erlebt – sondern nur wochenlang im Bett gelegen.
Tom seinerseits sprudelte nur so über vor Schulgeschichten: der neue Vertretungslehrer, die Erfolge des Schwimmteams, dessen Kapitän er war, sowie eine Menge Tratsch, wer hinter wem her war. Tom hatte schon seit der achten Klasse für ein Mädchen namens Katie geschwärmt und überlegte jetzt, ob er sich trauen sollte, sie am Schuljahresende der elften Klasse zu einer Disco-Veranstaltung einzuladen.
Lucien hörte ihm zu und lächelte. Er stellte sich vor, mit Arianna zu der Disco zu kommen. Mit ihren langen Beinen und den üppigen braunen Locken würde es ein bisschen sein, als ob man mit Julia Roberts käme. Beim Gedanken daran, was

seine Freunde sagen würden, wurde sein Lächeln noch breiter. Dann stellte er sich vor, was für ein Gesicht Arianna machen würde, wenn sie die Musik hören würde, und es schwebte ihm ein vages Bild von ihr vor, wie sie die Glückshand machte und ›Dia!‹ ausrief. Genauso gut könnte er jemand vom Mars mitnehmen. Er merkte, wie er vor sich hin kicherte, und überdeckte es mit einem Husten.
Tom war am Boden zerstört. »Entschuldige, Luce. Echt krass von mir, so von der Disco rumzulabern. Du kannst wahrscheinlich noch nicht hinkommen?«
Lucien schüttelte den Kopf. »Wohl eher nicht. Außerdem, wer würde schon mit mir hingehen? Ich müsste wohl Frankensteins Tochter auffordern.«
Tom versetzte ihm einen ganz leichten Knuff an den Arm.

Luciens Eltern waren hocherfreut über seine Fortschritte. Er stand jetzt auf und verbrachte fast den ganzen Tag angezogen. Er konnte sogar für kleinere Gänge das Haus verlassen, obwohl er noch immer schnell ermüdete. An weniger guten Tagen, wenn er es nicht schaffte, hinauszugehen, saß er an seinem Computer und surfte im Internet nach guten Venedig-Sites.
Seine Lieblings-Site war www.virtualvenice.com, auf der man in der Stadt, die Bellezza so atemberaubend glich, durch die Kanäle fahren und über die Straßen schlendern konnte. Damit brachte er jeden Tag Stunden zu. Auf einer anderen Website gab es Stadtpläne und häufig brütete er über ihnen und stellte die Ähnlichkeiten und Unterschiede zu den Ecken der Stadt fest, an denen er nachts mit Arianna vorbeikam.
Eines Tages tippte er William Dethridges Namen in eine Suchmaschine und wurde mit einer Liste von mehreren Sites be-

lohnt. Nachdem er die unvermeidlichen Fehlanzeigen ausgeschlossen hatte – einen zeitgenössischen Musikwissenschaftler, einen Münzenhändler, eine Sippe australischer Mathematiker und einen Fahrradladen im Lake Distrikt –, blieben drei Sites übrig, die tatsächlich von Rodolfos elisabethanischem Doktor handelten. Allerdings wurde nichts davon erwähnt, dass er ein Zeitreisender gewesen war.

Dennoch las Lucien die Eintragungen mit steigender Aufregung. Er druckte sie aus, wagte aber nicht, die Blätter nach Bellezza mitzunehmen. Das hätte bedeutet, eine von Rodolfos Regeln zu brechen, aber immerhin machte er sich daran, so viel davon auswendig zu lernen, wie er konnte.

Die erste war eine Universitäts-Site – www.histdocs.ely.ac.uk/mathematicians/dethridge.html –, auf der ein paar karge Fakten versammelt waren:

DETHRIDGE, William (? 1523–?1575)
Geboren: ? 20. April 1523
Gestorben: ? November 1575
Data-info: Daten nicht gesichert; keine unabhängige Bestätigung
Alter: ? 52 Jahre

Nationalität: Engländer – verbrachte jedoch auch viele Jahre mit Studien in Italien.
Universitäten: Oxford 1538–42; Bologna 1543–46. 1547 Dozent für Mathematik am Wadham College, Oxford, dortselbst bis zu seinem Verschwinden 1575.
Konfession: Anglikanisch. Wurde jedoch wie John Dee als Anhänger des Okkulten beargwohnt. Wurde 1575 der Hexerei angeklagt und zum Tod auf dem Scheiterhaufen verur-

teilt. Allerdings ist nicht verbürgt, ob das Urteil jemals ausgeführt wurde.

Wissenschaftliche Disziplinen: Mathematik, Kalendarismus, Alchemie, Astrologie.
Familienstand: Seit 1548 verheiratet mit Johanna Andrews. Sechs Kinder, von denen drei das Erwachsenenalter erlebten: die Söhne Bruno und Thomas und die Tochter Elisabeth.

Für weitere Infos öffnen Sie diese Links:
Veröffentlichungen/Bibliografie/Verwandte Websites

Trotz des trockenen Tons fand Lucien diese mageren Fakten faszinierend. Also hatte es William Dethridge tatsächlich gegeben und er war eine Art Magier gewesen, der Verbindungen zu Italien gehabt hatte. Allerdings kam es etwas überraschend, dass er Mathematiker gewesen war. Alchemist und Astrologe klang logischer, wenn Lucien auch keine Ahnung hatte, was ein Kalendarist war. Doch was war mit ihm geschehen? Die Site deutete sein »Verschwinden« an und es hieß, dass seine Hinrichtung nicht verbürgt sei, obwohl immerhin sein vermutetes Todesdatum angegeben war.
Die nächste Site war viel geschwätziger:

www.williamdethridge.org behauptete, die offizielle Homepage der »William Dethridge Gesellschaft« zu sein – offensichtlich eine seltsame Art von Fanklub. Sie bot Links an zu ihrem Newsletter »Der Magus« und einen Chatroom für Anhänger des »Meisters«. Nach einer Liste mit Daten, die denen auf der vorigen Site ziemlich ähnlich waren, folgte außerdem eine Aufstellung der »Ungelösten Geheimnisse um Doktor Dethridge«:

WANN WURDE ER GEBOREN? Dethridge gab selbst als sein Geburtsdatum an: 20. April 1523 in dem Dorf Barnsbury. Doch in keinem Gemeinderegister der Zeit war ein solcher Eintrag zu finden. Unter Berücksichtigung dessen, was folgte, muss man sich fragen: War William Dethridge überhaupt ein sterblicher Mensch?

WELCHE KÜNSTE ÜBTE ER AUS? Er war in einer Zeit Astrologe, als selbst die Königin ihren eigenen Hofastrologen hatte, und er war Alchemist, was beides völlig legale Berufe waren. Was also hat er eigentlich gemacht, dass er sein Leben einbüßen musste? (Wenn dem wirklich so war – siehe unten.)

WANN STARB ER? Er wurde 1575 von Elisabeth I. zum Tode verurteilt, aber angeblich verschwand er, ehe das Todesurteil vollzogen wurde. Was geschah mit ihm? Er wurde nie wieder in England gesichtet. Eine Version lautet, dass Freunde in entscheidenden Stellungen seine Flucht auf den Kontinent arrangierten, aber er wird nie wieder in irgendeinem Dokument erwähnt. Abgesehen davon, wo hätte er hingehen sollen? Italien war für jemand seines Rufes nicht sicher; auch dort waren zu jener Zeit Hexenverbrennungen an der Tagesordnung. Sein Verschwinden bleibt ein Rätsel, dessen Lösung möglicherweise zum Teil im Bereich des Okkulten liegt.

Das wurde ja immer spannender. Lucien konnte es kaum erwarten, Rodolfo davon zu erzählen. Die dritte Site war ziemlich amateurhaft zusammengestellt von einem gewissen Paul Evans, der für eine undurchsichtige Zeitschrift namens »Naturphilosophie« einen Artikel über William Dethridge geschrieben hatte. Unter www.paul-evans.co.uk/william_dethridge stand nur Folgendes:

Doktor Tod: Das seltsame Verschwinden des William Dethridge. Ein Artikel von Paul Evans in »Naturphilosophie«, Jahrgang 43, Heft 2, September 2001.
Zusammenfassung: Die Leute aus Dethridges Heimatdorf Barnsbury nannten ihn allgemein Doktor Tod, weil er häufiger als einmal in einer Art Trance aufgefunden wurde, aus der man ihn nicht wecken konnte. Laut Überlieferung wurde er mindestens zweimal ins Beerdigungsinstitut gebracht, wo er sich plötzlich in seinem Sarg aufsetzte. Konnte er aus diesem Grund der Hexerei angeklagt worden sein? Der Autor beschäftigt sich mit den Beweisen für die verbreitete Annahme, dass William Dethridge mit dem Teufel im Bunde stand.

Als Lucien das las, lief es ihm kalt den Rücken hinunter. Diese Trancezustände mussten doch sicher dann aufgetreten sein, wenn er auf seinen Zeitreisen in Talia war? Es war beunruhigend, sich vorzustellen, dass er möglicherweise umgekommen war – wegen einer Sache, die Lucien selbst jetzt nächtlich praktizierte.

Giuliana war beunruhigt. Es war ihr nie in den Sinn gekommen, dass sie etwas Gefährliches tat, als sie die Einladung in den Palazzo der Duchessa angenommen hatte. Die Arbeit war nicht schwierig gewesen, obwohl sie die Woche danach eine fürchterliche Erkältung gehabt hatte. Und das Geld konnte sie gut gebrauchen. Sie wollte in ein paar Wochen heiraten, ihren hübschen Enrico, und jetzt würden sie sich für ihren neuen Hausstand viel mehr leisten können.

Doch damit fing der Ärger an. In ihrem Stolz, mehr in die

Verbindung mit einzubringen, als man von einem einfachen Bauernmädchen erwartet hätte, hatte sie nicht anders können: Sie erzählte ihm von dem Geld. Von da an ließ er sie nicht mehr in Ruhe, bis er ihr die ganze Geschichte entlockt hatte. Seine Augen leuchteten auf, als er erfuhr, dass die Duchessa bei einigen Staatsanlässen eine Vertreterin benutzte.

Zu Giuliana sagte er: »Man stelle sich das mal vor! Meine Herzallerliebste im Wasser! Und alle Menschen von Bellezza winken und klatschen meiner Giuliana zu, ohne es zu wissen!« Aber für sich dachte er, der er ja schließlich als Spitzel arbeitete, an nichts anderes als daran, wie er diese Information am meisten ausschlachten konnte. Und als typischer Talianer zog er seinen blauen Umhang enger um sich und sagte: »Und da du es warst, die in Wirklichkeit die Vermählung mit dem Meer eingegangen ist, sollst du auch den reichen Lohn einheimsen. Das Geld hier ist nur der Anfang, Giuliana. Wir werden reich!«

Das machte Giuliana jedoch eher Angst. Sie versuchte ihm zu erklären, dass sie es niemandem hätte erzählen dürfen und dass die Geschichte hiermit erledigt sei. Doch sie kannte ihren Enrico und tief im Innern wünschte sie, ihm nie ein Wort gesagt zu haben.

Rodolfo war fasziniert von den Informationen, die Lucien bei seinem nächsten Besuch mitbrachte. Lucien machte einen erneuten Ansatz, ihm das Internet zu erklären, denn Rodolfo stellte sich »das Web« wie eine Art großes Netz vor, das von Spinnen gewebt worden war. Wenn dem so gewesen wäre, hätte man sich nur zu leicht ein zwielichtiges Element im Zentrum dieses Netzes vorstellen können, jemand von den Chimici, der auf der Lauer lag, um unvorsichtigen Benutzern eine Falle zu stellen.

»Nein, so ist das überhaupt nicht«, beharrte Lucien. »Es ist ganz wertfrei. Die Leute beschweren sich sogar, dass es nicht genug kontrolliert wird. Jeder kann die albernsten Sachen darin publik machen. Tanzende Meerschweinchen, Moorhühner, was auch immer.«

Rodolfo sah ihn mit einem seiner verwunderten Blicke an – wie ein verwirrtes Alien, dachte Lucien immer.

»Ich kann mir einfach nicht vorstellen, warum jemand sehen will, wie Schweine tanzen«, sagte er ernst. »Aber wenn jedermann die ›albernsten Sachen‹ in dieses Web stellen kann, woher willst du wissen, dass das, was sie über Doktor Dethridge erzählen, überhaupt wahr ist?«

»Ich weiß es nicht«, sagte Lucien geduldig. »Aber es wird Sie bestimmt interessieren.«

Dann hatte er ihm alles erzählt, was ihm im Gedächtnis geblieben war: der akademische Lebenslauf von der Universitäts-Site, die Vermutungen des Fanklubs und – am spannendsten von allem – der Artikel über die gelegentlichen Trance-Zustände von »Doktor Tod«.

Rodolfo interessierte sich besonders für das Rätsel um Dethridges Verschwinden.

»Was, meinen Sie, ist wohl mit ihm passiert?«, fragte Lucien.

»Ich weiß es nicht«, erwiderte Rodolfo bedächtig. »Aber ich hoffe, es bedeutet, dass er hier in Sicherheit ist, irgendwo in Talia.«

Lucien hatte einen spontanen Einfall. »Welches Jahr haben wir? Ich meine jetzt, hier in Bellezza?«

Rodolfo sah Lucien mit seinen großen dunklen Augen an, als würde er ungern antworten, doch schließlich sagte er: »Wir haben das Jahr 1577.«

Obwohl Lucien gewusst hatte, dass die Antwort so ähnlich

lauten musste, war sie doch ein Schock für ihn. Und dann rann ihm die Aufregung prickelnd durch die Adern.

»Dann ist er erst vor zwei Jahren verschwunden. Noch nicht mal, wenn er im November verschwunden ist. Wir haben erst Juni. Wann haben Sie ihn das letzte Mal gesehen?«

Wieder das Zögern, doch dann war es, als ob Rodolfo sich entschlossen hatte, Lucien eine Geschichte zu erzählen, die er bisher verheimlicht hatte.

»Das ist jetzt schon zwei Jahre her«, fing er an. »Wir von der Bruderschaft haben uns darauf eingestellt, dass wir ihn nicht wiedersehen werden. Wir hielten ihn für tot. Er hatte bei seinem letzten Besuch erzählt, dass er in Gefahr sei.«

»Aber warum ist er dann nicht hierhergekommen?«, fragte Lucien. »Wenn er vorhatte, seinem Todesurteil zu entkommen, hätte er doch bestimmt die Zeitreise nach Bellezza angetreten.«

»Nein«, erwiderte Rodolfo. »Das hier war nicht seine Stadt. Er reiste immer nach Bellona, an die Universität dort. Obwohl er natürlich auch andere Städte besucht hat, wenn er hier war.«

Lucien hatte sich inzwischen daran gewöhnt, dass die talianischen Namen sich von denen, die er aus seiner Welt kannte, unterschieden. Bellona musste Bologna sein, entschied er. Aber es war ihm nicht klar gewesen, dass jeder Stravagante für seine Ankunft und Abreise auf eine Stadt beschränkt war. Nach dem, was ihm Rodolfo nun erklärte, war es, als dürfe man nur einen bestimmten Flughafen benutzen. Lucien nahm an, dass er selbst jedes Mal in Bellezza ankam, weil sein lila-rotes Notizbuch aus dieser Stadt stammte.

»Hat William Dethridge auch einen – einen Talisman benutzt wie mein Notizbuch?«

Rodolfo nickte.

»Ja, aber um das zu erklären, muss ich dir erzählen, wie er überhaupt das erste Mal nach Talia kam. Du hast ja gelesen, dass er Alchemist war. Weißt du, was das ist?«

»Jemand, der versucht, aus Blei Gold zu machen?«

»In eurer Welt ist das so. Hier bei uns versuchen die Naturphilosophen, Silber zu machen. Gold herzustellen ist leicht.«

Lucien erinnerte sich an den Namen der Zeitschrift, aus der der Artikel über »Doktor Tod« stammte.

»Ist ein Naturphilosoph bei Ihnen ein anderes Wort für Wissenschaftler?«

»Genau, ein Wissenschaftler wie ich einer bin. Aber nicht alle von uns streben danach, Silber zu machen, genauso wenig, wie alle Stravaganti sind. Wie dem auch sei, Doktor Dethridge versuchte Gold herzustellen, nicht aus Blei, sondern aus Erde und Salzen und verschiedenen Mineralien. Er war an der Universität gewesen, in eurer Version von Talia, in der Stadt, die wir Bellona nennen. Als er einmal spät in der Nacht ein Experiment in seinem Laboratorium in Anglia – eurem England – durchführte, gab es einen alchemistischen Unfall – eine Explosion, die Zeit und Raum veränderte. Als er wieder zu sich kam, bemerkte er, dass er immer noch die Kupferschale in der Hand hielt, die er für sein Experiment benutzt hatte. Stell dir seine Erregung und sein Staunen vor, als er feststellte, dass die Schale auf einmal Gold enthielt!«

»Es war ihm also gelungen!«, rief Lucien aus.

»Ja und nein«, sagte Rodolfo. »Es war tatsächlich Gold, aber er hatte es nicht in eurer Welt gemacht, wo es etwas wert ist, sondern in unserer, wo es nichts bedeutet. Als er sich umsah, fand er sich zu seinem noch viel größeren Erstaunen in Talia wieder, in Bellona, in dem Laboratorium eines unserer größten Wissenschaftler, Federico Bruno. Von dem Tag an gab Doktor Dethridge sein Interesse an der Alchemie auf und widmete sich der Wissenschaft der Stravaganza.«

»Und er hat nie Gold mit zurückgenommen?«

Rodolfo schüttelte den Kopf. »Er hat es versucht. Er hat die Kupferschale mit zurückgenommen, aber als er in eure Welt eintrat, enthielt sie wieder nur Erde und Salze. Und sein Laboratorium war halb von dem Feuer zerstört. Doch die Schale wurde zu seinem Talisman, seinem wertvollsten Besitz, der ihn zwischen den Welten hin- und hertrug. Wie gesagt, von nun an war er nicht mehr an Gold interessiert oder daran, reich zu werden; nur noch die Wissenschaft der Zeitreise erfüllte ihn. Es war Doktor Dethridge selbst, der die Regel aufstellte, dass man nichts zwischen den Welten transportieren darf außer den Talismanen.«

»Talisman im Plural?«, fragte Lucien. »Er hat also noch etwas anderes nach Talia gebracht außer der Schale?«

»Ja, im Laufe der Jahre, auf seinen zahlreichen Reisen. Allmählich und behutsam brachte er weitere Dinge mit, um andere Stravaganti in vielen talianischen Städten auszubilden und es ihnen zu ermöglichen, die gefahrvolle Reise in seine Welt zu unternehmen. Und mit der Zeit nahm er auch Dinge aus unserer Welt mit in eure, um Reisen in umgekehrter Richtung zu ermöglichen. Aber es war immer nur die Schale, geschmiedet in einer Welt, doch umgedeutet in einer anderen, die einen Stravagante nach Talia brachte, der nicht ursprünglich Talianer war.«

Lucien fiel etwas ein.

»Aber er hat nicht das Notizbuch in meine Welt gebracht, oder? Sie haben gesagt, dass Sie es gewesen sind – und es ist ja auch in meiner Zeit gewesen.«

Rodolfo seufzte. »Es gibt noch so viel, worüber wir nichts wissen. Seit jener ersten Reise von Doktor Dethridge vor fünfundzwanzig Jahren hat sich eure Welt, wann immer einer von uns sie besucht hat, in der Zeit viel schneller voranbewegt als unsere. Für ihn traf das nicht zu; er ist immer an denselben Ort zur selben Zeit zurückgekehrt. Das Tor, das er geöffnet hatte, ist eindeutig eines zwischen eurem Anglia und unserem Talia, aber es gibt keine eindeutige Erklärung, warum sich die Zeit zwischen unseren beiden Welten verändert. Wir untersuchen immer noch, wie man sowohl in eine Parallelzeit als auch in eine Parallelwelt reist.«

Lucien brauchte eine Weile, um das zu verdauen. Schließlich hakte er bei der einfachsten Sache nach. »Aber wenn er herübergereist ist, um seiner Hinrichtung zu entgehen, wo ist er dann jetzt?«

»Du hast recht«, sagte Rodolfo mit plötzlicher Entschlossenheit. »Ich bin sicher, dass er nicht in Bellona ist. Es gibt dort eine starke Gemeinde unserer Bruderschaft und sie hätten es mir berichtet. Es ist lebensnotwenig, dass wir ihn finden. Er kann uns im Kampf gegen die Chimici helfen.«

Er ging mit großen Schritten zu den Spiegeln hinüber und stellte sie auf alle möglichen Orte ein, die Lucien noch nie zuvor gesehen hatte, Städte mit Türmen und Stadtmauern, Palästen und Plätzen, die erkennbar talianisch, aber nicht in Bellezza waren.

»Das wird eine Zeit lang dauern«, sagte er. »Ich finde, wir sollten unsere Stunde heute Morgen ausfallen lassen. Warum besuchst du nicht Arianna?«

Arianna ließ die Hände spielerisch in Tante Leonoras Brunnen hängen, als Lucien in den Garten geführt wurde. Ihr Blick hellte sich bei seinem Anblick auf und sie sprang von dem steinernen Brunnenrand.

»Wie gut!«, rief sie. »Hat man dich heute früher gehen lassen?«

»In gewisser Weise«, sagte Lucien. »Rodolfo ist zu beschäftigt, um heute Unterricht zu machen.« Er warf einen vorsichtigen Blick auf Leonora, während er sprach, da er sich nie sicher war, wie viel sie über ihn wusste.

»Wir haben also den ganzen Tag für uns?«, fragte Arianna. »Das ist ja herrlich. Was sollen wir anstellen?«

»Darf ich einen Vorschlag machen?«, warf Leonora ein. »Wenn von dir erwartet wird, dass du Lucien mit Bellezza vertraut machst, sollte er mehr von der Lagune sehen. Warum nehmen wir nicht ein Boot zu den Inseln?«

Arianna war entzückt. »Aber glaubst du, meine Eltern würden es erlauben?«, fragte sie mit plötzlichem Zweifel. Sie hatte sie seit Wochen nicht mehr gesehen, seit sie sie »zur Strafe« nach Bellezza gebracht hatten, und Arianna war immer noch nicht sicher, wie diese Strafe genau aussehen sollte.

»Ich komme doch mit«, sagte Leonora fest. »Wir fangen in Merlino an, und wenn wir deine Brüder finden können, fragen wir sie, ob du auf Torrone willkommen bist.«

Lucien war enttäuscht. Wenn ihre Tante dabei war, konnte er Arianna nicht erzählen, was er entdeckt hatte. Doch Ariannas Begeisterung war ansteckend. Sie hatte plötzlich Heimweh nach den Inseln und Sehnsucht danach, den muffigen Gestank der bellezzanischen Kanäle gegen den reinen Geruch von Salzwasser einzutauschen. Eifrig sprang sie um ihre Tante herum, die rasch einen Picknickkorb zusammenstellte. Dann machten sie sich auf zur Piazzetta, um ein Ruderboot und einen Fährmann zu finden, der Zeit hatte.

In der remanischen Botschaft musste Enrico eine ganze Weile warten, bis er vorgelassen wurde. Der Botschafter war auf einmal sehr beschäftigt, als er hörte, wer im Vorzimmer saß. Enrico zuckte mit den Schultern; er konnte warten. Er begriff, dass der Botschafter verärgert über ihn war. Er dachte wahrscheinlich, dass Enrico seinen Posten verlassen hatte, als Rodolfo ihn meilenweit fortgezaubert hatte. Aber di Chimicis Ton würde sich schon ändern, wenn er hörte, was ihm sein Spitzel zu berichten hatte.

Enrico rollte sich so bequem wie möglich auf der harten Holzbank zusammen, schlug den blauen Umhang um sich und machte ein Schläfchen.

In dem rosenfarbenen Palast war die Näherin gerade damit fertig, bei der Duchessa für ein neues Gewand Maß zu nehmen, und ging knicksend mit den Armen voller purpurnem Satin aus dem Raum. Die Duchessa gähnte und streckte sich ganz unherzoglich, dann trat sie ans Fenster.

Dort unten auf dem Platz vor dem Dom sah sie Lucien, der einen großen Korb für eine rundliche, respektabel wirkende bellezzanische Dame trug. Doch es war die Dritte im Bunde, die ihren Blick auf sich zog: ein hüpfendes, lachendes, braunhaariges Mädchen, das bei ihnen war. Sie musste wohl unter sechzehn sein, denn sie trug keine Maske. Und sie sah unerträglich vertraut aus.

»Sieh an«, raunte die Duchessa. »Das ist die kleine Gespielin, die Rodolfo für unseren jungen Freund gewählt hat.«

Sie rief ihre jüngste Zofe, Barbara, zu sich – diejenige, die vor der Vermählung mit dem Meer so aufgeregt gewesen war.

»Siehst du die Gruppe, die dort über den Platz geht? Die Frau und den Jungen und das Mädchen? Ich will, dass man ihnen folgt. Kümmere dich sofort darum. Und ich will alles über das Mädchen wissen, was herauszufinden ist.«

Während die Zofe aus dem Zimmer eilte, drückte die Duchessa ihre Stirn an die kühle Fensterscheibe. Ihre Schläfen pochten. In diesem Moment hätte sie gern alles gegeben, um mit dem unbeschwerten Mädchen, das dort auf die Piazzetta zuhüpfte, zu tauschen.

Kapitel 7

Wo Schönheit eine Maske trägt

Ariannas Herz jubilierte, während der Fährmann sie in die salzigen Gewässer der Lagune ruderte. So fasziniert sie auch von der herrlichen Stadt war, die wie ein Traum am Rand ihrer Kindheit schwebte, war sie doch eine wahre Tochter der Inseln.

Sie mussten um die südliche Stadt herumfahren in Richtung Nordosten, wo Merlino lag. Doch zuvor kamen sie an einem mit Zypressen gesäumten Inselchen vorbei und Arianna war zum ersten Mal, seit Lucien am Morgen in das Haus ihrer Tante gekommen war, still.

»Was ist los?«, flüsterte Lucien ihr zu.

Doch Leonora antwortete ihm. »Dort bestatten wir unsere Toten. Die ganze Insel ist inzwischen ein Friedhof. Das war nicht immer so, aber als die Pest kam, benötigten wir viele Grabstätten. Jetzt reicht der Platz nicht mehr aus und man redet davon, nach einem neuen Friedhof auf dem Festland zu suchen. Die Isola dei Morti, sagen wir – die Toteninsel. Mein Mann liegt ebenfalls dort.«

Alle senkten instinktiv den Kopf, während der Fährmann langsam im Windschatten der Zypressen vorüberruderte. Lucien konnte mitten auf der Insel eine kleine Kirche sehen, außerdem ein oder zwei riesige Marmormausoleen, die zwischen den Bäumen hervorsahen. Er schauderte unwillkürlich, obwohl die Insel selbst ganz ruhig und friedlich wirkte.

Ihre Stimmung hob sich wieder, als sie die traurige Insel hinter sich ließen und vor ihnen die größeren Umrisse von Merlino auftauchten. Das Boot schob sich in den engen Hafen und der Fährmann war sichtlich froh über eine Pause. Leonora verhandelte mit ihm über ihre weiteren Pläne und er nickte, während sie sich in die Ortschaft aufmachten.

»Wir können doch Lucien auch erst mal die Sehenswürdigkeiten zeigen, bevor wir nach Tommaso und Angelo suchen«, sagte Leonora.

Eine Menge anderer Leute schien die gleiche Idee zu haben. Der Hafen war gespickt mit Booten, unter denen auch ein paar recht große Exemplare waren. Auf der Hauptstraße von Merlino drängten sich Leute, die eindeutig nach Besuchern aussahen. Lucien konnte nicht sagen, woran er das erkannte. Sie hatten schließlich die Kleidung von vor vierhundert Jahren an und waren nicht in Shorts gekleidet oder hatten Fotoapparate dabei, aber sie sahen trotzdem nicht wie Einheimische aus.

Einen Augenblick überlegte Lucien, ob er genauso wirkte; immerhin gehörte er noch weniger dazu als jeder andere. Er war froh, mit den beiden Lagunenbewohnern zusammen zu sein, die die Inseln kannten wie ihre Westentaschen.

»Wo gehen die nur alle hin?«, fragte er.

»Die kommen alle, um das Glas zu sehen«, erklärte Arianna. »Das sollten wir auch tun.«

Lucien hatte in seinen Venedig-Führern über Murano-Glas gelesen, aber das war nichts verglichen mit dem, was er in den Bläsereien von Merlino vorfand. Es gab buntes Glas in allen Regenbogenfarben, aber was so besonders hervorstach, waren die Formen. Man konnte Vasen und Briefbeschwerer und allerlei Zierrat an vielen Ständen in den Straßen kaufen – und dann gab es noch die Glasgegenstände in den Schausälen. Und die waren echte Kunstwerke.

Die schönsten waren in den Räumen, die einem unbekannten Glaskünstler des fünfzehnten Jahrhunderts gewidmet waren. Es gab Schlösschen mit Türmen, Schiffe mit gesetzten Segeln, geflügelte Widder, Pfauen und ganze Gärten mit gläsernen Bäumen und Blumen mit zarten Spinnweben, naturgetreu bis hin zu den daran hängenden Tautropfen.

Lucien musste richtiggehend fortgezerrt werden.

»Komm und sieh dir die scheußliche Maske an«, sagte Arianna.

In einer Ecke des Hauptraumes desselben Glasmeisters stand eine verzierte Vitrine. Auf einem schwarzen Samtkissen war darin eine kunstvolle Maske ausgestellt. Sie war so aufwendig, dass man kaum glauben mochte, sie sei aus Glas. Sie hatte einen schwach perlmuttartigen bläulichen Schimmer und hätte wunderschön gewirkt, wenn da nicht etwas Unheimliches an ihr gewesen wäre. Lucien wand sich ungemütlich.

»Du spürst es?«, fragte Arianna. »Das Ding war der Grund für unsere schreckliche Sitte, dass alle Frauen Masken tragen müssen. Oder genau genommen nicht das hier, sondern sein Pendant. Komm mit raus und ich erzähle dir die Geschichte. Hier drin ist es zu voll.«

Als sie gemeinsam mit Leonora aus den Schauräumen traten, zeigte ihm Arianna das Motto, das in den Stein über der Tür gehauen war: »Ove Beltà porta una Maschera.«

»Wo Schönheit eine Maske trägt«, übersetzte sie aus dem Alt-Talianischen. »Das ist das wahre bellezzanische Motto, seit dem Unfall der Duchessa.«

Sie gingen zu einem kleinen begrünten Platz bei einem der

Kanäle – denn Merlino war genau wie Bellezza eine Insel, die von Wasserstraßen durchzogen war. Leonora packte den Picknickkorb aus und setzte sich auf die Steinbalustrade, die um den Brunnen in der Mitte des Platzes lief, während sich Lucien und Arianna im Gras ausstreckten. Lucien wärmte sich an der Sonne, die den kalten Schauer vertrieb, den ihm die Maske versetzt hatte.

»Der Glasmeister machte die Maske auf Geheiß der Duchessa«, begann Arianna und biss in ein Radieschen. »Natürlich war es nicht die jetzige. Das geschah ungefähr vor hundert Jahren. Es war sein Meisterwerk, gefertigt nach ihren eigenen Vorstellungen, und sie wollte die Maske beim Karneval tragen.«

»Das muss aber ziemlich unbequem gewesen sein«, sagte Lucien.

»Am Ende war es schlimmer als das«, schnaubte Arianna. »Sie trug sie bei dem großen Ball, der zum Schluss des Karnevals abgehalten wird, auf der Piazza Santa Maddalena vor dem Dom. Ihr Tanzpartner war der junge Prinz von Remora, Fernando di Chimici. Schneller und schneller wirbelte er sie auf dem Platz herum. Alle Leute sahen zu und klatschten Beifall. Und dann stolperte sie. Sie stolperte und fiel und die Maske zerbrach in tausend Stücke.«

»Autsch!«, entfuhr es Lucien.

Arianna nickte. »Die Schreie der Duchessa waren fast der Auslöser für einen Krieg. Ihre Wachen waren überzeugt, dass der junge Chimici versucht hatte, sie zu ermorden. Es gab ein völliges Durcheinander und eine allgemeine Verwirrung.«

»Was geschah mit ihrem Gesicht?«, fragte Lucien, obwohl er die Antwort eigentlich gar nicht wissen wollte.

»Niemand bekam es jemals wieder zu sehen«, sagte Arianna düster. »Von da an trug sie in der Öffentlichkeit immer eine

Maske. Und sie erließ das Gesetz, dass alle unverheirateten Frauen über sechzehn ebenfalls Masken tragen mussten. Ich nehme an, sie dachte, dass junge Mädchen und verheiratete Frauen keine Konkurrenz für sie waren. Sie war vor ihrem Unfall angeblich sehr eitel gewesen. Und sie ließ auch die Senatoren und Räte Masken tragen, wenn Senat und Stadtrat tagten. Ich weiß nicht, warum.«

»Damit die Reden und Begründungen selbst ins Gewicht fallen, nicht der Stand oder Ruf der Redner«, erklärte Leonora nachsichtig.

»Puh!«, sagte Arianna. »Als ob man Senator Rodolfo nicht gleich erkennen würde, selbst wenn er über seinen großen schwarzen Augen eine Maske tragen würde!«

»Aber warum wird so eine Maske jetzt ausgestellt?«, wollte Lucien wissen. »Warum hat der Glasmeister noch eine gemacht?«

»Die Duchessa verlangte es von ihm«, sagte Arianna. »Und dann« – und hier legte sie eine dramatische Pause ein, ehe sie fast schon mit diebischem Vergnügen fortfuhr – »ließ sie ihn umbringen!«

»Also, wirklich, Arianna!«, sagte Leonora. »Das ist nie bewiesen worden.«

Arianna warf ihr einen verächtlichen Blick zu. »Na gut. Am Tag nachdem die zweite Maske in der Öffentlichkeit hier auf Merlino ausgestellt wurde, wurde der Glasmeister ganz zufällig von einer heftigen Übelkeit befallen, die ganz danach aussah, als sei er vergiftet worden. Er starb unter größten Schmerzen.«

Lucien wollte es nicht gerne zugeben, aber Ariannas Deutung der Geschichte klang überzeugend. Vielleicht waren ja alle Duchessas rücksichtslose Egomaninnen; vielleicht ging das nicht anders.

»Was geschah mit dem jungen Prinzen?«, wollte er wissen.

»Er starb ebenfalls«, sagte Leonora. »An einem Fieber.«

Arianna drehte sich erstaunt um. »Das hab ich nicht gewusst! Bestimmt steckte auch da die Duchessa dahinter.«

»Schon möglich«, sagte Leonora. »Oder vielleicht auch einer ihrer Höflinge. Oder er hatte womöglich tatsächlich nur ein Fieber. Bellezza hatte damals noch ein sehr ungesundes Klima – eine Folge der alten Sümpfe, auf die die Stadt gebaut war.«

»Diese ganze Maskengeschichte hat also vor hundert Jahren angefangen?«, fragte Lucien. »Sie stammt nicht von der gegenwärtigen Duchessa?«

»Nein«, erwiderte Arianna. »Vor dem Unfall trugen die Menschen sie nur am Karneval. Aber die jetzige Duchessa könnte etwas daran ändern. Schließlich ist es nur ein Gesetz, wie das mit den Mandoliers. Sie macht ständig neue Gesetze.«

»Ich wage zu behaupten, dass sie einen guten Grund hat, dieses Gesetz nicht zu ändern«, sagte Leonora. »Du wirst dich schnell daran gewöhnen, eine Maske zu tragen, Arianna. Und wie du weißt, wird in der Lagune jung geheiratet. Ich selbst habe nur zwei Jahre eine Maske tragen müssen.«

Sie erhoben sich und klopften sich die Krümel von den Kleidern. »Kommt, wir suchen nach meinen Brüdern«, sagte Arianna.

Sie gingen ans Ufer hinunter und liefen über den Kies, bis sie an die Stelle kamen, wo die Fischerboote festgemacht waren. Der Gestank war furchtbar. Fischer saßen herum und aßen zu Mittag. Der Morgenfang war gesäubert und verkauft und den Nachmittag brachten sie damit zu, ihre Netze zu flicken oder andere Dinge zu tun, während sie auf die abendliche Fahrt warteten.

Lucien konnte nicht ein Fischerboot vom nächsten unterscheiden und selbst die Fischer sahen in seinen Augen sehr ähnlich aus, aber Arianna rannte schnurstracks auf zwei Männer zu, die sie auffingen und kräftig umarmten.

Lucien blieb etwas verschüchtert mit Leonora zurück, bis Arianna sie herwinkte und vorstellte. Er mochte die Brüder sofort; sie waren dunkelhäutig und herzlich und hatten einen festen Händedruck. Ganz offensichtlich beteten sie ihre kleine Schwester an und freuten sich, sie zu sehen.

»Was sind das alles für Knochen oder Gräten?«, fragte Lucien nach einer Weile, als ihm die kleinen weißen Haufen dicker Fischbeine auffielen, die am Strand herumlagen und an denen die Fischer herumschnitzten.

»Das sind die Gebeine des Merlino-Fisches, die ans Ufer gespült werden«, sagte Tommaso und machte das Zeichen der Glückshand. »Die sind mehr wert als jeder lebende Fisch, den wir fangen.«

»Man macht Dolche daraus«, erklärte Angelo und zog ein beeindruckend scharfes Exemplar aus seinem Gürtel. Er gab es Lucien, damit er es ansehen konnte. »Wird in Bellezza sehr hoch geschätzt. Die Zeit zwischen dem Fischen verbringen wir damit, Klingen zu schnitzen und zu schärfen, dann versenden wir sie aufs Festland, wo man dann noch Griffe dranmacht.«

»Und sie sind sehr teuer«, sagte Arianna und betrachtete den Dolch voller Neid.

»Wir könnten sie uns nicht leisten, wenn wir nicht an der Herstellung beteiligt wären«, sagte Tommaso.

»Und du weißt auch«, neckte Angelo seine Schwester, »dass du keinen bekommst, bis du sechzehn bist und man dir zutrauen kann, damit umgehen zu können.«

Arianna zog eine Schnute.

»Ein Dolch *und* eine Maske«, flüsterte Lucien. »In ein paar Monaten bist du ja noch viel gefährlicher!«

Arianna lächelte. Leonora begann, die Brüder auszufragen, wie willkommen der Besuch auf Torrone sein würde. Lucien und Arianna zogen sich vom Ufer zurück, um dem überwältigenden Fischgestank aus dem Weg zu gehen.

»Es ist eigentlich traurig«, sagte Arianna. »Der Dolch, den ich bekomme, ist vielleicht einer der letzten. Na ja, dann ist er umso wertvoller.«

»Wieso?«, wollte Lucien wissen.

»Der Merlino-Fisch ist am Aussterben«, erwiderte sie. »Oder genauer gesagt, der Vorrat an Fischbein geht zu Ende. Einen lebenden Merlino hat man seit Jahren nicht mehr gesehen. Die Fischer halten es für möglich, dass er schon ausgerottet ist. Das ist schade, denn meine Brüder verdienen mehr Geld mit dem Handel von Merlino-Klingen als mit dem Fischen.«

»Wer kauft die Dolche?«, fragte Lucien.

»Fremde Besucher«, sagte Arianna. »Und Mörder natürlich«, setzte sie hinzu.

Der remanische Botschafter war interessierter, als er zeigen wollte. Wenn die Duchessa bei Staatsanlässen eine Stellvertreterin benutzte, dann würde sie besonders verwundbar und unbewacht sein, wo immer sie sich selbst aufhielt, solange sie vertreten wurde. Aber er würde sich nicht auf diesen abgerissenen Spitzel verlassen.

»Bring mir das Mädchen«, sagte er und wedelte rasch und befehlend mit seinem Taschentuch. »Ich will alles aus ihrem eigenen Mund hören.«

Statt direkt nach Torrone zu fahren, bat Leonora den Fährmann, sie als Nächstes nach Burlesca zu bringen. Tommaso und Angelo fanden es beide angebrachter, dass die gesamte Familie beisammen war, wenn das Familientreffen stattfand. Daher schlugen sie vor, dass die drei ein Weilchen auf Burlesca verbringen sollten, bis sie selbst mit ihrer Arbeit auf Merlino fertig waren.

»Dann besuchen wir also erst mal deine Nonna«, sagte Leonora.

Arianna klatschte in die Hände. »Prima! Und kriegen ein bisschen von Nonnas Kuchen! – Wir gehen erst zu meinen Großeltern«, wandte sie sich erklärend an Lucien. »Es sind die Eltern meiner Mama und sie wohnen in dem witzigsten kleinen Haus auf Burlesca, das du dir vorstellen kannst. Du wirst schon sehen.«

Während sich das Boot dem nächsten Inselchen näherte, konnte Lucien sehen, dass es dort sehr bunt zuging. Kaum waren sie nah genug, um die Häuser zu erkennen, stellte er fest, dass jedes in einer anderen Farbe getüncht war – leuchtend blau oder rosa oder orange oder gelb standen sie eines neben dem anderen. In einem Londoner Vorort hätte das sicher schrecklich gewirkt, aber unter dem blauen Himmel der Lagune sah es einfach perfekt aus.

»Sieh nur! Da ist ihr Haus!«, rief Arianna, als das Boot anlegte. »Ist es nicht lustig?«

Plötzlich sah Lucien, was sie meinte. Inmitten mehrerer grüner und türkiser und lilafarbener Häuser stand eines in Schneeweiß. Es hob sich von allen anderen ab wie weiße Schokolade zwischen braunen Pralinen. Einige Besucher blieben stehen, um es im Vorübergehen anzuschauen, und Lucien konnte sich vorstellen, dass dieses Haus in seiner Welt garantiert auf allen Ansichtskarten drauf sein würde.

Vor der Haustür saß eine alte Frau, die in Schwarz gekleidet war. Sie hatte schneeweißes Haar und auf ihrem Schoß lag auf einem kleinen schwarzen Kissen ein Haufen blütenweißer Spitze. Sie arbeitete so flink daran, dass man ihren krummen Fingern kaum folgen konnte, und dabei grüßte sie nebenher jeden, der vorüberkam, und plauderte mit den Nachbarinnen, die in gleicher Weise beschäftigt waren. Sie sah die Handarbeit nicht einmal an.

»Großmama Paola!«, rief Arianna und stürzte auf die alte Frau zu. Im Nur war die Handarbeit vergessen, das Gesicht der Großmutter leuchtete beim Anblick ihrer Enkelin auf und sie schloss sie in die Arme.

Wie ähnlich sie sich sind, dachte Lucien. Die alte Frau hatte, obwohl sie in ihren schwarzen Kleidern so Respekt gebietend wirkte, ein Zwinkern in den Augen, das bei einer jungen Person übermütig gewirkt hätte.

»Arianna! Wie schön, dich zu sehen! Und deine Tante Leonora auch. Und wer ist der junge Mann?«

Die alte Frau ließ ihre Spitze liegen und führte sie ins Haus. Lucien blieb kurz stehen, um sich die Arbeit anzusehen. Das musste wohl eine Tischdecke oder etwas Ähnliches werden. In der Mitte war ein Pfau mit ausgebreitetem Rad zu sehen, was ihn an eine der besten Arbeiten des Glasmeisters erinnerte. Um den Pfau herum wurde ein Muster aus Blattwerk und Lilien gearbeitet.

»Glas und Spitzen«, sagte eine Stimme, die wie ein Echo seiner Gedanken war. »Nur darum geht es auf den Inseln.«

Lucien sah auf und merkte, dass Ariannas Großmutter wieder herausgekommen war, um ihn mit hineinzunehmen. Sie sah ihn mit einem so klugen Blick an, dass er sich plötzlich durchschaut fühlte und sich seines fehlenden Schattens bewusst wurde.

»Sie ist wunderschön«, sagte er und wurde rot. Plötzlich überfiel ihn der schmerzliche Gedanke, dass er seiner Mutter niemals etwas von dieser schönen Spitze mitbringen konnte.

»Schön und auch nützlich«, sagte die alte Frau nickend. »Spitze hat ihre eigene Sprache, musst du wissen.«

Ehe er fragen konnte, was sie meinte, kam Arianna zurückgehüpft.

»Lass doch die Spitze«, sagte sie. »Wie wär's mit Kuchen?«

Ariannas Großmutter schickte sie zur Konditorei, wo ihr Mann arbeitete.

»Sag ihm, er soll mit nach Hause kommen«, rief sie hinterher. »Er schließt sowieso bald für heute.«

Mit einem faltigen, dunkelhäutigen Mann kam Arianna alsbald zurück. Er ging am Stock und Arianna, die neben ihm hersprang, trug eine große Platte mit Gebäck.

»Luciano, das ist mein Großvater«, sagte sie. »Er macht den besten Kuchen auf der Insel. Einige seiner Rezepte sind schon Generationen alt und ganz geheim, stimmt's, Großpapa? Aber du vererbst sie mir, wenn du stirbst, nicht wahr?«

»Du willst also Konditorin werden?«, fragte ihre Großmutter. »Soweit ich gehört habe, war es bisher Mandoliera?«

Jetzt war es an Arianna, rot zu werden, und eine Weile blieb sie ziemlich still. Es verunsicherte sie, dass Leonora ihren Verwandten von ihrem Abenteuer am Verbotenen Tag erzählt hatte. Wie viel wussten sie wohl von Luciano?

Aber sie war die Einzige, die sich nicht ganz so wohl fühlte. Sie saßen alle um den großen steinernen Tisch im Garten der Großeltern, in dem viele Terracotta-Töpfe mit roten Blumen und üppigem Grün herumstanden, die sich hübsch von den weißen Wänden abhoben. Lucien konnte sich vorstellen, dass Ariannas Großvater sein Haus rosa angestrichen hätte, wenn er auf Merlino gewohnt hätte, wo alle Häuser weiß waren. So ein Typ war er. Er war nicht groß und seine krummen Beine ließen ihn noch kleiner wirken, aber mit seinen buschigen weißen Brauen war er eine beeindruckende Persönlichkeit. Und er machte wirklich die köstlichsten Kuchen.

»Versuch mal von diesem«, sagte er zu Lucien und deutete auf ein krümeliges, mit Zucker bestreutes Gebäck in der Form eines Halbmondes. »Da ist Zitrone drin.«

Die Kuchen, die teilweise eher Kekse waren, wurden mit Prosecco serviert. Lucien streckte die Beine aus und trank den prickelnden Wein zu dem süßen Gebäck und genoss den Duft des Gartens und die Wärme der Nachmittagssonne. Er konnte sich nicht erinnern, dass er sich je wohler gefühlt hatte.

Giuliana erschrak fast zu Tode. »Du machst mir solchen Ärger, Enrico! Nicht nur mir, sondern meiner Familie noch dazu. Ich habe ein Versprechen gegeben. Und die Duchessa meint, was sie gesagt hat. Wenn sie herausfindet, dass ich es jemandem gesagt habe, dann werden wir aus der Stadt verbannt.«

»Du machst dir zu viele Gedanken, Liebes«, sagte ihr Verlobter und strich ihr das schwarze Haar aus der Stirn. »Die Duchessa ist eine alte Frau. Sie wird nicht ewig leben. Und wie kann sie dir was tun, wenn sie mal nicht mehr ist?«

Giuliana war nicht beruhigt. Hinter ihrer Maske zog sie ihre Stirn in Falten. So alt war die Duchessa schließlich nicht und Giuliana schien es seltsam, dass Enrico so ganz nebenbei das Thema ihres möglichen Ablebens hatte einfließen lassen. Giuliana hatte nie ganz durchschaut, wie sich ihr Verlobter den

Lebensunterhalt verdiente. Er war Stallknecht gewesen, doch dann nach Bellezza gekommen, wo Pferde vor zweihundert Jahren abgeschafft und verboten worden waren. Sie wusste, dass er jetzt etwas für die Familie der Chimici machte, was bedeutete, dass er oft fort war, aber sie wusste nicht wirklich, was das war.

In der Botschaft wurden sie von den Beamten viel schneller weitergewinkt als bei Enricos letztem Besuch. Sein Name bedeutete dem Botschafter inzwischen einiges und es schadete auch nicht, dass er mit einer jungen Frau mit angenehmem Äußeren auftauchte.

»Ah, meine Liebe«, sagte der Botschafter, als Enrico ihm seine Verlobte vorstellte. »Wir reizend von Ihnen zu kommen. Ein Glas Wein vielleicht? Also«, – und er schenkte ihnen Wein in die teuersten Silberbecher – »erzählen Sie mir doch bitte alles ganz genau, was sich dieses Jahr auf der Vermählung mit dem Meer zugetragen hat.«

Torrone unterschied sich gewaltig von den anderen beiden Inseln. Während es dort vor Leben und buntem Treiben nur so wimmelte, war die kleinste Insel still und gelassen. Es gab auch hier Besucher wie überall in der Lagune und es gab ein paar Stände, an denen etwas zu essen und trinken und Spitze und Glas und sogar Merlino-Dolche verkauft wurden. Doch die meisten Besucher strebten auf der Straße neben dem Hauptkanal auf die Kirche zu. »Es ist eigentlich eine Kathedrale«, sagte Arianna zu Lucien. »Aber sie ist nicht größer als eine Kirche.«

Auch Arianna war auffallend stiller geworden. Statt vor Lucien den Weg entlangzuhüpfen, trödelte sie, weil sie keine Lust hatte, ihrer Familie gegenüberzutreten. Ihre Brüder waren vorausgegangen. Sie plauderten mit Leonora und zogen eine Fahne von Fischgestank hinter sich her. Bei einem kleinen, weiß getünchten Haus machten sie halt und eine sympathische Frau mittleren Alters in einem grünen Kleid kam an die Tür.

In Sekundenschnelle ging sie auf Arianna zu und nahm sie in die Arme. Die Szene machte Lucien ganz krank vor Heimweh und er wandte sich ab. Was tat er hier, Hunderte von Kilometern entfernt von seinen eigenen Eltern – und Hunderte von Jahren noch dazu?

Doch Valeria, Ariannas Mutter, hieß auch ihn willkommen. Sie betrachtete ihn etwas ehrfürchtig, als sie hörte, dass er unter dem Schutz von Senator Rodolfo stand, aber sie war eine gastfreundliche Frau.

»Lauf und hol deinen Vater, Tommaso«, sagte sie. »Er schließt sowieso bald.«

»Aber Mama, ich möchte Luciano gerne unsere Kathedrale zeigen«, sagte Arianna. Sie war wieder ganz die Alte, da ihre Mutter sich so offensichtlich über ihren Besuch gefreut hatte.

»In Ordnung. Ihr zwei geht mit ihm und ich fange mit dem Essen an. Ihr bleibt doch zum Essen, oder?«

Während Lucien und Arianna mit Tommaso den Weg entlanggingen, blieben dauernd Leute stehen, um die »Tochter der Insel« zu begrüßen. Ihre Flucht war ihr offensichtlich verziehen, wenn sie auch nicht vergessen worden war, und jeder auf der Insel wollte sie umarmen oder streicheln. Arianna war in ihrem Element. Lucien verstand jetzt, warum sie so selbstbewusst geworden war. Jeder auf der Insel behandelte sie als etwas Besonderes und nahm Anteil an ihr. Aber alle waren viel älter als sie. Die einzigen anderen jungen Leute, die Lucien entdecken konnte, waren fremde Besucher, die sich in der Kathedrale und deren Umkreis aufhielten.

Am Portal trafen sie auf einen stillen, grauäugigen Mann, der Arianna noch herzlicher als die anderen Insulaner umarmte. Gianfranco freute sich über seine Besucher und wollte Luciano die Kathedrale höchstpersönlich zeigen. Da er sowieso bald schließen musste, warteten sie, bis die letzten Besucher draußen waren, und gingen dann alleine los, wobei Gianfranco mit den Schlüsseln an einem großen, schweren Ring rasselte.

Die Kirche war kühl und still, obwohl jeden Tag so viel Leben hindurchbrauste. Vor dem Altar stand ein Lettner aus Marmor mit geschnitzten Vögeln und Blumen, die genauso kleinteilig waren wie Großmutter Paolas Spitze. Durch den Lettner hindurch sah man hinter dem Altar ein riesiges Mosaïk, das eine Frau darstellte. Es war silbern und blau und reichte bis unter die Kuppel des Gebäudes.

»Unsere Liebe Frau«, flüsterte Arianna und machte das Zeichen der Glückshand.

»Maria?«, fragte Lucien.

»Wenn du so willst«, sagte sie achselzuckend. »Oder die Göttin. Es ist egal. Sie ist die Mutter der Lagune und jeder kommt und besucht sie. Nicht nur die Fremden. Alle Lagunenbewohner kommen und erbitten die Hilfe der Lieben Frau, wenn sie in Nöten sind.«

Lucien konnte eine ganze Ansammlung von Kerzen zu Füßen des Mosaiks sehen. Außerdem lagen dort Blumen und Perlen und kleine Geschenke auf dem Boden.

»Siehst du die große Steinplatte hinter dem Altar?«, fragte ihn Gianfranco. »Unter ihr liegen die Gebeine eines Drachen. Die heilige Maddalena, Patronin der Lagune, soll ihn getötet haben, indem sie eine ihrer Tränen auf ihn hat fallen lassen. Allein die heilige Macht der Träne hat ihn vergehen lassen.«

Nachdem sie den Rundgang durch die Kirche beendet hatten, war Lucien ziemlich verwirrt. Einerseits handelte es sich um eine Kirche und er hatte das Gefühl, dass ihm das, was er sah, vertraut sein müsste. Andrerseits schienen die Lagunenbewohner genauso glücklich mit Geschichten von Göttinnen und Drachen, die eigentlich in eine frühere, heidnische Welt gehörten.

Sie kehrten zum Elternhaus Ariannas zurück, wo Valeria Fisch zubereitet hatte, den ihre Söhne mitgebracht hatten. Dazu gab es eine große Schüssel Pasta mit Kräutern und Oliven und Knoblauch. Es schmeckte völlig anders als alles, was Lucien je in italienischen Restaurants in London bekommen hatte.

Nach der Mahlzeit, die auf einer kleinen, weinbewachsenen Terrasse eingenommen wurde, machte Valeria Kaffee. Leonora hatte den Fährmann in Burlesca bezahlt, denn Ariannas Brüder hatten angeboten, sie in ihrem Fischerboot nach Hause zu bringen.

»Wir sollten aufbrechen, wenn wir den Kaffee getrunken haben, Mama«, sagte Angelo. »Fischer müssen früh am Morgen raus«, erklärte er Luciano.

Da fiel es Lucien zum ersten Mal auf, dass es dunkel wurde und die ersten Sterne herauskamen. Mit einem furchtbaren Schrecken wurde ihm klar, dass es daheim in seiner Welt schon Morgen sein musste.

Kapitel 8

Ein Glas voller Regenbogen

Als Lucien diesmal zu sich kam, war es viel schlimmer. Nicht nur seine Mutter starrte ihm ängstlich ins Gesicht; ihre Hausärztin, Doktor Kennedy, war ebenfalls da, das Stethoskop um den Hals. Als Luciens Augenlider zuckten und sich öffneten, brach seine Mutter in Tränen aus. Es machte ihm fürchterlich zu schaffen, sie so aufgelöst zu sehen.

»Keine Sorge, Mrs Mulholland«, sagte Dr. Kennedy, nachdem sie seinen Puls gemessen und ihm mit einer Taschenlampe in die Augen geleuchtet hatte. »Mit Lucien scheint alles bestens zu stimmen – gemessen am derzeitigen Stand der Behandlung.«

»Mum, es tut mir leid«, sagte Lucien. »Ich wollte dich nicht erschrecken. Ich habe von ganz besonders schöner Spitze geträumt, die ich dir kaufen wollte. Und ich konnte mich einfach nicht aus dem Traum losreißen.«

Das war eine Lüge, aber er konnte es nicht ertragen, sie so verzweifelt zu erleben, und die Wahrheit hätte sie nie und nimmer geglaubt. Er beschloss, die Ärztin auf seine Seite zu ziehen.

»Das ist schon mal passiert. Anscheinend falle ich jetzt manchmal in eine Art Tiefschlaf, viel bleierner als früher. Liegt das an der Krankheit oder kommt die Müdigkeit als

Nachwirkung von der Chemo? Während der Behandlung war ich nämlich ständig müde.«

»Schwer zu sagen«, erwiderte die Ärztin mit gerunzelter Stirn. »Klingt wie eine Nachwirkung der Behandlung, obwohl es mir noch nie vorher begegnet ist. Aber jetzt kommst du mir ja topfit vor. Du hast einfach ein bisschen arg lang geschlafen. Und da wäre er ja wohl nicht der erste Teenager, dem das passiert«, wandte sie sich an Luciens Mutter, die ein schwaches Lächeln zustande brachte.

»Tut mir leid, dass ich Sie umsonst hergeholt habe«, entschuldigte sie sich. »Aber ich bin so erschrocken, als ich ihn nicht aufwecken konnte. Letztes Mal hat es sich nur um ein paar Minuten gehandelt, aber wie ich ja schon sagte, diesmal habe ich es ungefähr eine halbe Stunde lang versucht.«

Nachdem die Ärztin fort war, stand Lucien auf, zog sich an und verhielt sich so munter wie möglich, obwohl er jetzt hundemüde war. Es war beinahe so schlimm wie zur Zeit der Chemo, dabei hatte er schon fast vergessen, wie ausgepumpt er sich damals vorgekommen war. Während der letzten paar Wochen hatte er sich allmählich wieder normal gefühlt. Als seine Mutter beschloss, dass es ihm gut genug ging, um ihn allein zu lassen, und sich zum Supermarkt aufmachte, legte sich Lucien sofort auf sein Bett.

Aber nicht, um zu schlafen. Er umklammerte das Buch und fiel in Bewusstlosigkeit, indem er sich nach Talia wünschte. Er musste dringend zurück auf das Boot, von dem er so plötzlich verschwunden war.

Lucien hatte Arianna beiseitegezogen, sobald ihm aufgefallen war, wie spät es schon war.

»Ich muss zurück. In meiner Welt ist es schon Tag, und wenn ich dort nicht aufwache, dann ängstigen sich alle zu Tode. Das ist mir schon mal passiert. Ich muss demnächst verschwinden.«

Arianna sah ihn fassungslos an. »Du kannst doch nicht einfach verschwinden! Was soll ich den anderen denn sagen?«

»Wenn es so ist wie sonst, dann bin ich nur ein paar Augenblicke verschwunden – ein Wimpernzucken lang«, sagte er zu ihr.

»Bist du sicher?«, fragte Arianna zweifelnd.

Lucien zögerte. »Nein, ganz sicher bin ich nicht. Ich hab es nur mal in Bellezza in Rodolfos Laboratorium probiert. Aber ich warte, bis wir auf dem Boot sind. Es wird schon dunkler und du kannst mich abschirmen – indem du alle ablenkst.«

Es war beschlossen worden, dass Arianna nach Bellezza zurückkehren und weiter bei Tante Leonora bleiben sollte, wenn es auch niemand mehr eine Strafe nannte. Arianna hatte das Gefühl, dass man ihr verziehen hatte und dass sie ihren unbeschwerten Aufenthalt in der Stadt nun genießen konnte. Aber die Sache mit Lucien machte ihr Sorgen.

Kaum hatten sich alle voneinander verabschiedet, was Lucien eine Ewigkeit zu dauern schien, und nachdem ihre Brüder das Boot auf die Lagune hinausgerudert hatten, machte Lucien Arianna ein Zeichen, dass er bereit war. Eine bessere Chance würde sich ihm wohl nicht bieten, obwohl außer dem ihren auch noch andere Boote auf dem Wasser waren. Dasjenige, das ihnen am nächsten dahinfuhr, war jedoch weit genug entfernt, als dass die Insassen in der Dunkelheit etwas bemerken würden.

»Was ist denn das da drüben?«, fragte Arianna aufgeregt und deutete in Richtung Stadt. Alle verrenkten die Hälse, um zu erkennen, wovon sie sprach – und Lucien verschwand.

Sie hatte eine Sternschnuppe oder einen Fliegenden Fisch zum Vorwand nehmen wollen, aber das plötzliche Gefühl, dass Lucien fort war, lähmte ihre Erfindungsgabe völlig. Gerade noch hatte sie seine Wärme spüren können, dann war er fort. Zitternd blieb sie zurück.

»Was meinst du?«

»Wo denn?«

Zum Glück gab es tatsächlich etwas zu sehen. Eine Rakete oder einen Knallkörper, der über dem Dom in den nächtlichen Himmel aufstieg und in einem Schauer von Funken zerbarst. Im gleichen Moment spürte Arianna die Wärme von Luciens Anwesenheit auch schon wieder. Sie schnappte nach Luft.

»Du hast ja vielleicht scharfe Augen, meine Nichte«, sagte Leonora. »Du kannst einen Feuerwerkskörper sogar vor dem Explodieren erkennen!«

»Aber schön war es!«, meinte Tommaso.

»Signor Rodolfo muss wohl seine nächste Vorstellung vorbereiten«, sagte Angelo. »Für den Maddalena-Tag.«

»Aber das ist doch untypisch für den Senator, so unvorsichtig zu sein, nicht wahr, Lucien?«, fragte Leonora.

»Stimmt«, erwiderte Lucien, der ebenfalls zitterte. »Er muss sie absichtlich abgeschossen haben.«

Arianna sagte nichts. Sie war so perplex, eine Stravaganza miterlebt zu haben, dass ihr während der ganzen Fahrt die Worte wegblieben.

Kaum waren sie zurück in Bellezza und er hatte Leonora und Arianna nach Hause begleitet, da rannte Lucien schnellstens zu Rodolfos Palazzo. Es war jetzt stockfinster und er konnte nicht sehen, dass nicht nur eine, sondern zwei Gestalten ihn aus den Schatten beobachteten.

Alfredo ließ ihn ein und Lucien nahm beim Hinaufrennen zwei Stufen auf einmal. Die Tür des Laboratoriums öffnete sich, noch bevor er klopfen konnte, und außer Atem stürzte er ins Zimmer.

»Kann nicht bleiben . . . muss nach Hause, ehe Mum . . . Supermarkt . . . zu lange auf den Inseln geblieben . . . großes Durcheinander.«

Er sank in einen Stuhl und Rodolfo sah ihn mit ernster Miene an.

»Das habe ich in meinen Spiegeln gesehen. Ich habe dir erlaubt, deinen Vormittagsunterricht sausen zu lassen – nicht dass du den ganzen Tag verschwindest und vergisst, in deine eigene Welt zurückzukehren. Ich habe mir schon gedacht, dass du noch hier bist. Deshalb habe ich die Leuchtrakete abgefeuert.«

»Die habe ich nicht gesehen, aber man hat es mir erzählt«, sagte Lucien. »Aber das ist jetzt egal. Ich möchte Sie ganz dringend alle möglichen Dinge fragen – über Doktor Dethridge und über Ariannas Großmutter und den Merlino-Fisch und die Glasmaske, aber ich muss gehen. Ich komme heute Abend wieder – ich meine, morgen früh.«

Er umklammerte das Buch und machte sich dran, in Meditation zu verfallen. Seine wirbelnden Gedanken beruhigten und setzten sich wie der Bodensatz in einem Glas und er spürte, wie er gleichzeitig versank: aus dem Laboratorium heraus, fort aus Bellezza, aus Talia . . .

Rodolfo blieb lange stehen und betrachtete seufzend den leeren Sessel. »Bemerkenswert, äußerst bemerkenswert.«

Die beiden Schatten in der Straße vor Rodolfos Palazzo entfernten sich und steuerten auf die nächste Taverne zu. Der eine trug einen blauen Umhang und lief wankend. Der andere war in grobe Arbeitssachen gekleidet. Beide waren am Anleger an der Piazzetta aus kleinen Booten gestiegen und hatten bemerkt, dass sie dieselbe Gruppe beschatteten. Nun war es an der Zeit, miteinander ein paar Gläser Strega zu leeren und Informationen auszutauschen.

Lucien wachte auf und hörte gleichzeitig den Schlüssel seiner Mutter im Schloss. Er rannte die Treppe hinunter, fast so schnell, wie er in Bellezza die Treppe hinaufgerannt war, und begrüßte sie in der Diele.
»Komm, ich helf dir auspacken«, sagte er.
»Also, es scheint dir ja jetzt tatsächlich ganz gut zu gehen«, sagte seine Mutter und Lucien war erleichtert, dass sie so fröhlich aussah.
Doch die Taschen aus dem Auto zu schleppen und den Inhalt in die Schränke, den Kühlschrank und die Gefriertruhe zu verräumen erschöpfte ihn. Sobald er das Gefühl hatte, es riskieren zu können, gähnte er herzhaft und sagte: »Jetzt bin ich doch wieder ein bisschen müde. Macht es dir was aus, wenn ich mich noch mal hinlege?«
»Nein«, sagte seine Mutter ganz ohne Argwohn. »Geh nur hinauf und mach ein Mittagsschläfchen. Ich bring dir dann in einer Stunde eine Tasse Tee. Damit du dir den Nachtschlaf nicht vorwegnimmst.«
Das war allerdings etwas, was Lucien in letzter Zeit nicht mehr kannte. Jede Nacht verbrachte er wachend in einer an-

deren Welt. Die körperliche Anstrengung und das frische Essen, das er dort bekam, taten ihm einerseits gut. Er nahm zu und seine Muskeln strafften sich wieder – was sich auch in seine eigene Welt übertrug. Selbst sein Haar begann, wieder als dunkler Flaum zu wachsen. Aber auf irgendeine Weise war er trotzdem erschöpft. Jetzt nahm er das Notizbuch aus der Tasche und legte es sorgfältig auf den Nachttisch. Diesmal wollte er sichergehen, dass er auch wirklich schlief.

Guido Parola war mit seiner Weisheit am Ende. Er hätte eigentlich auf die Universität von Padavia gehen sollen, aber dafür war jetzt kein Geld mehr da. Sein älterer Bruder hatte das Familienvermögen vertrunken und verspielt und war verschwunden. Sein Vater war sehr krank und es war kein Geld da, um den Arzt und die Behandlung zu zahlen, nicht mal eine Frau, die ihn pflegen konnte. Guidos Mutter war gestorben, als er noch sehr klein war.

Es war anrührend, wie sanft der schlaksige, rothaarige Junge mit seinem Vater umging. Aber sie hatten nur noch ein paar Heller und er hätte gutes, nahrhaftes Essen kaufen müssen, um seinen Vater bei Kräften zu halten. Er war auf dem Markt, als ihn ein alter Schulkamerad ansprach. Innerhalb von ein paar Minuten saßen sie in einer örtlichen Taverne und Guido trank schweren bellezzanischen Rotwein, den ihm sein Freund spendierte, und schüttete sein Herz aus.

»Heute machen wir Feuerwerkskörper«, verkündete Rodolfo, sobald Lucien an dem Abend nach dem beinahe verunglückten Ausflug nach Bellezza zurückkehrte. Das Sonnenlicht, das in das Laboratorium strömte, gab Lucien das seltsame Gefühl, dass Rodolfo die Nacht in den Tag verwandeln könne. Womöglich konnte er das ja auch. Lucien hatte immer noch keine Ahnung, wie machtvoll Rodolfo sein mochte. Und heute würden sie also Feuerwerkskörper machen.

»Für Maddalena«, erklärte Rodolfo. »Ihr Festtag ist am zweiundzwanzigsten Juli. Und weil sie die Schutzheilige der Lagune ist, muss ich immer etwas Besonderes machen. Dieses Jahr muss es sogar ganz besonders werden, denn das Fest fällt zusammen mit der Eröffnung der Kirche, die als Dank für die Errettung vor der Pest gebaut wurde.«

»Arianna sagt, dass Ihr Schauspiel bei der Vermählung mit dem Meer schon was Besonderes war«, sagte Lucien. »Ich hätte es ja zu gerne gesehen.«

»Du wirst meine Vorstellungen alle nicht sehen können, Luciano«, sagte Rodolfo sanft. »Am Tag kann man kein Feuerwerk abhalten. Es gibt nun mal einfach ein paar Dinge, die im Dunkeln stattfinden müssen.«

Das war eine traurige Feststellung, die die Freude an der Herstellung der Feuerwerkskörper etwas minderte, aber im Laufe des Morgens nahm Lucien seine Arbeit ganz gefangen. Viele Aspekte davon hätte er in seiner Welt als wissenschaftliche Versuche bezeichnet. Schießpulver wurde mit verschiedenen Chemikalien vermischt, die unterschiedliche Farben hervorriefen, wenn man sie anzündete. Aber für seine Kabinettstückchen benutzte Rodolfo Techniken, die eher an Zauberei grenzten.

Auf seiner Werkbank standen Glasgefäße, die glitzernde Substanzen in überirdischen Farben und seltsame Gegenstände enthielten, die nur zum Besitz eines Zauberers gehören konnten. Staunend sah Lucien zu, wie Rodolfo ein Glas entkorkte, in dem das winzige Skelett eines Drachen zu liegen schien, und dazu Worte vor sich hin murmelte. Im Nu verfiel das Skelett zu einem feinen grünen Pulver, das Rodolfo nun in die Hülse des Feuerwerkskörpers füllte, an dem sie gerade arbeiteten. Er fügte einen Schuss roten und goldenen Glimmers hinzu, der sich in seiner Hand zu bewegen schien, während er ihn ausschüttete.

Amüsiert warf Rodolfo einen Blick auf Luciens Gesicht. »Ein billiger Trick, der aber bei den Massen immer gut ankommt«, sagte er. »Aber nun lass uns eine Pause machen, bevor wir an den nächsten gehen.«

Lucien riss seine Gedanken von dem Feuerwerkszauber fort.

»Haben Sie schon etwas über Doktor Dethridge herausgefunden?«, fragte er, während sie auf den Dachgarten traten.

»Noch nicht«, erwiderte Rodolfo. »Ich habe meine Mit-Stravaganti in Bellona, Remora, Giglia und allen großen Städten benachrichtigt. Dazu habe ich gestern den ganzen Tag gebraucht und ich habe mir mehrmals gewünscht, dass wir eure Zaubereien hätten, um das alles per Draht zu machen, wie du mir erzählt hast. Stattdessen musste ich die Kunst der Spiegel anwenden und die Suche war langwierig. Jetzt hält jeder Ausschau nach einem Mann ohne Schatten, aber ich habe bisher noch nichts gehört.«

»Rodolfo«, fragte Lucien plötzlich, »warum haben Sie mich hergebracht?«

Überrascht sah Rodolfo auf. »Ich habe dich nicht hergebracht, Luciano. Ich habe nur den Talisman zurückgelassen. Ich wusste nicht, wer ihn finden würde. Der Talisman selbst findet meistens die richtige Person.«

»Aber warum überhaupt die ganze Sache?«

»Jeden Monat bei Vollmond beschäftige ich mich mit verschiedenen Methoden der Vorhersage. Vor ein paar Monaten las ich die Karten und warf ein paar Steine, um festzustellen, ob ich in die Zukunft sehen könnte. Es entstand ein Muster, das ich nicht verstand. Es beinhaltete die Duchessa und Gefahr und ein junges Mädchen. Es zeigte auch ein Buch – und ich hatte dein Notizbuch bereits als neuen Talisman ausgewählt! Mir schien es an der Zeit, es in eure Welt zu bringen.«

»Und warum haben Sie es ganz in die Nähe meines Wohnortes und meiner Schule gebracht?«

»Damals wusste ich überhaupt nichts von dir. Ich ging dort hin, wo Doktor Dethridge lebte – nach Barnsbury. Zu seiner Zeit war das ein Dorf auf dem Land. Jetzt scheint es ja wohl ein Teil von Nordlondon zu sein. Der Platz, wo sein Haus und seine Werkstatt standen, ist nicht wiederzuerkennen. Ich habe etwas gesehen, was wahrscheinlich deine Schule ist, aber das war mir zu dem Zeitpunkt nicht klar. Es war ein großes Gebäude voller Menschen, daher habe ich den Talisman in einem angrenzenden Haus gelassen, in der Hoffnung, dass es nah genug sei.«

»Wie sind Sie denn in das Haus hineingelangt?«, fragte Lucien.

»Ich habe den Talisman durch einen rechteckigen Schlitz in der Haustür geworfen«, sagte Rodolfo.

»Trotzdem versteh ich noch nicht, warum Sie die Talismane in meine Welt bringen«, sagte Lucien. »Wollen Sie vielleicht weitere Stravaganti damit rekrutieren?«

»In gewisser Weise«, sagte Rodolfo zögernd. »So hat es Doktor Dethridge in den ersten paar Jahren gemacht. Aber seit ihm sind nur wenige Besucher aus deiner Welt zu uns gekommen. Es hat den Anschein, dass sie immer nur auftauchen und helfen, wenn wir in einer Krise stecken.«

»Passiert das oft?«, wollte Lucien wissen.

Rodolfo seufzte. »Zu oft. Die Chimici wollen Talia beherrschen. Oh ja, sie nennen es zwar jetzt eine Republik, aber du kannst sicher sein, wenn sie erst mal alles im Griff haben, dann machen sie ein Königtum, ein Kaisertum daraus, wie früher, als Remora das ganze Mittlere Meer und noch viel mehr beherrscht hat. Doch Bellezza leistet Widerstand.«

»Sie wollen, dass es beitritt?«, fragte Lucien.

»Sie wollen, dass die Duchessa ein Schriftstück unterzeichnet, das Bellezza verpflichtet, ihrem Staatenbund beizutreten«, erklärte Rodolfo. »Sie versuchen bereits seit fast einhundert Jahren, die Lagune zu erobern.«

»Aber Sie führen doch keinen Krieg miteinander? Ich meine, der remanische Botschafter ist doch hier und auch er ist ein Chimici«, sagte Lucien.

»Krieg nicht direkt, nein«, erwiderte Rodolfo. »Seit jenem Vorfall mit der Glasmaske hassen wir uns gegenseitig – du hast wohl schon von der Geschichte gehört? –, aber alles läuft ganz zivilisiert ab. Es hat wohl ein paar Giftmorde gegeben oder jemand ist erstochen worden. Aber richtigen Krieg gibt es nicht. Das ist nicht die Art, die die Chimici bevorzugen. Sie sind in Talia mächtig geworden durch Komplotte, politische Heiraten und Hinterlist.«

»Stimmt es, dass die Duchessa den Glasmeister vergiftet und den remanischen Prinzen dann hat töten lassen?«, wollte Lucien wissen.

Rodolfo zuckte mit den Schultern. »Kann schon sein. Zu so etwas wäre eine Duchessa durchaus fähig. Die Herzoginnen von Bellezza sind gefährliche Gegnerinnen. Sie bewachen ihre Stadt mit Klauen und Zähnen. Auch Silvia würde keinerlei Mitleid kennen, wenn jemand versuchen würde, ihr Bellezza zu entreißen.«

»Aber der Prinz hatte doch nur mit ihr getanzt«, warf Lucien ein. »Ich meine, mit der Duchessa von damals.«

»Und hat sie dabei rein zufällig stolpern lassen, während sie die Glasmaske trug?«, gab Rodolfo zu bedenken.

»Könnte doch sein. Und dann der Glasmeister! Er wollte ihr doch kein Leid zufügen – er hatte die Maske auf ihre Anordnung gemacht. Warum hat sie ihn vergiftet?«

»Sein Werk hat ihre Schönheit zerstört. Und sie stand für Bellezza. Es war, als hätte einer den Dom zerstört«, sagte Rodolfo. »Alle Bellezzaner denken so. Es hätte sie bestimmt nicht schockiert.«

»Aber Sie können so etwas doch nicht gutheißen, oder?«, fragte Lucien.

»Im Grunde nicht«, sagte Rodolfo. »Er war nämlich einer meiner Vorfahren, musst du wissen. Viele meiner Feuerwerksmuster beruhen auf seinen Entwürfen. Aber nun ist es an der Zeit, dass wir den Höhepunkt des Schauspiels für Maddalena entwerfen.«

Rinaldo di Chimici verlor allmählich die Geduld. Er hatte Bellezza nun monatelang immer wieder besucht und hatte genug davon. Jede Reise war eine Strapaze. Er musste seine Kutsche auf dem Festland zurücklassen wegen der albernen bellezzanischen Gesetze, die Pferde verboten, und dann ein Boot nehmen, auf dem er immer seekrank wurde.

Seine Gemächer waren üppig, aber es machte ihn krank, in einer Stadt zu wohnen. Er hielt fast immer ein duftgetränktes Taschentuch an die Nase gedrückt, wegen des Gestanks aus den Kanälen, und all seine Mahlzeiten mussten vorgekostet werden, ehe er sie anrührte. Er traute der Duchessa nicht. Und er glaubte nicht mehr, dass er sie mit Argumenten umstimmen könnte.

Deshalb hatte er widerstrebend nach einem Willigen schicken lassen, einem großen, rothaarigen jungen Burschen, der eine Merlino-Klinge unter dem Umhang verborgen hatte.

»Warum unterzeichnet sie nicht einfach?«, rief Rinaldo di Chimici und hob seine Stimme, um seinen nächsten Schritt zu rechtfertigen. »Was ist denn so besonders an diesem übergroßen Kaff im Sumpf, dass sie unbedingt darauf besteht, dass es unabhängig bleibt?«

Guido Parola schwieg. Remora zahlte gut für das, was er tun musste. Doch die Duchessa war Bellezza und Bellezza war immer noch seine Heimat. Eine große Summe konnte ihn zwar dazu verführen, dass er sich am Untergang der Stadt beteiligte, aber niemand konnte ihm so viel geben, dass er sich kritisch über sie äußerte – das wäre ja Verrat gewesen.

»Nun, du kennst deine Befehle. Das Fest der Maddalena. Vergiss die Duchessa, der die Menge zujubelt. Die richtige wird sich in der Staatsmandola aufhalten. Sie hat nicht genug Platz für Wachen – höchstens für ein oder zwei Zofen. Und wie meine Informationen lauten, wird Senator Rodolfo, der sonst kaum von ihrer Seite weicht, mit dem Feuerwerk beschäftigt sein.«

Parola nickte. Es würde einfacher sein, wenn es zwei Duchessas gäbe. Einfacher, den Plan durchzuführen, und einfacher, sich selbst zu überreden, dass die richtige da draußen auf der Brücke von Barken stand und die in der Mandola nur eine gewöhnliche Frau mittleren Alters war.

»So, dieses Gebilde machen wir jetzt zusammen«, sagte Rodolfo. »Dann kannst du morgen selbst ein paar weitere Raketen machen.«

Er enthüllte eine riesige Drahtkonstruktion, die in der Ecke des Laboratoriums stand. Sie hatte die Form einer Frau mit langem Haar.

»Da haben wir sie«, sagte Rodolfo, »unsere Schutzpatronin und Heilige. Das Haar ist der wichtigste Teil. Du kennst doch die Geschichte, wie sie die Füße des Herrn salbte und mit ihrem langen Haar trocknete?«

»Ich weiß, dass das in meiner Welt eine gewisse Maria Magdalena war«, sagte Lucien. »So eine Geschichte gibt es in der Bibel.« Er hatte immer noch keine Ahnung, an wen oder was die Bellezzaner eigentlich glaubten. Ihre Religion schien eine seltsame Mischung zwischen dem Christentum seiner Welt und einem älteren, heidnischen Glauben zu sein.

»Maria Magdalena«, nickte Rodolfo. »Das ist die gleiche Geschichte. Unsere Heilige war zuerst eine Sünderin, die dann dem Herrn diente. Sie wurde erlöst und wurde im Gebiet des Mittleren Meers fast so bedeutend wie unsere große Göttin. Hast du die Geschichte gehört, wie sie den Drachen bezwang, indem sie ihn beweinte? Komm, gib mir mal das Glas.«

Den restlichen Morgen über arbeiteten sie in einträchtiger Stille. Zur Mittagszeit war die Rahmenkonstruktion der Figur mit Feuerwerkskörpern und Glitzersteinen bestückt, sodass ihre Umrisse sich funkelnd vom Himmel abheben würden.

»Und nun noch das Haar«, sagte Rodolfo.

Lucien fiel etwas ein. »In meiner Welt hatte Maria Magdalena goldenes Haar, soviel ich weiß, aber hier in Bellezza hält man ja nicht viel von Gold.«

Rodolfo sah ihn überrascht an. »Goldenes Haar ist in der Tat ungewöhnlich in Talia, aber gerade deshalb würden wir es bestimmt nicht verachten. Unsere Schutzpatronin hatte allerdings sicher schwarzes Haar«, sagte er. »Aber du hast recht, es gibt ein Problem: Schwarzes Haar hebt sich nicht vom Nachthimmel ab.«

Er trat an ein hohes Regal und nahm eine Glasflasche heraus, die er bisher noch nicht benutzt hatte. Sie leuchtete in seinen Händen und alle Farben des Prismas schossen daraus durch das Laboratorium. Lucien musste die Augen bedecken.

Als er wieder richtig sehen konnte, entdeckte er, dass das Glas mit Regenbogen gefüllt war. Rodolfo lächelte über das Staunen seines Lehrlings.

»Wir werden ihr Haar mit Mondbögen durchflechten«, sagte er. »Am Fest der Maddalena haben wir Vollmond und das silbrige Licht wird jeden der farbigen Bögen aufleuchten lassen. Und alle heißblütigen Bellezzaner werden in den Kanal springen, um die Töpfe voller Silber zu suchen, die vielleicht am Ende der Regenbogenlocken liegen.«

In diesem Moment beschloss Lucien, dass er zu Rodolfos Feuerwerk in Talia bleiben würde, komme, was da wolle.

Kapitel 9

Die zwölf Türme

Die Duchessa hatte den Morgen damit zugebracht, die Ratssitzung zu leiten. Die zweihundert Ratsleute hatten Mühe, sich über die sieben Anklagen zu einigen, die ihnen vorgetragen wurden, und die Duchessa hatte noch mehr Mühe, nicht zu gähnen.

Vielleicht erfinde ich eine neue große Maske für Ratssitzungen, dachte sie, eine, die auch den Mund bedeckt und nicht nur die Augen. Für solche gerichtlichen Sitzungen, bei der sie bisweilen die entscheidende Stimme abgeben und immer ein Urteil fällen musste, konnte sie schlecht eine Stellvertreterin nehmen.

Nur ein einziger überführter Verbrecher war heute über die Seufzerbrücke in ihre Kerker gebracht worden. »Ich muss wohl auf meine alten Tage nachsichtig geworden sein«, sagte sie vor sich hin.

»Aber nein doch, Euer Gnaden«, entfuhr es ihrer jüngsten Zofe, die dann schnell die Hand vor den Mund hob, weil sie befürchtete, unverschämt gewesen zu sein. »Ich wollte sagen, Euer Gnaden, Ihr seid nicht alt, ich meinte nicht, dass Ihr nicht nachsichtig seid. Äh . . .«

Die Duchessa beliebte zu lächeln. »Wie ist dein Name, Kind?«

»Barbara, Euer Gnaden«, sagte die junge Frau und knickste.

»Nun, Barbara, bist du nicht diejenige, die ich dem Mädchen auf der Piazza hinterhergeschickt habe? Hast du was zu berichten?«

»Ja, Euer Gnaden. Unten wartet auch schon ein Mann, der Euch sprechen will.«

»Warum ist er noch nicht vorgelassen worden?«

»Euer Gnaden, die Schneiderin wartet auf die letzte Anprobe für Euer Kleid für das Fest der Maddalena«, sagte eine andere ihrer Zofen. »Wir dachten, das wolltet Ihr doch sicher nicht aufschieben.«

Die Duchessa überlegte kurz. »In Ordnung. Schickt nach unten, dass der Bote inzwischen gut versorgt wird. Ich will ihn sehen, sobald die Schneiderin fort ist. Ich hoffe, sie hat beide Kleider gemacht.«

Arianna konnte es kaum erwarten, Lucien wiederzusehen. Seit dem Vorfall auf dem Boot hatte sie unbedingt mit ihm darüber reden wollen. Sobald sie beide allein waren und die Gässchen von Bellezza erforschten, sagte sie: »Was ist geschehen? Bist du in Schwierigkeiten gekommen?«

»Beinahe«, erzählte Lucien. »Es war wirklich ziemlich knapp.«

»So etwas darf uns nicht wieder passieren«, sagte Arianna ernst. »Wir haben Glück gehabt, dass wir mitten auf der Lagune in einem Boot waren und dass sonst kaum jemand auf dem Wasser war. Andernfalls hättest du unheimliches Aufsehen erregt und die Chimici hätten davon Wind bekommen.«

Lucien zögerte, dann beschloss er, Arianna ins Vertrauen zu ziehen. »Natürlich dürfen wir es nicht mehr dazu kommen lassen, dass wir unvorsichtig sind und so überrascht werden.

Aber ich will versuchen, ganz bewusst eine Nacht hierzubleiben.«

Arianna blieb unvermittelt stehen und starrte ihn an.

»Wie willst du das bewerkstelligen? Und warum?«

»Ich werde meine Eltern überreden, mich allein zu lassen. Und dann bleibe ich hier. Ich will die Feierlichkeiten sehen. Schließlich habe ich den ganzen Morgen Feuerwerkskörper dafür gemacht.«

»Weiß Rodolfo Bescheid?«, fragte Arianna.

»Ihm erzähle ich es lieber nicht«, sagte Lucien ganz ruhig, obwohl ihm bei seinem Entschluss nicht so richtig wohl war. Was, wenn Rodolfo seine Anwesenheit in Bellezza entdeckte, wie beim letzten Mal? Er war sicher, dass der Magier nicht einverstanden wäre.

Die Schneiderin hatte sehr wohl daran gedacht, zwei Kleider anzufertigen, obwohl sie keine Ahnung hatte, dass eines für das Double bestimmt war, das die Duchessa bei ihrem Auftritt am Fest der Maddalena benutzen würde. Wie jede Schneiderin in Bellezza glaubte sie, dass die Duchessa äußerst eitel war. Das zweite Kleid würde wie alle anderen, die sie bei wichtigen Anlässen trug, in einem Saal des Palazzos ausgestellt werden. Die Schneiderin hatte verstanden, dass es eine enge Taille haben und schmal über die Hüften fallen sollte. Da sie nie selbst zu den Festen ging, würde sie auch nicht bemerken, wie jugendlich die Duchessa aussah, wenn sie leichten Fußes von Boot zu Boot schritt, über die improvisierte Brücke aus Barken, die über den Großen Kanal zu der neuen Kirche führte.

Das Kleid und sein Pendant waren wunderschön. Tatsächlich war das der Duchessa nur eine Nummer größer als das ihrer Stellvertreterin, obwohl niemand sie mehr für ein junges

Mädchen halten konnte. Es war nicht aus Eitelkeit, dass sie eine Stellvertreterin benutzte, obwohl sie tatsächlich reichlich eitel war. Sie hatte damit vor fünfzehn Jahren begonnen, aus einem guten Grund, den nur sie selbst kannte. Inzwischen bereitete ihr die Gefahr, dass man ihr auf die Schliche kommen könnte, schon fast Vergnügen.

Silvia war ruhelos. Sie war nun seit über zwanzig Jahren Duchessa und sie sehnte sich danach, mehr für ihre Stadt zu leisten, als nur schöne Kleider zu tragen – vor allem jetzt, wo die Stadt so von den Chimici bedroht wurde.

Trotzdem musste sie zugeben, dass das neue Modell der Schneiderin außergewöhnlich schön war. Der violettfarbene Satin passte zu ihren Augen, die unter der lavendelblauen, mit Pailletten besetzten und mit purpurnen Federn geschmückten Maske hervorleuchteten. Sie sah aus wie ein Paradiesvogel, als sie vor dem Spiegel auf und ab stolzierte.

»Ausgezeichnet! Nun helft mir aber wieder heraus. Ich warte schon auf meinen nächsten Besucher.«

Die Schneiderin wurde abrupt hinausgeschickt, aber immerhin im Vorzimmer mit Kuchen und Wein versorgt. Neugierig sah sie zu, wie der nächste Besucher in seinen groben Handwerkerkleidern die Gemächer der Duchessa betrat. Er sah nicht aus wie ein Maskenmacher oder Friseur oder einer der anderen vielen Leute, die für das Verschönern und Herausputzen der Duchessa zur Verfügung standen.

»Komm herein, komm herein«, sagte die Duchessa und rückte ihre schlichte grüne Maske zurecht, die sie gegen die Staatsmaske ausgetauscht hatte, sobald die Schneiderin gegangen war. »Erzähl mir von dem Mädchen.«

»Warum fangt ihr beiden nicht wieder euer normales Leben an, du und Dad?«, schlug Lucien vor. »Es geht mir jetzt schon so viel besser. Du könntest doch wieder an die Schulen zurück und unterrichten, Mum.«
Vicky Mulholland war Geigenlehrerin. Sie unterrichtete an mehreren Schulen des Bezirks und nach dem Schulunterricht und in den Ferien hatte sie außerdem Privatschüler. Doch seit Lucien so krank geworden war, schon das ganze Schulhalbjahr, hatte sie fast völlig zu arbeiten aufgehört.
»Ich weiß nicht recht«, sagte seine Mutter. »Ist es nicht ein bisschen zu früh, um dich allein zu lassen?«
»Sei nicht albern, Vicky«, sagte Dad. »Vielleicht will Lucien uns klarmachen, dass er mehr Zeit für sich haben oder mit seinen eigenen Freunden verbringen will. Man muss ihn doch nicht verhätscheln.«
Lucien war dankbar. Der alte Dad von früher hätte so etwas nie bemerkt.
»Stimmt, ich wollte ein bisschen mehr Zeit mit Tom verbringen«, sagte er. »Wir müssen noch viel nachholen. Aber ich komme auch wirklich allein zurecht. Ich weiß, dass ich noch nicht wieder in die Schule kann, aber die Ferien fangen bald an und ich kann mir gut eine oder zwei Wochen die Zeit vertreiben.«
»Also, solange du immer meine Handynummer bei dir hast und mich sofort anrufst, wenn es dir schlechter geht«, meinte Vicky.
»Mum!« Lucien war ein bisschen entnervt, obwohl er gleichzeitig ein schlechtes Gewissen hatte. »Ich bin doch nicht aus Glas! Meine letzte Untersuchung hat schließlich ergeben, dass mein Zustand stabil ist. Die Ärztin hat sogar gesagt, dass ich nach den Ferien wieder in die Schule kann. Da kann ich

doch wohl den Tag über zu Hause herumhängen, ohne dass du dir Sorgen machst?«

Seine Mutter seufzte. »Du hast ja recht. Ich jammere zu viel, ich weiß.«

Sie lächelte und fuhr ihm mit der Hand über seine Haarstoppeln. »Trotzdem schreib ich dir meine Handynummer auf den Block am Telefon.«

Als Lucien nach Bellezza zurückkehrte, fand er Rodolfo in großer Aufregung vor und es war eindeutig, dass er keinen Gedanken mehr ans Fabrizieren von Feuerwerkskörpern verschwendete. Er war in Reisekleidern – in Lederstiefeln und einem Umhang – und hatte eine ähnliche Ausrüstung für Lucien bereit.

»Gut, du bist früh dran. Wir haben eine Reise von einigen Stunden vor uns«, sagte er, kaum dass Lucien im Laboratorium auftauchte. »Wir fahren nach Montemurato – ich glaube, ich habe Doktor Dethridge gefunden.«

Es blieb keine Zeit für Fragen. Alfredo stocherte Rodolfos Mandola den Kanal hinauf, an der Scuola Mandoliera vorbei, bis zum Ende der Insel, wo ein Boot wartete, um sie zum Festland zu bringen. Während sie durchs Wasser glitten, berichtete Rodolfo Lucien von den neuesten Ereignissen.

»Einer aus unserer Bruderschaft hat Doktor Dethridge vor zwei Jahren in Bellona gesehen, und das muss nach dem letzten Mal gewesen sein, als ich ihn sah. Doch seither hat er keinen Kontakt mehr zu anderen Stravaganti aufgenommen. Allerdings hat einer von uns in Remora die Kunde erhalten, dass in Montemurato ein Engländer lebt. Es lohnt sich, einmal nachzuforschen.«

»Und wo ist das?«, fragte Lucien, der sich in seinen Musketierstiefeln ganz abenteuerlich vorkam.

»Es ist ungefähr ein Ritt von einer Stunde, wenn wir auf dem Festland sind«, sagte Rodolfo.

Lucien schluckte. Er hatte noch nie im Leben auf einem Pferd gesessen. Aber er konnte sich nicht überwinden, es zuzugeben. Doch als sie dann das Boot verlassen hatten und er das riesige Tier sah, das am Kai wartete, verließ ihn der Mut. Es war unmöglich, so zu tun, als könne er mit so etwas fertigwerden.

Als ein Pferdeknecht mit einem hölzernen Schemel zum Aufsteigen ankam, machte Lucien den Mund auf, um das zu erklären, doch Rodolfo kam ihm zuvor.

»Ich steige erst auf und dann kannst du dich vor mich setzen. Dieses Tier ist kräftig genug, um uns beide zu tragen. Halte dich einfach vorne am Sattel fest und du sitzt ganz sicher – wenn auch nicht gerade bequem.«

Lucien war so erleichtert, dass er kaum noch Angst hatte, auch wenn Rodolfo äußerst schnell dahinritt. Irgendwie war er sicher, dass Rodolfo dem Pferd beim Aufbruch einen Zauberspruch ins Ohr geflüstert hatte. Ein normales Pferd hätte bestimmt nicht so schnell vorankommen können; die Landschaft verschwamm im Vorbeireiten geradezu vor seinen Augen.

Dann allmählich wurden sie langsamer. Lucien sah in der Ferne einen Berg, auf dem eine Stadt lag, die von einer Mauer umgeben war. Als sie näher kamen, entdeckte er, dass innerhalb der Mauer viele Türme emporragten.

»Montemurato«, sagte Rodolfo und zügelte das dampfende Pferd zum Schritt. »Der ummauerte Berg. Zwölf Türme umgeben die Stadt insgesamt. Jeder ist ein Wachturm – ein sicherer

Ort für jemanden, der sich vor einer Hinrichtung verbirgt, findest du nicht?«

Die Wachtürme waren offensichtlich besetzt, denn plötzlich erschienen im Tor am Fuße des nächstgelegenen Turms ein paar bewaffnete Männer. Rodolfo stieg leichtfüßig ab und half dem steifen Lucien, dem alles wehtat, vom Rücken des Pferdes. Es war Luciens Aufgabe, das Pferd am Zügel zu halten, während Rodolfo den Stadtwächtern ihr Anliegen vortrug.

»Wir suchen einen Anglese«, sagte er. »Einen gebildeten Mann, einen Gelehrten mit weißem Bart. Nein, ich weiß nicht, wie er sich nennt. Guglielmo vielleicht und sein Familienname fängt womöglich mit einem D an.«

»Ich kenne keinen Guglielmo, der der Beschreibung entspricht«, sagte der Wächter achselzuckend. »Aber wenn Ihr nach einem Gelehrten sucht, probiert es doch an der Universität.« Er machte ein Zeichen auf ein Stück Pergament und reichte es Rodolfo. »Das erlaubt Euch und Eurem Begleiter, bis zum Sonnenuntergang in Montemurato zu bleiben. Danach verstoßt Ihr gegen das Gesetz.«

»Danke«, sagte Rodolfo und sah Lucien beruhigend an. »Bis dahin sind wir längst weg. Nun benötige ich aber einen Stall und Futter für mein Pferd.«

Der Wächter wies ihm die Richtung und die Reisenden begaben sich über eine steile Kopfsteinpflasterstraße ins Innere der Stadt. Sie hielten an und kauften eine Flasche Wasser, etwas Brot, Oliven und Pfirsiche von einem Straßenstand. Dann setzten sie sich vor dem Tor der Universität im Schatten eines Feigenbaums auf eine Steinbank und nahmen ihre Mahlzeit ein.

Studierende und Gelehrte gingen in ihren teils prächtigen, teils geflickten und schmutzigen Talaren ein und aus. Ein oder zwei hatten weiße Bärte, aber im vollen Licht der Mittagssonne hatten sie alle unverkennbar einen Schatten. Lucien zog sich weit in den Schatten des Baumes zurück, weil er nicht auffallen wollte. Rodolfo runzelte die Stirn.

»Ich habe nicht das richtige Gefühl«, sagte er. »Ich glaube doch nicht, dass wir ihn hier finden.«

»Könnte er nicht im Gebäude sein«, fragte Lucien, »und gerade eine Vorlesung halten oder ein Experiment durchführen?«

»Das ist natürlich möglich«, flüsterte Rodolfo. »Aber wir Stravaganti können gewöhnlich spüren, wenn ein anderer aus unserer Bruderschaft in der Nähe ist. Wir werden voneinander angezogen, so wie mein Spiegel dich anzog. Du hättest wahrscheinlich ohnehin zu mir gefunden, selbst wenn ich Alfredo nicht nach dir geschickt hätte. Komm, du bist schließlich auch ein Stravagante – kannst du einen Bruder in unserer Nähe spüren?«

Lucien musste zugeben, dass er das nicht konnte. Rodolfo erhob sich und in dem Moment schlug eine Glocke ein Uhr. Das war die Zeit, zu der Lucien meistens seinen Unterricht im Laboratorium beendete.

»Arianna!«, rief er aus, als ihm dies plötzlich bewusst wurde. »Sie wird mich erwarten!«

»Mach dir keine Sorgen«, sagte Rodolfo. »Ich habe ihrer Tante einen Nachricht zukommen lassen, dass wir heute fortgerufen wurden. Nun komm, wir müssen wohl anderswo nach unserem Opfer suchen.«

Während sie sich in die Stadt aufmachten, lächelte Lucien vor sich hin. Er konnte sich vorstellen, wie enttäuscht Arianna sein würde, dass sie diesen Ausflug verpasste. Sosehr sie Bellezza mochte – sie war dennoch ganz wild auf Ausflüge, zu denen Mädchen in der Lagune kaum je Gelegenheit bekamen.

Montemurato wirkte auf Lucien wie die Kulisse zu einem Film. Alle Straßen hatten Kopfsteinpflaster, die Häuser waren hoch und krumm und die ganze Stadt wurde von den sie eindrucksvoll umringenden zwölf Türmen beherrscht. An diesem Schauplatz konnte man sich mit Leichtigkeit Geschichten voller Schwertkämpfe, lauernder Mörder in dunklen Winkeln, Verrat und Intrigen vorstellen. Lucien fiel auf, dass die gewöhnlichen Häuser zwei Türen hatten: ein riesiges Tor mit eisernen Scharnieren und Türklopfern und eine kleinere Tür, die neuer wirkte und höher in die Mauer eingelassen war. Er fragte Rodolfo, was es für eine Bewandtnis damit hatte.

»Die kleineren sind die Türen des Todes«, erklärte Rodolfo ungerührt. »Viele Leute ließen sie während der großen Pest vor zwanzig Jahren einbauen. Sie sind für die Särge.«

Lucien schauderte trotz des warmen Sonnenscheins. Die Leute hier im sechzehnten Jahrhundert gingen so nüchtern mit dem Tod um, während man in seiner Welt und Zeit eher ein großes Geheimnis daraus machte. Lucien versuchte, den unheimlichen Gedanken an die vielen Pesttoten abzuschütteln, während sie sich weiter nach Doktor Dethridge umsahen.

Sie versuchten es in der Universitätsbibliothek, den vielen Kirchen und dem kleinen Observatorium auf einem der Türme. Vergeblich. Es wurde später und unwillig wandte sich Rodolfo wieder dem Wachtturm zu, durch den sie gekommen waren.

»Tut mir leid, Luciano«, sagte er. »Da hab ich dich wohl ganz unnötig herumgescheucht.«

»Das macht mir gar nichts«, sagte Lucien. »Es ist sehr interessant gewesen.«

Doch als sie ihr Pferd holen gingen, packte Rodolfo Lucien plötzlich an der Schulter. »Das ist er«, flüsterte er.

Ein weißhaariger, glatt rasierter Mann striegelte ein Pferd draußen im Hof, wobei er vergnügt durch die Zähne pfiff. Er war gar nicht so alt, fand Lucien, aber er hatte eine gebückte Haltung und seine Zähne schienen krumm und verfärbt.

»Das kann er doch nicht sein«, flüsterte er zurück. »Sehen Sie!« Er deutete auf den Boden des Hofes. Schräg fielen die Strahlen der Nachmittagssonne über das Pflaster und warfen einen eindeutigen Schatten von Mann und Ross auf das Stroh und die Kopfsteine. Dennoch näherte sich Rodolfo dem Stallknecht.

»Dottore«, hörte Lucien ihn leise sagen und der Mann ließ vor Überraschung den Striegel fallen. Eine Minute später lagen sich die beiden Männer in den Armen und der »Doktor« fuhr sich mit nicht allzu sauberen Ärmeln über die Augen.

»Aber was macht Ihr denn hier?«, fragte Rodolfo. »Wir haben Euch an der Universität gesucht.«

Dethridge – denn er schien es tatsächlich zu sein – sah Lucien argwöhnisch an.

»Nein, das liegt nun alles hinter mir«, sagte er in einer seltsam altmodisch klingenden Sprache mit ländlichem Akzent.

Rodolfo blickte rasch umher, um zu sehen, ob sie allein waren.

»Sorgt Euch nicht wegen des Jungen; er ist einer von uns. Komm, Luciano, tritt ins Sonnenlicht. Seht Ihr!«

Schüchtern trat Lucien vor. Er hörte, wie der Engländer die Luft einzog, und kam sich schrecklich ausgesetzt vor, wie er so ohne Schatten dastand – als würde er nackt vor einem Fremden stehen.

Dethridge schüttelte ihm ernst die Hand. »Sei gegrüßt, junger Mann. Und willkommen unter den Brüdern. Ich hätte nicht gedacht, solch einen wie mich selbst zu treffen.«

Die Duchessa war erpicht auf Informationen, obwohl ihr der Mann in den groben Kleidern wenig zu berichten hatte, das sie nicht schon wusste. Die familiären Umstände des Mädchens waren ihr bekannt und sie wollte nur überprüfen, ob Arianna diejenige war, für die sie sie hielt.

»Sie sind auf die Inseln gefahren, sagst du? Sie hat Brüder auf Merlino, Großeltern auf Burlesca und ihr Vater ist der Wächter der Basilika auf Torrone? Du bist sicher, dass das alles auch wirklich stimmt?«

»Ganz sicher«, sagte der Mann. »Und sie wohnt hier in Bellezza bei ihrer Tante Leonora, in dem Haus mit dem Brunnen am Campo San Sulien.«

»Leonora«, überlegte die Duchessa. »Das muss die Witwe von Gianfrancos Bruder sein.«

»Signora Gasparini, sì«, sagte ihr Informant.

Es entstand eine Pause. »Euer Gnaden?«, fragte er zögernd. »Soll ich noch mehr herausfinden?«

Die Duchessa sammelte sich. »Nein. Danke. Ich weiß genug. Du hast mir sehr geholfen.« Sie gab ihm einen Beutel voller Silber.

»So, so«, sagte sie vor sich hin, als er fort war. »Eine neue Figur ist ins Spiel gekommen. Eine, auf die ich schon gewartet habe seit jenem Abend, als Rodolfo mit seinen seltsamen Vorahnungen ankam. Wird sie das Bauernopfer oder wird sie Königin? Wir werden es ja sehen.«

Rodolfo, Lucien und Doktor Dethridge saßen in einer Taverne. Sie hatten nur wenig Zeit zum Reden, bevor Lucien seine Zeitreise antreten musste, was keiner besser verstand als der Doktor. Aber er wollte keinesfalls mit ihnen nach Bellezza zurückkehren.

»Das vermag ich nicht«, sagte er. »Denn diese Stadt hier beglückt mich und hält mich in Sicherheit.«

Es war merkwürdig; Lucien nahm an, dass er Talianisch sprach wie alle anderen Menschen, die er in dieser Welt kennengelernt hatte. Er hatte genauso wenig Mühe, den alten Mann zu verstehen, wie wenn er Rodolfo oder Arianna zuhörte. Doch Doktor Dethridge klang eindeutig so, als ob er aus einer Zeit vor vierhundert Jahren kam, obwohl er in derselben Zeit lebte, die Lucien besuchte. Wenn er genau darüber nachdachte, sprach Dethridge wohl eine alte Form des Englischen und nicht Talianisch. Lucien schüttelte den Kopf; es war zu schwierig, zu begreifen. Er konzentrierte sich einfach darauf, was die beiden Männer sprachen.

»So erzählt uns, was geschehen ist«, forderte Rodolfo ihn gerade auf. »Wie seid Ihr Bürger von Talia geworden?«

Dethridge hatte offensichtlich Angst. Er sah über die Schulter, ehe er mit leiser Stimme zu sprechen begann. »Ich war zum Tode durch das Feuer verurteilt worden. Sie sagten, ich hätte Magie betrieben und stünde im Bunde mit dem Teufel. Es gab kein Entrinnen und daher machte ich die Zeitreise nach Bellona. Was mit meinem irdischen Körper geschah, das weiß ich nicht.«

Mit zitternder Hand nahm er einen Schluck Wasser.

»Ich musste mich in der Stadt verbergen. Ich hatte ja kein Geld und keine Arbeit und ich hatte immer noch Angst um mein Leben. So reiste ich hierher und nahm eine einfache Stellung und hielt mich verborgen, auf dass man meinen Zustand nicht entdecke. Dann kehrte mein Schatten zu mir zurück. An jenem Tag wusste ich, dass ich in meinem ursprünglichen Körper verstorben sein musste und für immer hierher versetzt worden war.«

Er sah Lucien an. »Du kannst dich glücklich schätzen, junger Mann. Du kannst kommen und gehen zwischen den Welten, auf die Art, die mir kund wurde. Doch mir ist dieser Weg nunmehr verwehrt. Das hier ist jetzt meine einzige Welt.«

Kapitel 10

Eine Brücke aus Barken

Das Treffen mit William Dethridge hatte Lucien mehr erschüttert als alles andere, das ihm in Talia widerfahren war. Bis zu diesem Moment hatte er vor sich selbst immer noch ein wenig so tun können, als ob die Zeit, die er in Bellezza verbrachte, ein Fantasiegebilde war – eine Art von Wachtraum. Seine zwei Leben waren so unterschiedlich, dass es leicht war, jedes für sich zu führen, ohne über das andere allzu viel nachzudenken. Doch einen anderen Stravagante kennengelernt zu haben, der in die gleiche Richtung gereist war wie er, war ein großer Schock. Und nicht nur irgendeinen Stravagante, sondern den Mann, der die Zeitreise vor mehr als vier Jahrhunderten entwickelt hatte. Und nun saß der Mann für den Rest seines Lebens in einer anderen Welt fest.

Die Zeit vor dem Fest der Maddalena verging in beiden Welten wie im Flug. »Luciano« machte Feuerwerk, redete mit Rodolfo unaufhörlich über Doktor Dethridge und setzte sei-ne Nachmittagsgänge mit Arianna fort, die auf seinen Aus-flug nach Montemurato tatsächlich furchtbar neidisch gewe-sen war. Zu Hause nahm Lucien all seine verbliebene Energie zusammen, um sich möglichst normal zu benehmen, damit sich seine Eltern daran gewöhnten, ihn tagsüber alleine zu lassen.

Aber auch in Talia gab es ein Problem. Lucien war sich sicher, dass er beschattet wurde. Er hatte den Mann in dem blauen Umhang während seiner Erkundungsgänge mit Arianna des Öfteren gesehen und hatte sich nicht viel Gedanken darüber gemacht. Aber dann hatte er ihn plötzlich auch in Montemurato entdeckt. Und seitdem hatte er nach ihm Ausschau gehalten.

Im Moment beunruhigte ihn das zwar nur wenig, aber beschattet zu werden war so, als ob man ein Bläschen im Mund hatte; irgendwie störte es einen die ganze Zeit. Er überlegte, ob er Rodolfo davon erzählen sollte und wann ein guter Zeitpunkt dafür wäre. Er hatte ihm auch noch nicht gestanden, dass er bei dem Fest anwesend sein wollte.

Am Tag von Maddalena wachte Lucien müde auf, nachdem er die ganze Nacht damit zugebracht hatte, Rodolfo zu helfen, das Feuerwerk auf einem Floß in der Mündung des Großen Kanals aufzustellen. Die größeren Konstruktionen wie die Figur der Maddalena selbst waren mit einer Mischung aus Zauberei und harter Arbeit aus dem Laboratorium transportiert worden: Rodolfo hatte sie genug zusammenschrumpfen lassen, um sie durch die Tür und die Treppen hinunterschaffen zu lassen. Als sie dann jedoch auf der wartenden Barke waren, hatte er sie in ihre ursprüngliche, monumentale Größe zurückverwandelt.

Lucien war mit Arianna übereingekommen, sie im Haus ihrer Tante abzuholen, sobald er Rodolfo verlassen hatte und kurz nach Hause gereist war, um zu überprüfen, wie der Tag dort verlief. Leonora hatte zugestimmt, dass die beiden jungen Leute allein zum Fest gehen durften. Obwohl Arianna sie eingeweiht hatte, dass Luciano zu einer anderen Welt gehörte, hatte sie ihn nie darauf angesprochen und schien ihn für einen passenden Begleiter ihrer Nichte zu halten.

In seiner eigenen Welt war es ein Sonntag und Lucien befürchtete auf einmal, dass seine Eltern doch nicht ausgehen würden. Schließlich überredete er sie jedoch, einen Ausflug zu einem Herrenhaus mit schönen Gartenanlagen zu machen. Er bemühte sich, die Augen offen zu halten, und setzte während des Frühstücks ein geduldiges Lächeln auf, während sie in aller Seelenruhe ihre Grapefruits und Croissants aßen und auch noch die Sonntagszeitung lasen.

Schließlich gingen sie und er kroch ins Bett zurück, um eine Stunde zu schlafen. Um seine Mutter zu überzeugen, dass er nicht den ganzen Tag alleine wäre, hatte er Tom angerufen und ihn für später eingeladen.

Der remanische Botschafter war nervös. Es war seine Aufgabe, die Duchessa über die Brücke der Barken zur Chiesa delle Grazie zu geleiten – wobei er genau wusste, dass die Elfe an seinem Arm irgendein Bauernmädchen mit hübscher Figur war. Man würde sich nicht unterhalten können, weil das Feuerwerk zweifellos einen Höllenlärm machen und ihn zudem von dem ablenken würde, was gleichzeitig in der Staatsmandola geschah.

Als Enrico in der Botschaft vorsprach, um seinen üblichen Bericht abzuliefern, war der Botschafter froh über die Zerstreuung. Er hatte den Spitzel zwar nicht ins Vertrauen gezogen, aber der Mann war ein nützliches Werkzeug; ohne ihn wäre es nie zu dem Komplott gekommen, das heute Nacht in die Tat umgesetzt werden sollte.

Er merkte sofort, dass der Mann Informationen hatte, die er zu Silber machen wollte. Vor Begierde schien er förmlich zu platzen wie eine überreife Frucht.

»Na los, Mann, spuck es aus. Ich kann doch sehen, dass du mir was zu berichten hast«, sagte di Chimici.

»Es geht um den Jungen, Exzellenz, den Lehrling des Senators. Ich habe ihn auf Euren Befehl hin verfolgt, schon seit dem Tag, als ich ihn im Palazzo von Signor Rodolfo verschwinden sah. Es gehen Dinge mit ihm vor, die ich mir nicht erklären kann.«

»Setz dich und erzähle mir mehr«, sagte der Botschafter und goss Enrico einen großen Kelch Wein ein.

»Also, man behauptet, er sei aus Padavia, ein Cousin oder dergleichen. Aber dort hat niemand je von einem Luciano aus der Familie Rossi gehört. Das habe ich selbst überprüft. Außerdem ist er nach Einbruch der Dunkelheit nie anwesend, sondern nur tagsüber.«

»Diese Informationen sind zwar von geringem Interesse«, sagte der Botschafter zurückhaltend, »aber nicht unerklärlich. Ich nehme an, er geht einfach früh zu Bett. Senator Rodolfo ist wohl ein anstrengender Lehrer.«

»Und wie steht's damit?«, fuhr Enrico fort. »Ich bin ihm gefolgt, als er mit seiner kleinen Freundin eine Bootsfahrt machte. Sie fuhren auf die Inseln, haben die Glasbläsereien angesehen, mit ein paar Fischern geplaudert, die Kathedrale auf Torrone besucht . . .«

»Faszinierend«, sagte der Botschafter sarkastisch, »aber ich kann nicht sehen . . .«

»Bei allem Respekt, Exzellenz«, unterbrach ihn Enrico, »lasst mich doch ausreden. Es geschah auf dem Rückweg von Torrone. Es war dunkel und der Junge wurde ziemlich nervös. Es war das einzige Mal, dass ich ihn jemals abends draußen gesehen habe, und ich beobachtete ihn genau. Plötzlich war er verschwunden. Es war nur für ein paar Augenblicke, aber er war eindeutig nicht mehr zu sehen. Dann war er wieder da, als ob er nie fort gewesen wäre.«

Der Botschafter blickte gelangweilt drein. »Das ist alles? Also, das ist ja sehr interessant, aber vielleicht war es eine optische Täuschung. Du kannst ja nicht sehr nah dran gewesen sein, wenn du in einem anderen Boot warst. Und du hast selbst zugegeben, dass es schon dunkel war.«

»Mag sein«, sagte Enrico. »Und vielleicht hätte ich es auch gar nicht bemerkt. Aber es gibt noch eine seltsame Sache mit dem Jungen. Er hat keinen Schatten.«

Die Wirkung dieses Satzes auf den Botschafter war elektrisierend. Er sprang aus seinem Stuhl auf, seine unbeteiligte Miene war verschwunden. Er packte Enrico mit überraschender Kraft bei der Gurgel. Der Spitzel röchelte, ließ den Weinkelch fallen und stieß seinen Stuhl um.

»Was hast du gesagt?«, zischte di Chimici. »Versuchst du mir was vorzugaukeln?«

Mit Mühe brachte Enrico die nächsten Worte hervor: »Bitte . . . Exzellenz . . . nichts vorgaukeln . . . ist wahr . . . kein Schatten . . .«

Der Botschafter ließ ihn los. »Wehe, wenn du dir das ausgedacht hast«, sagte er jetzt ruhiger und strich sich die Ärmel glatt. Enrico massierte seinen schmerzenden Hals. Doch trotz der Schmerzen fühlte er sich heimlich wie auf Wolke sieben. Das musste gutes Geld bedeuten.

Als Tom an der Tür läutete, schlief Lucien noch. Er rappelte sich auf, lief die Treppe herunter und rieb sich die Augen. Immerhin fühlte er sich wieder mehr wie ein Mensch.
»Hey!«, sagte Tom. »Ich dachte, es geht dir besser.«
»Geht es mir auch, ehrlich«, sagte Lucien, obwohl es ihm jetzt leidtat, was er mit Tom anstellen musste. Wenigstens konnten sie ein paar Stunden miteinander verbringen. Tom hatte eine Menge CDs mitgebracht und ein paar Fotos von dem Abend in der Disco. Er war ziemlich aufgekratzt, denn er hatte tatsächlich Katie eingeladen und sie gingen jetzt fest miteinander. Lucien hatte Glück, dass er nicht viel sagen musste, denn er war mit den Gedanken schon wieder in Bellezza und stellte sich die Feierlichkeiten des Abends vor.
Wenn man ihn vor einem Jahr gefragt hätte, was ihm lieber sei – in eine Disco zu gehen oder mit ein paar Erwachsenen in komischen Masken ein Feuerwerk anzusehen –, dann wäre das eine leichte Entscheidung gewesen. Jetzt war sie es allerdings auch.

Der Botschafter schritt in höchster Erregung in seinem Zimmer auf und ab. Jetzt lag alles in seiner Reichweite: Bellezza, das Königtum und selbst der Schlüssel zu dem Geheimnis, hinter dem die Familie di Chimici seit Jahren her war. Wenn er sich klug verhielt, dann würde er, Rinaldo, eines der wichtigsten Mitglieder der Sippe werden. Vielleicht würde er sogar ihr Oberhaupt werden? Sein Ehrgeiz war grenzenlos. Die Vision einer Silberkrone tanzte vor seinen Augen.

»Wer ist es diesmal?«, fragte die Duchessa, doch schon gleich langweilte sie das Thema. »Nein, sag es mir nicht. Steckt sie einfach in das Kleid, macht sie bereit und führt sie über die Barken.«

Sie rückte die lavendelblaue, silbern verzierte Maske zurecht und ging, um den remanischen Botschafter in ihrem prächtigsten Audienzraum zu empfangen. Der Saal war so mit Glas- und Spiegelornamenten ausgekleidet, dass jeder Besucher verwirrt war. Prompt verbeugte sich Rinaldo di Chimici vor dem Spiegelbild einer entzückenden Vision in Violett.

»Hier drüben bin ich«, sagte die Duchessa spöttisch. Der Botschafter drehte sich um. In diesem Augenblick stieg eine so heiße Wut über ihre Arroganz in ihm auf, dass es ihm einerlei war, was mit ihr passieren würde. Am Ende des Abends würde Bellezza in seiner Hand sein und ein viel größeres Ziel würde in Reichweite liegen.

Die herzogliche Gesellschaft ging den kurzen Weg zur Piazzetta zu Fuß. Dort hatte die schwarz-silberne Staatsmandola angelegt, gefolgt von einer kaum weniger prächtigen Barke. Di Chimici geleitete die Duchessa förmlich in das erste Boot, wo man die Kabine sogleich mit Unmengen von Silberbrokat verhängte. Dann stieg der Botschafter in die zweite Mandola und die beiden Boote fuhren auf die Mündung des Großen Kanals zu.

Lucien und Arianna standen am Ufer und warteten auf das Feuerwerk. Die Duchessa würde auf die Brücke aus Barken treten und dann, eskortiert vom remanischen Botschafter, zu der neuen Kirche hinüberschreiten und sie eröffnen. In dem Moment würde das Feuerwerk losgehen. Während der Bischof von Bellezza den Weihgottesdienst abhielt, würde die Staatsmandola über den Kanal gleiten, um die Duchessa abzuholen und sie zur Piazzetta zurückzubringen. Im Palazzo würde dann ein Festessen für alle Würdenträger aus Staat und Kirche bereitstehen. Und die Bevölkerung würde im üblichen Stil ihr eigenes Fest auf der Piazza feiern.

»Ich kann es kaum erwarten, das Feuerwerk zu sehen!«, sagte Arianna aufgeregt. »Findest du es nicht spannend, wenn du daran denkst, dass du einen Teil davon selbst gemacht hast? Was ist das Schönste?«

»Das ist ein Geheimnis«, sagte Lucien. »Du musst es schon abwarten.«

Auch Lucien war zappelig. Innerlich erwartete er, dass Rodolfo jeden Augenblick bemerken würde, dass er nicht in seine eigene Welt zurückgereist war. Er sah ihn schon mit großen Schritten durch die Menge auf sich zukommen, um ihn heimzuschicken. Und außerdem war er sich sicher, dass er in der Menschenmenge, die am Kanal entlang stand, den Mann in dem blauen Umhang wieder entdeckt hatte.

Er kannte die Abfolge des Feuerwerks, und sobald das regenbogenfarbene Haar der Maddalena erloschen war, wollte er verschwinden. Er hatte immer noch ein schlechtes Gewissen, dass er Tom vorgespielt hatte, zu müde zu sein, um ihn davon abzuhalten, nach dem Essen noch bei ihm zu bleiben. Er war sicher, Toms Ausdruck nie vergessen zu können, als er ihn gebeten hatte zu gehen – halb enttäuscht und halb was? Verständnisvoll? Lucien hatte das ungute Gefühl, dass Toms andere Regung vielleicht sogar Erleichterung gewesen war.

Doch was konnte er daran ändern? Wenn sein bester Freund in einer seiner Welten sich in seiner Gesellschaft langweilte, war zumindest seine beste Freundin in der anderen Welt froh, ihn dabeizuhaben. Er lächelte über das begeisterte Gesicht, das Arianna machte. Sie verstand es auf jeden Fall, sich zu amüsieren. Er beschloss, sich den Rest des Abends wie ein wahrer Bellezzaner zu benehmen und für den Augenblick zu leben.

Im Inneren der Staatsmandola war es ein wenig eng. Die Duchessa, ihr Double und eine Kammerzofe waren auf einen Raum zusammengedrängt, der eigentlich für zwei Personen bemessen war. Die zweite »Duchessa« war offensichtlich völlig aufgelöst vor Angst und hatte hinter ihrer Maske weit aufgerissene Augen. Die richtige war einfach nur gelangweilt wie so oft in letzter Zeit.

Es war schlimmer geworden seit dem Tag, an dem sie das braunhaarige Mädchen unten auf dem Platz entdeckt hatte. Eine Rastlosigkeit und Unzufriedenheit über ihr eigenes Leben hatte sich ihrer bemächtigt. Sie empfand es als Quälerei, eingepfercht mit einer Zofe und einem dummen Bauernmädchen zu sitzen, das der Täuschung nur wegen der Aussicht auf einen Beutel mit Silber zugestimmt hatte.

Ich weiß nicht, wie viele von diesen Charaden ich noch durchstehen kann, dachte die Duchessa bei sich. Aber wenigstens muss ich diesen Dummkopf von Botschafter nicht ertragen, mit seinem endlosen Gerede von Verträgen und mit seinem schrecklichen stinkenden Taschentuch. Wirklich, man sollte doch meinen, dass sich ein di Chimici ein teureres Parfüm leisten könnte, eins aus Giglia, der Stadt der kostbaren Düfte.

Kaum hatte sie dies gedacht, da stand er schon an der Öffnung der Kabine und die Duchessa musste ihre zitternde Stellvertreterin praktisch hinausschubsen.

Die Unsicherheit der jungen Frau war im flimmernden Licht der Fackeln nicht gleich zu bemerken und Rinaldo di Chimici musste sich zwingen, daran zu denken, dass diese nicht die echte Duchessa war. Langsam und vorsichtig geleitete er sie von Barke zu Barke, während die Boote leise schwankten. Es war ein Weg, der mit großer Umsicht genommen werden musste. Ein Fehltritt – und sie würden beide in dem stinkenden Wasser des Kanals landen. Di Chimici erschauerte bei dem Gedanken und drückte sein Spitzentaschentuch fest an seine Nase. Die Menschen auf beiden Seiten des Kanals jubelten und klatschten ihnen wild zu. Sie liebten ihre Duchessa, und jedes Mal wenn sie in der Öffentlichkeit auftrat, sah sie in den Augen ihres Volkes noch lieblicher und jünger aus. Allein ihr Anblick gab ihnen Gewissheit, dass ihre Stadt sicher und mächtig war.

Als das prachtvolle Paar die Mitte der Barkenbrücke erreichte, stieg die erste Rakete auf und explodierte genau über ihren Häuptern, wobei sie und die ganze Menge von ei-nem Regen aus violetten und silbernen Sternen beleuchtet wurden.

Die richtige Duchessa sah durch einen Schlitz in dem Brokatvorhang zu und lächelte. Rodolfo hatte wirklich jedes Detail im Griff. Immer fand er heraus, was sie bei einem Staatsanlass tragen würde, und stimmte dann das Feuerwerk darauf ab.

Etwas abseits der Staatsmandola lächelte Lucien voller Stolz. »Das war eine von meinen!«, rief er Arianna durch den Lärm der Menge zu. Sie lächelte zurück und ihre veilchenblauen Augen leuchteten wie die Funkengarben, die über ihr zerbarsten. Sie drückte seine Hand und er erwiderte den Druck.

In diesem Moment glitt eine hoch gewachsene Gestalt durch die Menge auf die Staatsmandola zu, aber niemand schien ihr Beachtung zu schenken. Aller Augen waren auf das

Paar auf der Barken-Brücke gerichtet und auf das Meer aus Licht und Farben, das ihren Weg erleuchtete.

Ein Schwarm silberner Vögel flog über den Himmel. Dann schlug ein Pfau sein prächtiges Rad aus blauen und purpurnen und grünen Schwanzfedern, bis der ganze Horizont davon erfüllt war. Ein Phoenix legte ein goldenes Ei, dann erglühte er von Gold zu Rot und verging in einem Funkenregen. Das Ei blieb am Himmel stehen, bis ihm ein neuer Phönix in neuer Pracht aus Rot und Gold entschlüpfte.

Und dann, am Höhepunkt der Vorführung, sauste ein riesiger grüner Drache über den Himmel. Noch höher entbrannte das Bild der Maddalena vor dem Nachthimmel. Eine große glitzernde Träne fiel aus ihrem Auge und landete auf dem Drachen, der sich in Millionen von roten und grünen Sternen auflöste. Genau in dem Moment kam der Mond hinter einer Wolke hervor und leuchtete durch das Haar der Heiligen.

Lucien dachte, sein Herz bliebe ihm stehen. Bei all der Bewegung, die die Menge erfasst hatte – der Bewegung, die er mit erschaffen hatte –, entging ihm, dass die Staatsmandola durch das Wasser davonglitt. Ebenso entging ihm die dunkle Gestalt, die gegenüber vom Mandolier am anderen Ende des Bootes kauerte. Er sah nur, dass Rodolfo recht gehabt hatte. Als die letzten flimmernden Regenbogenstrahlen ins Wasser zu tropfen schienen, fingen die Bellezzaner an, in den Kanal zu springen.

Lucien wurde wie von einem Wahn erfasst. Er wusste, dass er kein Silber mit in seine Welt nehmen konnte, selbst wenn er welches finden würde. Er wusste auch, dass er jetzt gehen musste, dass er vor dem Fest die Zeitreise nach Hause antreten sollte. Doch in diesem Moment war er mit Haut und Haaren ein Bellezzaner. Aus den Augenwinkeln hatte er erspäht, wo eine Garbe des vielfarbenen Haars der Maddalena versunken war. Er überlegte nicht länger und tauchte in den Kanal.

»Ausgezeichnet«, murmelte die Duchessa. Sie spürte, wie sich die Mandola unter ihr bewegte, während die Heilige sich auflöste und nur noch der Mond die jubelnde Stadt in Silber tauchte. Jetzt langweilte sie sich nicht mehr, sondern war erfüllt von einer heftigen Zärtlichkeit für ihre albernen, treuen, patriotischen Untertanen, die Bellezza genauso leidenschaftlich liebten wie sie selbst. Fast musste sie hinter ihrer Maske die Tränen zurückhalten – da wurde der silberne Vorhang aufgerissen und ein großer, rothaariger junger Mann hielt ihr einen Dolch an die Kehle.

Spuckend tauchte Lucien wieder auf. Er hatte etwas aus dem Kanal gefischt. Das Wasser schmeckte fürchterlich, doch seine Kälte brachte ihn wieder zur Vernunft. Voller Schrecken fiel ihm plötzlich ein, dass sein Notizbuch nun auch nass sein würde, und er wusste nicht, ob es in diesem Zustand noch als Talisman funktionierte. Als er wieder einigermaßen klar sehen konnte und feststellte, dass er bis in die Mitte des Kanals getrieben worden war, geriet er vollkommen in Panik. Sein einziger Gedanke war, aus dem Wasser zu kommen. Er sah eine Mandola vorbeifahren, packte die Seitenwand und zog sich mit mächtiger Anstrengung an Bord.

Die Duchessa wusste, dass ihre letzte Stunde geschlagen hatte. Unzählige Gedanken des Bedauerns überfluteten sie, wenn auch nicht in Bezug auf ihre eigene Person. Sie dachte an die Stadt, an Rodolfo und das braunhaarige Mädchen.

Im Inneren der Kabine herrschte Schweigen. Der Attentäter

sagte kein Wort und die Kammerzofe war starr vor Schreck. Der Mandolier hatte offensichtlich nicht bemerkt, dass jemand an Bord geklettert war, und stieß das Boot ruhig durch die Mündung des Kanals auf die neue Kirche zu, um dort, wie er dachte, nach der Weihe auf die Duchessa zu warten.

Der Attentäter zögerte einen Moment lang, die Klinge des Dolches immer noch am weißen Hals der Duchessa. Und dann ging plötzlich alles sehr schnell: Die Mandola schaukelte heftig, Wasser schwappte herein und ein triefend nasser junger Mann warf sich in die ohnehin schon übervolle Kabine. Lucien begriff mit einem Blick, dass er in der Staatsmandola der Duchessa war, und seine Instinkte übernahmen das Kommando. Er wusste, dass sie eigentlich nicht hier sein durfte; er hatte sie doch soeben über die Brücke der Barken schreiten sehen. Doch da stand sie, zweifelsohne. Und neben ihr stand ein unbekannter Mann mit einem Dolch in der Hand.

Im Bruchteil einer Sekunde schoss Lucien der Gedanke durch den Kopf, dass er hier im Großen Kanal von Bellezza sterben könnte. Doch gleichzeitig war er überzeugt, dass die Rettung der Duchessa das Risiko wert sein würde. Er warf sich auf den Attentäter, brachte ihn aus dem Gleichgewicht und entwand ihm den Dolch.

Kapitel 11

Die Glückshand

Die Mandola schaukelte heftig im Wasser. Es waren zu viele Menschen an Bord. Die Zofe der Duchessa tat das einzig Vernünftige: Sie steckte den Kopf durch den silbernen Vorhang und machte dem Mandolier ein Zeichen. Der ließ von dem Versuch ab, das Gefährt zu stabilisieren, und wandte sich dem Getümmel in der Kabine zu. Er war sichtlich erschrocken, als er die Duchessa entdeckte, eine Tatsache, die Silvia ihm sofort hoch anrechnete. Er war an dem Komplott offensichtlich nicht beteiligt gewesen.

Der Mandolier half Lucien, den Attentäter mit den silbernen Kordeln, mit denen eigentlich der Brokatvorhang gerafft wurde, zu fesseln. Die Merlino-Klinge steckte sich Lucien in den eigenen Gürtel. Sobald der Attentäter sicher verschnürt war, ergriff die Duchessa das Kommando.

»Du da – Marco, nicht wahr?«, sagte sie zu dem Mandolier.

»Ja, Euer Gnaden«, stotterte der, denn er war sich offenbar noch immer nicht ganz gewiss, wen er nun tatsächlich vor sich hatte.

»Du hast mir heute Abend gute Dienste geleistet und du sollst dafür belohnt werden. Doch erst einmal darfst du kein Wort darüber verlauten lassen, bis du vor dem Rat als Zeuge der Anklage gegen diesen elenden Verräter und den, der dahinterstecken mag, auftreten wirst. Hast du mich verstanden?«

»Ja, Euer Gnaden.«

»Gut. Jetzt müssen wir den Schurken und diesen jungen Helden, der mir das Leben gerettet hat, in den Palast zurückbringen. Kannst du das machen und uns so diskret wie möglich helfen, die beiden in meine Räume zu schaffen?«

»Gewiss, Euer Gnaden«, sagte der Mandolier, der jetzt und endgültig überzeugt war, die Duchessa vor sich zu haben. Dann zögerte er. »Aber was ist mit der anderen Dame, Euer Gnaden? Mit der, die über die Boote gegangen ist?«

Die Duchessa verzog hinter der Maske spöttisch das Gesicht. »Die soll doch der remanische Botschafter in seiner Mandola zurückbringen. Es würde mich nicht wundern, wenn er über die Ereignisse hier auf meiner Barke Bescheid wüsste.«

Marco trat wieder ans Heck der Staatsmandola und steuerte so schnell wie möglich die Piazzetta an. Keiner bemerkte, wie die schwarze Barke durchs Wasser glitt, mit Ausnahme einer hoch gewachsenen Gestalt auf der Feuerwerksplattform, die nur zu gut wusste, dass sie eigentlich nicht an jenes Ufer zurückkehren sollte, ohne die Duchessa abgeholt zu haben. Rodolfo wies Alfredo auf der Stelle an, ihn ebenfalls zurückzubringen.

Die Ersatz-Duchessa, eine Bäckerstochter namens Simonetta, fühlte sich äußerst unwohl. Der Gottesdienst war erträglich gewesen, wenn auch etwas lang, und man hatte ihr antrainiert, wann sie stehen, sitzen und knien musste. Aber als sie aus der Kirche heraustrat, stimmte alles nicht mehr. Sie freute sich zwar über den Beifall der Menge, genau wie auf dem Weg über all die Barken, aber wo war die Staatsmandola? Die wieder zu besteigen und dort ihre Bezahlung zu erhalten – diese Aussicht hatte Simonetta während des gesamten Täuschungsmanövers aufrechterhalten.

In Sekundenschnelle war der Botschafter an ihrer Seite. Er unterdrückte die Freude darüber, dass das Komplott offensichtlich erfolgreich gewesen war, und geleitete die falsche Duchessa zu seiner Mandola. »Wir fahren in meiner zurück, meine Liebe«, sagte er mit viel plumperer Vertraulichkeit, als er es sich bei der richtigen Duchessa gestattet hätte.

Als sie in der Kabine waren, wurde dem jungen Mädchen nur noch mulmiger zumute. Darauf war sie nicht vorbereitet worden. Wenn der Botschafter nun mit ihr plaudern wollte?

Doch sie hätte sich keine Sorgen zu machen brauchen. Rinaldo di Chimici war zu erfüllt von seinen eigenen Gedanken, um Konversation zu machen.

Ein Teil der persönlichen Wachen der Duchessa wartete an der Piazzetta und wunderte sich sehr, die Staatsmandola so früh zurückkehren zu sehen. Doch sie standen sofort bereit, als sie den gefesselten Attentäter und den noch immer nassen Lucien sahen. Der Mann wurde direkt in die Kerker der Duchessa gebracht und die Kammerzofe begleitete die Duchessa und Lucien in den Palazzo hinauf. Zum Glück befand sich auf dem Platz davor fast niemand. Alle waren noch unten am Kanal und erwarteten die offizielle Rückkehr.

Kaum hatten die drei die Sicherheit der herzoglichen Privatgemächer erreicht, da wurden sie auch schon von weiteren Frauen umsorgt. Ein heißes Bad wurde für Lucien bereitet und Dienerinnen reinigten das Satinkleid der Duchessa von den Schlammflecken, die Lucien hinterlassen hatte, als er mit dem Attentäter gerungen hatte.

»Zieh die nassen Sachen aus«, befahl ihm die Duchessa.

Lucien merkte, dass er errötete, während immer noch Kanalwasser aus seiner Kleidung auf die wertvollen Teppiche der Duchessa tropfte.

»Ach du meine Güte! Eins meiner Mädchen soll ihm ein Handtuch reichen! Hast du vielleicht Angst, dass ich dich auffressen könnte, Junge? Wein her, aber schnell, bitte!«

In ein Handtuch gewickelt, legte Lucien seine Kleider ab und nahm dann ein paar Schlückchen des roten Bellezzaner Weins. Allmählich fühlte er sich etwas besser. Den Dolch überließ er der Zofe allerdings nicht, genauso wenig wie das Notizbuch, das wie durch ein Wunder nur ein wenig feucht geworden war. Die Mädchen der Duchessa mussten kichern, als sie Luciens Unterwäsche sahen, doch sie versprachen, sie sofort zurückzubringen, sobald sie getrocknet war.

Plötzlich hielt die Kammerzofe von der Mandola einen triefenden Beutel in die Höhe. »Was soll ich damit machen, Euer Gnaden?«

Da fiel es Lucien wieder ein: Als er nach den Regenbögen getaucht war, hatte sich seine Hand um einen Leinenbeutel geschlossen! In dem Moment hatte er sich ganz darauf konzentriert, wieder an die Wasseroberfläche zu kommen, ohne mehr Kanalwasser als unbedingt nötig zu schlucken. Er nahm an, dass er den Beutel über den Bootsrand geworfen hatte, als er auf die Mandola der Duchessa geklettert war. Aber er hatte natürlich nicht gewusst, dass der Beutel ursprünglich von ihr stammte.

»Sieh an«, sagte die Duchessa, als sie den Beutel sah. »Du warst also einer der Silbertaucher. Ich bin froh, dass sich das Gerücht meiner Großzügigkeit herumgesprochen hat, obwohl ich doch hoffe, dass ich es nicht zu einer alljährlichen Sitte machen muss. Dieses ist ein besonderes Jahr, weil die Chiesa delle Grazie vollendet wurde und weil ich seit fünfundzwanzig Jahren regiere. Nimm es nur. Du hast es dir verdient.«

Lucien knotete die nasse Schnur um den Beutel auf und sah das Silber darin blinken.

»Sie wissen doch, dass ich es nicht mit mir nehmen kann, nicht wahr, Euer Gnaden?«, sagte er verwirrt.

»Es kümmert mich nicht, wo du es verwahrst«, sagte die Duchessa und sah ihm tief in die Augen. »Für den Dienst, den du mir heute Abend erwiesen hast, sollst du fünfzig Mal so viel bekommen. Gib es doch Rodolfo zur Aufbewahrung«, fügte sie hinzu, als sie sah, dass Lucien eher erschrocken war.

»Lasst uns jetzt alleine«, wandte sie sich plötzlich an ihre Zofen.

Aber Lucien kam gar nicht dazu, nervös zu werden bei der Aussicht, mit ihr allein zu sein, denn kaum war er es, da öffnete sich die Tür zu dem Geheimgang der Duchessa hinter dem Pfauenknauf und Rodolfo trat ein.

»Was ist geschehen?«, fragte er und warf einen besorgten Blick auf den halb nackten Lucien. »Und was machst du in dieser nächtlichen Stunde in Bellezza?«

Die Duchessa sah ihn ebenfalls an. »Nun steig schon in das Bad, ehe es kalt wird! Dort drüben steht doch ein Wandschirm. Ich muss Rodolfo erzählen, was geschehen ist.«

Lucien fand den Wandschirm – ein Rahmen, der mit überaus kunstfertig bestickter Seide bespannt war – und sank erleichtert in das heiße, duftende Wasser. Er hatte schon geglaubt, den Kanalgestank nie mehr ganz loszuwerden. Dankbar tauchte er den Kopf ein, seifte sich die Haare und blieb dann im Wasser, bis es fast kalt war. Außer dem Handtuch hatte er nichts, um sich zu bedecken, und er wollte um jeden Preis vermeiden, dass die Duchessa ihm einen ihrer Morgenmäntel lieh.

Aus seinem Bad heraus versuchte er zu belauschen, was sie und Rodolfo so hastig miteinander flüsterten. Als er den Kopf um den Wandschirm steckte, sah er, dass Rodolfo blass vor Schrecken war. Sein Lehrmeister bemerkte ihn und kam auf ihn zu.

»Du hast Silvia gerettet und ich stehe für immer in deiner Schuld. Das gilt ebenso für ganz Bellezza. Doch die Einzelheiten dürfen niemals ans Licht kommen.« Er unterbrach sich und sah Lucien an. »Wo sind deine Kleider?«

»Die Frauen haben sie mitgenommen. Ich bin nicht sicher, ob ich nach Hause kann – das Buch ist feucht geworden. Sehen Sie!«

Rodolfo nahm das Buch in die Hand. »Da kann ich Abhilfe schaffen«, sagte er, »aber du musst mir alles erzählen, bevor du reist.«

Rodolfo war den ganzen Weg von der Piazzetta und durch seinen eigenen Palazzo herübergerannt und trug immer noch seinen schwarzen Umhang. Jetzt nahm er ihn ab und wickelte ihn fürsorglich um Lucien. Dann trat er an den leeren Kamin und setzte seinen Feuerstein hinein. Schon bald wurde der Raum von Wärme erfüllt.

Die Duchessa erhob sich etwas steif und läutete ihre kleine Silberglocke. »Nimm ihn doch mit auf deine Seite, Rodolfo. Ich kann nicht hierbleiben. Ich muss gehen und das arme Kind erlösen, das mich bei dem Festessen heute Abend vertreten hat. Sie muss sich zu Tode fürchten.«

Jetzt endlich begriff Lucien. Die Duchessa benutzte ein Double! Und am Gesichtsausdruck Rodolfos erkannte er, dass dieser das bisher auch nicht gewusst hatte.

Arianna wusste nicht, ob sie eher besorgt oder wütend sein sollte. Sie hatte Lucien nach seinem spontanen Kopfsprung nicht wieder auftauchen sehen. Daher suchte sie das Kanalufer und später noch die Piazza Maddalena ab, aber es war schwierig, in der Menschenmenge überhaupt jemanden zu finden. Schließlich half nichts mehr – sie musste zu ihrer Tante heimkehren. Sie hoffte, dass Lucien es geschafft hatte, rechtzeitig nach Hause zurückzukehren, bevor seine Eltern auftauchten. Und ihr selbst blieb nun nichts, als sich in Geduld zu üben – und das war etwas, was Arianna überhaupt nicht gut konnte.

Simonetta ging am Arm des Botschafters über die Piazza wie in einem Traum. Jubelnde Bellezzaner säumten den kurzen Weg zum rosenfarbenen Palast der Duchessa und es gelang ihr, der Menge huldvoll zuzuwinken. Doch innerlich schlug ihr Herz wie rasend. Etwas musste falsch gelaufen sein; die oberste Kammerzofe der Duchessa hatte ihr doch ihre Pflichten so genau erklärt und die hätten vor einer halben Stunde enden sollen.

Wie erleichtert war sie, als sie ebendiese Zofe im Inneren des Palastes hinter dem Tor warten sah! Die Frau trat näher und geleitete sie mit bestimmtem Griff fort von dem Botschafter.

»Verzeiht, Exzellenz«, sagte sie. »Ihre Gnaden braucht ein paar Minuten, um sich vor dem Festessen zu erfrischen. Bitte erwartet sie in der Empfangshalle.«

Der Botschafter verneigte sich. Er wusste nicht, dass die Frau, die eben zu ihm gesprochen hatte, die Zofe aus der Staatsmandola war. Er hatte Anweisung gegeben, dass man alle, die bei der Duchessa waren, ebenfalls umbringen sollte, einschließlich des Mandoliers, wenn nötig. Nun konnte er seine Erregtheit kaum bezähmen. Es würde nicht lange dauern, bis man die dahintreibende Mandola und die Leichen finden würde, und der Attentäter würde inzwischen schon weit fort sein. Rinaldo di Chimici nahm einen Weinkelch in Empfang, der ihm gereicht wurde, und trank mit großen Zügen. Auf Bellezza, war sein geheimer Trinkspruch, den letzten Stadtstaat, der in die Föderation eintreten würde.

Lucien fand sich zu seiner Erleichterung auf seinem Bett wieder. Die Uhr zeigte fünf und das Haus war still. Seine Eltern waren noch nicht zurück. Besorgt untersuchte er seine Kleidung. Er hatte wieder an, was er heute Morgen getragen hatte, bevor er nach Bellezza gereist war – mit Ausnahme seiner Boxershorts, die immer noch irgendwo im Palast der Duchessa trockneten. Die Merlino-Klinge und den Beutel mit Silber hatte er Rodolfo gegeben, der beides für ihn verwahren sollte. Das Notizbuch hatte unter dem Bad im Kanal nicht sehr gelitten, wenn auch die Farben auf dem Umschlag noch etwas mehr ineinander verlaufen waren. Rodolfo hatte es mit zum Kamin genommen und sorgfältig in der Wärme des glühenden Steins getrocknet.
Und auf jeden Fall hatte es ihn jetzt zurückgebracht. Lucien führte das Notizbuch zur Nase und roch misstrauisch daran. Zum Glück stank es nicht nach Kanal. Sorgfältig legte er seinen Talisman auf den Nachttisch und fiel in einen tiefen, natürlichen Schlaf.

Die Duchessa schritt die Marmortreppe herab. Sie sah prächtig aus in ihrem violettfarbenen Satinkleid, hatte Brillanten an den Ohren und um den Hals und trug ein Brillanten-Diadem in dem dunklen Haar. Die anwesenden Festgäste, die auf ihr Eintreffen gewartet hatten, ehe man sich in den Speisesaal begeben wollte, applaudierten. Doch ihr Blick suchte nur die Augen von einem, nämlich von Rinaldo di Chimici.

Sie wurde entlohnt, als sie sah, wie er erschrak und sich an seinem Wein verschluckte.

»Botschafter«, sprach sie ihn huldvoll mit ihrer unverkennbaren musikalischen Stimme an. »Geht es Euch auch gut? Kommt, wir wollen meine Gäste nicht länger warten lassen.«

Di Chimici näherte sich ihr wie ein Mann, der nicht nur ein Gespenst gesehen hatte, sondern dieses Gespenst auch noch zu Tisch führen musste. Er hatte sofort erkannt, dass er es mit der richtigen Duchessa zu tun hatte. Es war also offensichtlich etwas schiefgegangen. Aber was? Und wusste die Duchessa von dem geplanten Mordanschlag? Als sie an seiner Seite in den Speisesaal glitt, wusste der Botschafter, dass ihm einige Stunden erlesenster Qualen bevorstanden.

Natürlich war das auch der Duchessa klar. Alle Schrecken des Abends waren den Lohn wert, den remanischen Botschafter so unruhig zu sehen, und sie hatte nicht die Absicht, ihn leicht davonkommen zu lassen. Wenn er tatsächlich geplant hatte, sie durch einen gedungenen Mörder umbringen zu lassen, würde sie ihn das ganze Festbankett über Todesqualen und Ängste um sein eigenes Leben ausstehen lassen.

»Es war ein herrlicher Tag. Danke, dass du uns überredet hast zu gehen«, sagte Mum zu Lucien, als sie ungefähr eine Stunde später ankamen. »Meine Güte, so spät schon? Du musst ja am Verhungern sein. Ich gehe mal in die Küche und schaue, was ich dir machen kann.«

»Nein, lass doch«, sagte Dad. »Bestimmt haben Lucien und Tom sich den ganzen Tag irgendwelches Zeug reingestopft. Lass uns einfach was beim Chinesen holen.«

Lucien hatte sich den Schlaf aus den Augen gerieben, als er sie die Haustür aufschließen gehört hatte. Es schien heute sein Schicksal zu sein, mit kurzen Nickerchen auskommen zu müssen, aber er wusste, dass er nach Bellezza zurückmusste, sobald er ins Bett konnte, ohne Misstrauen zu erregen.

Während sie bei dem chinesischen Essen saßen, erzählten ihm seine Eltern alles von ihrem Tag und fragten zum Glück nicht viel nach seinem. Sie warfen sich dauernd verschwörerische Blicke zu, doch Lucien war zu müde, um sie zu fragen, was sie da aushecken. Die Augen fielen ihm zu.

»Wohl heute ein bisschen über die Stränge geschlagen, was?«, meinte Dad und nahm ihm sanft die Gabel aus der Hand.

»Das kannst du wohl sagen«, erwiderte Lucien und gähnte. Er hatte ein Feuerwerk beobachtet, an dem er selbst mitgearbeitet hatte, war in einen stinkenden Kanal gesprungen, hatte einen Schatz herausgezogen und hatte außerdem einen Mordanschlag auf die unumschränkte Herrscherin des Landes verhindert. Doch laut sagte er: »Wie kann man bloß vom Videogucken und Popcornessen so müde werden?«

»Dann mal ab ins Bett«, sagte Mum streng. »Wir wollen, dass du morgen ausgeruht bist. Wir müssen dir nämlich was erzählen.«

Normalerweise hätte Lucien bei so einem Köder zugeschnappt. Aber heute Abend nicht. Er stolperte hinauf in sein Bett und stöhnte, während seine Hand nach dem Notizbuch griff. Was würde er nicht alles dafür geben, mal eine Nacht richtig schlafen zu können!

Ein ganz normales Ruderboot pflügte durch die Wellen der Lagune. Es wurde von einem äußerst gut aussehenden jungen Mann gerudert und hatte einen einzigen Passagier an Bord: eine schlicht gekleidete Frau, immer noch hübsch, wenn auch nicht mehr jung. Sie war offensichtlich verheiratet, denn sie trug keine Maske. Still saß sie da und sah zu den Inseln hinüber, während sie sich dem farbenfrohen Burlesca näherten.

Der Bootsmann legte an und erbot sich, seine Passagierin zu begleiten, doch sie lehnte ab. Stattdessen ließ sie sich einfach aus dem Boot helfen und machte sich mit ihrem Korb am Arm zu dem einzigen weißen Haus des Ortes auf. Der hübsche Fährmann zuckte mit den Schultern und ging, um sich etwas zu essen zu besorgen.

Paola Bellini kam an die Tür, während sie sich die Hände an der Schürze trocknete, doch als sie sah, wer ihre Besucherin war, hob sie ihre Hände erschrocken an den Mund.

»Kann ich eintreten, Mutter?«, sagte die Frau mit leiser Stimme. »Ich muss etwas mit dir besprechen.«

Als Lucien am Morgen nach dem Fest der Maddalena wieder in Rodolfos Laboratorium auftauchte, überraschte ihn die Wärme, mit der ihn sein Meister empfing. Lucien hatte erwartet, dass er wegen der verlängerten Nacht verärgert sein würde, doch der Magier nahm seinen Schüler voller Zuneigung in die Arme, was er bisher noch nie getan hatte.

»Geht es dir gut?«, fragte Rodolfo und sah Lucien genau an. »Bist du mit deinen Eltern in Schwierigkeiten gekommen?«

»Nein, es lief ganz cool«, sagte Lucien etwas verlegen. Sie hatten letzte Nacht nicht viel Zeit zum Reden gehabt, weil Rodolfo ängstlich darauf bedacht gewesen war, beim Festessen in der Nähe der Duchessa zu bleiben. Jetzt hatte Lucien das Gefühl, erklären zu müssen, warum er in Bellezza geblieben war.

»Ich weiß, dass ich das Risiko nicht hätte eingehen dürfen«, sagte er, »aber ich wollte unbedingt das Feuerwerk sehen.« Wie er das so sagte, klang es kindisch und selbstsüchtig.

»Und wie fandest du es?«, fragte Rodolfo ernst.

»Es war genial«, sagte Lucien. »Noch besser, als ich es mir vorgestellt hatte. Aber ich weiß, ich hätte es nicht tun dürfen. Es tut mir leid.«

»Es muss dir nicht leidtun«, erwiderte Rodolfo. »Wenn du nicht geblieben wärst, wäre Silvia ermordet worden.« Er sah Lucien mit forschendem Blick an. »Vielleicht bist du überhaupt deshalb hierher geschickt worden und der Talisman ist aus diesem Grund bei dir gelandet und nicht bei einem anderen.«

Er zog die Merlino-Klinge aus seinem Gürtel und reichte sie Lucien feierlich. Dann setzte er sich neben ihn und machte zum ersten Mal in Luciens Gegenwart das Zeichen der Glückshand. »Durch die Macht der Göttin, ihres Gemahls und ihres Sohnes ist Silvias Lebenskreis unversehrt geblieben. Verstehst du?«

»Nicht ganz«, sagte Lucien. Mit unbehaglichem Gefühl steckte er den Dolch weg, als er daran dachte, wofür er bestimmt gewesen war. »Wer sind die Göttin und die anderen? Und was hat das alles mit mir zu tun?«

»Das ist unsere alte Religion«, sagte Rodolfo, »die wir vor dem Christentum hatten. Im ganzen östlichen Raum des Mittleren Meers glaubten die Menschen an eine Göttin und ihren Gemahl.«

»Und er war wohl auch ein Gott?«, fragte Lucien.

»Ja, wenn auch nicht so mächtig wie sie. Selbst sein Sohn war mächtiger als er. Einige glauben, dass ihr Gemahl ursprünglich ihr Sohn war und erst später, als Inzest zum Tabu wurde, wurde der Gatte für sie erfunden – und aus dem Grund ist er auch eher eine Hintergrundfigur. Der Sohn ist fast immer so sehr verehrt worden wie seine Mutter. Als dann das Christentum kam, durften all die heidnischen Statuen der Göttin und ihres Sohnes bleiben. Man definierte sie einfach um in die Mutter Gottes und den neuen Heiland.«

Rodolfo sah Lucien erwartungsvoll an.

»Tut mir leid«, erwiderte Lucien. »Wir sind Anglikaner – Protestanten. Ich kenn mich nicht besonders aus mit Ihrer Mutter Gottes – also, der von den Katholiken.«

Rodolfo runzelte die Stirn. »Was sind Protestanten? Und was sind Katholiken?«

Lucien war überrascht. »Ach, Sie wissen doch, Heinrich der Achte und so weiter. Er wollte Anna Boleyn heiraten und der Papst hat es nicht gestattet, weil er schon mal verheiratet gewesen war. Da hat er einfach seine eigene Kirche gegründet.«

Nun sah Rodolfo erstaunt aus. »Davon hat Doktor Dethridge nie etwas erzählt. In unserer Welt hat euer England – Anglia, wie wir es nennen – dieselbe Kirche wie wir, die vom Papst regiert wird.«

»Tja, in der Zeit von Doktor Dethridge war das ein heikles

Thema«, erklärte Lucien. »Nachdem Heinrich gestorben war und sein Sohn ebenfalls, ließ seine Tochter Mary Menschen umbringen, die der neuen Religion des Königs anhingen. Und in Dethridges Zeit ließ dann Königin Elisabeth die Leute umbringen, die an die andere Religion glaubten, an die katholische.«

»Katholiken nennt ihr also diejenigen, die an die alte Form des Christentums glauben?«

»Ja, römisch-katholisch, sagen wir, wahrscheinlich, weil der Papst in Rom lebt.«

»Faszinierend«, sagte Rodolfo. »Hier lebt der Papst in Remora, der Hauptstadt der Föderation. Eines Tages muss ich dir erzählen, wie Remus Remora gegründet hat, nachdem er seinen Bruder Romulus umgebracht hatte. Aber jetzt, wo wir Doktor Dethridge wieder gefunden haben und er ein Bürger von Talia ist, muss ich ihn dazu bewegen, mir alles über Anglia und seine Religion zu erzählen.«

»Wie dem auch sei«, erinnerte ihn Lucien, »zurück zu der Göttin.«

»Die Lagunenbewohner gehören zu den letzten Menschen des Mittleren Meers, die an dem alten Glauben festhalten«, fuhr Rodolfo fort. »Sie haben das Christentum akzeptiert, weil sie es mussten. Sie bauen Kirchen und gehen zur Messe, wie du erlebt hast. Aber tief im Herzen glauben sie, dass es die Göttin ist, die über sie wacht und auch über Bellezza. Deshalb wurde die Stadt seit jeher von einer Frau regiert, von der Duchessa. Ein männlicher Gott sagte ihnen eigentlich nie richtig zu, genauso wenig übrigens wie ein männlicher Heiland. Und schon gar nicht ein männlicher Herrscher.«

»Sie scheinen die Duchessa ja förmlich wie eine Göttin zu verehren«, sagte Lucien, der an die fanatische Menge am

Abend zuvor dachte und an das ansteckende Delirium, das auch ihn in den Kanal getrieben hatte.

»Das stimmt«, sagte Rodolfo schlicht. »Sie ist für sie die personifizierte Göttin. Deshalb liegt ihnen ihr Wohlergehen auch so am Herzen.«

»Sie glauben also nicht, dass der Attentäter einer aus Bellezza sein könnte?«

»Ich weiß es nicht; ich habe ihn noch nicht gesehen«, erwiderte Rodolfo finster. »Aber wenn die Leute je erfahren würden, dass du das Leben der Duchessa gerettet hast, wären sie überzeugt, dass du von der Göttin gesandt worden bist. Du wärst ein Held.«

»Sie haben gestern Abend gesagt, dass wir es keinen wissen lassen dürfen«, sagte Lucien. »Das geht in Ordnung, ich hab ja sowieso nicht gewusst, was ich da tue, und ein Held oder so was will ich auch nicht sein. Aber finden Sie nicht, die Leute sollten wissen, dass jemand die Duchessa umbringen will?«

»Niemand sollte erfahren, dass es nicht sie war, die die Kirche eröffnete oder, wie ich jetzt auch annehme, die Vermählung mit dem Meer zelebriert hat. Die Lagunenbewohner sind ungeheuer abergläubisch: Sie würden annehmen, dass das Wohlergehen der Stadt auf dem Spiel stände.«

»Aber jemand muss ja von dem Double gewusst haben«, sagte Lucien langsam. »Sonst wäre der Attentäter doch nicht auf die Mandola gekommen.«

»Genau«, sagte Rodolfo. »Und ich nehme an, Silvias Folterknechte sind schon heftig dabei, herauszufinden, wer das ist.«

Kapitel 12
Zwei Brüder

Wie sich herausstellte, wurden die Folterknechte gar nicht benötigt. Guido Parola war bereit, alles zuzugeben. Von dem Augenblick an, als er die Staatsmandola erklommen hatte, war er wie ausgewechselt gewesen. Sobald er der Duchessa gegenübergestanden hatte, war ihm klar geworden, dass er sich nicht überwinden konnte, sie umzubringen, nicht mal für so viel Silber, dass er seinen Vater heilen könnte. Und Luciens instinktives Eintreten für die Duchessa hatte ihn tief beschämt. All seine wahren bellezzanischen Gefühle waren wieder ans Licht gekommen und er war bereit, alles zu erzählen. Und danach zu sterben.

Man stelle sich also seine Verwirrung vor, als ihm, nach einem Tag, an dem ihm ein sauberes, weiches Bett, reichlich warmes Wasser zum Waschen und mehrere ausgezeichnete Mahlzeiten gebracht worden waren, das Eintreffen der Duchessa höchstselbst in seiner Zelle angekündigt wurde. Parola warf sich ihr zu Füßen und bat um Vergebung.

»Nun steh schon auf«, sagte sie kühl. »Nein, du brauchst mir nicht die Ecke deiner Matratze zum Sitzen anzubieten. Wie du siehst, hat mir mein Leibwächter einen Stuhl mitgebracht.«

Sie setzte sich und strich ihren bauschigen Taftrock glatt, während sich der muskulöse Leibwächter hinter ihrem Stuhl aufstellte. Dann sah sie den verzweifelten jungen Mann, der vor ihr kniete, an. Er war sehr hoch gewachsen und hatte große dunkelbraune Augen, die für einen Rotschopf ungewöhnlich waren.

»Der Hauptinquisitor hat berichtet, dass du ein Bellezzaner bist«, sagte sie.

»Richtig, Euer Gnaden«, erwiderte er.

»Und dass du bereit warst, deine Stadt für schnödes Geld zu verraten?«

Parola senkte den Kopf und schwieg. Er konnte nichts zu seiner Verteidigung vorbringen.

»Was ist deiner Meinung nach die angemessene Strafe für so ein Verbrechen?«, fragte die Duchessa.

»Der Tod!«, sagte der junge Mann und sah mit beflissenen glänzenden Augen auf. »Euer Gnaden, ich verdiene für das, was ich Euch antun wollte, zu sterben. Die einzige Milde, um die ich bitte, ist die, dass Ihr Euch meine Geschichte anhört und mir vergebt, bevor ich sterbe. Es tut mir von Herzen leid.« Und er weinte echte Tränen der Reue.

Dann erzählte er ihr alles, vom Tod seiner Mutter, von der Verderbtheit seines Bruders, der Krankheit seines Vaters, von dem Zusammentreffen mit seinem Schulfreund, der zufällig jemand kannte, der gutes Geld zahlen würde an einen, der verzweifelt genug war, jede Aufgabe zu übernehmen.

»Du warst also nicht mehr als ein Instrument«, sagte die Duchessa etwas milder. »Genau wie die Waffe, die du getragen hast, wurdest du von der Hand eines anderen geleitet. Und du hast dem Inquisitor gesagt, wie die Person heißt, die dich angeheuert hat.«

Parola nickte und wollte gerade sprechen, doch die Duchessa unterbrach ihn.

»Wir wollen diesen Namen nicht laut hören. Ich weiß, wer es war. Es mag meinen Plänen jedoch besser zustattenkommen, keinen öffentlichen Prozess zu halten, bei dem du angeklagt und verurteilt wirst. Ich ziehe es vor, dich hier und jetzt zu richten und mein Urteil zu sprechen.«

»Sehr wohl, Euer Gnaden«, flüsterte Parola, der nicht bezweifelte, dass seine letzte Stunde geschlagen hatte und der Leibwächter der Duchessa ihn alsbald mit seinem Schwert hinrichten würde. »Sagt nur, dass Ihr mir vergebt, und lasst mich meinem Vater eine Botschaft senden, bevor ich sterbe. Dann lasst mich noch vor einem Priester beichten, ehe Euer Urteil ausgeführt wird.«

»Ich vergebe dir«, sagte die Duchessa und ihre Augen hinter ihrer Maske schienen leicht zu lächeln. »Und man geht gewöhnlich nicht zur Beichte, bevor man in die Scuola Mandoliera eintritt. Das ist nicht so, als würde man zum Ritter geschlagen, verstehst du?«

Parola sah verwirrt auf. »Ihr lasst mich frei, Euer Gnaden?«

»Nicht ganz«, erwiderte die Duchessa. »Ich behalte dich in meinen Diensten. Du sollst an der Scuola ausgebildet werden und einer meiner Mandoliers werden – du bist doch noch nicht über fünfundzwanzig?«

Parola schüttelte den Kopf. »Ich bin neunzehn«, sagte er leise.

»Dann wird es ja Zeit, dass du einen anständigen Beruf erlernst«, erwiderte die Duchessa. »Du kannst doch nicht rumlaufen und für deinen Lebensunterhalt Leute erstechen.«

Luciens Eltern taten weiterhin geheimnisvoll. Ehe sein Vater zur Arbeit ging, zwinkerte er ihm seltsam zu und sagte: »Bis heute Abend.«

Seine Mutter hatte fast den ganzen Tag Unterricht. Doch beim Frühstück sagte sie: »Ich bin heute furchtbar beschäftigt, Lucien, aber beim Abendessen können wir dann reden.«

Worüber reden?, fragte sich Lucien, dem es gar nichts ausmachte, sich selbst überlassen zu sein. Er brauchte Zeit für sich selbst – um nachzudenken und um zu dösen. Seine Mutter war zwar den ganzen Tag außer Haus, aber er kam trotzdem nicht in Versuchung, nach Bellezza zurückzukehren, um zu sehen, was dort in der Nacht passierte.

Er hatte allmählich ein ungutes Gefühl, wenn er an seine nächtlichen Besuche der Stadt dachte. Die Situation dort wurde gefährlicher. Es waren nur Glück und der Überraschungseffekt gewesen, die Lucien zum Helden des Attentatversuchs gemacht hatten. Wie leicht hätte er auch ein Opfer sein können! Er überlegte, was wohl mit seinem Körper hier in seiner eigenen Welt geschehen wäre, wenn er in Bellezza erstochen worden wäre. Hätten Mum oder Dad, wenn sie ins Zimmer gekommen wären, ihn in einer Lache Blut im Bett aufgefunden?

Seine Fantasie verstieg sich in immer neue Bilder. Angenommen, sie hätten dann in London eine Jagd nach dem Mörder veranstaltet? Man hätte nie einen Täter gefunden und er wäre in der Statistik der unzähligen ungelösten Fälle verschwunden. Und sein Körper in Bellezza? Hätte der sich wohl einfach aufgelöst? Wenn der Attentäter Erfolg gehabt hätte, würde überhaupt jemand erfahren haben, dass er gestorben war, während er die Duchessa verteidigte?

Die Fragen ließen sich alle nicht beantworten, daher fiel Lucien schließlich bis zum Mittagessen in tiefen Schlaf. Er träumte von einer Gerichtsverhandlung, bei der der Attentäter aus Bellezza, der aus unerfindlichen Gründen immer noch den Merlino-Dolch in Händen hielt, in einem sehr modernen Zeugenstand auftrat und sagte: »Ohne Leiche können Sie nicht beweisen, dass ich ihn getötet habe.« Von dem Dolch tropfte Blut über den ganzen Boden des Gerichtssaals und im Traum wusste Lucien irgendwie, dass das sein Blut war.

Im Norden der Stadt war ein kleiner Kanal, auf dem die angehenden Mandoliers ihre Kunstfertigkeit erlernten. Dorthin kamen keine Besucher oder Reisenden; es handelte sich im wahrsten Sinne des Wortes um einen toten Arm des Kanalsystems. Er war so schmal, dass sich die Häuser zu beiden Seiten dicht gegenüberstanden. Zwei davon waren im obersten Geschoss durch eine kleine Brücke miteinander verbunden. Diese Häuser gehörten Egidio und Fiorentino, den älteren Brüdern Rodolfos.

Sie waren beide noch recht attraktive Männer, obwohl Egidio mit fünfundvierzig für einen Bellezzaner ziemlich alt war. Wenn sie daheim waren – in dem einen oder dem anderen Haus – oder wenn sie gerade auf ihrer kleinen Brücke über den Kanal gingen, amüsierten sich die beiden Brüder oft über die Anstrengungen der neu eingestellten Mandoliers.

Als sie jung gewesen waren, hatten sie zu den besten Mandoliers in Bellezza gezählt – und auch zu den bestaussehenden. Sie hatten die große Barke für die Vermählung mit dem Meer gesteuert und sie hatten gut verdient, indem sie Besucher den Großen Kanal auf und ab fuhren. Mit fünfundzwanzig waren sie wie alle Mandoliers von der Duchessa mit einer großzügigen Pension versehen worden. Allein deswegen wären sie ihr immer zu Dank verpflichtet gewesen – wenn nicht sogar für mehr.

Egidio eröffnete einen Laden, in dem Papierwaren und Bücher und Stifte verkauft wurden, die alle mit dem marmorierten Muster versehen waren, das auch den Einband von Luciens Notizbuch zierte. Im Lauf der Jahre, als Rodolfo sein Laboratorium im Palazzo neben dem der Duchessa eingerichtet hatte, verbesserten seine Fertigkeiten Egidios Angebot noch so weit, dass es in ganz Europa berühmt wurde. Sein Laden in einer kleinen Gasse beim Dom war immer voller Besucher.

Fiorentino hatte ein Talent fürs Kochen und mit dem Geld der Duchessa ein Lokal auf der Piazza Maddalena eröffnet. Es hatte klein angefangen, doch war es schon bald erweitert worden; er kaufte die Läden zu beiden Seiten dazu und machte es zu einer blühenden Gastwirtschaft. Das »Fiorentino« in Bellezza wurde im ganzen Gebiet des Mittleren Meers zu einem Begriff für gute Küche.

Die Geschäfte beider Brüder florierten also, seit sie das Mandolafahren aufgegeben hatten, aber keiner der beiden hatte je geheiratet. Es schien, dass denen, die sich einmal der Gunst von Silvia, der Duchessa, erfreut hatten, keine andere Frau genügen konnte. Immer noch waren sie ihre ergebenen Diener und bereit, alles zu tun, was sie wollte. Und wenn sie eifersüchtig waren auf ihren jüngeren Bruder, der seit fast zwanzig Jahren nicht von ihrer Seite gewichen war, dann ließen sie sich das nie anmerken.

An diesem Tag genossen die beiden Brüder die Sonne auf der Terrasse von Egidios Haus. Sie hatten einen jungen Neuling beobachtet, der sich darin geübt hatte, die Mandola mitten im Kanal zu wenden und zugleich kenntnisreich mit den »Reisenden« an Bord zu plaudern, die in Wirklichkeit Prüfer der Scuola waren. Denn jeder Mandolier musste auch Prüfungen in bellezzanischer Geschichte, Musik, Literatur und Kunst ablegen und nicht nur seine Geschicklichkeit im Wasser unter Beweis stellen.

Dieser spezielle Schüler – wenn auch eindeutig von schönem Äußeren – hatte offensichtlich Schwierigkeiten mit seiner Aufgabe. Die Brüder lachten laut, als der junge Mann seine Stange verlor und sie unter den Augen seiner Prüfer aus dem Wasser fischen musste. Dann entdeckte Fiorentino noch eine Mandola, die viel geschickter gesteuert wurde und durch den Kanal auf Egidios Haus zukam und dort anlegte.

»*Dia!*«, stieß Fiorentino hervor. »Das ist Silvia!«

Es war nicht ihre Staatsmandola, sondern eine einfache schwarze, die jedoch eine verhüllte Kabine hatte und auf eine Person von Stand schließen ließ. Die Brüder warteten nicht, bis sie sahen, wer darin war; sie rannten die Treppe hinunter wie die jungen Männer, die sie einmal gewesen waren.

Auf dem Landungssteg half ein langer, rothaariger junger Mann einer gut angezogenen, maskierten Dame heraus. Er war offensichtlich nervös. Die schwarz verkleidete Tür am Landungssteg ging nach innen auf und er geleitete die Duchessa hinein, wo sie herzlich von den zwei vornehm aussehenden älteren Herren begrüßt wurde. Die gesamte Gesellschaft kehrte auf die Dachterrasse zurück, wo die Besucherin huldvoll etwas Gebäck entgegennahm.

»Das hier ist Guido«, sagte sie. »Ich melde ihn an der Scuola Mandoliera an.«

»Ist das nicht ein bisschen zu spät?«, fragte Egidio. »Die neuen Schüler haben schon seit Wochen geübt.«

»Sie schulden mir einen Mandolier«, sagte die Duchessa ruhig. »Außerdem handelt es sich bei Guido um einen besonderen Fall. Er hat versucht, mich zu töten.«

Guido senkte den Kopf und merkte, wie ihm das Blut in die Wangen stieg. Es wäre ihm lieber gewesen, sie hätte nicht so geredet, aber er nahm es als Teil seiner Strafe hin. Beide Brüder hatten unwillkürlich mit der Hand zu den Merlino-Dolchen in ihren Gürteln gegriffen, die Guido sofort entdeckt hatte, da er gewissermaßen ein Experte war und die Kunstfertigkeit der Messer bewunderte.

»Seid nicht albern, Jungs«, sagte die Duchessa mit einem Blick auf die besorgt gerunzelten Stirnen der beiden Brüder. »Er ist ein Bekehrter. Die Sache ist die: Ich will, dass er eine Weile untertaucht. Sagen wir, es fügt sich gut in meine Pläne. In der Schule fällt er nicht weiter auf – ihr müsst zugeben, dass er gut hineinpasst.«

Es gelang Guido nicht, seine Befangenheit loszuwerden, da ihn alle drei anstarrten und sein Aussehen taxierten. Er errötete bis an die Wurzeln seines rotblonden Haars, das in Talia schon ungewöhnlich genug war, um ihn als hübsch einzustufen, selbst wenn er nicht so eine schlanke Figur und so ebenmäßige Züge gehabt hätte.

»Aber, aber, Fiorentino, werd doch nicht eifersüchtig. Du weißt doch, dass all das längst hinter mir liegt«, sagte die Duchessa lachend. »Abgesehen davon spricht mich versuchter Mord nicht gerade an.«

»Was willst du von uns?«, fragte Egidio geradeheraus.

»Dass ihr ihm unter eurem Dach ein Zimmer gebt«, erwiderte die Duchessa. »Du oder Fiorentino. Und dass ihr ihm die

Grundbegriffe des Mandola-Fahrens beibringt, damit er mit seiner Ausbildung nicht hinterherhinkt. Und dass ihr ihn vor unerwünschter Aufmerksamkeit abschirmt, vor allem aus der remanischen Ecke.«

»Für dich, das weißt du, Silvia, tun wir alles. Wenn du das wirklich willst«, sagte Egidio ernst.

»Und nun gebt mir doch noch so ein Stück Gebäck«, sagte Silvia. »Kommt das aus deinem Restaurant, Fiorentino?«

»Nicht direkt«, erwiderte dieser. »Ein Bäcker aus Burlesca macht es für mich – ich glaube, er heißt Bellini.«

»Wie interessant«, sagte die Duchessa nachdenklich und leckte sich dezent den Zucker von den Fingerspitzen. »Es kam mir gleich so bekannt vor.«

Arianna platzte fast vor Neugier zu erfahren, was am Abend zuvor mit Lucien geschehen war. Während seines Berichts von dem Attentatsversuch blieb ihr der Mund offen stehen. Sosehr sie sich auch eingeredet hatte, dass sie die Duchessa hasste, war sie doch entsetzt von der Geschichte.

»Und sie war die ganze Zeit in der Mandola?«, fragte sie. »Das auf der Brücke war eine Doppelgängerin? Ich wusste doch, dass da was nicht ganz stimmte – so, wie jeder sagt, dass sie immer noch so jung aussieht wie eh und je.«

Die Augen fielen ihr fast aus dem Kopf, als ihr Lucien den Merlino-Dolch zeigte.

»Das Glück der Göttin ist mit dir!«, sagte sie neidvoll und zog die Klinge bewundernd aus der Scheide.

»Das nennst du Glück, plötzlich einem Mörder gegenüberzustehen?« Lucien lächelte. Und als er jede Einzelheit des Mordversuchs mehrere Male erzählt hatte, verblüffte er sie nochmals mit den Neuigkeiten in seinem anderen Leben.

»Wie bitte?«, fragte Arianna ungläubig. »Sie kommen mit dir nach Bellezza?«

»Also, es ist nicht direkt Bellezza«, sagte Lucien. »Du weißt doch, in meiner Welt heißt es Venedig – so sagen wir zumindest dazu.«

Seine Eltern hatten sich königlich über ihre Überraschung gefreut. Sie waren offensichtlich überzeugt, dass er entzückt sein würde, und das war er auch. Sie würden alle für eine Woche nach Venedig fahren, und das schon bald. Lucien hatte in der zweiten Augusthälfte einen Termin im Krankenhaus und dazu mussten sie zurück sein.

»Ich habe mit Frau Dr. Kennedy gesprochen«, hatte seine Mutter berichtet, »und sie findet wohl, dass du erholt genug bist, um zu reisen, also haben wir die Flüge gebucht.«

»Super!« Lucien konnte es nicht erwarten, die magische Stadt in seiner eigenen Welt zu sehen und festzustellen, worin sie mit Bellezza, das er so gut kannte, übereinstimmte.

Aber er hatte Rodolfo noch nicht davon erzählt. Irgendwie hatte er das Gefühl, dass er nicht nach Bellezza würde reisen können, solange er nicht in seiner gewöhnlichen Umgebung war. Und er wusste nicht, ob er vielleicht gebraucht würde. Rodolfo war offensichtlich ebenfalls der Meinung, dass die Lage gefährlicher wurde, und er hatte Lucien gebeten, immer zuerst in den Palazzo zu kommen, bevor er nach Hause reiste.

»Du klingst ja so verhalten«, meinte Arianna. »Ich würde zu gerne mal in ein anderes Land reisen, wie z. B. in euer Anglia.«

»Vielleicht machst du das ja eines Tages«, sagte Lucien. »Oder du reist gar in eine andere Welt. Vielleicht wirst du eine Stravagante und kommst in meine Welt. Ich weiß nicht, warum Stravaganti immer nur Männer sein sollten. »

Arianna bekam leuchtende Augen. »Du hast recht! Es sieht

ja nicht so aus, als ob ich jetzt je Mandolier werden würde, aber ich wette, ich könnte ein Stravagante werden. Vielleicht frage ich Signor Rodolfo mal danach.«

Sie saßen in dem Lokal in der Nähe des verbarrikadierten Theaters, wo sie an dem Tag, als Lucien in Bellezza aufgetaucht war, Schokolade getrunken hatten. Der Mann hinter der Theke hatte sie ziemlich eingehend beobachtet. Als sie ausgetrunken hatten und gegangen waren, winkte er einen Mann herbei, der in einer Ecke saß und Aprikosenkuchen aß. Der kaute zu Ende, nahm seinen blauen Umhang und trat zu seinem neuen Freund an die Theke, um mit ihm zu reden.

Rinaldo di Chimici litt Höllenqualen. Seit dem Fest der Maddalena hatte er nichts mehr von dem jungen Attentäter gehört oder gesehen. War er mit der Hälfte der Belohnung, die er ja bereits erhalten hatte, durchgebrannt? Das Betragen der Duchessa gegenüber dem Botschafter hatte sich nicht verändert, was anzudeuten schien, dass überhaupt kein Attentatsversuch stattgefunden hatte, aber sie war eine so gewitzte Gegnerin, dass er sich nicht sicher sein konnte.

Besonders quälend war, dass er einfach nicht wusste, was geschehen war, und es auch nicht in Erfahrung bringen konnte. Schließlich beschloss er, Enrico ins Vertrauen zu ziehen.

Der Spitzel fühlte sich geschmeichelt. Es hatte ihn viel Zeit und Anstrengung gekostet, das Vertrauen des Botschafters zu gewinnen, und jetzt triumphierte er förmlich vor lauter Erfolgsgefühl. Insgeheim verspürte er nichts als Verachtung für den plumpen Versuch von di Chimici, die Duchessa zu beseitigen. Enrico kannte mindestens ein halbes Dutzend Männer, die das richtig erledigt hätten. Für entsprechendes Geld hätte er es sogar selbst gemacht.

Trotzdem, er war begeistert zu erfahren, dass seine Information den Plan für das Attentat überhaupt möglich gemacht hatte, und rasch beschloss er, noch etwas weiterzugeben, das er gerade herausgefunden hatte.

»Es gibt noch eine Möglichkeit, der Duchessa zuzusetzen, Exzellenz«, sagte er jetzt.

Di Chimici bat ihn mit einer Geste fortzufahren.

»Ihr wisst von dem Jungen, dem Lehrling von Signor Rodolfo?«

Der Botschafter nickte. »Fahre fort.«

»Also, der Senator scheint den Jungen sehr zu mögen. Und wir wissen ja ebenfalls, dass die Duchessa den Senator sehr mag, nicht wahr?«

Enrico grinste so anzüglich, dass di Chimici angewidert war. Auf seine Art war er äußerst standesbewusst und die Vorstellung, sich auf die Auskünfte dieses unangenehmen, kleinen Wichtes verlassen zu müssen, stieß ihn ab. Doch er konnte es sich nicht leisten, wählerisch zu sein. Er nickte.

»Würdet Ihr also nicht auch annehmen, dass die Dame sich grämen würde, wenn über dem Schützling ihres Angebeteten die Todesstrafe schweben würde?«

»Zweifelsohne«, bestätigte di Chimici, »aber wie könntest du so etwas hinbekommen?«

Enrico tippte sich an den Nasenflügel. »Verlasst Euch auf mich. Ich habe einen Plan. Wir wissen, dass der Junge nicht aus Padavia stammt. Aber aus Bellezza kommt er ganz offensichtlich auch nicht.«

»Wieso ist das wichtig?«, fragte di Chimici, der eine ziemlich bestimmte Ahnung hatte, dass Lucien aus einer Gegend kam, von der Enrico noch nie gehört hatte.

»Wisst Ihr nicht Bescheid über den Verbotenen Tag?«, fragte

Enrico. »Dieser Junge war am Tag nach der Vermählung mit dem Meer in Bellezza. Ich habe einen Zeugen. Wenn er nicht in Bellezza geboren wurde, dann hat er sein Leben verspielt.«

Jetzt, wo sie wusste, dass er in Sicherheit war, und nachdem sich die Aufregung über das versuchte Attentat gelegt hatte, beschloss Arianna, dass sie sehr böse mit Luciano war.

»Weißt du eigentlich, dass ich mich wegen dir zu Tode geängstigt habe?«, sagte sie, als sie zu Rodolfos Palazzo zurückgingen. »Und dabei hast du nichts als Abenteuer gehabt. Bestimmt bist du jetzt in den Augen der Duchessa ein Held und außerdem hast du so viel Silber erbeutet. Und eine Merlino-Klinge«, fügte sie hinzu und warf einen neidischen Blick auf den Dolch des Mörders, der an seinem Gürtel hing. »Und ich musste allein nach Hause gehen und auch noch vor meiner Tante behaupten, dass du mich bis zur Tür gebracht hättest.«

»Ich konnte doch nichts dafür«, sagte Lucien unwillig. »Als das Feuerwerk zu seinem Höhepunkt kam, bin ich irgendwie durchgedreht, und als ich dann in der Mandola war, blieb keine Zeit zum Überlegen. Spaß hat mir das nicht gemacht, das kann ich dir sagen.«

So waren sie noch nie aneinandergeraten und den Rest des Weges verbrachten sie schweigend.

Guido Parola brachte seine Habseligkeiten in Egidios Haus, nachdem die Duchessa für seinen Vater eine Betreuerin besorgt hatte. Er war erleichtert; hier fühlte er sich sicher. In der Scuola Mandoliera oder im Haus der Brüder, von dem man den kleinen Kanal überblicken konnte, würde er wohl kaum unverhofft auf den remanischen Botschafter stoßen. Er war noch am selben Tag angemeldet worden, wobei Egidio und Fiorentino für ihn bürgten. Jetzt waren sie wie zwei zusätzliche Paten für ihn. Es hatte einen ungemütlichen Moment gegeben, nachdem die Duchessa gegangen war und als Egidio dem jungen Mann klargemacht hatte, was genau mit ihm passieren würde, wenn er je wieder die Hand gegen sie erhob. Doch inzwischen waren sie Freunde geworden.

Und nun sollte er seine erste Stunde auf dem Wasser haben, noch bevor das Tageslicht nachließ.

»Du bist ein Naturtalent!«, sagte Fiorentino nach einer Stunde in der Mandola, in der Guido gefahren war. »Natürlich musst du noch das ganze Geschwätz lernen, aber ich denke, aus dir machen wir einen Mandolier.«

Egidio nickte. »Und jetzt gehen wir alle zusammen und essen in deinem Gasthaus, Bruder.«

Rodolfo hatte jetzt einen seiner Spiegel in Dauerstellung auf Montemurato gerichtet. Er war auf William Dethridge eingestellt und folgte ihm bei seinen Gängen durch die ummauerte Stadt. Seit dem Anschlag auf Silvias Leben war Rodolfo krank vor Sorge um ihre Sicherheit und er glaubte, der alte Stravagante habe vielleicht ein paar Vorschläge. Doch Dethridge hatte solche Angst, nachdem er in seiner Welt dem Tod als Hexer nur soeben entkommen war, dass er den gleichen Vorurteilen in Talia zum Opfer fallen könnte. Jetzt, wo er sich nicht mehr durch das Fehlen seines Schattens verriet, schien er entschlossen, sich überhaupt so unauffällig wie möglich zu verhalten.

Aber ehe Rodolfo und Lucien Montemurato verlassen hatten, hatte Rodolfo William Dethridge einen Handspiegel gegeben. Der Elisabethaner hatte ihn nur zögernd angenommen – erst als er sich klargemacht hatte, dass so ein Spiegel in seiner Habe wohl kaum ein belastendes Objekt war.

Jetzt versuchte Rodolfo Kontakt mit Dethridge aufzunehmen. Er stand da und starrte in den Montemurato-Spiegel und murmelte Beschwörungsformeln, bis das Gesicht von William Dethridge erkennbar wurde. Sein Ausdruck verriet pures Entsetzen.

»Meister Rudolphe«, stieß der alte Mann hervor. »Gott sei Dank! Ihr müsst mir helfen!«

»Was ist los?« Rodolfo war sofort beunruhigt.

»Sie bauen einen Scheiterhaufen«, sagte Dethridge. »Und ich habe Angst, dass er für mich bestimmt ist!«

Kapitel 13

Ein Todesurteil

Die Reise nach Venedig rückte näher; Lucien hatte nur noch ein paar Tage, sich innerlich darauf einzustellen und Rodolfo darauf vorzubereiten, dass er eine Zeit lang wahrscheinlich nicht nach Bellezza kommen könne. Er war richtig aufgeregt, die echte Stadt kennenzulernen, und wenn er ehrlich zu sich selbst war, musste er zugeben, dass es ihm nichts ausmachte, eine Weile mit seinen nächtlichen Abenteuern auszusetzen. Immer wenn er tagsüber ohne Zeitreiseunterbrechung schlief, wurde er von Albträumen von dem Mann mit dem Dolch auf der Mandola heimgesucht.

Er konnte es nicht fassen, als Rodolfo ihm sagte, dass der Attentäter frei und jetzt in der Scuola Mandoliera sei.

»Aber wieso denn? Ist er nicht sehr gefährlich?«

»Jetzt nicht mehr«, sagte Rodolfo. »Er frisst Silvia praktisch aus der Hand.«

»Aber soll er nicht bestraft werden? Und was ist mit dem, der ihn gedungen hat? Es muss doch dieser di Chimici gewesen sein, oder nicht?« Lucien wurde von dem Gefühl beschlichen, dass sich der Ruhm seiner einzigen Heldentat, auch wenn diese eher dem Zufall zu verdanken war, allmählich wieder auflöste.

»Ich glaube schon, dass Parola seine Strafe bekommt«, sagte

Rodolfo. »Wenn es ihm wirklich leidtut, was könnte dann schlimmer für ihn sein, als mit seinem Verrat leben zu müssen? Und was di Chimici angeht: Silvia wollte einen Schauprozess veranstalten, doch ich habe sie überzeugt, dass es raffiniertere Wege gibt, sich an einem Feind zu rächen. Und sie hat mir zugestimmt, dass die Bevölkerung nichts von den Doubles erfahren soll.«

»Sie meinen also nicht, dass sie jetzt noch in Gefahr schwebt?«, fragte Lucien.

»Das würde ich nicht behaupten«, sagte Rodolfo finster. »Aber immerhin vielleicht nicht unmittelbar.«

»Die Sache ist nämlich die«, erklärte Lucien, »dass ich bald für eine Weile nicht nach Bellezza kommen kann. Meine Eltern nehmen mich auf eine Ferienreise ins Ausland mit. Ich werde ja wohl nicht nach Talia kommen können, wenn ich nicht in England starte, oder?«

Rodolfo sah ihn eindringlich an. »Dann erholst du dich also daheim in deiner Welt?«, fragte er.

»Es scheint so«, erwiderte Lucien.

»Und wohin fahren sie mit dir?«

»Nach Venedig«, sagte Lucien.

Rodolfo lächelte. »Du wirst also die ganze Zeit in Bellezza sein, sozusagen. Und wenn du zurückkommst, kannst du mir erzählen, ob unsere Stadt in eurer Zeit immer noch so herrlich ist.«

William Dethridge ließ sein Pferd auf dem Festland zurück und nahm die Fähre nach Bellezza. Er hatte Montemurato mitten in der Nacht verlassen, immer noch in der angstvollen Annahme, dass sein Leben in höchster Gefahr war. Nun wollte er sich – wie er sagte – zu »Meister Rudolphe« begeben, wo er das Gefühl hatte, mehr in Sicherheit zu sein. Selbst nach anderthalb Jahren konnte er das Talia der jetzigen Zeitebene nicht von dem Italien seiner Zeit trennen.

In Italien herrschte damals genau wie im elisabethanischen England Hass und Misstrauen gegenüber jeglicher Art von Magie und Aberglauben. Unabhängig davon, dass die Königin ihren eigenen Astrologen hatte, der ihren Krönungstag in Übereinstimmung mit den Sternen gewählt hatte. Inzwischen wurde das Unerklärliche gleichgesetzt mit dem Unerlaubten und jeder, der wie er selbst irgendwelche Verbindungen zu Italien hatte, stand automatisch unter Verdacht. Italien galt nämlich als das Land, in dem die großen Meister des Okkulten lebten – und das übrigens in beiden Parallelwelten.

Dethridge vertraute Rodolfo und hielt ihn für den mächtigsten Stravagante in Talia. Wenn sich Talia nun unter den Chimici auch von der Magie abwandte, dann mochte die Verbindung zu Rodolfo allerdings gefährlich werden, doch Dethridge zog es vor, der Macht des Magiers zu trauen, statt in Montemurato zu bleiben. Wohin er sich auch wandte, hörte er das Wort »strega« – »Hexe«! Und im Zentrum der Stadt baute man einen Scheiterhaufen auf.

Dethridges Angst vor dem Feuertod war äußerst mächtig, seit er ihm in seinem Heimatland mit knapper Not entkommen war. Dass er seinen Schatten zurückbekommen hatte und nun in Talia festsaß, hatte seine Seelenruhe zusätzlich aus dem Gleichgewicht gebracht. Er konnte es nicht ertragen, an Frau und Kinder zu denken, die er nicht mehr wiedersehen würde, und er konnte auch nicht glauben, dass er vor Verfolgungen sicher war. Als er also sah, wie das Feuer vorbereitet wurde, nahm er sofort an, dass jemand in Montemurato wusste, was er war – oder besser, gewesen war.

Jetzt, da sich die Morgendämmerung näherte und das Schiff der leuchtenden silbernen Stadt näher kam, konnte er seit Tagen zum ersten Mal wieder aufatmen. Es war fast unmöglich, zu glauben, dass ein so schöner Ort auch gefährlich sein konnte.

Bei einem Glas seines Lieblingsgetränks festigte Enrico die Freundschaft mit Giuseppe, dem Spion der Duchessa. Die beiden Männer waren sich mehrfach begegnet seit jener ersten Nacht, als ihr Auftrag beide zu den Pforten der Leonora Gasparini geführt hatte, und sie hatten ihre Informationen ausgetauscht. Jetzt schütteten die zwei in der kleinen Taverne in der Nähe des verbarrikadierten Theaters Strega in sich hinein. Im Laufe des Abends wurden sie immer vertrauter miteinander und auch mit dem ansonsten so übellaunigen Wirt hinter der Theke.

»Ancora!«, lallte Enrico. »Noch einen, der geht auf mich. Und nimm du auch einen, mein Freund mit der Flasche. Ich geb dir einen aus.«

Kein Mensch in Bellezza sagte jemals Dinge wie »Glaubst du nicht, dass du schon genug getrunken hast?«. Es gab ja keine Autos, die von alkoholisierten Bürgern gefahren wurden, nicht mal Pferdekutschen. Die Betrunkenen gefährdeten also keinen außer sich selbst. Das Schlimmste, was einem angetrunkenen Bellezzaner geschehen konnte, war, in den Kanal zu fallen. Und wenn das passierte, half in neun von zehn Fällen der Schock des kalten Wassers, um ihn wieder nüchtern zu machen.

Tatsächlich war auch Enrico schon so etwas passiert. Heute war er jedoch nicht so betrunken, wie er tat. Er benötigte Informationen, die nur Giuseppe und der Wirt liefern konnten, und er wurde allmählich zu gut als Spion, um so eine Gelegenheit verstreichen zu lassen.

»Ihr wisst doch, der Bursche, von dem wir es kürzlich hatten«, sagte er jetzt zu dem Wirt, denn der geeignete Moment schien ihm gekommen. »Der, von dem ihr behauptet habt, dass er an der Giornata Vietata hier gewesen ist«, raunte er mit gesenkter Stimme.

»Was soll mit ihm sein?«, fragte der Wirt und sah sich nervös in der Bar um. Davon zu reden war gefährlich.

»Also, ihr erinnert euch doch an das Mädchen, das beide Male bei ihm war?«

»Die hübsche Kleine?«, sagte der Wirt. »Ja, die kenn ich. Wohnt mit ihrer Tante an der San Sulien.«

Enrico warf seinem neuen Freund einen triumphierenden Blick zu. Das ging ja leichter als erwartet. »Siehst du, Beppe? Das ist sie nämlich. Die, der du auf die Inseln gefolgt bist. Erzähl doch unserem Freund hier mal, was du rausgefunden hast.«

»Sie lebt nur diesen Sommer bei ihrer Tante«, sagte Giuseppe. »Geboren ist sie auf Torrone. Ihre Eltern leben immer noch dort.«

»Seht ihr!«, flüsterte Enrico. »Noch eine Verräterin! Also waren beide am Verbotenen Tag in der Stadt.«

Dem Wirt wurde unbehaglich. Ein Junge – das war eine Sache; er war ja schon fast ein Mann. Aber so ein junges Mädchen, das auch noch so hübsch war – das wollte er nicht unbedingt auf dem Gewissen haben.

»Ihr würdet doch beide vor dem Rat aussagen, ja?«, fragte Enrico und nahm seine Börse heraus, um die Getränke des Abends zu zahlen. Die beiden anderen Männer bemerkten, dass sie schwer war vor Silberstücken. »Die gleichen Bedingungen wie bei dem Jungen«, sagte er zu dem Wirt. »Die Hälfte jetzt und die andere, wenn du ausgesagt hast.«

Der Wirt leckte sich die Lippen. Immerhin war es ja nicht recht, die jungen Leute mit so blasphemischen Vergehen davonkommen zu lassen. Jeder in Bellezza kannte die Regeln des Verbotenen Tages. Er nickte zwar nur unmerklich, doch das genügte Enrico.

»Ancora!«, rief er so laut er konnte. Jetzt hatte er zwei Zeugen, die das Schicksal des Lehrlings von Rodolfo und seiner kleinen Freundin besiegeln würden. Und das Beste daran war, dass die Duchessa, die dem Rat vorsaß, ihr Todesurteil selbst aussprechen musste. Sie konnten einzig und allein gerettet werden, wenn Bellezza der Republik beitrat. Dann würden die Gesetze des Staatenbundes die provinzielle Rechtsprechung Bellezzas überlagern.

Auf diese Weise würde der größte Freund und Bewunderer der Duchessa auf die Seite von Chimici gezogen. Er würde versuchen, sie zu überreden, den Vertrag zu unterzeichnen, damit der Junge gerettet werden konnte. Und der Junge würde Rodolfo überreden, wegen des Mädchens. Gut gemacht. Absolut wasserdicht. Enrico kippte noch ein Glas hinterher; jetzt musste er keinen kühlen Kopf mehr bewahren. Er würde Giuliana sagen, dass sie morgen die Aussteuer bestellen konnte.

Arianna war traurig. Es waren nur noch ein paar wenige Nachmittage übrig, die sie mit Lucien verbringen konnte, doch nachdem sie sich gestritten hatten, wusste sie nicht mal, ob ihr die blieben. Natürlich würde er nur eine Woche lang nicht kommen, doch sie wusste, dass alles anders sein würde, wenn er wieder kam. Der Sommer würde zu Ende gehen und sie würde in ihr Leben auf Torrone zurückkehren müssen.

Sie wusste nicht, wie sie das ertragen sollte. Kaum war sie sechzehn, würde Druck auf sie ausgeübt werden, sich zu verheiraten, doch nach der Freundschaft mit dem Jungen aus der anderen Welt wusste sie keinen in Talia, der ihr gepasst hätte.

Sie stieß einen tiefen Seufzer aus, dann schüttelte sie sich. Das war gar nicht bellezzanische Art. Lebe im Augenblick! Erfreu dich des Tages. Als Lucien am Brunnen eintraf, erwartete ihn Arianna mit dem üblichen Funkeln in den Augen und man sah ihr die Niedergeschlagenheit von eben nicht mehr an. Sie war so erleichtert, ihn zu sehen, dass sie auch gar nicht von ihrem Streit anfing.

»Heute gehen wir mal ganz woandershin«, sagte sie sofort und führte ihn aus dem Garten durch ein Gewirr von Gassen zu einem Fleck am Großen Kanal hinunter, wo sie eine Fähre nehmen konnten. Die Fähren waren wesentlich billiger als die Mandolas, genau wie im Venedig in der Welt Luciens. Wie bewegliche Brücken fuhren sie kreuz und quer über den Großen Kanal.

Auf der anderen Seite angekommen, machten Arianna und Lucien nicht halt, um das Viertel zu erforschen. Sie liefen rasch hindurch und befanden sich alsbald neben einem anderen Kanal, den sie auf einer steinernen Brücke überquerten. Auf der anderen Seite befand sich ein Liegeplatz für Boote. Hier lag ein halbes Dutzend schwarzer Mandolas auf dem Trockenen.

»Was ist das hier für ein Ort?«, fragte Lucien.

»Der Squero di Florio e Lauro«, sagte Arianna. »Das waren zwei Heilige. Schau – die große Kirche da drüben ist ihnen geweiht.«

»Wer waren sie?«, fragte Lucien. Er kannte nicht so besonders viele Heilige und von diesen beiden hatte er mit Sicherheit noch nie gehört.

»Ach, irgendein Zwillingspaar«, sagte Arianna obenhin. »Sie haben die Insel angeblich vor Eindringlingen gerettet, indem sie gebetet haben. Aber einige glauben, dass sie die himmlischen Zwillinge waren – du weißt schon, die von dem Sternbild.«

»Und sind sie die Schutzheiligen oder Schutzgötter der Mandolas?«, wollte Lucien wissen, der den unkomplizierten Umgang der Bellezzaner mit Religion allmählich kannte.

Arianna zuckte mit den Schultern. »Ich glaube nicht. Der Platz heißt einfach nur so, weil er in der Nähe der Kirche liegt.«

Die Kielseiten der Mandolas wurden abgekratzt und frisch kalfatert. Doch hinter ihnen entdeckte Lucien eine neue Mandola, die gerade im Bau war. Es war das schönste Gefährt, das er je gesehen hatte. Die Mandola war schwarz wie alle anderen, aber in ihren Formen lag etwas besonders Anmutiges. Lucien wurde von dem Wunsch ergriffen, in ihrem Heck zu stehen und sie durch die bellezzanischen Wasserstraßen zu führen. Er sah sich um und bemerkte, dass Arianna ähnlich sehnsuchtsvolle Augen hatte. Sie grinste ihn an und er lächelte zurück. Wer weiß?, dachte er. Vielleicht würde er eines Tages eine Mandola in Bellezza besitzen – so eine oder eine ganz ähnliche.

Als Lucien zu seiner letzten Vormittagssitzung vor seinem Ausflug nach Venedig bei Rodolfo auftauchte, fand er zu seiner Überraschung William Dethridge in einem Sessel vor.

»Sei gegrüßt, junger Lucien«, sagte der alte Mann. »Du hast mich hier wohl nicht erwartet?«

»Nein, aber ich freue mich, Sie zu sehen.« Etwas verlegen schüttelte Lucien Dethridge die Hand.

»Euer Lehrling beträgt sich artig«, sagte der betagte Herr anerkennend zu Rodolfo, der bei seinen Spiegeln stand.

Rodolfo kehrte zurück und lächelte die beiden an.

»Es ist mir eine Ehre, zwei Stravaganti aus der anderen Welt in meinem Laboratorium zu haben«, sagte er.

»Aber nein«, wehrte Dethridge ab. »Ein Stravagante bin ich nicht mehr. Nur noch ein Naturphilosoph.«

»Ist Euch je eingefallen, dass Ihr von hier aus als Stravagante zurückkehren könntet?«, fragte Rodolfo.

Dethridge wurde blass. »Nie würde ich in jene erschreckende Welt zurückkehren, wo sie mich verbrennen wollten.«

»Aber nein«, beruhigte ihn Rodolfo. »Als Stravagante von hier aus würdet Ihr in der Zukunft Eurer alten Welt landen. Ihr würdet in der Zeit von Luciano ankommen – als Besucher des einundzwanzigsten Jahrhunderts. Ihr bräuchtet nur einen Talisman, der aus jener Welt stammt. Ich nehme doch an, Ihr habt immer noch die Kupferschale?«

Dethridge zog sie aus seinem Wams hervor. So ein gewöhnliches Ding war der Auslöser für die ganze Geschichte mit der Stravaganza, dachte Lucien. Und jetzt betrachtete der Elisabethaner die Schale, als sei sie der wertvollste Gegenstand, den er je gesehen hatte.

»Ich danke Euch, Meister Rudolphe. Ihr gebt mir die Hoffnung, dass ich entfliehen kann, sollten die Dinge hier fatal verlaufen. In der Zeit von unserem jungen Lucien werden also keine Hexen mehr verbrannt?«

»Nein«, sagte Lucien. »Ich habe aber Leute gesehen, die sich Hexen nennen. Im Vorabendprogramm im Fernsehen.«

Die beiden Männer sahen ihn an, als spräche er von okkulten Geheimnissen.

»Aber lassen wir das jetzt«, sagte Rodolfo. »Ich glaube, ich habe die Gründe für Eure Befürchtungen in Montemurato entdeckt, Dottore.«

Er bat sie hinüber an die Spiegel und deutete auf denjenigen, den er auf die Stadt mit den zwölf Türmen ausgerichtet hatte. Das Bild zeigte den Scheiterhaufen inmitten des Marktplatzes. Während sie zusahen, hoben winzige Gestalten etwas, das wie eine Vogelscheuche aus Stroh aussah, auf das zusammengetragene Reisig.

Lucien begriff. »Das ist ja ein Guy!«, rief er. »Sie verbrennen nur einen Guy, Doktor Dethridge, keine Person. Sie wissen doch, genau wie in England am Guy-Fawkes-Tag. Zur Erinnerung an das Komplott im Parlamentsgebäude. Und danach wird ein Feuerwerk veranstaltet, das allerdings nichts ist im Vergleich mit dem von Rodolfo.«

Er sah auf und blickte in zwei verständnislose Gesichter. Luciens Geschichtswissen wurde bei seinen Zeitreisen wirklich hart auf die Probe gestellt! »Ach so, die Verschwörung hatte wahrscheinlich noch nicht stattgefunden, als Sie England verlassen haben«, wandte er sich an Dethridge. »Er hat versucht, das Parlamentsgebäude in die Luft zu sprengen. Ich glaube, es war eine katholische Verschwörung.«

Dethridge war offensichtlich sprachlos.

»Ah, ja, die Katholiken«, sagte Rodolfo. »Über die wollte ich noch mit Euch sprechen, Dottore. Aber um auf Montemurato zurückzukommen: Die Figur auf dem Holzhaufen ist tatsächlich nur die Puppe einer Hexe, wie Lucien vermutet hat. Es handelt sich um ein harmloses Festchen – die Festa della Strega –, das jedes Jahr um diese Zeit in Montemurato abgehalten wird. Es steht im Zusammenhang mit der Geschichte um eine Hexe, die angeblich vor hundert Jahren über die Mauern geflogen kam und einen Fluch über die Stadt brachte. Sie bannen den Fluch, indem sie einmal im Jahr die ›Hexenverbrennung‹ zelebrieren und dazu eine Menge von diesem Schnaps trinken, der auch Strega heißt. Ihr müsst kurz nach dem letzten Fest nach Montemurato gezogen sein, Dottore. Daher habt Ihr es bisher noch nicht miterlebt.«

Dethridge entspannte sich. »Es werden in Talia also keine Menschen wegen Zauberei verbrannt?«

Rodolfo antwortete nicht sofort. Er wollte den alten Mann offensichtlich nicht beunruhigen. »Früher schon«, sagte er schließlich. »Doch dann wurden die Dinge besser. Es gibt so viel, was Ihr in Eurer Welt Magie nennt und wir in Talia Wissenschaft. Doch die Chimici haben Angst und Hass geschürt gegen das, was ich hier mache. Ich glaube, es wird nicht mehr lange dauern, bis sie anfangen, die Stravaganti zu verfolgen, und wenn es nur ist, um ihnen ihre Geheimnisse zu entreißen. Doch vorerst habt Ihr nichts zu befürchten.«

»Komm – wir verpassen noch das Flugzeug«, sagte Dad, als Mum zum x-ten Mal die Pässe, Flugtickets und das Geld kontrollierte. Lucien zögerte lang, ob er das Notizbuch mitnehmen sollte, doch es erschien ihm nicht sicher, es zurückzulassen. Er wollte es lieber bei sich haben.
Zu guter Letzt waren sie auf dem Weg zum Flughafen. Die meiste Zeit des Fluges verbrachte Lucien dösend. Sein Tag in Bellezza letzte Nacht war anstrengend gewesen. Erst hatte er mit den beiden Meistern die Regeln der Stravaganza untersucht, jeder aus seiner Warte, dann hatte er den Nachmittag damit verbracht, mit Arianna den Süden der Stadt zu erkunden, und war schließlich ins Laboratorium zu-

rückgekehrt, um von dort aus in seine eigene Welt zu gelangen.

Sie landeten auf einem viel kleineren Flughafen als Heathrow und fuhren mithilfe von Mums Stadtführer per Bus nach Venedig hinein. Als ihr Bus über den Damm fuhr, musste Lucien an seine Bootsfahrt mit Rodolfo denken, als sie nach Montemurato gefahren waren. Der Damm machte die Reise in die Stadt natürlich viel einfacher.

»Jetzt besteigen wir ein Vaporetto!«, sagte Mum triumphierend. Sie hatte sich gut vorbereitet und führte sie zu einem Anleger, um die Linie 82 zu nehmen. »Die bringt uns den ganzen Canal Grande entlang bis zum Markusplatz«, sagte sie zuversichtlich. Und es stimmte.

Während der gesamten Kanalfahrt konnte Lucien kein Wort hervorbringen, obwohl ihm das Herz auf der Zunge lag. Das hier war seine Stadt und auch wieder nicht. Der Kanal war so voll von Vaporetti, Barkassen und Motorbooten, dass er eine Weile brauchte, um die Gondeln zu entdecken. Doch da waren sie, schwarz und schlank. Wenn sich Lucien auf sie alleine konzentrierte, schien es, als sei er tatsächlich in Bellezza. Außer dass die meisten Gondolieri viel zu alt und fett waren, um der Duchessa zu gefallen. Lucien musste laut loslachen.

»Was ist denn so komisch?«, fragte Dad.

Lucien grinste nur breit.

Seine Eltern warfen sich zufriedene Blicke zu. Sie wussten nicht, worüber er lachte, aber sie konnten sehen, wie er vor Glück strahlte.

Lucien konnte seinen Schatten auf den Bodenbrettern des Vaporetto sehen, und das erfüllte ihn mit Freude.

Das Klopfen an der Tür war laut und bestimmt. Das Mädchen öffnete und wurde grob zur Seite gestoßen. Die zwei Stadtwachen schoben sich an ihr vorbei und drängten hinaus in den Garten mit dem Brunnen, wo Leonora saß und versuchte, ihrer Nichte beizubringen, wie man eine Borte aus Erdbeerblättern stickte. Arianna war fast erleichtert, die Männer zu sehen, bis einer von ihnen sagte: »Wir haben einen Haftbefehl für Arianna Gasparini wegen Hochverrats.«

Leonora ließ den Stickrahmen fallen. »Was soll das für ein Unsinn sein?«, fragte sie. »Meine Nichte ist noch keine sechzehn. Wie kann sie denn eine Gefahr für das Herzogtum bedeuten?«

»Indem sie eines seiner ältesten Gesetze missachtet hat«, sagte der Wächter streng. »Es gibt Beweise, dass sie an der Giornata Vietata in der Stadt war und dass sie keine Bürgerin von Bellezza ist.«

Tante Leonora errötete und ihre Hand flog zum Mund. Doch Arianna blieb bewegungslos sitzen. Sie hatte schließlich um das Risiko gewusst, als sie beschlossen hatte, sich vor drei Monaten in der Santa Maddalena zu verstecken. Jetzt wusste sie, dass sie für die Folgen einstehen musste.

Zwei andere Wachleute hämmerten an die Tür von Rodolfos Laboratorium.

»Öffnet die Tür! Im Namen der Stadtwache von Bellezza! Wir haben einen Haftbefehl!«

Sie wollten gerade die Tür eintreten, als Rodolfo sie hereinließ. In der Erwartung, einen Jüngling vorzufinden, sahen sie sich im Raum um, doch sie fanden nur einen gebeugten alten Mann.

»Wo ist der Junge?«, fragte der Ältere der Wachen. »Wir haben einen Haftbefehl für einen gewissen Luciano, Nachname unbekannt, wegen Hochverrats.«

»Der junge Lucien!«, sagte der alte Mann und reckte sich aus dem Sessel. »Was könnte denn solch ein Jüngling für Verrat ausüben? Ihr müsst Euch täuschen.«

»Wir täuschen uns nicht, alter Mann«, sagte der zweite der Wachen. »Senator, Ihr kümmert Euch um den Jugendlichen?«

»Er ist mein Lehrling, in der Tat«, gab Rodolfo zu.

»Und wo ist er dann? Sollte er jetzt nicht hier bei seinem Unterricht sein?«

»Er ist irgendwo in der Stadt unterwegs«, sagte Rodolfo, was gewissermaßen der Wahrheit entsprach. »Zeigt mir den Haftbefehl.«

Er las das Pergamentstück, und als er die Worte »Giornata Vietata« entdeckte, erschrak er, doch blieb er äußerlich ruhig.

»Wir halten nachmittags keinen Unterricht ab«, sagte er und reichte das Schriftstück zurück. »Hier könnt Ihr nicht warten.«

»Doch, das können wir«, sagte der erste Wächter.

»In dem Fall werden mein Freund und ich ausgehen«, erwiderte Rodolfo ruhig.

»Das dürft Ihr nicht«, bestimmte der zweite Wächter.

»Ach ja?« Rodolfo hob eine Augenbraue. »Habt Ihr auch einen Befehl für meine Inhaftierung? Und einen für diesen ehrenwerten anglianischen Dottore, Guglielmo Crinamorte?«

Dethridge sah den Senator verwundert an, doch er erhob sich und begleitete ihn zur Tür.

»Alfredo«, sagte Rodolfo zu seinem Diener, der gleich hinter der Tür stand. »Bitte kümmere dich um meine Gäste. Sie werden einige Zeit hier sein, sieh also zu, dass sie alles bekommen, was sie möchten. Nach Euch, Dottore.«

Und die zwei Stravaganti gingen hoch erhobenen Hauptes zur Tür hinaus.

Erst am Fuße der Treppe sagte Rodolfo: »Schnell, in meine Mandola. Ich rudere selbst. Wir müssen so schnell wie möglich zu Silvia. Gott sei Dank, dass der Junge nicht in Talia ist.«

Die Mulhollands wohnten in einem kleinen Hotel auf der Calle Specchieri. Der Aufzug war so winzig, dass nur drei Personen auf einmal hineinpassten. Damit fuhr also die Familie hinauf, während ein Hotelboy in roter Livree mit ihrem Gepäck die Treppe erklomm. Ihre Zimmer lagen nebeneinander im dritten Stock. Dad gab dem Hotelboy ein riesiges Trinkgeld.

Der Junge war fünf Minuten später schon wieder zurück. Er trug ein Tablett mit drei schlanken Gläsern und einer Flasche in einem Sektkühler. Lucien war im Zimmer seiner Eltern und öffnete gerade ihre Fensterläden, um die Aussicht in Augenschein zu nehmen.

»Ich habe nichts bestellt«, sagte Dad. »Es muss sich um einen Irrtum handeln.«

»Offerto della casa«, sagte der Hotelboy und grinste.

»Das ist Prosecco«, erklärte Lucien. »Es ist ein bisschen wie Sekt. Und ich glaube, er hat gesagt, das sei ein Gruß vom Hotel.«

»Vom 'otel, si«, wiederholte der Boy. »Salute!«

Und schon war er wieder weg. Dad zuckte mit den Schultern und öffnete die Flasche mit einem Knall. Er schenkte drei Gläser des gekühlten Weines ein und reichte Lucien das kleinste.

»Ich merke schon, dass du uns hier sehr zustattenkommst. Auf dein besonderes Wohlergehen!«
»Prost!«, sagte Lucien.

In Talia schlug die Tür in einem der Kerker der Duchessa zu. Arianna wartete, bis die Tritte der Wachen verhallt waren, dann warf sie sich auf einen Strohhaufen und brach in Tränen aus.

Kapitel 14

Die Seufzerbrücke

Die Mulhollands waren an ihrem ersten Morgen in Venedig früh auf, weil sie beschlossen hatten, den Touristenschwärmen auf der Piazza San Marco zuvorzukommen. Sie waren fast die Ersten in der Schlange vor der Basilika und verbrachten eine Weile in ihrem schattigen Inneren. Lucien war von den Mosaiken nicht so beeindruckt wie seine Eltern. In Gold kamen sie ihm zu kitschig vor, da er an das kühle Silber der Mosaiken in der Basilika der Maddalena von Bellezza gewöhnt war.

Schon bald verschwand er über die gefährlich steilen Stufen zum Museum hinauf, in dem die vergoldeten Bronzepferde standen, trat hinaus auf den Altan, wo sich die Kopien befanden, und blickte von dem Versteck Ariannas im bellezzanischen Pendant aus über den Platz. Der Blick war atemberaubend. Der Himmel war von einem unglaublichen Postkartenblau, in dem die plötzlich auffliegenden Tauben über dem Platz und die kreisenden weißen Möwen über der Lagune herumwirbelten. Elegante schwarze Gondeln schaukelten auf dem Wasser vor der Piazzetta dahin und der Heilige und sein geflügelter Löwe standen auf der hohen Säule und bewachten die Stadt.

Und dennoch. Für Lucien war das hier nicht mehr die echte

Stadt. Sie war atemberaubend schön und um einiges sauberer als Bellezza, aber für Lucien war sie wie das Gemälde in einer Galerie, verglichen mit dem Original. Es war schwer zu glauben, dass sich das Wasser tatsächlich bewegte, dass die Vögel flogen und dass die Touristen über den Platz wanderten.

Er traf seine Eltern am Portal der Kirche wieder. Seine Mutter hatte ihren Kunstführer in der Hand. »Das war wunderbar. Aber nun lasst uns zum Dogenpalast gehen.«

Sie gingen in Richtung Wasser und schlängelten sich zwischen anderen Touristen und den Tauben zu ihren Füßen hindurch. Die Buden mit ihren grellen Narrenkappen und goldlackierten Gondeln mieden sie. Der rötliche Palast am Rande der Piazzetta zog ebenfalls wieder eine Menge Touristen an und es bildete sich erneut eine Schlange.

Der Höhepunkt der Führung war der Gang über die überdachte Seufzerbrücke, die zu den Verliesen des Dogen führte und auf der man den Weg der verzweifelten abgeurteilten Gefangenen beschritt. Auch hier gab es eine lange Schlange. Doch seit sie den Palast betreten hatten, hatte Lucien ein ungutes Gefühl. Die Staatsgemächer mit ihren holzgetäfelten Wänden und den riesigen Gemälden, die vom Alter geschwärzt waren, waren alle so dunkel und düster. Selbst die Privatgemächer des Dogen waren nichts im Vergleich mit denen der Duchessa. Einen Glassalon gab es gar nicht und einen, der dem mit dem Pfauengriff und dem Geheimgang ähnelte, ebenfalls nicht. Die Unterschiede der beiden Städte bereiteten Lucien Kopfschmerzen.

Doch seine Eltern standen schon für die Seufzerbrücke an, also ging er mit. Auf halbem Weg über die Brücke wurde der Druck in seinem Kopf unerträglich, aber zwischen ihn und seine Eltern hatten sich ein paar Fremde gedrängt. Er wurde von der Menge mitgeschoben. Auf der anderen Seite der Brücke befanden sich die winzigen Zellen. Jetzt waren sie mit Besuchern in T-Shirts und Shorts gefüllt, die sich bei dem Gedanken an die ehemaligen Insassen gruselten.

Lucien wusste nicht, was mit ihm geschah. Es war nicht wie sonst bei seiner Krankheit. Er bekam kaum Luft und in seinem Kopf hämmerte es. Er wurde in eine der Zellen gedrängt und hatte sofort das Gefühl, dass ihm schlecht wurde. Ein Gefühl von Angst und Schrecken ergriff ihn und er spürte intensiv die Furcht einer anderen Person, die in Erwartung eines schrecklichen Todes hier eingesperrt war.

»Holla!«, rief ein Amerikaner. »Was ist denn mit dem Jungen los? Sieht aus, als ob er gleich umkippt.«

Im Nu waren Mum und Dad an Luciens Seite und schon bald standen lauter Leute herum, die wie die Nebenrollen in einem Film Dinge sagten wie »Platz da!« oder »Bringt ihn an die Luft!«. Seine Eltern brachten ihn auf die andere Seite der Brücke zurück. Je weiter sie sich von den Kerkern entfernten, desto besser ging es ihm.

»Es geht schon wieder, echt«, beruhigte er seine Eltern, die bereits von einem Arztbesuch redeten.

»Das ist die Atmosphäre in dem Kerker dort«, meinte der Amerikaner, der Lucien aufgefangen hatte, als er beinahe in Ohnmacht gefallen wäre, und der sie bis über die Brücke begleitet hatte. »Hunderte von Menschen sind von dort in den Tod gegangen. So etwas muss doch zwangsläufig seine Spuren hinterlassen. Ihr Sohn ist einfach ein bisschen sensibler als andere, würde ich sagen.«

Die junge Frau nahm ein Boot nach Burlesca und ihr Herz war so voll wie ihre Börse. Es gab einige in ihrer Familie, die bezweifelt hatten, dass Enrico den Tag jemals festsetzen würde; sie waren nun schon ziemlich lange verlobt. Doch jetzt, mit dem Geld von der Duchessa und den zusätzlichen Silberstücken, die ihr Verlobter ihr gegeben hatte, war sie in der Lage, das Hochzeitskleid zu bestellen. Und wohin würde man in der Lagune gehen, um weiße Spitze zu erwerben, wenn nicht nach Burlesca?

Dort gab es eine alte Frau, deren Arbeit so leicht und zart war, dass ihr Ruhm sich über die Insel hinaus verbreitet hatte. Paola Bellini verlangte vielleicht mehr als andere Spitzenklöpplerinnen auf Burlesca, aber sie war immerhin die beste. Giulianas Freundinnen hatten ihr beschrieben, wie sie die Spitzenmacherin finden würde. »Halt nach dem weißen Haus Ausschau«, sagten sie. »Es ist das einzige.«

Rodolfo stieß sich und Dethridge schnell voran – durch abgelegene Kanäle zu einem Kloster im Norden der Stadt, dem die Duchessa für die Waisenkinder, die dort in Obhut waren, Silber spenden wollte. Als sie heraustrat, weiteten sich ihre Augen beim Anblick von Rodolfo, der persönlich im Heck seiner Mandola stand. Rasch entließ sie ihren eigenen Mandolier und stieg stattdessen in das Gefährt des Senators. Sie warf einen neugierigen Blick auf den weißhaarigen Mann, der bereits in der Kabine saß. Er zog den Hut und stellte sich als Guglielmo Crinamorte vor, ein Name, der ihm nicht flüssig über die Lippen kam.

Rodolfo steuerte die Mandola in einen Seitenkanal und machte sie an einem Pfahl fest. Nun eilte auch er in die Kabine.

»Warum die Geheimniskrämerei?«, fragte die Duchessa.

»Und wer ist dein Gefährte?« Doch das Lächeln erstarb auf ihren Lippen, als sie Rodolfos Gesichtsausdruck bemerkte.

»Ich behellige dich nicht oft mit der Nachricht, dass es in einer Sache um Leben und Tod geht«, sagte Rodolfo. »Aber das genau ist heute eingetreten. Weißt du, dass ein Haftbefehl gegen einen Fremden erlassen wurde, der angeblich am Giornata Vietata gesehen wurde?«

Die Duchessa nickte. »Ja, ich habe ihn heute Morgen selbst unterschrieben. Ungewöhnlich, nicht wahr? Ich nehme an, es wird sich als Missverständnis herausstellen.«

»Das hoffe ich auch«, sagte Rodolfo. »Ist dir bekannt, für wen er ausgestellt war?«

»Nein. Du weißt doch, wie viele Schriftstücke ich täglich unterzeichnen muss. Ich habe mir den Namen nicht angesehen – mir ist nur das Vergehen aufgefallen.«

»Er war für Luciano«, sagte Rodolfo und ihre Reaktion erstaunte ihn. Jegliche Farbe wich aus ihrem Gesicht.

»Es ist nichts passiert«, sagte Dethridge und tätschelte ihre Hand. »Der junge Mann war nicht anwesend. Er ist in seine eigene Welt zurückgekehrt und kommt eine Weile nicht wieder.«

»Aber mir ist noch etwas anderes eingefallen«, sagte die Duchessa verzweifelt. »Ich habe zwei Haftbefehle unterzeichnet. Ich bin sicher, der Hauptmann der Wache hat gesagt, einer sei für ein Mädchen. Auch den Namen habe ich mir nicht angesehen, aber war es nicht am Tag nach der Vermählung mit dem Meer, dass Luciano in Bellezza auftauchte? Und hat er da nicht das Mädchen Arianna kennengelernt?«

Rodolfo war überrascht. Er hatte der Duchessa nie erzählt, wer Luciano täglich durch die Stadt führte. Und er wusste nichts von ihren eigenen Nachforschungen.

»Wir müssen zurück und ich werde die Tante des Mädchens besuchen«, sagte er. »Es ist ein schreckliches Schicksal, das da über dem jungen Mädchen schwebt.«

»Nein, Rodolfo, du verstehst nicht«, sagte die Duchessa verzweifelt. »Das ist nicht einfach irgendein Mädchen. Ich muss dir etwas erzählen.«

Seine Eltern brachten Lucien in eine Cafébar im Dogenpalast. Es war ein Ort, der Bellezza alle Ehre machte: Man konnte die Gondeln am Fenster vorbeigleiten sehen, während man Cappuccino trank. Der amerikanische Tourist hatte sie darauf aufmerksam gemacht, ehe er zurückging, um den Rest des Rundgangs zu absolvieren.

»Also, was hatte denn das alles zu bedeuten?«, fragte Dad, als sie sich mit ihrem schaumigen Kaffee und drei harten, kleinen Mandelplätzchen niederließen.

»Ich glaube, es war nur die Hitze und die vielen Leute«, sagte Lucien. »Ich hab plötzlich Platzangst gekriegt.«

Er wusste, dass es mehr als das gewesen war. Erst mal musste er seine Eltern jedoch überzeugen, dass es ihm wieder rundum gut ging und dass er nicht auf der Stelle ins Hotel gebracht werden musste.

Lucien fragte sich, wie lange es wohl dauern würde – falls er wieder ganz genesen würde –, bis seine Eltern aufhörten, ihn wie ein Stück Glas aus Merlino zu behandeln. Würden sie immer diesen besorgten, gehetzten Blick haben, sobald er nur nieste oder gähnte? Und was war, wenn er doch nicht gesund werden würde? Gewöhnlich machte es Lucien nichts aus, ein Einzelkind zu sein, aber jetzt sehnte er sich nach einem Bruder oder einer Schwester, die den Druck von ihm genommen hätten, das einzige Gefäß für die elterliche Liebe zu sein.

In dem weißen Haus auf der Insel Burlesca zeigte eine alte Frau einer jungen viele Stapel von Spitzenstoff. Die zukünftige Braut war fröhlich und geschwätzig und wählte Muster für ihr Kleid, den Schleier und diverse Unterkleider für die Flitterwochen. Außerdem brauchte sie noch Spitzenbesatz für die Leinenwäsche, die bereits in einer Zederntruhe im Haus ihrer Eltern lagerte. Die alte Spitzenmacherin fragte sich, wie sich diese zugegebenermaßen liebenswürdige und hübsche, aber eindeutig ungebildete junge Frau eine so luxuriöse Aussteuer leisten konnte.

Doch solche Mengen von Spitze auszuwählen und in Auftrag zu geben brauchte seine Zeit, und im Lauf des Tages wurde Giuliana sehr redselig. So nahe am Ziel ihrer Wünsche zu sein machte sie unvorsichtig und sie ließ so viele Andeutungen fallen, dass Paola keine Mühe hatte, die Lücken zu ergänzen. Und was sie von diesem Enrico oder seinem reichen Chimici-Auftraggeber hörte, gefiel ihr gar nicht.

Wenn Giuliana überrascht war von den vielen Anprobeterminen, die die alte Frau für notwendig hielt, dann zeigte sie dies nicht. Es war ihr ganz recht, mehrere Tage inmitten all dieser schönen Spitze und mit einer sympathischen Person über ihre Hochzeit zu plaudern.

Arianna sehnte sich nach ihrer Mutter. Bisher war sie recht freundlich behandelt worden, durfte aber keinen Besuch bekommen. Sie war verzweifelt vor Ungewissheit. War Lucien auch festgenommen worden? Oder hatte er zurückreisen können, ehe die Wachen kamen? Zumindest wäre er bei Rodolfo gewesen, der mehr Beziehungen hatte als Tante Leonora.

Die Nacht in der Zelle war das Schlimmste. Es war dunkel, viel dunkler als ihr Zimmer in Torrone oder das in Leonoras Haus, denn es gab keine Kerzen in der Zelle und keine Fackeln draußen im Gang. Das Stroh ihres Lagers war zumindest sauber, aber sein Rascheln hielt sie die ganze Nacht wach, weil sie Angst hatte, dass es vielleicht von Ratten stammen könnte.

Und sie hatte keine Hoffnung, gerettet zu werden. Sie hatte das Verbrechen, dessen sie beschuldigt war, begangen. Wenn es Zeugen gab, war sie erledigt. Natürlich hatte sie gewusst, welche Strafe bei Entdeckung auf sie wartete. Doch als sie ihre Pläne geschmiedet hatte, war sie davon ausgegangen, dass man sie nicht erwischte. Sie hatte sich das so zurechtgelegt: Wenn man sie als Mandolier eingestellt hätte, wäre später die Entdeckung, dass sie ein Mädchen war, die eigentliche Sensation gewesen und man hätte sich nicht mehr für den Tag interessiert, an dem sie sich angemeldet hatte. Und dass man so tat, als ob man zum anderen Geschlecht gehörte, war schließlich nicht strafbar.

Jetzt musste sie der Wahrheit ins Gesicht sehen. Die unausweichliche Strafe für das Verbrechen, das sie begangen hatte, war der Tod auf dem Scheiterhaufen. Solange sich jemand zurückerinnern konnte, hatte sich keiner des Verstoßes gegen das Gesetz des Verbotenen Tages schuldig gemacht, aber jedem war nur allzu gut bewusst, was passierte, wenn man es tat.

Es hatte während Ariannas kurzem Leben wohl andere Hinrichtungen auf dem Scheiterhaufen gegeben, für andere Vergehen wie Hochverrat zum Beispiel. Sie wusste, dass die Holzhaufen zwischen den beiden Pfeilern aufgebaut wurden, zwischen dem mit der Maddalena und jenem mit dem geflügelten Widder, die den Zugang zur Stadt vom Wasser her bewachten. Die Verbrennungen waren öffentliche Ereignisse und die Bellezzaner waren der Überzeugung, dass keiner, der die Stadt verraten hatte, Gnade oder Mitleid verdiente.

Arianna selbst hatte noch keiner Hinrichtung beigewohnt; ihre Eltern hätten sie nie zu so einem schrecklichen Schauspiel mitgenommen. Aber sie hatte einmal die Reste eines Scheiterhaufens gesehen und sie hatte eine lebhafte Vorstellungsgabe. Hier in der Zelle der Duchessa war es nur allzu leicht, die Flammen vor sich zu sehen, sich den Geruch ihres versengten Fleisches vorzustellen und die Todesqualen. Arianna konnte es nicht ertragen – sie schrie laut auf. Doch niemand hörte sie.

Und dann geschah etwas Unbegreifliches. Das Bild von Luciano erschien in der Zelle, umgeben von seltsam gekleideten Menschen. Er sah ihr direkt ins Gesicht, und zwar mit einem so unglücklichen Ausdruck, dass Arianna ihr eigenes Leid vergaß. Das Bild blieb nur einen Augenblick sichtbar, dann verblasste es, aber danach schien ihr ihr eigenes Los nicht mehr so schlimm. Sie selbst befand sich zwar in furchtbarer Gefahr, aber Luciano auch, und das, obwohl er völlig unschuldig war.

Er kannte die Vorschriften nicht und hatte nicht gewusst, dass er gegen das Gesetz verstieß. Aber obwohl das die Wahrheit war, würde ihn das nicht retten, denn wer würde ihm schon glauben? Arianna fühlte sich mitverantwortlich. Wenn sie ihn nicht von dort, wo sie ihn gefunden hatte, fortgeholt hätte, vielleicht wäre er rechtzeitig in seine eigene Zeit und sein eigenes Land zurückgekehrt?

Während sie überlegte, wie sie ihm helfen könnte, und indem sie plante, Rodolfo eine Botschaft zukommen zu lassen, fiel Arianna in einen unruhigen Schlaf.

Lucien ging es schon viel besser. Einmal noch war ihm komisch, nämlich, als er zwischen den beiden Säulen zur Haltestelle des Vaporetto hindurchging, doch das Gefühl verging rasch. Als er sich umsah, bemerkte er, dass nur Touristen durch die Lücke gingen; alle Einheimischen machten einen Bogen um die Pfeiler herum, selbst wenn es einen Umweg bedeutete. Lucien beschloss, im Stadtführer seiner Mutter darüber nachzulesen.

»Hier steht«, sagte seine Mutter gerade, »dass man für die Vaporetti eine Dauerkarte kaufen kann. Komm, das machen wir, David. Wir nehmen drei Wochenkarten und fahren wie richtige Venezianer überall per Schiff hin.«

Lucien musste über ihre Begeisterung lächeln und sie lächelte zurück. Es war echt nett von seinen Eltern, ihn auf diese tolle Ferienreise mitzunehmen, und er war entschlossen, sie voll und ganz zu genießen. Er war zwar vielleicht schon ein wenig alt für Ferien mit den Eltern, doch als ihr einziges Kind war er immer gut mit ihnen ausgekommen und hatte sich in ihrer Gesellschaft wohl gefühlt. Jetzt stand er auf dem Anleger von San Marco und sah hinüber zu der riesigen Kuppelkirche della Salute, die ungefähr dort stand, wo sich in Bellezza die Chiesa delle Grazie befand. Von hier hatte die Brücke der Barken die falsche Duchessa zur Kirche hinübergetragen, während die echte von dem Attentäter bedroht worden war und Lucien auf Schatzsuche in den schmutzigen Kanal gesprungen war.

Die Barkasse kam und sie fuhren die fünf Stationen bis zum Rialto, immer kreuz und quer über den Kanal. Venedig war so viel lauter als Bellezza, dass es in Luciens Vorstellungskraft die talianische Stadt manchmal ganz und gar überdeckte. Das traf vor allem auf dem Rialto zu, wo billiger Kitsch für Touristen und gleichzeitig unbezahlbarer Goldschmuck angeboten wurde.

Das Einzige, was Lucien an Bellezza erinnerte, waren die Masken, die in unzähligen Läden und an Ständen angeboten wurden. Viele der venezianischen Masken bedeckten das gesamte Gesicht und wurden mit einem vergoldeten Stock davor getragen. Aber manche sahen auch mehr wie die der Duchessa oder wie die anderer bellezzanischer Frauen aus. Sie bedeckten nur die Augen und den Nasenrücken. In Venedig wurden sie von einem Gummiband gehalten, während die Masken in Bellezza mit einem Samt- oder Seidenband festgebunden wurden.

»Möchtest du gerne eine?«, fragte Dad, als er sah, wie Lucien die Masken anstarrte.

»Nein, nein, danke Dad. Oder doch, ich hätte schon gerne eine, aber ich hab noch keine entdeckt, die mir wirklich gefällt.«

»Es gibt ja genug, was?«, meinte Mum. »Ich könnte wetten, dass von diesen venezianischen Masken Hunderte mehr als Schmuck in den Wohnungen der Leute in der ganzen Welt herumhängen, als je auf dem Karneval getragen werden.«

»Was ist eigentlich das für eine mit der Schnabelnase? Fast jeder Laden hat sie«, sagte Dad.

Mum zog ihr Buch zurate. »Das ist die Maske des Pestdoktors. Anscheinend hat die Pest hier im sechzehnten Jahrhundert ganz besonders schlimm gewütet und die Ärzte haben diese Masken getragen, um sich vor den Bazillen zu schützen.«

»Aber im sechzehnten Jahrhundert wusste man doch noch gar nichts von Bazillen, oder?«, meinte Lucien und seine Eltern fingen mit einem ihrer langen Gespräche an, die von einem zum nächsten Punkt sprangen und die Lucien in- und auswendig kannte. Er wusste, dass er sich einfach ausklinken konnte. Während sie zum Markusplatz zurückgingen, dachte er über die Pest nach, die ein Drittel der Bevölkerung Bellezzas ausgelöscht hatte, kurz bevor Arianna geboren worden war. Wenn die Ärzte gewusst hätten, wie sich die Krankheit verbreitete, dann hätte sie doch sicher nicht so viele Opfer dahingerafft?

»Das ist doch nicht zu fassen!«, sagte Mum plötzlich laut, als sei sie selbst auf eine Bazille gestoßen. »Das ist ja abscheulich!«

Lucien schaute, wo sie hindeutete. Dort, in der Ecke eines Platzes, gab es einen McDonald's. Seine Mutter schäumte regelrecht. Sie hatte eine leidenschaftliche Antihaltung gegenüber allem, was sie die Verschmutzung der schönsten europäischen Städte durch amerikanische Ketten nannte.

»Na, Lucien, wie wär's mit einem BigMäc und ein paar Pommes?«, fragte Dad augenzwinkernd.

»Reg sie nicht noch zusätzlich auf, Dad«, erwiderte Lucien lachend. »Vielleicht könnten wir uns 'n Stück Pizza genehmigen?«

Als sie einen Imbiss gefunden hatten, wo man Pizza-Stücke und belegte Brote und kalte Getränke in Dosen bekam, setzten sie sich auf die Steinumrandung eines Brunnens in der Mitte des Platzes und beobachteten beim Verzehren ihres Mittagsmahls die anderen Touristen. Luciens Mutter zuckte jedes Mal zusammen, wenn sie einen sah, der einen Hamburger aß. Dann setzten sie ihren Rundgang fort, indem sie den leuchtend gelben Hinweisschildern mit ihren verwirrend abgewinkelten schwarzen Pfeilen folgten, die wieder zum Markusplatz zurückführten.

»Sieh mal, Lucien!« Dad blieb plötzlich stehen. »In diesem Laden gibt's solche Sachen wie das Notizbuch, das ich dir mitgebracht habe. Du weißt doch, das Heft, mit dem dein Interesse für Venedig überhaupt erst angefangen hat.«

Sie traten ein. Es war die reinste Schatztruhe, voll von marmorierten Papierbögen und hübsch eingebundenen Heften, vom Taschenformat bis zur repräsentativen Größe für die Schreibtische von Geschäftsführern. Die Preise waren astronomisch hoch. Dad war enttäuscht, bis Lucien einen Bleistift fand, der mit den gleichen roten und grünen Schlieren wie sein kostbares Notizbuch verziert war. Er zog das bereits etwas abgenutzte Büchlein aus der Tasche, um es zu vergleichen.

»Bist du sicher, dass du sonst nichts willst?«, fragte Dad. »Stimmt, er passt genau. Lässt das alte Buch aber ziemlich schäbig aussehen, nicht? Was hast du denn damit angestellt, hast du in der Badewanne geschrieben?«

Direkt neben dem Schreibwarenladen befand sich ein besonders feiner Maskenladen. Dort fand Lucien eine Silbermaske, die wie ein Katzengesicht geformt war. Sie erinnerte ihn an Bellezza und sie war viel stabiler als diejenigen auf der Rialto-Brücke. Mum und Dad kauften sie ihm nur zu gerne. Dann fanden sie einen Stand mit gemustertem Samt und kauften

Mum einen grünen Schal und Dad ein Paar roter Pantoffeln. In bester Laune machten sie sich auf den Rückweg zum Hotel.

Die Duchessa schritt so eilig über die Seufzerbrücke, dass ihre Röcke über die Steinplatten fegten. Sobald der Wächter die Zellentür aufgeschlossen hatte, schickte sie ihn weg. Der Mann zögerte noch, doch sie machte ihm ein ungeduldiges Zeichen. »Ich glaube, so ein junges Mädchen ist schwerlich eine Bedrohung. Du hast sie doch sicher nach Waffen abgesucht? Aber wenn sie versucht, mich mit ihrem Strohsack zu ersticken, dann rufe ich um Hilfe, das verspreche ich.«

Der Mann entzündete eine Fackel in der Ecke der Zelle, machte kehrt und ging über die Brücke zurück.

Das Mädchen schlief. Sie sah erschöpft aus, ihr Haar war zerzaust und voller Stroh. Die Duchessa schloss die Zellentür leise hinter sich, doch dieses Geräusch weckte das Mädchen. Es sprang auf und starrte seine Besucherin an. Dann sank es wieder enttäuscht zu Boden.

»Ach«, sagte sie, »ich dachte, Ihr wärt meine Mutter.«

Die Duchessa zuckte zusammen, doch mit ihrer üblichen Schroffheit erwiderte sie: »Spricht man so mit seiner Regentin? Kein Wunder, dass du wegen Hochverrats hier drin sitzt.«

Arianna sprang wieder auf. »Euer Gnaden«, stotterte sie. »Es tut mir leid. Ihr habt mich überrascht. Ich wollte nicht unhöflich sein.«

Was immer sie erwartet hatte, es war nicht das, was als Nächstes geschah. Arianna war die Duchessa schon so lange verhasst, dass sie bei ihr überhaupt nicht mehr an eine richtige Person dachte. Jetzt trat diese bedeutende Dame, die Ariannas Leben in Händen hielt, auf sie zu und sah ihr direkt ins Gesicht, sodass ihre veilchenblauen Augen hinter der Maske funkelten. Dann legte sie die Arme um Arianna und drückte sie an sich.

Kapitel 15

Die Sprache der Spitze

Rinaldo di Chimici kochte vor Wut. Nur die Hälfte seines Planes hatte funktioniert, die weniger bedeutende Hälfte zudem. Das Mädchen saß sicher im Kerker und er war ziemlich überzeugt, dass die Beweise, die er gekauft hatte, dafür sorgen würden, dass sie gerichtet und zu Tode verurteilt würde. Aber würde sich Senator Rodolfo genug um das Mädchen sorgen, wenn der Junge nicht gefasst war? Und der schien sich einfach in Luft aufgelöst zu haben. Im Haus des Senators war er nicht und niemand hatte ihn herauskommen sehen.

Di Chimici hatte noch zwei weitere Spitzel, die angewiesen waren, den Palazzo den ganzen Tag zu beobachten und sich auf den Jungen zu stürzen, sobald er zurückkehrte. Enrico hatte er mit wichtigeren Aufgaben betraut. Doch inzwischen befürchtete der Botschafter, dass Rodolfo wusste, wo sich der Junge befand, und ihn gewarnt hatte, sodass er sich jetzt verborgen hielt. Und wenn der Junge das war, was di Chimici vermutete, dann konnte er sich an Orten verstecken, an denen keiner seiner Spione ihn aufspüren konnte.

Der Prozess war nicht mehr fern; es war nicht die Art der Bellezzaner, etwas so Gewichtiges aufzuschieben. Der Rat sollte in ein paar Tagen zusammentreten und der Beschluss würde rasch gefasst werden. Wenn man das Mädchen los war, bezweifelte der Botschafter, dass der Junge jemals zurückkommen würde.

Di Chimici wäre vielleicht glücklicher gewesen, wenn er gesehen hätte, wie Rodolfo die ganze Nacht in seinem Dachgarten auf und ab schritt. Der Senator hatte sich den Kopf zerbrochen, wie er Luciano eine Botschaft zukommen lassen könnte, damit dieser nicht unvorsichtig nach Bellezza zurückkehren und in eine Falle laufen würde. Es stimmte zwar, dass Luciano meistens direkt im Laboratorium ankam, aber Rodolfo wusste nicht, welche Auswirkungen die Tatsache hatte, dass in Lucianos eigener Welt eine ganze Woche vergangen war, während der er auch nicht an seinem angestammten Platz gewesen war. Wenn er mitten in der Nacht zur Stravaganza ansetzte, landete er vielleicht bei Arianna, wegen seiner Nachmittagsbesuche.

Seit dem Tag, als Rodolfo ihn aus der Scuola Mandoliera in sein Laboratorium hatte bringen lassen, hatte Luciano nicht einen Morgen seinen Unterricht versäumt, bis seine Eltern ihn nach Venedig mitgenommen hatten. Soweit Rodolfo begriffen hatte, war es während Lucianos Nächten Tag in Bellezza, genau, wie es bei William Dethridge gewesen war. Wenn Luciano mehr als einmal während des Tageslichts oder der Nacht der jeweiligen Zeitzone in die eine oder die andere Richtung reiste, kam er immer nur Augenblicke, nachdem er verschwunden war, in die andere Welt zurück. Doch wenn er bis zur nächsten Nacht mit der Stravaganza wartete, war in Bellezza ein Tag vergangen.

Die Unterbrechung von einer Woche würde eine unvorhergesehene Abwesenheit von Talia mit sich bringen und Rodolfo wusste nicht, wie lange sie andauern würde. Er und Luciano und William Dethridge hatten Stunden damit zugebracht, die

Zeitunterschiede zwischen Lucianos England und ihrem Talia zu erkunden.

Dethridge berichtete ihnen, dass seine erste ungeplante Stravaganza – an jenem Tag, als er versuchte Gold herzustellen – im Jahr 1552 stattgefunden hatte, also vor fünfundzwanzig Jahren, wenn man von der bellezzanischen Rechnung ausging. Doch lag die Zeit vierhundertfünfundzwanzig Jahre vor Lucianos Zeit. Wenn der Übergang zwischen den Welten regelmäßig ablief, dann entsprach ein Jahr in Talia beinahe siebzehn in Lucianos Welt. Aber da lagen die Schwierigkeiten: Der Übergang verlief eben nicht regelmäßig. Während der Besuche von Luciano hatte sich die Zeitrechnung in beiden Welten eins zu eins entsprochen, doch irgendwann davor war die Zeitdifferenz zwischen der einen und der anderen Welt offensichtlich rasch verschoben worden und es war unmöglich, zu sagen, wann so etwas wieder eintreten würde.

»Selbst wenn ich jetzt nach Venedig fahre und Bellezza nicht besuche«, hatte Lucien argumentiert, »dann bin ich doch in spätestens einer Woche wieder zurück.«

Doch keiner von ihnen wusste sicher, ob dem so war. Als Dethridge der Duchessa erzählt hatte, dass Luciano eine Weile fort sein würde, war er tatsächlich überzeugt, sie würden ihn in einer Woche wieder sehen. Aber jetzt, auf dem Rückweg ins Laboratorium, hatte Rodolfo plötzlich Angst, dass die Zeit in Lucianos Welt wieder schneller vergangen sein könnte und dass er schon in den nächsten Stunden auftauchen könnte. Und aus diesem Grund überlegte er nun, ob er selbst oder Dethridge Luciano eine Botschaft zukommen lassen könnten, indem sie in seine Zeitebene reisten.

»Ich bin willens zu reisen«, sagte Dethridge, »wenn es dem Jüngling hilft.«

»Vielen Dank«, erwiderte Rodolfo. »Das ist sehr zuvorkommend von Euch. Aber ich glaube, es würde ihm nicht helfen. Ihr würdet das einundzwanzigste Jahrhundert zu verwirrend und schwierig finden. Mir ist es auf jeden Fall so ergangen. Und ich bin sicher, Ihr würdet *nach* der Zeit von Lucianos nächstem Besuch ankommen und wärt damit zu spät, um ihn zu warnen.«

»Alsdann müssen wir einen anderen Weg finden«, sagte Dethridge nur.

Ohne sich bewusst zu sein, wie viele Gedanken in Bellezza auf ihn gerichtet waren, fuhr Lucien mit der Erkundung Venedigs fort. Seine Eltern waren überwältigt, wie gut er die Stadt kannte, obwohl er sie manchmal einen bellezzanischen Weg führte, der dann bei etwas enden sollte, das es in Venedig nicht gab oder das an einem völlig andern Platz stand. Aber es gelang ihm immer besser, solche kleinen Unfälle zu vermeiden, und die meiste Zeit erwies er sich als guter Fremdenführer. »Deine Lektüre hat sich ja wirklich bezahlt gemacht«, meinte Dad.

Heute machten sie eine Bootsfahrt zu den Inseln und Lucien musste aufpassen, dass er mit den Namen zurechtkam. Merlino war Murano, Burlesca war Burano und Torrone hieß Torcello. Das Boot brachte sie zuerst nach Murano mit seinen endlosen Glasläden und den Kundenfängern, die davor lauerten, sich auf die Touristen stürzten und sie hinein in ihre »Manufakturen« schleppten, damit sie beim Glasblasen zusehen konnten.

»Ingresso libero«, las Dad von einer der Türen ab. »Aber be-

deutet das nicht ›Eintritt frei‹? Was heißt denn das, Eintritt frei, verflixt noch mal, das sind doch schließlich Läden!«
Keinem von ihnen gefielen die leuchtend bunten und unglaublich teuren Glassachen besonders, obwohl Lucien einen schlichten, kleinen Glaswidder kaufte, jedoch ohne Flügel. Gerne hätte er seinen Eltern erzählt, wie das echte Lagunenglas aussehen konnte. Das Museum war nichts im Vergleich mit den Schausälen auf Merlino. Es gab keinen Glasmeister und keine Schicksalsmaske. Seine Eltern interessierten sich für die antiken, leicht beschädigten Schalen und Krüge, aber Lucien langweilte sich bald so sehr, dass er sich in den kühlen Innenhof mit dem Kreuzgang setzte, in dem halb verwilderte Katzen im langen Gras tollten.
Das Schönste an Murano war ihr Mittagessen in einem Restaurant am Kanal. Sie saßen auf einer kleinen Terrasse direkt am Wasser. Gegenüber lag eine uralte Kirche, über die Mums Führer zu berichten wusste, dass sie die Reliquien eines Drachen enthielt, der vom Speichel eines Heiligen getötet worden war.
Burano ähnelte seinem talianischen Ebenbild schon mehr, nur dass es kein einziges weißes Häuschen gab, sosehr Lucien auch Ausschau hielt.
»Ach, seht euch nur diese Spitze an!«, rief Mum aus und mit Herzklopfen bemerkte Lucien eine weißhaarige alte Frau, die vor ihrer Tür saß und Spitzen klöppelte. Das Haus war blau und die Arbeit war nicht so fein wie die von Paola, aber sie war dennoch schön und Lucien war begeistert, dass seine Mutter sie entdeckt hatte.
Er bestand darauf, ihr eine Tischdecke zu kaufen, obwohl er dafür fast sein gesamtes Geld brauchte, das er mit nach Venedig gebracht hatte.

»Nein, Lucien, das darfst du doch nicht«, wehrte sie sich, aber er ließ sich durch nichts abhalten.

»Erinnerst du dich an meinen Traum«, sagte er, »der von der Spitze – als du mich nicht aufwecken konntest? Ich möchte dir das ehrlich schenken.«

Arianna war verblüfft. Mit Mühe gelang es der Duchessa, ihre Fassung wiederzugewinnen, dann fing sie mit einer Geschichte an, die so unwahrscheinlich klang, dass Arianna sie kaum glauben mochte.

»Du hältst dich doch für das Kind von Valeria und Gianfranco Gasparini, nicht wahr?«, fragte die Duchessa.

»Ich halte mich dafür? Nein, ich weiß, dass ich ihr Kind bin«, erwiderte Arianna.

»Ja, ich kenne deine Geschichte«, sagte die Duchessa. »Die Tochter der Insel, das einzige Kind, das seit Langem auf Torrone geboren wurde. Aber es stimmt leider nicht.«

»Was stimmt nicht?«

»Dass du auf Torrone geboren wurdest. Du bist hier in Bellezza geboren, genau in diesem Palast, und dann bist du auf die Insel geschmuggelt worden, als du kaum ein paar Stunden alt warst.«

»Ich glaube Euch nicht«, sagte Arianna. »Wie könnt Ihr das wissen?«

»Weil ich zufällig bei deiner Geburt anwesend war«, sagte die Duchessa mit einem Anflug von Humor. »Genau genommen war ich ziemlich direkt daran beteiligt. Kannst du nicht erraten, inwiefern?«

Arianna versuchte, sich die Duchessa als Hebamme vorzustellen, was ihr aber nicht gelang.

»Ich habe dich selbst geboren«, sagte die Duchessa sanft. »Du bist meine Tochter, Arianna, und ich habe dich von meiner ältesten Schwester Valeria und ihrem Mann aufziehen lassen.«

In Ariannas Kopf begann sich alles zu drehen. Valeria und Gianfranco nicht ihre Eltern? Das war, als würde man behaupten, Bellezza sei nicht Bellezza. Es klang schlicht unwahrscheinlich. Und die Duchessa ihre Mutter? Alles, was Arianna bis heute über sich selbst gewusst hatte, schien nicht zu stimmen. Doch unter all den Gefühlen, die in ihr tobten, kämpfte sich ein Gedanke nach oben: Wenn sie in Bellezza geboren war, dann hatte sie sich an der Giornata Vietata ja doch keines Verbrechens schuldig gemacht! Sie würde nicht auf dem Scheiterhaufen enden! An diesem Gedanken klammerte sie sich nun fest.

»An was denkst du?«, fragte die Duchessa.

»An viele Dinge«, erwiderte Arianna. »Aber wenn das, was Ihr sagt, wahr ist, dann muss ich ja keinen Moment länger in dieser Zelle bleiben.«

Die Duchessa seufzte. »Das ist schon richtig, aber ich würde es vorziehen, wenn du freiwillig hierbleiben würdest – bis zu deinem Prozess in ein paar Tagen. Ich werde genügend Beweise liefern, um den Rat davon zu überzeugen, dass du eine echte Bellezzanerin bist, aber es wäre mir lieber, die Wahrheit über deine Abstammung noch ein wenig geheim zu halten. Sie bringt uns beide in Gefahr.«

Da löste sich ein weiterer Gedanke aus dem Wirrwarr in Ariannas Kopf. »Wenn Gianfranco nicht mein richtiger Vater ist, wer ist es dann?«

Torcello war genauso, wie Lucien Torrone in Erinnerung hatte, abgesehen von dem Mosaik in der kleinen Kathedrale, das golden statt silbern war. Das weiß getünchte Haus neben dem Kanal, wo Arianna gelebt hatte, die Buden, in denen Spitze und Glas verkauft wurden, allerdings keine Merlino-Klingen, und die Rasenfläche vor der Kathedrale kamen Lucien vertrauter vor als alles, was er bisher auf seiner Reise erlebt hatte.

Als sie am Kanal entlang zurückgingen, um die Fähre in die Stadt zu erreichen, war er erschöpft, aber glücklich. Als sie jedoch an dem Haus vorbeikamen, das ihn an das von Arianna erinnerte, hatte er wieder so ein seltsames Erlebnis. Es war nicht so heftig wie das im Kerker des Dogenpalastes, nicht so Furcht einflößend. Aber er spürte eine große Gefahr und diesmal schien sie ihn selbst zu betreffen.

Kaum hatte Rodolfo die Duchessa in ihren Palazzo zurückbegleitet, brachte er Dethridge in sein Laboratorium. Die beiden Wachen, die den Haftbefehl vorgelegt hatten, warteten immer noch am Fuß der Treppe.

»Wenn Lucien zurückkehrt«, flüsterte Rodolfo, »schick ihn durch den Geheimgang zur Duchessa; ich treffe ihn dann dort. Jetzt muss ich sofort zu Leonora.«

Ariannas Tante war in einem schrecklichen Aufruhr. Dass so etwas passiert war, während sich ihre Nichte in ihrer Obhut befand, war unerträglich für sie. Sie hatte sich noch nicht überwinden können, Ariannas Eltern mitzuteilen, was mit ihrer Tochter geschehen war, und Rodolfo bot sofort an, nach Torrone zu fahren.

»Ihr bleibt hier, falls eine Nachricht vom Palazzo kommt«, sagte er. »Macht Euch keine Sorgen, Leonora. Ich kann Euch versprechen, dass Arianna kein Leid geschehen wird. Und ich werde meinen Freund, Dottore Crinamorte, zu Eurer Gesellschaft herschicken, sobald ich ihn entbehren kann.«

Die Überfahrt nach Torrone ging schnell. Rodolfo dachte die ganze Zeit über das nach, was die Duchessa ihm erzählt hatte. Er hatte sich nicht nach dem Vater des Mädchens erkundigt, aber es schmerzte ihn sehr, erkennen zu müssen, dass das Kind empfangen worden war, während er und Silvia sich am nächsten gestanden hatten. Es war in einer Zeit gewesen, als er sich noch häufig in Padavia aufgehalten hatte. Aber er hatte immer geglaubt, dass ihm Silvia treu gewesen sei.

Jetzt verfluchte er, wie naiv er damals als junger Mann gewesen war, und fragte sich, ob er sich in all den Jahren seit der Zeit selbst an der Nase herumgeführt hatte. Wer mochte wohl Ariannas Vater sein? Doch sicher nicht Egidio und Fiorentino? Das war längst vorbei gewesen – das hatte Silvia ihm versichert, als er selbst das erste Mal an der Scuola aufgetaucht war. Aber vielleicht war er ein Narr gewesen, ihr zu glauben? Vielleicht liebte ihn Silvia gar nicht? Und dennoch ... wie war es bei der diesjährigen Vermählung mit dem Meer gewesen? Silvia hatte ihm allen Grund zu der Annahme gegeben, dass ihre Liebe so stark war wie eh und je.

Schweren Herzens verdrängte Rodolfo diese Gedanken und konzentrierte sich auf das Mädchen. Wenn er es jetzt richtig bedachte, hatte es eigentlich auf der Hand gelegen, dass Arianna eine jüngere Version von Silvia war. Die Augen waren die gleichen und das Lächeln ebenfalls.

Mit langen Schritten lief Rodolfo am Kanal entlang auf das Haus der Gasparinis zu. Fieberhaft überlegte er, wie Silvia genug von der Wahrheit enthüllen konnte, um Ariannas Leben zu retten, ohne sich selbst in neue Gefahr zu bringen. Und dann blieb er unvermittelt stehen. Das Bild von Lucien tauchte auf dem Pfad vor ihm auf. Rodolfo überlegte nicht lange, wie das sein konnte. Er konzentrierte sich vielmehr darauf, Lucien wissen zu lassen, dass er vorsichtig sein müsse, dass sein Leben in Gefahr sei. Und dann löste sich die Vision wieder auf und Rodolfo lief weiter zu Ariannas Pflegeeltern, um ihnen mitzuteilen, was mit ihr geschehen war.

Enrico wurde rasch zur rechten Hand von Rinaldo di Chimici. Und unter seinem Einfluss wurde der Botschafter immer ungeduldiger, Bellezza zu zwingen, der Föderation beizutreten.

»Vergesst den Jungen«, sagte Enrico. »Oder schlagt wenigstens erst mal einen anderen Plan ein. Was spricht gegen einen Anschlag, solange wir eine neue Duchessa in petto haben – eine, die den Vertrag unterschreibt?«

»Wie es der Zufall will, habe ich eine andere Kandidatin«, sagte di Chimici. »Sie gehört zu meiner Familie – eine Cousine. Es handelt sich um Francesca di Chimici aus Bellona.«

»Aber sie muss Bürgerin von Bellezza sein, um als Duchessa infrage zu kommen«, warf Enrico ein.

»Das lässt sich arrangieren«, meinte der Botschafter. »Sie muss einfach einen Bellezzaner heiraten. Das kann meine Familie leicht einrichten, bei ihrer großen Mitgift.«

»Und ich nehme an, Euer Familienvermögen kann auch für die richtigen Wahlergebnisse sorgen?«, fragte Enrico.

Di Chimici gefiel der plump-vertrauliche Ton Enricos nicht.

»Ich bin sicher, die Bürgerschaft von Bellezza wird meine Cousine für eine würdige Kandidatin halten«, sagte er steif.

»Dann sollten wir nicht auf den Jungen warten. Ich weiß, dass der Prozess meine Idee war, aber ich glaube, wir sollten die Dame rasch um die Ecke bringen.«

»Mein letzter Vorstoß verlief nicht gut«, sagte di Chimici kalt.

Enrico tippte sich an den Nasenflügel. »Das liegt daran, dass Ihr nicht mich damit beauftragt hattet. Der Weichling, den Ihr angeheuert hattet, war Bellezzaner – Ihr solltet keinem aus der Stadt die Erledigung Eurer Aufträge anvertrauen. Am Ende haben sie doch immer Mitleid mit der Herzogin.«

»Du bietest mir also deine Dienste an?«

»Nun«, erwiderte Enrico, »für eine entsprechende Entlohnung natürlich.«

»Natürlich«, sagte di Chimici. »Trotzdem will ich den Jungen zu fassen kriegen. Er hat etwas, das ich brauche.«

»Ihr sollt ihn auch kriegen«, sagte Enrico zuversichtlich. »Genau wie Bellezza. Vertraut mir ganz einfach.«

Giuliana genoss ihre Anprobetermine auf Burlesca. Die alte Spitzenmacherin war freundlich und eine gute Zuhörerin. Sie hatte eine jüngere Frau hinzugezogen, die ihr beim Schneidern der Kleider half, und zu dritt verbrachten sie so viele Tage mit der Aussteuer, dass Giuliana für ein paar Tage bei der jungen Schneiderin einzog, damit sie die zweifache Überfahrt nicht so oft machen musste.

Giuliana war voller Träumereien über ihre bevorstehende Hochzeit. Ständig hieß es »Enrico dies« und »mein Verlobter das« und die beiden anderen Frauen schien es nicht zu stören – wie viel sie auch von ihm redete.

»Er muss zurzeit einen so wichtigen Auftrag erledigen«, berichtete sie. »Aber ich darf euch nicht erzählen, um was es sich handelt; es ist streng geheim. Nur so viel kann ich sagen: Wenn er ihn erledigt hat, dann haben wir genug Silber, um uns ein Haus zu kaufen! Stellt euch mal vor – ich hätte gerne eines von diesen hübschen bunten hier auf Burlesca. Aber er sagt, dass wir die Lagune vielleicht verlassen müssen, nachdem ... nach seinem Auftrag, von dem ich euch nichts erzählen darf.«

»Das klingt aber ziemlich gefährlich, meine Liebe«, sagte Paola sanft. »Ich hoffe doch, es ist nichts Unerlaubtes.«

Giuliana kicherte geziert. »Na ja, sagen wir mal, es kommt uns besser zustatten, in Remora zu wohnen, wenn alles vorbei ist. Da sind sie uns wahrscheinlich sehr zu Dank verpflichtet.«

Paolas wache Augen straften ihr sanftes und unauffälliges Betragen Lügen. Und am Ende des Tages hatte sie erfahren, was sie wissen wollte.

An diesem Abend holte Paola ihre Klöppelarbeit hervor und arbeitete im Schein einer Kerze bis spät in die Nacht. Noch lange nachdem ihr Mann Gentile zu Bett gegangen war, saß sie über ihrem Werk.

Arianna wurde noch am Abend nach dem Besuch der Duchessa aus ihrer engen, kleinen Zelle geholt und verlegt. Die neue Zelle war geräumiger und auf dem Steinboden lagen Teppiche, sodass es nicht so kalt war. Arianna bekam eine weiche Matratze zum Schlafen statt ihres Strohsacks, aber dennoch konnte sie nach allem, was sie erfahren hatte, kein Auge zutun. Zuerst glaubte sie, die Duchessa sei verrückt geworden. Doch was sie erzählt hatte, passte in irgendeiner seltsamen Weise zusammen. Ariannas Brüder waren viel älter als sie selbst und sie hatte sich auf der Insel nie ganz zu Hause gefühlt. Sie hatte sich immer nach Bellezza hingezogen gefühlt; Bellezza war der Ort ihrer Herzensträume. Dann wieder klammerte sich ein anderer Teil ihrer selbst heftig an alles, was ihr vertraut war, und weigerte sich, die lieb gewordenen Eltern gegen eine neue und bedrohliche Mutter und einen unbekannten Vater einzutauschen.

Schon früh am nächsten Morgen öffnete sich die Tür und die Duchessa trat ein, diesmal mit Dienern, die Möbel herbeibrachten. Als alles zu ihrer Zufriedenheit aufgestellt war, schickte sie die Diener wieder fort und bedeutete Arianna, sich neben sie auf das Sofa zu setzen. Arianna ließ sich bei ihr nieder und zupfte sich die letzten Strohhalme aus dem Haar. Sie war entschlossen nicht als Erste zu sprechen.

»Du bist mir böse«, sagte die Duchessa leise.

»Was habt Ihr denn erwartet?«, entgegnete Arianna heftig. »Ihr habt mich fortgegeben und Euch über fünfzehn Jahre nicht um mich gekümmert. Ich weiß nicht, warum Ihr beschlossen habt, mich jetzt aufzuklären, außer um mein Leben zu retten.«

»Natürlich ist das ein Grund dafür«, sagte die Duchessa. »Doch zurzeit gibt es viele Veränderungen. Ich weiß schon seit ein paar Monaten, dass sich in meinen Angelegenheiten und in denen der Stadt eine Krise anbahnt.«

»Was für eine Krise? Ich verstehe Euch nicht«, sagte Arianna.

»Ich will versuchen, es dir zu erklären«, erwiderte die Duchessa. »Vielleicht hilft es dir, wenn du mehr von meinem Gesicht siehst.«

Und sie hob die Hände zu den silbernen Bändern und löste die blaue Seidenmaske, die sie trug. Sie sah Arianna unbeirrt an und das Mädchen spürte, wie sein Herz einen Satz machte.

Wenn alles stimmte, was man ihr erzählt hatte, sah sie jetzt zum ersten Mal das Gesicht ihrer Mutter. Und ganz hinten in ihrem Kopf sagte ihr eine kleine Stimme, dass sie außerdem in das unmaskierte Gesicht der absoluten Herrscherin der Stadt blickte, der mächtigsten Frau, die sie je kennenlernen würde. Arianna musste den Blick abwenden. Doch sie hatte genug gesehen, um festzustellen, dass sie und die Duchessa sich sehr ähnelten.

»Als ich sicher war, dass ich ein Kind bekommen würde«, fuhr die Duchessa fort, ohne auf das abgewandte Gesicht Ariannas zu achten, »bekam ich Angst um mich selbst und um dich. Das Wissen, dass ich jemanden hatte, der mir so am Herzen lag, wäre eine gefährliche Waffe in den Händen meiner Widersacher gewesen. Ich hatte längst beschlossen, unverheiratet und kinderlos zu bleiben. Meine Stadt war meine Familie, und das reichte mir. Daher beschloss ich – wenn auch vielleicht zu Unrecht, doch darüber sollst du dir ein Urteil bilden –, das Kind von jemand aufziehen zu lassen, dem ich vertrauen konnte, jemand, der mich nie verraten würde. Von meiner eigenen Schwester. Valeria war einverstanden, als ich nach ihr sandte, und als Lohn bekam sie die Tochter, die sie sich nach zwei Söhnen schon lange gewünscht hatte.«

»Aber wie habt Ihr das denn bewerkstelligt?«, fragte Arianna, deren angeborene Neugier die Oberhand gewann. »Hat denn niemand bemerkt, dass Ihr, na ja, dicker wurdet? Und was war mit meiner Mutter – ich meine, mit Eurer Schwester?«

Die Duchessa lächelte. »Einfach war es nicht. Ich habe eine Zofe, der ich mehr traue als allen anderen. Ihr Name ist Susanna und sie wusste Bescheid. Ohne sie hätte ich die Täuschung nicht durchziehen können. Lange Zeit konnte man nichts erkennen, doch als das Kind wuchs, trug ich eine üppigere Mode und man verbreitete das Gerücht, dass ich etwas am Magen hätte, was einige Monate dauern würde. Zur gleichen Zeit hat Valeria angefangen, ihre Kleider auszustopfen, und verbreitete unter ihren Freundinnen, dass sie wieder schwanger sei. Sie waren ziemlich überrascht.«

»Stimmt«, sagte Arianna. »Alle erzählen mir immer, was es für eine Aufregung auf Torrone gab, als man erfuhr, dass ich unterwegs sei.«

»Das war der schwierigste Teil«, erzählte die Duchessa. »Die Frauen von Torrone hatten ihre gebärfreudigen Jahre alle hinter sich und interessierten sich nun ganz besonders für das erwartete Kind. Natürlich wollten sie, dass eine von ihnen die Hebamme spielte. Doch Gianfranco bestand darauf, eine Hebamme aus der Stadt zu nehmen, da auf der Insel seit Jahren keine mehr gebraucht worden war.«

»Und als die Hebamme kam, da hat sie mich schon mitgebracht, oder?«, vermutete Arianna.

»Genau. Ich hatte angefangen, mich bei Staatsanlässen durch ein Double vertreten zu lassen, als die Veränderungen meines Äußeren nicht mehr zu verbergen waren. Eine junge Frau trat statt meiner auf. Sie trug meine herrlichen Gewänder beim Bankett am Dreikönigstag, während ich oben im Bett lag. Nur Susanna und die Hebamme waren bei mir und halfen mir, dich zur Welt zu bringen.«

In der Zelle herrschte Schweigen. »Hat es Euch denn nichts ausgemacht, mich fortzugeben?«

Die Duchessa nahm Ariannas Hand. »Ich hatte mich dazu durchgerungen, es zu tun. Ich durfte nicht zulassen, dass es mir etwas ausmachte. Ich gab keinen Ton von mir, als ich dich gebar, und ich sagte kein Wort, als ich dich fortgab. Ich hatte deinen Namen bereits ausgewählt, und das war alles, was ich damals für dich tun konnte. Das und dich an meine Schwester weiterzugeben war alles, was ich meiner aufrichtigen Überzeugung nach für dich tun konnte.«

»Aber hättet Ihr nicht wenigstens vorgeben können, meine Tante zu sein? Bis gestern Abend hab ich ja nicht mal gewusst, dass meine . . . dass Valeria eine Schwester hat, ganz zu schweigen davon, dass Ihr das seid.«

»Auch das war nur zum Besten. Natürlich wussten die Menschen, als ich damals gewählt wurde, dass ich von den Inseln stammte, obwohl auch ich in Bellezza geboren bin, wie es sich für die Duchessa gehört. Deine Großmutter, Paola, machte gerade Einkäufe in der Stadt, als ich geboren wurde. Genau wie du hatte ich es sehr eilig, auf die Welt zu kommen, und war zu früh dran. Doch das Gedächtnis der Menschen hier ist kurz, und selbst wenn sie sich erinnern konnten, dass meine Eltern von Burlesca stammten, hätte es eines sehr hartnäckigen Widersachers bedurft, um eine Schwester auf Torrone auszumachen. Und selbst wenn, warum hätten sie anzweifeln sollen, dass du ihr Kind bist?«

»Aber wenn es all die Jahre geklappt hat, warum soll es dann jetzt auf einmal anders sein?«, wollte Arianna wissen und zog ihre Hand fort.

Die Duchessa seufzte. »Vor ein paar Monaten kam Rodolfo mit einer seltsamen Geschichte zu mir. Wie an jedem Vollmond hatte er die Zukunft befragt, und immer wieder tauchte ein Muster auf, das er nicht recht verstehen konnte. Ob er nun die Karten befragte oder Steine oder die Würfel warf, jedes Mal wurde ihm eine dringende Botschaft enthüllt. Doch ihm fehlte ein Stückchen an Information, das er zum Verständnis benötigte. Er wusste nichts von dir.«

»Wie lautete die Botschaft?«, fragte Arianna.

»Sie handelte von einem jungen Mädchen und von Gefahr, von einem Magier und einem jungen Mann, von einem Talisman und einem neuen Stravagante aus einer anderen Welt, von dem Herzogtum und von der Zahl sechzehn. Sobald er mir davon erzählt hatte, wusste ich, dass sich ein Teil auf dich und deinen bevorstehenden Geburtstag bezog und dass ich etwas unternehmen müsste, um deine Zukunft abzusichern. Daher sandte ich meiner Schwester eine Botschaft und wartete ab, welche Intrige meiner Widersacher dich in Gefahr bringen würde – oder indirekt auch mich.«

Arianna schwieg eine Weile. »Ist Rodolfo mein Vater?«, fragte sie mit leiser Stimme. Die Duchessa erhob sich mit einer Geste der Ungeduld und ging durch die Zelle.

»Meint Ihr nicht, dass Ihr mir auch darüber die Wahrheit sagen solltet?«, beharrte Arianna.

»Ich habe dir gestern Abend gesagt, dass ich mit deinem Vater nie über deine Existenz gesprochen habe«, erwiderte die Duchessa. »Das war unerlässlich, um das Geheimnis zu wahren. Wenn ich es für nötig erachte, werde ich es ihm erzählen, und dann sollst du es auch erfahren. Je weniger du bis dahin weißt, desto sicherer sind wir alle.«

Ihre Stimme war entschlossen und Arianna spürte, dass weiteres Nachfragen keinen Sinn hätte. Daher versuchte sie etwas anderes.

»Und habt Ihr euch damit abgefunden, all die Jahre nichts von mir zu wissen?«

»Was lässt dich vermuten, dass ich nichts von dir wusste?« Die Duchessa wandte sich ihr mit aufgebrachtem Blick zu. »Ich wusste, wann dein erster Zahn kam, wann du dein erstes Wort gesprochen hast – es war ›Nein‹, soweit ich mich erinnere –, wann du den ersten Schritt getan hast. Ich wusste, wann du in die Schule kamst und wie vorlaut du deinen Lehrern gegenüber warst. Ich wusste, dass deine Brüder und Gianfranco dich verwöhnten und dass du der Liebling der Insel warst. Ich wusste alles von dir, nur nicht, wie du aussiehst. Sobald ich dich mit Luciano zusammen sah, ließ ich dir jemand folgen und meine Ahnung bestätigte sich. Aber ich hatte natürlich nie vermutet, dass du am Verbotenen Tag in Bellezza warst. Bei allen Schicksalsschlägen, die ich mir ausmalte, kam es mir nie in den Sinn, dass du die Gefahr selbst ausgelöst haben könntest!«

Arianna konnte es plötzlich nicht ertragen, die Duchessa so hoch aufgerichtet vor sich stehen zu sehen. Sie sprang auf und erwartete, dass ihr die Herrscherin wütend in die Augen blicken würde. Doch dann sah sie, dass die Augen der Duchessa, die den ihren so ähnlich waren, voller Tränen standen.

Die Woche in Venedig war vorüber. Lucien hatte alles besichtigt, was er sich vorgenommen hatte. Als sie mit der Fähre von Torcello kamen, am Lido haltmachten und dann über die Lagune zur Piazzetta zurückkehrten, war er sicher, dass er den Blick vom Wasser auf die Stadt nie vergessen würde. Die ganze Stadt schien auf dem Wasser zu schwimmen und die vielen schönen Kuppeln schimmerten golden in der Abendsonne.
Es erinnerte Lucien an seine letzte Bootsfahrt nach ihrem Besuch auf Torrone, als er mit Arianna zusammen gewesen war und kurz in seine Welt reisen musste. Da hatte die Stadt sil-

bern geschimmert, aber beides wirkte gleichermaßen magisch und märchenhaft.

An ihrem letzten Abend hatte Dad eine Gondel mit Laternen gemietet und sie hatten einen singenden Gondoliere gehabt, ganz wie in einer Eiscremewerbung.

»Für das Singen muss man extra bezahlen«, flüsterte Dad. »Ich würde gerne wissen, wie viel man bezahlen muss, damit er wieder aufhört!«

Lucien hatte die Gondel ausgesucht und zu Ehren der Duchessa den bestaussehenden Gondoliere gewählt, der allerdings eindeutig über fünfundzwanzig war.

»Du bist wirklich ulkig, Lucien«, sagte seine Mutter. »Warum ist es so wichtig, wie der Mann aussieht?«

»Ich finde einfach, in Venedig sollte alles perfekt sein«, erwiderte Lucien. »Und es würde einen nur ablenken, wenn der Gondoliere hässlich wäre.«

Träge glitten sie in der seidigen Abendluft den Canal Grande hinauf und eine Dreiviertelstunde später waren sie wieder am Markusplatz. Es fiel Lucien erneut auf, dass nur die Touristen zwischen den beiden Säulen mit den Statuen hindurchgingen. Er hatte das unüberwindliche Gefühl, dass er ihnen nicht zu nahe kommen sollte.

»Was steht über die beiden Säulen in deinem Führer, Mum?«, fragte er.

Sie schlug nach. »Die Säulen von San Marco und San Teodoro«, las sie vor, »waren der Schauplatz eines schrecklichen Spektakels. Bis zum achtzehnten Jahrhundert fanden hier Hinrichtungen von Verbrechern statt. Abergläubische Venezianer gehen noch heute nicht zwischen ihnen hindurch.«

Trotz des warmen Sommerabends musste Lucien frösteln.

»Scheußlich«, sagte Dad. »Kommt, wir nehmen einen letzten Drink.«

Sie gingen in eines der teuren Cafés, die Tische draußen auf der Piazza stehen hatten. Da es ihr letzter Abend war, bestellte Dad Bellinis – Cocktails aus Prosecco und Pfirsichsaft.

»Kann ich auch ein Eis haben?«, fragte Lucien.

»Lasst uns alle eins essen«, schlug Dad vor. »Es wird lange dauern, ehe wir wieder richtiges italienisches Eis bekommen.«

Die Duchessa saß in ihrem verspiegelten Empfangssalon und wartete auf den Botschafter. Sie hatte die Glasdekoration für den Raum kurz nach ihrer Wahl selbst in Auftrag gegeben und nach beinahe fünfundzwanzig Jahren war sie immer noch äußerst zufrieden damit. Jede Wand war mit Tausenden von Spiegelglasteilen aus Merlino geschmückt. Aber nur die Duchessa und der Glaskünstler selbst kannten das Geheimnis, wie sie aufeinander ausgerichtet waren und welche täuschenden Spiegelungen sie erzeugten.

Der Raum verlieh ihr eine Überlegenheit bei allen formellen Audienzen und entnervte und verwirrte ihre Besucher, die nie ganz sicher waren, welche der vielen Duchessas, die sie vor sich hatten, die echte war. Das kam Silvia gut zupass, vor allem in den langen, ermüdenden Sitzungen, die sie in diesem Raum mit dem remanischen Botschafter hatte ertragen müssen. Sie seufzte bei dem Gedanken daran, dass sie heute wieder eine über sich ergehen lassen musste.

Es klopfte und ein Diener kam mit einem kleinen Päckchen herein.

»Entschuldigung, Euer Gnaden«, sagte er. »Ich weiß, Ihr erwartet den Botschafter. Aber der Bote bestand darauf, dass man Euch das hier sofort übergibt. Er sagte, es sei die Spitze, die Ihr in Burlesca in Auftrag gegeben habt, und dass es eilig sei.«

»Ganz recht«, erwiderte die Duchessa, obwohl sie von keiner bestellten Spitze wusste. »Danke, das war völlig richtig.«

Sie entließ den Diener und öffnete das Päckchen. Das Spitzengewebe war kompliziert und kunstvoll gefertigt. Die Duchessa hielt es vor sich, als sei es ein Buch, aus dem man lesen könnte. Und so war es für sie auch in der Tat. Ihre Mutter, die alte Spitzenklöpplerin, hatte beiden ihrer Töchter etwas beigebracht, was sie die Sprache der Spitze nannte.

Seit dem Tag, als Silvia sie auf der Insel besucht hatte, war ihre Mutter informiert gewesen, dass sich eine Krise anbahnte. Die Existenz des Kindes würde nicht mehr lange ein Geheimnis sein. Und durch einen glücklichen Zufall hatte sie nun etwas erfahren, was ihrer eigenen Tochter das Leben retten konnte. Alles, was sie über das Komplott di Chimicis gehört hatte, hatte Paola in ihre Spitze verarbeitet. Und ehe der Botschafter eintraf, wusste die Duchessa genau, was er ausgeheckt hatte.

»Gut«, sagte sie leise. »Ich werde mir daraus ein Oberteil arbeiten lassen und es vor dem törichten Mann tragen. Da braucht es schon mehr als einen Rinaldo di Chimici und seinen schmutzigen, kleinen Handlanger, um mir Bellezza wegzunehmen.«

Kapitel 16

Der gläserne Saal

Lucien hatte auf mehr als eine Weise aus seiner Woche in Venedig Nutzen gezogen. Zum einen hatte er jede Nacht wie ein Stein geschlafen und seinen monatelangen Schlafentzug ausgeglichen. Und zum anderen war Venedig eine Stadt, in der man trotz ihrer vielen Wasserwege eine Menge zu Fuß gehen musste. Das Training hatte ihm gutgetan. Und der Szenenwechsel war herrlich gewesen. Allein aus dem Haus zu kommen und neue Orte zu sehen wäre gutgewesen nach den Monaten, die er im Bett verbracht hatte. Aber dass dieser neue Ort nun auch noch Venedig war . . .
Und dennoch, seit jenem Moment am Kanal in Torcello hatte er ein Art unterschwelliger Angst verspürt. Die ganze Zeit, während der er so krank gewesen war und die Chemo über sich hatte ergehen lassen müssen, hatte er gewusst, dass sein Leben in Gefahr war, aber das hier war ganz anders. Er war sicher, dass diese neue Bedrohung ihren Ursprung in Bellezza hatte, und er wusste, dass er ihr nicht aus dem Weg gehen konnte.

So etwas hatte der Gefängniswärter der Duchessa noch nie erlebt. Da war diese weibliche Gefangene, die eines der abscheulichsten Verbrechen in Bellezza begangen hatte – und sie wurde wie ein Ehrengast behandelt! Auf Geheiß der Duchessa war sie in eine größere, luftigere Zelle mit privatem Abtritt verlegt worden. Und dann waren auch noch Möbel hereingebracht worden. Ein rotes Samtsofa, ein Sessel, ein kleiner Sekretär und ein Stapel Bücher!

Die Gefangene hatte ihre eigene Öllampe und Kerzen und einen Teppich, der den Steinboden bedeckte. Die Zelle war gemütlicher und heimeliger als die eigene Wohnung des Wärters. Er hätte neidisch werden können, aber das Mädchen war tatsächlich ein ganz entzückendes, kleines Ding und er war zu dem Ergebnis gekommen, dass sie unschuldig war. Das hoffte er zumindest sehr, denn sonst stand ihr ein ganz schreckliches Schicksal bevor. Aber wenn sie unschuldig war, warum musste er sie immer noch gefangen halten?

Arianna war eigentlich ganz erleichtert, im Gefängnis zu sitzen. Sie musste sich so viel durch den Kopf gehen lassen, dass sie sich durch nichts und niemanden ablenken lassen wollte. Nach ihrem zweiten Gespräch mit der Duchessa hatte Rodolfo ihre Eltern zu ihr gebracht, und kaum hatte sie sie erblickt, hatte sie sich schluchzend an sie geklammert und sie angefleht, ihr zu sagen, dass alles nicht stimmte. Obwohl die beiden überrascht waren zu erfahren, dass sie das Geheimnis ihrer Geburt kannte, konnten sie es nicht abstreiten. Sie sahen sie nur mit ernsten Augen an und waren erleichtert, dass ebendieses Geheimnis nun das Leben ihrer Pflegetochter retten würde. Und dann hatten sie sie fest umschlungen gehalten und selbst Tränen vergossen und ihr versprochen, dass sie sie weiter lieb haben würden, als wäre sie ihr eigenes Kind. Und

Arianna hatte umso heftiger geschluchzt und das Gefühl gehabt, dass von nun an für immer eine Barriere zwischen ihnen bestehen würde.

Die Duchessa war seither ein paar Mal erschienen und hatte ihr kleine Leckereien und Kleidungsstücke geschenkt. Einmal hatte sie ihre eigene Zofe geschickt, die Arianna das Haar wusch und frisierte. Arianna ließ das über sich ergehen, als wäre sie in einem Traum. Als die Duchessa ihr zuerst die Wahrheit gesagt hatte, war sie wütend gewesen. Sie war ja ohnehin schon gegen ihre allmächtige Herrscherin eingenommen gewesen, und kaum hatte sie die Duchessa persönlich kennengelernt, hatte sie einen neuen Grund gehabt, um sie zu hassen. Doch dann, als sie gesehen hatte, wie bewegt die Duchessa gewesen war, hatte sich ihr Hass plötzlich in nichts aufgelöst. Arianna war hin- und hergerissen.

Sie musste lernen, ihre Eltern als Tante und Onkel zu betrachten und ihre Brüder als Vettern. Das Einzige, das sich nicht verändert hatte, waren ihre Großeltern, die tatsächlich ihre Großeltern waren. Sie waren der Fels, an den sie sich in einer See von brodelnden Unwägbarkeiten klammern konnte. Doch selbst dieser Fels hatte seine scharfen und ungemütlichen Kanten: Auch Paola und Gentile hatten sie angelogen wie Valeria und Gianfranco.

Überwältigender als all das war die Vorstellung, dass ihre eigene richtige Mutter eine Person von der Macht und der Ausstrahlung der Duchessa war. Es veränderte Ariannas Selbstbild vollkommen. Sie war nicht das Kind von sanften, nicht mehr ganz jungen Eltern, von einer Hausfrau und einem Kirchenverwalter. Sie war die Tochter der mächtigsten Frau in Bellezza, der einzigen Herrscherin, die sich gegen die di Chimicis behauptete, der Zielscheibe von Intrigen und Attentatsversuchen. Und das Schlimmste daran war, dass diese Vorstellung Arianna trotz allem gefiel.

Ihr Leben lang hatte sie sich nach Abenteuern gesehnt und jetzt hatte sie mehr davon, als sie verkraften konnte. Sie würde nie mehr befürchten müssen, an einen Langweiler verheiratet zu werden. Sie musste überhaupt nicht heiraten, wenn sie nicht wollte; die Duchessa hatte sich auch nicht vermählt. Und das brachte sie wieder auf einen anderen Gedankengang: Wer war ihr Vater?

Die Duchessa konnte leicht sagen, dass sie umso sicherer war, je weniger sie wusste. Arianna hoffte trotzdem, dass es der Senator Rodolfo sei, obwohl sie ein wenig Angst vor ihm hatte. Wie jedermann in Bellezza wusste sie von seiner Beziehung zur Duchessa. Aber andererseits hatte er so streng und distanziert gewirkt, als er ihre Eltern hergebracht hatte – ihre Tante und ihren Onkel, korrigierte sie sich –, dass sie sich schlechterdings nicht vorstellen konnte, er sei ihr Vater.

Der Prozess vor dem Rat war für den nächsten Tag anberaumt und Arianna hatte keine Angst mehr, verurteilt zu werden. Aber sie machte sich Sorgen um Lucien. Rodolfo hatte auf ihre Frage hin gesagt, es gäbe immer noch kein Zeichen von ihm und er wisse auch nicht, wann der Junge wieder auftauchen würde.

Kaum waren sie zurück in London und hatten ausgepackt, schob Lucien Müdigkeit vor und sagte, er würde gern früh zu Bett gehen. Er nahm den Spiegel über seinem Bett ab und hängte die Silbermaske an den Haken; das musste erst mal genügen. Den Spiegel lehnte er an die Wand am Fußende seines Bettes. Er legte den Bleistift auf den Nachttisch und steckte das Notizbuch in seine Pyjamatasche. Als er dann im Bett war, lag er lange Zeit im Dunkeln wach, berührte das Buch und wartete darauf, dass ihn der Schlaf nach Bellezza tragen würde.

William Dethridge war nicht untätig gewesen. Er hatte einige Zeit damit verbracht, Leonora zu trösten, die immer noch außer sich war vor Sorgen. Und nun versuchte er mit Lucien Kontakt aufzunehmen, und zwar auf eine Art, die weniger unsicher war, als in eine unbekannte zukünftige Welt zu reisen. Rodolfo hatte ihm gezeigt, wie seine Spiegel funktionierten, und jetzt versuchte er eine Verbindung mit der Welt herzustellen, aus der er gekommen war und in der Lucien noch lebte. Seine Kenntnis der Geheimwissenschaften einer Welt, zusammengenommen mit Rodolfos Weisheit einer anderen, war nicht unerheblich, und er machte allmählich Fortschritte.

In einem der Spiegel erschien ein Bild, das er nicht verstand. Erst dachte er, es sei irgendwo in Bellezza, denn er konnte eine silberne Maske erkennen. Doch darunter war der Kopf eines Jungen, der auf einem Kopfkissen lag. Gerade erkannte Dethridge, dass es sich um Lucien handelte, da schloss das Gesicht im Spiegel die Augen und Lucien erschien auch schon persönlich im Laboratorium.

»Lucien!«, rief der alte Mann aus. »Ich bin höchst erfreut dich zu sehen! Aber du darfst hier nicht verweilen. Dein Leben ist in Gefahr. Du musst durch den Pfauengang gehen und auf Meister Rudolphe warten. Er wird dir alles erklären.«

Dethridge ließ keine Fragen zu; er drehte Lucien schon zu

der Wand und packte den Knauf. Innerhalb von einem Augenblick fand sich Lucien ohne eine Lichtquelle in dem Geheimgang wieder. Aber das war nicht weiter schlimm. Er hatte den Gang mehrere Male benutzt und kannte ihn inzwischen gut genug, um sich im Dunkeln zur Duchessa hinüber zurechtzufinden. Trotzdem stellte er erleichtert fest, dass er immer noch den Merlino-Dolch im Gürtel hatte, da er nicht wusste, was ihn am anderen Ende erwarten würde.

Hinter der Tür der Duchessa konnte er Stimmen hören und er zögerte kurz, bis er sicher war, dass eine davon Rodolfo gehörte. Vorsichtig drückte er die Tür auf und schon stand er im Mittelpunkt des Interesses.

Rodolfo war offensichtlich erfreut, ihn zu sehen. Obwohl er jetzt lächelte, fand Lucien, dass sein Meister sehr gealtert war, als ob in der kurzen Zeit während Luciens Abwesenheit viel passiert war, was ihm Sorgen bereitet hatte. Auch die Duchessa hieß ihn herzlich willkommen. Doch dann hatten sie ihm eine solche Menge zu erzählen, dass Lucien überwältigt war.

»Man hat Arianna festgenommen?«, fragte er. »Darf ich sie besuchen?«

»Warum nicht?«, sagte die Duchessa lachend. »In einer meiner Zellen werden die Stadtwachen am wenigsten nach dir suchen. Und sie muss dir sicher noch mehr erzählen.«

»Ich bringe dich hin«, sagte Rodolfo. »Wir können durch den Ratssaal und über die Seufzerbrücke gehen. Doch lange kannst du nicht bleiben und wir müssen einen Weg finden, wie wir dich vor einem Prozess bewahren können.«

»Meister Rudolphe«, sagte Dethridge, als der Stravagante in sein Laboratorium zurückkehrte. »Ich glaube, ich habe meine alte Welt wiedergefunden.«

Er zeigte Rodolfo, was er mit seinem Spiegel angestellt hatte, und die beiden Stravaganti schauten auf einmal in Luciens Zimmer. Sie brauchten eine Weile, bis sie heraushatten, was es war, denn das Zimmer sah weder aus wie eines in Rodolfos Talia noch wie eines in Dethridges England, doch sie erkannten den schlafenden Jungen wieder.

»So muss auch ich wohl ausgesehen haben, wenn ich hierher gereist bin«, sagte Dethridge. »Kein Wunder, dass man mich des Öfteren für tot gehalten hat. Ich habe einige Zeit gebraucht, bis ich verstand, dass ich nur des Nachts reisen durfte.«

»Faszinierend!« Rodolfo schlug dem alten Mann auf die Schulter. »Gut gemacht, Dottore, Ihr habt etwas sehr Bemerkenswertes erreicht – und vielleicht stellt es sich als sehr nützlich für die Bruderschaft heraus.«

Der Rat von Bellezza hatte die kleineren Überschreitungen auf der Tagesordnung rasch abgehandelt. Jeder war begierig darauf, zur Hauptsache des Tages zu kommen. Bei Ratssitzungen waren der Senat und die Öffentlichkeit nicht zugelassen, daher war Rodolfo nicht anwesend, genauso wenig wie Rinaldo di Chimici. Der hatte allerdings einen der Räte bestochen, damit er für ihn spionierte.

Die Gefangene wurde hereingeführt und sah für jemand, der einige Tage in einer Zelle eingesperrt gewesen war, erstaunlich frisch und hübsch aus. Ein Zeuge – der Wirt aus der kleinen Taverne – wurde vorgeführt und sagte gegen sie aus.

»Ja, ich habe sie am Verbotenen Tag gesehen«, berichtete er unwillig. »Sie war da und hat mit dem anderen, dem Jungen, Schokolade bei mir getrunken.«

»Euer Gnaden, der Junge konnte noch nicht gefunden werden«, sagte der Ankläger.

»Gut, lassen wir den Jungen also beiseite«, erwiderte die Duchessa. Schon lange hatte ihr eine Ratssitzung nicht mehr solchen Spaß bereitet.

»Ich werde jetzt beweisen, dass das Mädchen keine Bürgerin von Bellezza ist«, sagte der Ankläger. »Ruft Gianfranco Gasparini herein.«

Gasparini wurde aufgerufen und vereidigt.

»Signor Gasparini«, begann der Ankläger, »erzählt dem Rat, wo Ihr wohnt.«

»Auf Torrone«, sagte Gianfranco. »Ich bin der Wärter der Basilika dort.«

»Und kennt Ihr die Angeklagte?«, fragte der Ankläger.

»Ja«, bestätigte Gianfranco. »Das ist meine Pflegetochter.«

Arianna musste ihre Tränen unterdrücken. Es machte sie immer noch traurig, das zu hören. Ein Murmeln ging durch die Ratskammer.

»Eure Pflegetochter?« Der Ankläger sah auf seine Unterlagen. »Wollt Ihr sagen, Ihr seid nicht der leibliche Vater des Mädchens?«

»So ist es«, sagte Gianfranco. »Sie ist von mir und meiner Frau aufgezogen worden, aber sie ist nicht unser leibliches Kind.«

»Aber meine Informationen besagen, dass sie auf Torrone allgemein als die ›Tochter der Insel‹ bekannt war, das einzige Kind, das dort seit Jahren geboren worden ist.«

Gianfranco nickte. »Außer dass sie nicht dort geboren ist.«

Das verursachte einen Aufruhr unter den Ratsmitgliedern.

»Und wo ist sie dann geboren?«, fragte der Ankläger, obwohl ihm schon schwante, wie die Antwort lauten würde.

»Hier in Bellezza«, sagte Gianfranco.

»Euer Gnaden«, sagte der Ankläger, verärgert über den Gang

der Dinge. »Das sind neue Informationen. Der Zeuge muss einen Beweis vorlegen. Sonst könnte jeder, der dieses Verbrechens beschuldigt wird, behaupten, in Bellezza geboren zu sein.«

»In der Tat«, sagte die Duchessa. »Habt Ihr einen Beweis, Signor Gasparini?«

»Wenn Euer Gnaden erlauben, dass eine weitere Zeugin gerufen wird, eine Signora Landini, dann kann der Ankläger sie nach Beweisen fragen.«

Die Duchessa nickte und die Zeugin wurde aufgerufen. Arianna hatte keine Ahnung, wer sie war, genauso wenig offensichtlich wie der Ankläger.

»Bitte sagt Euren Namen, Signora.«

»Maria Maddalena Landini«, erwiderte die Frau, die rundlich und ungefähr sechzig Jahre alt war.

»Und in welcher Beziehung steht Ihr zu der Gefangenen?«

»Ich war die Hebamme bei ihrer Geburt«, sagte die alte Frau.

»Und wo fand die Geburt statt?«

»Hier in Bellezza, Signore.«

»Und wer war die Mutter?«

Die Duchessa blieb völlig gelassen. Die alte Frau sah stur geradeaus.

»Ich glaube nicht, dass ich das beantworten muss«, sagte sie.

»Euer Gnaden?«, wandte sich der Ankläger an die Duchessa.

»Die Eltern des Kindes stehen nicht zur Debatte«, sagte diese, »nur ihr Geburtsort. Wenn dieser Bellezza ist, wird die Klage abgewiesen.«

»Was geschah nach der Geburt des Kindes?«, fragte der Ankläger.

»Ich zeigte sie ihrer Mutter, einer Dame von Stand«, erwiderte Signora Landini, »und sie bat mich, das Mädchen zu einem Paar auf Torrone zu bringen, das sich bereit erklärt hatte, sie aufzuziehen.«

»Und das habt Ihr auch gemacht?«, wollte der Ankläger wissen, dessen Stimme jetzt laut wurde.

»So ist es«, sagte die Signora. »Ich brachte das Kind noch in derselben Nacht zu einer Familie namens Gasparini nach Torrone. Die Mutter entlohnte mich üppig und damit war für mich der Fall erledigt.«

Nun griff die Duchessa ein. »Es erscheint mir offensichtlich, dass hier ein Versehen vorliegt. Es gibt eindeutig keinen Grund zur Anklage. Übergebt die Gefangene ihrem Pflegevater.«

Hochgestimmt kehrte die Duchessa von der Gerichtsverhandlung zurück. Lucien hatte mit Rodolfo in ihren Gemächern gewartet, bis die Ratssitzung abgeschlossen war.

»Wie geht es Arianna?«, fragte Lucien. Es war ein schreckliches Erlebnis gewesen, sie in dem Kerker des Palastes zu besuchen, obwohl sie es ganz bequem zu haben schien.

»Sie ist frei und munter, hoffe ich«, sagte die Duchessa. »Gianfranco wird sie zu ihrer Tante zurückgebracht haben, nehme ich an.«

»Darf ich sie besuchen?«, fragte der Junge.

»Solange der Haftbefehl gegen dich noch läuft, wäre es nicht sicher, auf die Straße hinauszugehen«, sagte Rodolfo.

»Ich werde den Haftbefehl aufheben«, entschied die Duchessa. »Ich kann sagen, nachdem eine der Klagen abgewiesen wurde, sind Zweifel an der Berechtigung der zweiten aufgetreten. Geh durch den Gang zu Rodolfo zurück und ich werde Arianna eine Botschaft zukommen lassen, sobald die Gefahr vorüber ist. Dann könnt ihr euch ohne Angst besuchen.«

»Aber denk bitte daran, noch einmal hierherzukommen, ehe du in deine Welt zurückreist«, sagte Rodolfo.

Lucien fühlte, wie ihm eine Zentnerlast vom Herzen fiel. Und jetzt sah er die Duchessa in anderem Licht. Seit er wusste, dass sie Ariannas Mutter war, suchte er nach Ähnlichkeiten. Und wenn die Duchessa guter Laune war, war sie in der Tat wie ihre Tochter, voller Humor, der ansteckend wirkte.

»Nun geht aber, alle beide«, sagte sie jetzt. »Ich muss mich noch um andere wichtige Dinge kümmern.«

Enrico lief pfeifend am Kanal entlang. Er hatte eine weitere, sehr nützliche Information erhalten. Sein Freund Giuseppe, der Spitzel der Duchessa, hatte noch einen Freund, einen auf Merlino. Der kannte den Kunsthandwerker, der den Glassalon der Duchessa ausgestattet hatte. Und entlang dieser zerbrechlichen Gliederkette aus Informanten war ein Silberschatz in eine Richtung geflossen, der allmählich abnahm, während er von Hand zu Hand weitergegeben wurde, und Information kam zurück, die ständig anwuchs, während sie von Mund zu Mund weitergesagt wurde.

Und nun kannte Enrico den Konstruktionsplan der Spiegel im Saal der Herzogin! Er war kurz davor, ein Vermögen zu verdienen.

Giuliana war wieder gebeten worden, für die Duchessa einzuspringen. Das würde sie natürlich nicht ablehnen. Ihre Liebe zum Silber hatte sogar bereits angefangen, ihre Liebe zu Enrico in den Schatten zu stellen. Diesmal plante sie, alles selbst zu behalten, und daher erzählte sie ihrem Verlobten nichts von dem neuen Auftrag. Sie musste bei diesem Anlass nicht in der Öffentlichkeit auftreten, sondern einfach Bittsteller im Audienzraum der Duchessa empfangen. Sprechen musste sie nicht; eine Zofe würde erklären, dass die Duchessa einen entzündeten Hals habe. Sie musste nur die Gewänder der Duchessa anlegen und so tun, als ob sie einigen Bittstellern lauschte. Die Beschlüsse der Herrscherin würden den Bittstellern dann später übermittelt werden.

Giuliana war überrascht, als sie hörte, dass sich die Duchessa auch bei kleinerem Unwohlsein vertreten ließ: Sie hatte angenommen, so etwas würde nur bei Staatsanlässen passieren, aber sie war gerne bereit, bei der Täuschung mitzumachen. Befriedigt starrte sie den wachsenden Stapel schöner Kleider in ihrer Zederntruhe an. Fast konnte sie den Truhendeckel schon nicht mehr schließen!

Arianna tanzte praktisch um den Brunnen, als Lucien bei ihr eintraf. Es war zu spät, um gemeinsam irgendwohin zu gehen. Fast war es schon an der Zeit für ihn, wieder nach Hause zu reisen. Aber allein durch die Straßen zu laufen ohne jene dumpfe Furcht, die Tage lang über ihm geschwebt hatte, war schon ein Genuss gewesen.

»Machst du weiter mit deinem Unterricht?«, fragte Arianna. »Und treffen wir uns wieder an den Nachmittagen?«

»Ich wüsste nicht, warum wir das lassen sollten«, erwiderte Lucien. »Ich muss immer noch eine Menge über Stravaganza und über Bellezza lernen.«

Von einer neuen Sorge, die ihn beunruhigte, erzählte er Arianna nichts. Was würde mit seinem Leben in Bellezza passieren, wenn er im September wieder in die Schule musste? Es würde schon schwierig genug sein, den Stoff aufzuholen, den er versäumt hatte, und komplette Schultage auszuhalten, ohne Nacht für Nacht auf den Schlaf zu verzichten.

Bis es so weit war, wollte er allerdings den Rest der Ferien genießen, und zwar in beiden Welten. Aber ihm war klar, dass eine Veränderung bevorstand, und dieses Gefühl gefiel ihm nicht.

»Nehmt noch etwas Wein, Dottore«, sagte Leonora.

»Dank sei Euch«, erwiderte Dethridge. »Ihr seid sehr freundlich. Und wo sind die jungen Leute jetzt?«

»Irgendwo in der Stadt unterwegs. Sie genießen die Zeit, die ihnen bleibt«, sagte Leonora. »Es ist fast dunkel. Der junge Mann muss zu Senator Rodolfo zurück und bald nach Hause.«

»Ihr wisst also, von wo er kommt?«, fragte der Doktor.

»Aber ja«, bestätigte Leonora ruhig. »Ich habe es die ganze Zeit gewusst. Aber er ist ein guter Junge, und das ist entscheidender als die Welt, aus der er kommt, nicht wahr?«

Dethridge wirkte gedankenverloren. »Wisst Ihr auch, dass ich dereinst ein Stravagante war?«

Leonora sah ihn an. »Nein. Aber Ihr sagtet ›war‹. Was ist geschehen?«

Dethridge seufzte tief auf. »Es bestand Gefahr für mich und überdies geschah ein Unglück. Die Geschichte ist zu lang für heute Abend. Eines Tages erzähle ich sie Euch vielleicht. Aber es soll genügen, dass ich nicht mehr so bin wie der junge Herr Lucien. Ich bin jetzt hier – für immer.«

Leonora griff nach seiner Hand.

»Ich bin froh darüber«, sagte sie.

Rinaldo di Chimici war sehr erbost über den Ausgang des Prozesses vor dem Rat, vor allem, als er zudem vernahm, dass der Haftbefehl gegen Lucien aufgehoben worden war.

Enrico zuckte nur mit den Schultern. »Das eine klappt, das

andere nicht. Was macht das morgen schon aus, wenn die Duchessa tot ist?«

Di Chimici konnte einen Schauer nicht unterdrücken. Die Ruchlosigkeit des Mannes war ihm zuwider. Seine Dienste in Anspruch zu nehmen, um sein Ziel zu erreichen, war, als ob man ein exquisit zubereitetes Mahl mit schmutzigem Besteck essen musste. Aber das Komplott war inzwischen zu weit geplant, als dass er es abblasen konnte. Seine Cousine Francesca war bereits in Bellezza eingetroffen und wartete auf ihren Einsatz. Er hatte ein oder zwei bellezzanische Adlige ausgesucht, die bereit waren, sie rasch zu heiraten, wenn das Attentat klappte.

»Aber den Jungen können wir uns immer noch holen, wenn Ihr wollt«, sagte Enrico. »Wenn wir eine neue Duchessa haben und Teil der Föderation sind, dann könnt Ihr ihn aufgrund Eurer neuen Gesetze gegen Hexerei bekommen. Irgendwas an ihm stimmt nämlich wirklich nicht.«

Di Chimici war erleichtert. Er brauchte den Jungen schließlich noch. Vielleicht würde er nicht mal bis zu Francescas Wahl warten. Warum konnte dieser Abschaum, den er zu seinem Instrument gemacht hatte, den Jungen nicht einfach einfangen? Allerdings wollte er den morgigen Tag noch verstreichen lassen.

Einmal im Monat konnte jedermann mit einer Petition vor die Duchessa treten. Wenn es sich um eine Bagatelle handelte, musste das Anliegen nicht dem Rat vorgetragen werden; Nachbarschaftsstreitereien, Erbschaftsansprüche innerhalb von Familien und Auseinandersetzungen zwischen Herr und Pächter konnte sie selbst regeln.

Diese Petitions-Tage im Glassalon, der den restlichen Teil

des Monats gewichtigeren Abgesandten vorbehalten war, machten Silvia normalerweise Spaß. Es war ihr völlig klar, dass die Bellezzaner, die hoffnungslos prozessversessen waren, oft unter geringem Vorwand vor ihr erschienen, einfach nur, um die große Dame von Angesicht zu Angesicht zu sehen und mit ihr zu reden. Es war eines der Rituale, das die Bürger ihrer Herrscherin besonders ergeben machte.

Wenn sie gingen, waren sie noch erfüllter als vorher von der Ehrfurcht vor ihrer Macht und noch verwirrter von dem, was sie gesehen hatten. Der Spiegelsalon schloss sich direkt an die Privatgemächer der Duchessa an. Eine Schiebetür dazwischen ließ sie in den Audienzraum gelangen. Doch heute war es ihr Double, das hereintrat, um sich auf den Glasthron zu setzen.

Der Saal verursachte Giuliana ein Schwindelgefühl. Keine zwei Schritte durch den Raum hätte sie gewagt, nicht mal vom Thron wäre sie aufgestanden. Alles um sie her war Illusion und Täuschung. Sie konnte Wirklichkeit und Spiegelung an keiner Ecke mehr unterscheiden – der Salon hatte etwas Unheimliches an sich. Nur jemand mit dem Geist der Duchessa hatte sich so etwas ausdenken können.

Bei den ersten drei Bittstellern achtete Giuliana kaum auf die Einzelheiten ihrer Petitionen. Hinter ihrer roten Federmaske huschte ihr Blick über die Wände, die ihr eigenes Bild tausendfach wiedergaben, in Fragmente gebrochen durch die kunstvoll zusammengefügten Spiegelteile. Sie bekam richtig Kopfweh davon.

Doch der vierte Besucher ließ sie aus ihren Träumereien aufschrecken. Es war Enrico! Sie konnte ihn natürlich nicht ansprechen, doch sie errötete hinter ihrer Maske so sehr, dass sie das Gefühl hatte, ihr Gesicht müsse dieselbe Farbe angenommen haben wie ihr Kleid. Mit was für einem Anliegen kam er zur Herrscherin? Sie hatte das sichere Gefühl, dass es etwas mit ihrer Hochzeit zu tun hatte.

Allerdings sagte er nichts. Vielleicht verwirrte ihn der Salon genauso wie die anderen Leute? Doch nein. Er sah sie direkt an und ließ sich nicht täuschen von dem Spiegelglas um sie herum. Dann nickte er, bückte sich und schien etwas wie eine Kugel unter ihren Stuhl zu rollen. Darauf wandte er sich um und verließ eilig den Raum.

Rodolfo hörte die Explosion in seinem Laboratorium. Lucien war gerade für die morgendlichen Stunden eingetroffen. Es gab einen ohrenbetäubenden Knall, gefolgt von Geräuschen, die wie das Bersten und Splittern von Glas klangen.

Rodolfo wusste, wo sich die Duchessa um diese Zeit an diesem Tag gerade aufhalten musste, so wie er immer Bescheid wusste. Genauer gesagt, einer seiner Spiegel war auf den Audienzraum ausgerichtet.

Entsetzt blickte Rodolfo auf das Chaos aus Glas und Blut. Sie konnte unmöglich überlebt haben. Aber er würde den Scherbenhaufen selbst mit bloßen Händen durchwühlen, um nach ihr zu suchen.

Der schnellste Weg zu der Duchessa war durch den Geheimgang. Rodolfo ließ Dethridge und Lucien zurück, riss den Knopf herum und rannte ins Dunkle, ohne seinen Feuerstein mitzunehmen. Er konnte seinen eigenen stoßhaften Atem hören. Eine Stimme stöhnte: »Oh Göttin, bitte nicht!«, und er merkte nicht einmal, dass es seine eigene war.

Kapitel 17

Tod einer Herzogin

Auf dem Weg durch das Treppenhaus des Palastes und über den Platz lief Enrico so langsam und ruhig, wie es ihm möglich war. Doch kaum befand er sich im üblichen Gewühl der Besucher und Reisenden, da hörte er die Explosion und rannte so schnell er nur konnte, bis er in seiner Bleibe war. Er hatte zugestimmt, keinen Kontakt mit di Chimici aufzunehmen. Im Palazzo hatte er einen falschen Namen angegeben und jetzt würde er für ein paar Tage untertauchen. Sobald er das Geld vom Botschafter bekommen hatte, würde er Giuliana abholen und nach Remora reisen. Sein Plan war wasserdicht.

Rinaldo di Chimici hörte die Explosion ebenfalls in seinen Räumen am Großen Kanal. Dem Knall folgte eine Stille, in der ganz Bellezza den Atem anzuhalten schien. Und dann ein allgemeiner Aufschrei, als alle Menschen auf den Palazzo zuliefen, während die Wachen vergeblich versuchten, sie am Eindringen zu hindern.

Di Chimici bemühte sich, möglichst normal zu wirken. Aber was war wohl normal für einen remanischen Botschafter, der ein Massaker im herzoglichen Palast vermutete? Er musste sich in der Öffentlichkeit zeigen, musste sich überrascht, nein, betroffen geben, sonst verdächtigte man ihn noch, etwas damit zu tun zu haben. Er läutete, damit ihm sein Diener die Neuigkeiten mitteile. Als dieser nichts mitzuteilen hatte, außer dass eine Explosion in der Gegend der Piazza Maddalena stattgefunden haben musste, eilte er hinunter zu seiner Mandola, die am Anleger lag.

Während das Gefährt durchs Wasser glitt, konnte er sehen, dass sich viel Verkehr in dieselbe Richtung bewegte. Der Platz war so übersät mit Menschen, als würde eines der bellezzanischen Feste gefeiert. Doch der schwarze Rauch, der aus dem Dach des Palazzo quoll, strafte die Karnevalsatmosphäre Lügen. Die Männer, die in Bellezza Brände bekämpften, pumpten Wasser aus der Lagune zum Palast hinauf, so schnell sie konnten.

Als der Botschafter aus seiner Mandola auf den Anleger an der Piazzetta sprang, hörte er schon vereinzelte Rufe: »Bellezza è morta!« Abrupt blieb er stehen. Nach dem, was am Fest der Maddalena passiert war, konnte er kaum glauben, dass sein Komplott geklappt hatte. Doch die Rufe konnten nur eines bedeuten: Die Duchessa war tot.

Rodolfo stieß im Dunklen mit etwas Weichem zusammen – einer Person, die aus der entgegengesetzten Richtung kam. Er packte sie zunächst bei den Schultern, um sie aus dem Weg zu stoßen, doch etwas ließ ihn innehalten. Ein Duft, ein Aufatmen, das wie ein Schluchzen klang, und er hielt die Gestalt in den Armen. Er wusste nicht, wie sie überlebt hatte, aber es war Silvia, ganz ohne Zweifel.

»Der Göttin sei Dank!«, flüsterte er.

Silvia seufzte und schluchzte erneut auf.

»Die Göttin hat vielleicht die Hand im Spiel gehabt«, sagte sie mit zitternder Stimme, »aber ich selbst habe auch nachgeholfen.«

Lange Zeit hielten die beiden sich so in dem Gang umschlungen, bis ihr Herzschlag wieder regelmäßiger wurde. Dann gingen sie langsam zu Rodolfos Gemächern zurück.

»Der Himmel sei gepriesen!«, rief Dethridge aus, als er sie auftauchen sah. »Wir hatten schon das Schrecklichste befürchtet.«

»Fast wäre es auch eingetreten, Dottore«, sagte die Duchessa. »Aber es braucht mehr als einen di Chimici, um mich umzubringen.«

»Luciano«, sagte Rodolfo, »reiche ihr etwas Wasser. Sie hat einen Schock erlitten.«

»Was ist denn geschehen?«, wollte Lucien wissen, während er Rodolfos schönsten Silberkelch aus dem Schrank holte und Wasser hineingoss.

Die Duchessa nahm einen tiefen Zug, ehe sie antwortete. Sie trug das tiefrote Kleid und die Federmaske, die sie noch Sekunden vor der Explosion in Rodolfos Spiegel gesehen hatten. Abgesehen von etwas Staub und ein paar Spinnweben, die im Geheimgang an ihr haften geblieben waren, war sie völlig unversehrt. Rubine leuchteten an ihrem Hals und in ihren Ohren und der Fächer, den sie noch umklammert hielt, war aus blutroter Spitze.

»Ich habe für meine Audienz heute ein Double benutzt«, sagte sie und ihre Stimme zitterte dabei nur noch leicht. »Wie sich herausstellte, war das eine gute Idee.«

Lucien war entsetzt. Eine unschuldige Frau war demnach zu Tode gekommen. Er wusste, dass eine Herrscherin mit der Gefahr lebte. Er hatte sie ja schon einmal vor einem Attentat bewahrt. Doch plötzlich hatte er den furchtbaren Eindruck, dass die Duchessa genau gewusst hatte, was sie tat, als sie eine Ersatzperson in den Glassalon geschickt hatte.

Rodolfo dachte offensichtlich das Gleiche. »Du wusstest, dass etwas passieren würde?«

Die Duchessa nickte. »Ich bin gewarnt worden.«

»Weißt du, wer es war?«, fragte Rodolfo gepresst.

»Der Handlanger war ein gewöhnlicher Schurke, der glaubte, eine Herzogin zu töten, der aber in Wirklichkeit seine eigene Verlobte umgebracht hat«, sagte die Duchessa. »Dahinter steckte allerdings derselbe Attentäter wie beim letzten Mal – Rinaldo di Chimici.«

»Wie haben Sie das alles herausgefunden?«, fragte Lucien, der immer noch entsetzt darüber war, dass die Duchessa eine andere Frau in den sicheren Tod geschickt hatte, auch wenn diese Frau in gewisser Weise in das Komplott verwickelt gewesen war.

»Meine Mutter, Ariannas Großmutter, stellt auf Burlesca Spitze her«, erwiderte die Duchessa, als sei das eine Antwort auf seine Frage.

»Das weiß ich«, sagte er. »Ich habe sie kennengelernt.«

»Natürlich, das hatte ich ganz vergessen. Also, wenn du ihre Arbeit gesehen hast, weißt du ja, wie gut sie ist. Von überall her kommen die Menschen zu ihr, wenn sie etwas Besonderes brauchen. Und kürzlich wurde sie von einer jungen Frau wegen einer besonders prächtigen Hochzeitsausstattung aufgesucht. Diese junge Frau erzählte ganz stolz von dem Geld, das ihr zukünftiger Mann für einen geheimen Auftrag bekäme, den er für Rinaldo di Chimici erledigen müsse.«

»Was für ein Zufall!«, staunte Lucien.

Die Duchessa hob die Maske an und rieb sich die Augen. »Ich glaube nicht an Zufälle«, sagte sie. »Es war Schicksal. Es gelang meiner Mutter, mir auf eine Art, die nur ich verstand, eine Botschaft zukommen zu lassen. Als ich sie entziffert hatte, beschloss ich, die junge Frau heute als Double für mich einzusetzen – so wie schon einmal zuvor.«

»Aber warum hat sie denn zugestimmt, wenn sie wusste, dass sie in Gefahr war?«, wollte Lucien wissen.

»Ich nehme an, sie wusste nicht, wann es passieren sollte. Wahrscheinlich hat sie selbst nicht mal die Hälfte von den Dingen begriffen, die sie meiner Mutter verraten hatte. Sie war geldgierig und das neue Angebot kam ihr recht. Außerdem hatte sie die Vereinbarung gebrochen, die wir bei ihrem ersten Auftritt als Duchessa getroffen hatten.«

Die Herzogin sah die anderen herausfordernd an, falls einer etwas gegen diese Argumentation vorbringen wollte. Wieder einmal dachte Lucien, dass sie die skrupelloseste Frau sei, der er je begegnet war. Er dankte seinem Schicksal, dass er im gefährlichen Spiel der talianischen Politik auf ihrer Seite gelandet war.

»Was geschieht nun?«, fragte Rodolfo. »Soll ich deine Wache schicken, um di Chimici festzunehmen?«

Die Duchessa erhob sich und sah in den Spiegel, der den verwüsteten Glassalon zeigte.

»Nein. Als ich meine Gemächer verließ, war ich allein. Ich wollte nur fort von dem Krach und dem Aufruhr. Aber in dem dunklen Gang ging mir auf, dass ich den heutigen Tag auf andere Weise für mich nützen könnte.«

Sie drehte sich um und sah die anderen an, dann löste sie langsam und bewusst ihre blutrote Maske. »Ich habe beschlossen, dass die Duchessa tot ist.«

Die Beisetzung war die prächtigste, die Bellezza je gesehen hatte. Es war ein Tag der öffentlichen Trauer. Sechs Leibwächter trugen den herzoglichen Ebenholzsarg, der mit Silberintarsien verziert war, in den Dom, wo die Senatoren und Ratsherren ihn erwarteten. Zwei der Wachen waren bei den ersten Männern gewesen, die in den Glassalon geeilt waren, und sie wussten, wie wenig von der großen Herrscherin übrig geblieben war und in den Sarg gelegt werden konnte. Nur die Reste roter Seide und roter Federn, noch tiefer gefärbt vom Blut, ließen es zu, die armseligen menschlichen Überreste nach der Explosion zu identifizieren. Es war Giulianas letzter Auftritt als Stellvertreterin.

Der Bischof von Bellezza vollzog die Feierlichkeiten in der silbernen Kathedrale. Senator Rodolfo in der öffentlichen Rolle als Mitglied des Ältestenrates und in der privaten als allgemein anerkannter Günstling der verstorbenen Duchessa war der Hauptleidtragende. Mit gefasstem, umwölktem Gesicht folgte er dem Sarg in den Dom. Hinter ihm ging Rinaldo di Chimici, der Remora und den Papst repräsentierte.

Diejenigen Bellezzaner, die keinen Einlass in den Dom fanden, standen mit gesenkten Häuptern auf der Piazza und lauschten der Musik und den feierlichen Klängen der Totenmesse. Schwer und getragen, drangen sie aus den silbernen Türflügeln, die man während des gesamten Gottesdienstes geöffnet ließ.

Nach der Messe, die zwei Stunden dauerte, trugen sechs der besten Mandoliers der Duchessa den Sarg zu der schwarzen »mandola di morte«, die in der Lagune bereitlag. Vom Campanile ertönte eine Glocke. Die Trauermandola war in schwarze Spitze gehüllt, doch die Vorhänge waren zurückgerafft, um den Bürgern einen letzten Blick auf den Sarg ihrer geliebten Herrscherin zu gewähren.

Abwechselnd steuerten die Mandoliers das Gefährt den Großen Kanal entlang bis zum nördlichen Ende und dann zur Isola dei Morti.

Die ganze Stadt war in Trauer. Nicht ein Bellezzaner, ob alt oder jung, hatte es versäumt, die Feierlichkeiten zu beobachten. Die beiden Brücken über die breite Wasserstraße waren so voll gepackt mit Leuten, dass sie in Gefahr schienen, einzubrechen. Die ganze Nacht schon hatten Bürger auf dem Rialto zugebracht, um sicherzugehen, einen Platz an der Balustrade zu bekommen und der Duchessa von dort aus Lebewohl sagen zu können. Wer immer eine Wohnung mit Blick auf den Kanal hatte, war auf dem Balkon und beobachtete den Trauerzug über das Wasser.

Etwas abseits des Rialto stand eine Familiengruppe, die weniger bewegt schien als der Rest der Leute: zwei Frauen in mittleren Jahren und zwei ebenso alte Männer sowie ein junges Mädchen, das noch nicht alt genug war, um eine Maske zu tragen. Hinter ihnen stand ein hoch gewachsener rothaariger Mann. Die Frauen waren zurückhaltend, wenn auch gut gekleidet, ganz in Schwarz, wie die übrigen Bellezzaner. Selbst das Mädchen hatte seine braunen Locken unter einem Schleier aus schwarzer Spitze verborgen. Leonora und Arianna hatten der Beerdigungszeremonie aus dem einfachen Grund nicht beigewohnt, dass ihre Hauptperson neben ihnen stand. Die hübsche Frau mit den veilchenblauen Augen trug eines von Leonoras Kleidern; zum Glück besaß Leonora eine reiche Auswahl an Trauerkleidern.

Sobald die Duchessa beschlossen hatte, das Spiel ihres eigenen Todes mitzuspielen, hatte sie Lucien zu Leonora geschickt, damit er Arianna berichten konnte, was tatsächlich geschehen war, und um ein paar Kleider zu borgen. Die alte Kammerzofe Silvias, Susanna, die Giuliana an ihrem letzten Tag auf Erden angeheuert hatte, hatte sich schließlich zurechtgelegt, was tatsächlich geschehen war, und sich durch den Geheimgang begeben. Sie war eine der wenigen, die ihn kannten. Ihr Gefühlsausbruch, als sie ihre Herrin lebendig vorfand, hatte die Duchessa so bewegt, dass die beiden sich geschworen hatten, sich gemeinsam verborgen zu halten.

Die Männer der kleinen Partie am Kanal waren ebenfalls nicht so untröstlich wie die meisten Bellezzaner um sie herum. Auch Egidio und Fiorentino gehörten zu den wenigen Menschen, die wussten, dass die Duchessa nicht in dem Sarg lag. Ebenso war Guido Parola in das Geheimnis eingeweiht worden. Er hatte solche Qualen ausgestanden, als er hörte, dass das zweite Attentat erfolgreich gewesen sei, dass die beiden Brüder, die von Rodolfo ins Vertrauen gezogen worden waren, Silvia gebeten hatten, den jungen Mann ebenfalls aufklären zu dürfen.

Jetzt beobachteten sie, wie die Trauergondel langsam den Kanal hinauffuhr, gefolgt von einem Staatsgefährt mit Rodolfo und dem remanischen Botschafter. Es folgte eine zweite Mandola mit dem Bischof und seinen Priestern und dann die große Barke mit vielen Ratsherren und Senatoren an Deck sowie mit einer Kapelle, die eine Trauermusik spielte. Die klagende Melodie wetteiferte mit dem einzelnen Ton der Glocke vom Campanile.

Der Kanal füllte sich mit Blumen, je mehr Bellezzaner Gebinde auf den vorbeiziehenden Sarg warfen. Einige der Sträuße landeten in der Mandola, sodass ihr strenges Schwarz inzwischen von bunten Farbklecksen geziert wurde. Doch die meisten Blumen fielen daneben ins Wasser und schwammen zusammen mit billigen goldenen Amuletten, die die Göttin repräsentierten, hinter dem Trauerzug her.

Als die Mandola mit dem Sarg an der kleinen Familiengruppe vorbeifuhr, beobachtete Silvia die Bürger um sie herum genau. Alle weinten, viele sanken auf die Knie und bekreuzigten sich oder machten das Zeichen der Glückshand. Viele riefen: »Die Göttin segne sie!«, oder: »Bellezza ist tot!« Eine alte Frau in Silvias Nähe sagte: »Nie wieder wird es eine Duchessa wie sie geben – nicht, solange ich lebe!« Silvia musste sich den Schleier tiefer über das Gesicht ziehen, um ihr Lächeln zu verbergen.

Dann fuhr die Staatsmandola an ihnen vorbei. »Heuchler!«, flüsterte Silvia. Rinaldo di Chimici hielt sein Taschentuch vors Gesicht, als sei er von Gram erschüttert. »Er tut das nur, weil er den Gestank der Kanäle nicht ertragen kann«, murmelte sie.

Rodolfo saß aufrecht neben dem Botschafter, wie erstarrt vor Kummer. Doch die kleine Gruppe wusste nur zu gut, dass er starr vor Nervosität war, seine Rolle zu Ende zu spielen. Sein Gesicht hatte tiefe Falten, als ob ihn die Ereignisse der vergangenen Tage hatten altern lassen. Die Menge brachte ihm viel Sympathie entgegen, denn man betrachtete ihn als einen Mann, der nicht nur wie der Rest der Stadt seine Herrscherin, sondern auch noch die Liebe seines Lebens verloren hatte.

»Der arme Kerl!«, sagte einer der Umstehenden. »Wie ich gehört habe, hat sie ihm das Leben zur Hölle gemacht.«

Silvia schoss ihm einen bösen Blick zu, aber die Leute um ihn herum hatten ihn schon zum Schweigen gebracht. Heute ließen sie nichts auf ihre Duchessa kommen.

Hinter einer Biegung des Großen Kanals standen Lucien und William Dethridge unter den Zuschauern. Lucien spürte die Unwirklichkeit des Spektakels und sah trockenen Auges zu, wie die Trauermandola vorbeiglitt. Aber William Dethridge weinte ausgiebig um die Duchessa, obgleich er doch wusste, dass sie noch lebte.

»Sie war eine großartige Regentin«, sagte er zu Lucien, der

merkte, dass der Dottore nicht schauspielerte. »Was wird die Stadt ohne sie machen?«

Und plötzlich fühlte sich auch Lucien von der großen Welle der Emotionen mitgetragen. Er wusste zwar, dass Silvia noch lebte, aber auf eine Weise stimmte es ja, dass die Duchessa gestorben war. Nie wieder würde er sie in einer ihrer fantastischen Masken sehen, mit ihrem herrlichen Schmuck und den üppigen Kleidern. Sie war nun niemand anders mehr als Silvia Bellini, eine Bürgerin der Stadt Bellezza, und er konnte sich einfach nicht vorstellen, was sie mit dem Rest ihres Lebens anfangen wollte.

Still und wortlos verharrte die Menge, während die Trauermandola mitsamt den Trauernden und der Barke hinaus zur Isola dei Morti fuhr. Die Beisetzung dort war kurz und dann kam die Trauermandola denselben Weg wieder zurück. Kein Ton war zu hören, während sie durch den Großen Kanal fuhr, höchstens das eine oder andere unterdrückte Schluchzen von den Ufern. Keine Blumen wurden mehr ins Wasser geworfen und die Musiker hatten aufgehört zu spielen.

Als die Mandola den Anleger erreichte, hörte auch die Glocke zu läuten auf und ganz Bellezza schien einen gemeinsamen Seufzer auszustoßen. Nun war die Duchessa tatsächlich fort. Im Norden der Stadt hielt eine kleine Gruppe ihre eigene Art von Totenwache. Bellezza war inzwischen wie eine Geisterstadt. Keiner war mehr auf der Straße. Das würde sich ändern, sobald die Leute daheim genug Wein konsumiert hatten. Dann würden sich die Straßen wieder füllen und mit der Zeit würden die Bürger zu singen anfangen und ein spontanes Fest veranstalten. Doch vorerst musste sich jeder von den Gefühlswallungen des Vormittags erholen.

Bei Fiorentino zu Hause war weniger als ein Dutzend Leute versammelt, das wusste, dass die Duchessa überlebt hatte: Silvia selbst, Arianna, Valeria und Gianfranco, Lucien, Leonora und Dethridge, die inzwischen enge Freunde geworden waren, Egidio, Fiorentino, Guido Parola und Susanna, die Kammerzofe. Bald stieß Rodolfo dazu, der sich vom Beerdigungsbankett verabschiedet hatte. Keiner hatte seinen Entschluss hinterfragt, man nahm allgemein an, dass er zu tief trauerte, um noch länger in der Öffentlichkeit zu bleiben.

Mit seinem Eintreffen war die Gruppe vollzählig und ein Gefühl der Erwartung griff um sich. Jeder wartete auf eine Rede von Silvia, doch schließlich war es Rodolfo, der fragte: »Was passiert nun?«

»Erst mal«, sagte Silvia, »trinken wir auf das Andenken der Duchessa, wie alle anderen Bürger von Bellezza.«

»Auf die Duchessa!« Die Stimmen übertönten sich gegenseitig und alle tranken ihren roten Wein.

»Und nun . . .«, versuchte Silvia fortzufahren, doch Rodolfo unterbrach sie.

»Bevor du mehr sagst, sollten wir noch auf die unglückliche Frau trinken, deren Reste in dem Sarg liegen, und für ihre Seele beten.«

Silvia sah kurz so aus, als wolle sie Protest einlegen, doch dann hob sie ihr Glas. »Auf Giuliana, Nachname unbekannt, möge sie in Frieden ruhen.«

Wieder tranken alle.

»Darf ich jetzt fortfahren?«, fragte Silvia und sah sich im Zimmer um. Es herrschte Schweigen.

»Wie die meisten von euch wissen«, fuhr sie fort, »war ich allein in meinem Zimmer, als die Explosion stattfand. Durch einen Geheimgang eilte ich zu Rodolfo, völlig aufgelöst über den Lärm und den Gestank nach Schwarzpulver. Ich hatte keinen Plan für mein weiteres Vorgehen. Aber ich bin müde. Ich bin nun seit fünfundzwanzig Jahren Duchessa dieser großartigen Stadt gewesen und habe ihr gedient, so gut ich konnte. Ich beschloss, diese Gelegenheit zu ergreifen, um wieder das Leben einer Privatperson zu führen.«

Lucien hatte sich noch nicht daran gewöhnt, sie ohne Maske zu sehen, doch gerade das war eine perfekte Tarnung. Kaum ein Mensch außerhalb dieses Zimmers hatte sie seit einem Vierteljahrhundert ohne Maske gesehen.

»Doch werde ich meinen Kampf gegen Remora und die di Chimici nicht aufgeben«, fuhr sie fort. »Er wird nur eine neue Form annehmen und ich arbeite hinter den Kulissen.«

»Wo wollt Ihr leben?«, fragte Fiorentino. »Ihr wisst, hier könnt Ihr immer ein Heim finden.«

»Oder auch bei mir«, setzte Egidio hastig hinzu.

»Oder bei mir«, bot Leonora an. Rodolfo sagte nichts, obwohl Lucien sehen konnte, dass William Dethridge ihn auffordernd in die Rippen stieß.

»Ich danke euch allen«, sagte Silvia. »Aber ich werde nicht in Bellezza bleiben. Das ist zu gefährlich, selbst auf den Inseln draußen. Ich dachte daran, nach Padavia zu ziehen. Es ist weniger als eine Tagesreise entfernt, ich kann also leicht hierher zurückkehren, wenn ich gebraucht werde. Susanna hat mir genug von meinem Privatvermögen durch den Geheimgang mitgebracht, dass ich mich unter neuem Namen niederlassen kann – als reiche Witwe aus Bellezza. Susanna wird mitkommen und ich hoffe, der junge Guido ebenfalls.«

Parola errötete und sprang auf. Er beugte sich über Silvia und küsste ihr die Hand. Lucien verspürte heftige Eifersucht. Als er Parola das letzte Mal gesehen hatte, hatte dieser immerhin versucht, die Duchessa zu töten. Es war schwer fassbar für Lucien, dass er jetzt ihr Beschützer sein sollte, obwohl man ihm ja versichert hatte, dass der Attentäter inzwischen bekehrt war. Gerne hätte ihr Lucien selbst seine Dienste angeboten, doch was konnte er schon machen? Er wusste ja nicht einmal, ob er noch lange in Talia bleiben konnte.

»Was ist mit di Chimici?«, fragte Fiorentino. »Lasst Ihr ihn davonkommen, genau wie das letzte Mal?«

»Nein«, sagte Silvia lächelnd. »Aber es gibt eine bessere Art, ihn zu bestrafen, als ihn vor Gericht zu bringen. Außerdem kann ich ja schlecht als Zeugin meines eigenen Todesfalls vor dem Rat auftreten, oder?«

Lucien hielt es nicht mehr aus. »Aber ich verstehe nicht, was da vor sich geht. Wer wird denn die neue Duchessa? Was wird aus Bellezza? Wie können Sie die Stadt einfach verlassen? Di Chimici wird doch bestimmt versuchen, sie jetzt zum Teil der Föderation zu machen?«

»Ich bezweifle nicht, dass Rinaldo di Chimici eine eigene Kandidatin vorgesehen hat, Silvia«, sagte Rodolfo.

»Da hast du sicher recht«, erwiderte Silvia und sah ihn mit ihren veilchenblauen Augen fest an. »Aber das habe ich auch.«

»Wen meinen Sie?«, fragte Lucien.

»Du weißt nicht viel über unser politisches System, Luciano, nicht wahr?«, fragte Silvia. »Aber vielleicht hast du gehört, dass die Tochter einer Duchessa ihr auf den Thron folgen kann. Natürlich muss sie gewählt werden, aber gegen die Erbin einer Duchessa hat noch nie eine andere Kandidatin gewonnen. Und ich bin überzeugt, dass Arianna eine ausgezeichnete Duchessa abgeben wird!«

Kapitel 18

Viva Bellezza!

Lucien wachte mit einem Ruck auf. Laut hörte er seinen Wecker klingeln und einen Augenblick lang konnte er sich nicht erinnern, warum er ihn gestellt hatte. Dann fiel es ihm wieder ein: Heute war ein wichtiger Tag für ihn – eine Untersuchung. Nach allem, was er zu Beginn des Jahres durchgemacht hatte, schien es eigentlich unmöglich, aber die Ereignisse in Bellezza hatten ihn so gefangen genommen, dass er den Gedanken an seine Laborwerte fast verdrängt hatte, obwohl er doch vor zwei Tagen schon zur Computertomografie gewesen war.
Ganz anders seine Eltern. Allerdings versuchten sie, während des Frühstücks und der Fahrt zum Krankenhaus ihre Nervosität nicht zu zeigen. Irgendwie machte das Lucien jedoch eher unruhig.
Er wusste, dass er sich viel besser fühlte als zu der Zeit der Chemotherapie. Die schreckliche Zerschlagenheit hatte aufgehört und stattdessen hatte er das viel gesündere Gefühl, einfach nicht genug Schlaf zu bekommen. Aber selbst wenn er aus Bellezza zurückkehrte, fühlte er sich nicht mehr so kaputt wie zu Anfang.
Als er die Gummischwingtür für ambulante Patienten passierte, kamen jedoch schlagartig all seine alten Ängste zu-

rück. Es hatte etwas mit dem Geruch zu tun. Der bestand aus einer Mischung aus Desinfektionsmitteln für die Böden, der rosafarbenen Flüssigkeit, mit der die Ärzte ihre Hände wuschen, und dem in der Luft hängenden Dunst von zu lange gekochtem Kohl, der aus der Krankenhausküche kam. Es war vielleicht irrational, aber bei dem Geruch spürte Lucien, wie sich sein Magen zusammenkrampfte.

Als sie im Wartezimmer der Onkologie saßen, versuchte er, sich abzulenken, indem er über das nachdachte, was letzte Nacht in Bellezza geschehen war. Zuerst war Arianna außer sich gewesen über die Duchessa. »Mich kannst du nicht so herumschubsen wie alle anderen!«, hatte sie wütend ausgestoßen. »Du bist nicht mehr die Duchessa, daher muss ich dir nicht gehorchen. Und glaube bloß nicht, nur weil du meine leibliche Mutter bist, ändert das etwas. Du hast mich im Stich gelassen. Meine richtige Mutter ist die, die mich aufgezogen hat. Und sie würde nicht im Traum daran denken, irgendwelche Beschlüsse zu verkünden, ohne mich vorher überhaupt dazu befragt zu haben!«

Alle außer Silvia waren nach diesem Ausbruch peinlich berührt gewesen. Die Duchessa hatte jedoch einfach abgewartet, bis Arianna schluchzend und erschöpft in Valerias Arme gefallen war. Die beiden Frauen warfen sich über ihren zerzausten Locken einen Blick zu.

»Was wäre dir denn recht, Arianna?«, fragte die Duchessa ungewöhnlich sanft. »Bellezza muss eine Herrscherin bekommen. Und die Stadt muss von Remora unabhängig bleiben. Dem stimmst du doch zu?«

Der Lockenkopf an Valerias Schulter nickte.

»Und wer soll es denn werden? Ich habe keine darauf vorbereitet, mir nachzufolgen. Erst seit Kurzem habe ich mich damit befasst, abzutreten. Und dann haben mich die Attentate überzeugt, dass ich hinter den Kulissen besser wirken kann. Du brauchst natürlich einen Regenten – du bist noch zu jung, um alleine zu regieren. Aber das könnte Rodolfo übernehmen. Und ich selbst bin ja nur ein paar Meilen entfernt in Padavia und gerne bereit, dir zu helfen, wann immer du mich brauchst. Ich habe immer nur das Beste für dich gewollt, Arianna, deshalb habe ich dich heimlich aufziehen lassen. Du wärst eine ausgezeichnete Geisel gewesen, mit der man mich hätte zwingen können, den Vertrag der Chimici oder alles, was sie verlangten, zu unterzeichnen. Es gibt einige Leute in Bellezza, die die wahre Lage kennen. Die Leute in diesem Raum und deine Großeltern. Du wirst doch nicht alleine sein.«

Lucien dachte gerade an diese letzten Worte, als er aufgerufen wurde. Er warf seinen Eltern einen dankbaren Blick zu. »Ich bin froh, dass ihr beide hier seid«, flüsterte er, als sie gemeinsam ins Sprechzimmer gingen.

Enrico war völlig unvorbereitet auf den Besuch von Giulianas Vater. Vittorio Massi war ein großer, breitschultriger Mann und er hatte wahrlich keine gute Laune. Mit Gewalt verschaffte er sich Einlass in Enricos Behausung. »Wo steckt sie?«, wollte er wissen und ließ seiner Frage einige unverständliche Drohungen folgen, einschließlich der Erwähnung einer Pferdepeitsche.

Enrico war erstaunt. »Redest du von Giuliana? Ich habe sie seit Tagen nicht gesehen. Nicht mehr seit kurz vor dem Tod der Duchessa, die Göttin sei ihr gnädig.«

Vittorio Massi bekreuzigte sich automatisch und machte zur Sicherheit noch das Zeichen der Glückshand, aber er war keineswegs besänftigt. »Wir auch nicht«, sagte er. »Sie hat uns an jenem Morgen erzählt, sie führe wieder nach Burlesca für eine Anprobe der Hochzeitskleider, doch die Schneiderin hat eine Nachricht schicken lassen, dass sie ihren Termin versäumt hat und ob es ihr nicht gut ginge. Deshalb hatte ich angenommen, dass sie hier bei dir ist. Wobei solch ein unverfrorenes Verhalten eine Schande für meine ganze Familie und ihren Namen gewesen wäre, zehn Tage vor der Hochzeit!«

Wütend stürmte er im Zimmer umher, aber es war eindeutig, dass sich hier keine junge Frau versteckte. Enrico spürte plötzlich eine nagende Angst: Wenn sie nun mit dem Silber davongelaufen war?

»Hat sie irgendwas von ihren Sachen mitgenommen?«, fragte er.

»Komm mit und sieh selbst nach«, sagte Vittorio. »Soweit ich feststellen konnte, ist alles, wo es sein sollte.«

Vittorio, der seinen zukünftigen Schwiegersohn nie gemocht hatte, begriff nun aber doch, dass dieser tatsächlich nicht wusste, wo Giuliana steckte. Das stimmte ihn etwas milder. Doch wenn seine Tochter nicht bei ihrem Verlobten war, wo zum Teufel steckte sie bloß?

Die Aufräumarbeiten im Palazzo dauerten noch lange nach der Beisetzung an. Der Glassalon war natürlich völlig zerstört, aber alle Scherben mussten säuberlich gesichtet werden, einerseits, um die grausige Identifizierung der Duchessa vorzunehmen, andrerseits, um nach Hinweisen über das Attentat zu suchen, und schließlich, um festzustellen, ob einzelne Stücke des kostbaren Glases gerettet, repariert und erhalten werden konnten. Erst danach konnten die nicht mehr benötigten Reste beseitigt werden.

Auch die Räume, die an den Glassalon angrenzten, waren heftig beschädigt worden. Das Privatgemach der Duchessa, der Ratssaal, das Kartenzimmer mit den beiden großen Globen, einer Erdkugel und einer Kugel des Universums – sie alle hatten Reparaturen und Renovierungsarbeiten nötig. Doch konnte nichts entschieden werden, ehe eine neue Duchessa gewählt war.

Solange nahm keiner Notiz von Susanna, die still und leise die persönlichen Sachen der Duchessa packte und fortschaffte. Man nahm allgemein an, sie würde Anordnungen gehorchen und die Hinterlassenschaft an die Erben der Duchessa weiterleiten – wer immer das sein mochte. Susanna nahm Truhen voller Schmuck und Silber, feine Leib- und Nachtwäsche, Bücher und Papiere und ein wertvolles Porträt von Michele Gamberi, nichts jedoch von den eleganten Kleidern und Masken, die Silvia in ihrem neuen Leben nur verraten hätten.

Mr Laski, der beratende Arzt, hatte Luciens überquellende Akte vor sich auf dem Schreibtisch. Er frischte seine Erinnerung an den Fall kurz auf, nachdem er sie begrüßt hatte. Lucien konnte sehen, dass diese Augenblicke für seine Eltern wie ein Ewigkeit waren, doch er selbst fühlte wenig. Mr Laski hielt sein Schicksal nicht in Händen; das war schon entschieden. Er war nur der Überbringer der Nachricht.
»Keine gute Nachricht zu meinem Bedauern«, sagte der Arzt. »Die Computertomografie hat ergeben, dass der Gehirntumor wieder wächst.«

Lucien spürte, wie sein Blut kalt wurde. Er hörte, wie seine Mutter nach Luft rang.

»Was bedeutet das denn genauer ausgedrückt?«, fragte Dad. »Kann man ihn wieder entfernen?«

»Das ist die große Preisfrage«, sagte Mr Laski. »Die Patienten wollen immer eine Antwort darauf und die kann ich nun mal nicht geben. Wir werden die Behandlung natürlich wieder aufnehmen und wir hoffen, dass wir einen weiteren Rückgang der Krankheit erreichen können, aber ich muss Sie warnen, dass das Wachsen ein schlechtes Zeichen ist.«

Es herrschte tiefes Schweigen im Raum, während jeder versuchte, das Gesagte zu begreifen. Unwillig dachte Lucien an weitere Behandlungen mit Chemotherapie, an die Erschöpfung, an den Verlust seines feinen nachgewachsenen Haars. Wenn er doch nur einen Doppelgänger hätte benutzen können, wie die Duchessa. Aber das hier war London, nicht Bellezza. Und er wusste, dass er die Behandlung über sich selbst ergehen lassen musste.

»Gibt es sonst noch etwas, was Sie wissen möchten?«, fragte Mr Laski freundlich. Manchmal hasste er seinen Beruf.

»In letzter Zeit war es ein paar Mal so, dass ich Lucien morgens, wenn ich ihn ansprach, nicht wach bekommen konnte«, sagte Mum. Sie sprach schnell, um ihre Sorge zu verbergen. »Ich meine nicht, dass er einfach tief schlief. Beim ersten Mal hat es sich nur um ein paar Minuten gehandelt. Aber beim zweiten Mal war es fast eine halbe Stunde und ich musste unsere Hausärztin holen. Dann ist Lucien plötzlich wie gewöhnlich aufgewacht.«

»Aber Mum!«, sagte Lucien. »Das ist doch jetzt egal!« Doch Mr Laski war sehr interessiert und stellte eine Menge Fragen und sah Lucien mit einer kleinen Taschenlampe in die Augen.

»Ich habe keine Erklärung dafür«, sagte er schließlich. »Aber ich möchte, dass Sie ihn im Auge behalten und herbringen, wenn es noch mal auftritt. Ich würde ihn dann gerne untersuchen. Aber vorerst treffe ich so schnell wie möglich die Vorbereitungen für eine neue Chemo.«
Sonst gab es nichts mehr zu sagen, daher verabschiedeten sie sich und gingen.

Arianna war völlig durcheinander. In wenigen Tagen hatte sie sich von einem einfachen Inselmädchen, das in Gefahr schwebte, hingerichtet zu werden, zur möglichen nächsten Duchessa gewandelt. Jetzt befasste sie sich mit dem Gedanken, über die Stadt zu herrschen, die sie so liebte, und sie konnte sich das einfach nicht vorstellen.

Ihre Gefühle gegenüber der Duchessa waren immer noch dieselben. Sie konnte sie einfach nicht als Mutter annehmen. Diese Rolle würde immer Valeria vorbehalten bleiben, dieser liebevollen, weichen, warmherzigen Frau, die nach frisch gebackenem Brot und Kräutern duftete und die sie ihr ganzes Leben begleitet hatte. Die Duchessa war eine selbstsüchtige, eigensinnige, tyrannische Frau, die keine Lust gehabt hatte, selbst ein Kind aufzuziehen.

Als die Tage vorübergingen, bekam Arianna allmählich das Gefühl, dass sie vielleicht doch etwas mit ihrer leiblichen Mutter gemein hatte. Obwohl ihr der Gedanke, kurz vor ihrem sechzehnten Geburtstag Duchessa zu werden, Angst machte und obwohl sie die Vorstellung, dass Rodolfo ihr Berater sein sollte, kaum tröstete, wurde sie allmählich doch schlicht und einfach von der Pracht und dem Luxus des Ganzen angezogen.

Etwas Ähnliches war geschehen, als sie zum ersten Mal vom Geheimnis ihrer Geburt gehört hatte: eine anfängliche Abneigung, gefolgt von einer Faszination eines so ganz anderen Lebens als jenem, das sie für vorbestimmt gehalten hatte. Inzwischen schien es lange her, seit sie sich nichts sehnlicher gewünscht hatte, als einmal Mandolier zu werden.

Bevor sie schließlich ihre Entscheidung traf, bat sie, nach Torrone zurückkehren und einige Zeit mit denen verbringen zu dürfen, die sie immer noch für ihre eigentliche Familie hielt. Auf ihren Rat würde sie hören.

»Lass sie gehen«, sagte die Duchessa, als Leonora ihr von Ariannas Wunsch berichtete. »Sie ist meine Tochter – sie kommt schon zurück.«

Bellezza hatte zehn Tage der Trauer, ehe eine neue Duchessa gewählt wurde. Anschläge tauchten an Gebäudemauern auf, mit dem hastig aufgemalten Namen Francesca di Chimicis. Die Leute begannen, lustlos von der Zukunft zu reden. Die ganze Stadt wurde von einer Teilnahmslosigkeit ergriffen, die für die Lagunenbewohner eigentlich ganz untypisch war. Es war gar nicht ihre Art, sich der Verzweiflung und dem Trübsinn hinzugeben. Doch in der Stadt war noch nie etwas Schlimmeres passiert als der Mord an ihrer Herrscherin. Seit dem Abend mit der Glasmaske vor hundert Jahren hatte sie nichts mehr so schrecklich mitgenommen.

Keiner konnte sich für eine Herrscherin aus dem Hause di Chimici begeistern, die das Ende der bellezzanischen Unabhängigkeit bedeuten würde. Aber es schien keine Gegenkandidatinnen zu geben. Es hatte zu der vermeintlichen Unsterblichkeit der Duchessa gehört, dass sie keine Vorkehrungen für eine Nachfolge getroffen hatte. Nicht viele Menschen konnten sich an ihre Wahl als junge Frau mit zwanzig Jahren zurückerinnern. Keiner wusste mehr ihren Familiennamen oder kannte ihre Hintergründe.

Sie war einfach ein kluger Kopf und eine Rednerin gewesen und hatte schon vor ihrem zwanzigsten Geburtstag einen Sitz im Rat erworben. Die vorherige Duchessa, eine kinderlose Frau mittleren Alters namens Beatrice, hatte sich der jungen Bellezzanerin, die in der Stadt geboren, aber auf Burlesca aufgewachsen war, zunehmend zugetan gefühlt und sie für ihre Nachfolge herangezogen. Was dann wegen der Pest schneller als erwartet eingetreten war. Die Seuche hatte keinen Respekt vor Persönlichkeiten und die alte Duchessa als eines ihrer ersten Opfer davongetragen.

Auch damals war Bellezza orientierungslos gewesen und die junge Silvia hatte sich beworben, solange die Stadt noch ratlos war und nach einer starken Führerin Ausschau hielt. Damals arbeiteten die di Chimici noch an ihren Machtgrundlagen im Westen des Landes, daher gab es keine wahre Konkurrenz.

Wenn es jedoch irgendwelche Vorbehalte gegenüber der Führerschaft einer so unerfahrenen Frau gegeben hätte, dann wären diese von ihrer Schönheit, ihrer Klugheit und ihrem unerbittlichen Einsatz für die Stadt außer Kraft gesetzt worden, und inzwischen hatte man das alles längst vergessen. Seit Jahren wurde die Duchessa als unersetzlich angesehen.

Für Lucien war die Zeit nach der Beisetzung der Duchessa sehr seltsam. Arianna war fort auf Torrone und er hatte niemanden, mit dem er nachmittags durch die Stadt streifen konnte. Sie fehlte ihm und er fand ein melancholisches Vergnügen darin, allein durch die im Verlust verstummten Straßen Bellezzas zu wandern. Sie passten zu seiner Stimmung. Er verbrachte viel Zeit damit, über seine Aussichten in seiner eigenen Welt nachzudenken.

Bisher fühlte er sich noch nicht wieder krank, aber er wusste, dass das einsetzen würde, sobald er von Neuem mit seiner Behandlung anfing. Und irgendwie hatte er das Gefühl, dass er es diesmal nicht schaffen würde. Er ahnte, dass Mr Laski der gleichen Ansicht war. Was sollte er seinen Freunden in Bellezza erzählen? Vorerst war er wie abgestumpft und konnte nichts tun, außer sich darüber zu freuen, dass er zumindest hier in der schönen Stadt die Krankheit nicht spürte.

Seit er das richtige Venedig gesehen hatte, gefiel ihm die Stadt sogar noch besser. Sie war nicht sauber, natürlich nicht, aber sie war irgendwie frischer, die Gebäude waren neuer und die ganze Stadt war lebhafter und voller Hoffnung. Jedenfalls war sie das bis zu der Katastrophe mit der Duchessa gewesen.

Wieder überlegte Lucien, wie nützlich es sein würde, einen Doppelgänger für all die schwierigen Dinge zu haben, denen man ausweichen wollte. Dem Tod zum Beispiel als endgültigstem Schicksalsschlag. Bei der Duchessa hatte es ja geklappt. Er stützte die Arme auf die steinerne Balustrade von einer der kleinen Brücken, blickte in das trübe Wasser hinunter und dachte an das Gespräch mit seinen Eltern nach der Diagnose.

Dad hatte hartnäckig versucht, die Lage zu leugnen, indem er zuversichtliche Prognosen stellte, von denen Lucien sicher war, dass er nicht wirklich an sie glaubte. Aber Mum, klein und tapfer, wurde von einer neuen Empörung angestachelt, die Lucien noch nie an ihr erlebt hatte.

»Wir müssen ihm helfen, David«, hatte sie gesagt und war sich mit den Händen durch die dunklen Locken gefahren, die den ehemaligen von Lucien so ähnlich waren. »Lucien, wir müssen über die Möglichkeit reden, dass das zweite Mal nicht so gut abläuft.«

»Ich weiß, Mum«, hatte er so ruhig wie möglich gesagt. Aber sie schafften es nicht. Nicht zu dem Zeitpunkt. Sie verschoben das Gespräch auf einen anderen Tag und Lucien war nach Bellezza geflohen, sobald es ihm möglich gewesen war, indem er gesagt hatte, er wolle gern früh ins Bett.

Sein Morgen mit Rodolfo hatte einen neuen Beigeschmack. Die drei Stravaganti verbrachten ihre Zeit damit, sich zu überlegen, ob Arianna wohl als Duchessa kandidieren würde. Silvia wohnte noch bei Leonora, in völliger Sicherheit im Herzen der Stadt versteckt, die sie für tot hielt.

Rodolfo war absolut außer sich. »Silvia will, dass ich bekannt gebe, dass Arianna ihre Tochter ist. Dann soll ich mich als stellvertretender Regent anbieten. Wie es scheint, ist Ariannas Alter der einzige Hinderungsgrund, warum sie nicht gewählt werden könnte, wenn die Leute die Geschichte ihrer Herkunft glauben.«

»Aber Sie wollen es nicht tun?«, fragte Lucien.

Sie saßen gemeinsam im spätsommerlichen Sonnenschein auf dem Dachgarten. Dethridge schaukelte in der Hängematte, während Lucien und Rodolfo auf einer der Marmorbänke saßen. Rodolfo sah seinen Lehrling jetzt ernsthaft an.

»Ich kann nicht so einfach darüber sprechen«, sagte er. »Vor allem nicht mit jemand, der so jung ist wie du. Ich will dich nicht verletzen, aber es spielen gewisse Herzensangelegenheiten mit, vor denen ich dich noch einige Jahre verschont hoffe. Silvia hat nicht gefragt, ob ich willens bin, diese Last auf mich zu nehmen oder nicht; sie hat einfach angenommen, dass ich ihren Wünschen nachkomme. So ist unser Leben seit zwanzig Jahren verlaufen, vor allem während des letzten Jahres. Und sie weiß, dass jeder wahre Bellezzaner alles tun würde, um seiner Stadt zu helfen. Wenn es irgendeine andere junge Frau wäre! Aber das Kind eines anderen Mannes zu unterstützen . . .«

Er brach ab, sprang auf und lief in einer Weise, die Lucien an ihr erstes Zusammentreffen erinnerte, die gefliese Terrasse auf und ab.

»Ja, es ist ein bitter Ding, ein untreues Eheweib zu haben«, sagte Dethridge. Rodolfo blieb abrupt stehen.

»Was die Dame ja gar nicht ist«, fügte der Dottore hastig hinzu. »Aber die Qual Eures Herzens ist genauso schlimm. Ihr solltet sie um das befragen, was Ihr wissen wollt.«

Lucien war überrascht. Er begriff die beiden Männer nicht, die doch so viel älter und weiser waren als er. Und er wusste auch nicht, ob Dethridge aus eigener Erfahrung sprach. Er hatte bisher noch nie von seiner Frau geredet, die er nie mehr wiedersehen würde, genauso wenig wie von seinen Kindern.

Jetzt bemerkte er, dass Rodolfo ihn ansah. »Luciano!«, sagte sein Meister, kam auf ihn zu und nahm Luciens Hand in seine beiden. »Ich habe mich schlecht verhalten! Inmitten meiner Sorgen hatte ich ganz vergessen, dass in deiner Welt ein wichtiges Ereignis für dich stattgefunden hat. Erzähle mir, was geschehen ist, als du im Spital warst.«

Lucien hatte sich schon vor der Frage gefürchtet, aber es hatte keinen Sinn, um den heißen Brei herumzureden. »Keine gute Nachricht«, sagte er. »Es geht mir wohl wieder schlechter.«

Dethridge sprang rasch aus der Hängematte und beide Männer nahmen ihn stumm in die Arme. Sie hatten Tränen in den Augen und Lucien spürte, wie gern er sie beide bereits hatte. Es war schlimm genug, befürchten zu müssen, dass er seine

Eltern, die er liebte, verlassen musste. Doch jetzt musste er daran denken, dass er sich vielleicht ebenso bald von Bellezza verabschieden musste – und von all den Leuten dort, die ihm inzwischen so viel bedeuteten.

Rinaldo di Chimici lebte auf Messers Schneide. Es gab keinen Hinweis, dass irgendjemand von seiner Beteiligung an dem Attentat wusste. Seine junge Cousine Francesca war in der Stadt und ein Mönch hatte bereits die Hochzeitszeremonie zwischen ihr und einem ältlichen bellezzanischen Ratsherrn vollzogen, der den Großteil seines Vermögens mit Spiel und Trunk vergeudet hatte. So war Francesca nun Bellezzanerin und konnte als Duchessa kandidieren.

Die nächsten paar Tage konnten die Erfüllung all seiner Hoffnungen auf einen Aufstieg in der Familie bringen. Wenn er Bellezza dem Machtbereich der di Chimici sicherte, wäre das ein dicker Edelstein in der Krone seines Ehrgeizes. Doch er spielte um einen noch höheren Einsatz. Er musste erlangen, was der Junge besaß. Und deshalb schickte er wieder nach Enrico.

Doch der Spitzel weigerte sich, in die Räume des Botschafters zu kommen. Sie trafen sich in der kleinen Taverne bei dem alten Theater. Di Chimici stellte erschrocken fest, wie sehr sich Enrico verändert hatte. Seine übliche Zuversicht war verflogen; er wirkte ungepflegt und vernachlässigt.

»Was geht hier eigentlich vor sich?«, zischte er, sobald ihm sein Arbeitgeber ein großes Glas Strega hatte vorsetzen lassen. »Meine Verlobte ist verschwunden – keiner weiß, wo sie ist. Und keiner weiß, wo ihr Silber ist.«

Di Chimici dachte bei sich, dass sie es sich vielleicht anders überlegt hatte, statt sich an einen so unangenehmen Burschen zu binden, aber eine Erklärung konnte er auch nicht anbieten. Er sagte ein paar beruhigende Worte, die ihm gerade einfielen, aber er war schließlich nicht gekommen, um über das Liebesleben seines Spitzels zu sprechen.

»Ich brauche dich nochmals für eine Aufgabe«, sagte er schließlich.

»Nur gegen Geld«, erwiderte Enrico automatisch.

»Natürlich«, pflichtete ihm der Botschafter bei.

»Um was handelt es sich?«

»Ich will, dass du – äh – den Jungen fängst.«

»Wollt Ihr, dass ich ihn töte?«

Di Chimici schüttelte den Kopf. »Nicht unbedingt. Nur wenn er sich wehrt. Ich will, dass du ihm all seine Besitztümer entwendest und sie mir bringst. Denk daran, alles, egal, wie unwichtig es dir erscheinen mag.«

Enrico richtete sich auf. Die Aussicht auf weiteres Silber hatte ihn ein wenig wachgerüttelt. Und diese Aufgabe war leicht. Er war es ja gewohnt, dem Jungen zu folgen.

Als Arianna nach Bellezza zurückkehrte, begab sie sich direkt ins Haus ihrer Tante und schloss sich einige Stunden mit Silvia ein. Dann schickten sie nach Rodolfo und die drei Stravaganti trafen sich mit ihnen im Garten mit dem Brunnen.

Arianna sah Lucien kurz mit ihrem strahlenden Lächeln an, doch dann wurde sie wieder ernst. Lucien fand, dass sie aussah, als sei sie in den paar Tagen, die sie fort gewesen war, viel erwachsener geworden. Ob er selbst wohl auch älter aussah?

»Ich habe mich entschlossen«, sagte sie nur.

Der Tag der herzoglichen Wahl war gekommen. Eine hölzerne Bühne war auf der Piazza Maddalena errichtet worden und ein städtischer Beamter saß mit einer Liste der Bürger an einem Tisch. Er hatte zwei Kisten mit schwarzen und weißen Kieseln, aus denen jeder Bürger, der wählen durfte – also jeder Bellezzaner über fünfzehn –, einen nehmen musste. Weiß war für Francesca di Chimici, schwarz für die andere Kandidatin, deren Name noch nicht verkündet worden war.

Die gewählten Kiesel würden in Schalen gelegt und später im Ratssaal gezählt und das Ergebnis sollte dann am Abend verkündet werden. Es kursierten Gerüchte, dass es eine echte zweite Kandidatin gab, nicht nur eine pro forma. Doch niemand wusste bisher, wer es war. Schon versammelten sich die Bürger auf der Piazza und zum ersten Mal seit dem Attentat vibrierte die Menge wieder vor Aufregung. Der Palazzo war noch immer von großen hölzernen Stangen versperrt. Es gab weniger fremde Besucher als sonst, doch wer sich gerade in der Stadt befand, sollte eine Überraschung erleben.

Als die Glocke des Campanile elf Uhr schlug, betrat eine kleine Gruppe von Menschen die Bühne: Rodolfo, Arianna und Signora Landini. Francesca di Chimici, die jetzt dank ihrer Heirat Albani hieß, kam mit ihren Anhängern, ihrem frischgebackenen Ehemann und dem Botschafter von der anderen Seite. Ein Murmeln ging durch die Menge. Der Senator war eine hinreichend bekannte Gestalt und einige erkannten das Mädchen, das wegen Hochverrats vor Gericht gestanden hatte, doch es wusste keiner mehr, wer die Hebamme war. Und der Kandidatin der di Chimici trug es nicht gerade Sympathie ein, mit dem Botschafter zusammen gesehen zu werden, dessen Vorhaben mit Bellezza inoffiziell wohl bekannt war.

Der Wahlleiter sprach mit Rodolfo und stand dann auf.

»Bürger von Bellezza«, rief er aus. »Wir haben zwei Kandidatinnen. Die eine, Francesca Albani, ist durch Heirat mit unserem Ratsmitglied hier Bellezzanerin. Die andere, Arianna Gasparini, ist gebürtige Bellezzanerin. Beide Kandidatinnen werden euch von ihren Anhängern vorgestellt.«

Rinaldo di Chimici erhob sich und wandte sich an die Menge. Seine Rede war einfallslos. Er hatte nicht viel Zeit damit zugebracht, sie vorzubereiten, denn er hatte seiner Meinung nach genug Bellezzanern genug Silber zugesteckt, um das Wahlergebnis sicherzustellen, das er wünschte. Auch lenkte ihn die Neugier der Leute bezüglich der zweiten Kandidatin ab. Was zum Teufel glaubte der Senator da eigentlich zu veranstalten? Der Tod der Duchessa musste ihm den Verstand geraubt haben.

Es gab spärlichen Applaus, als di Chimici sich setzte, der jedoch enthusiastischer wurde, als sich Rodolfo erhob. Die Leute wollten hören, was er zu sagen hatte.

»Meine Mitbürger«, sagte er, »wir haben alle zusammen gelitten.« Ein zustimmendes Seufzen ging durch die Menge. »Wir haben jemanden verloren, den wir liebten, jemand, den wir auf lange Zeit nicht ersetzen zu müssen glaubten. Mancher mag sagen, dass unser Verlust nicht wiedergutzumachen ist. Und in vielerlei Hinsicht würde ich dem zustimmen. Doch aus der Verzweiflung ist Hoffnung erwachsen. In der Dunkelheit ist ein Schimmer des neuen Morgens zu sehen. Die Duchessa ist nicht kinderlos gestorben.«

Das verursachte Staunen unter der Menge. Di Chimici brach der Schweiß aus, als ihm seine Cousine einen boshaften Blick zuwarf. Rodolfo machte sich bereit fortzufahren und die Men-ge verstummte, gespannt auf seine nächsten Worte.

»Diese junge Dame hier, noch keine sechzehn, hat bereits beweisen müssen, dass sie eine Bellezzanerin ist, um dem Vorwurf des Hochverrats zu entgehen, den man ihr hinterhältig angehängt hatte. Jene Dame, Signora Landini, hat vor dem Rat unter Eid bezeugt, dass sie Arianna von einer bellezzanischen Edelfrau entbunden habe, ehe sie sie zur Familie Gasparini nach Torrone brachte, wo sie in Pflege kam. Sie wird euch nun den Rest der Geschichte erzählen.«

Die betagte Hebamme warf einen besorgten Blick auf die Menge, die mit jeder Minute angewachsen war und nun die ganze Piazza füllte.

»Die Mutter des Kindes war die Duchessa von Bellezza. Ich habe das Kind dort im Palazzo entbunden«, sagte sie und deutete hinüber, »und habe es dann zu der Schwester der Duchessa, Valeria Gasparini, auf die Insel Torrone gebracht. Dieses junge Mädchen, geboren vor beinahe sechzehn Jahren, ist die leibliche Tochter der verstorbenen Duchessa!«

Die Menge geriet in Aufruhr. Es bedeutete nichts, dass ihre Duchessa nicht ganz so gewesen war, wie sie geglaubt hatten, dass ihr Kind geheim gehalten worden war – jetzt, wo Arianna auf der Bühne stand, hoch erhobenen Hauptes, ihre schlanke Figur ein Ebenbild ihrer Mutter, ihr veilchenblauer Blick unbeirrbar auf die Stadt gerichtet, jetzt wurde sie zur bevorzugten Wahl eines jeden echten Bellezzaners.

Sie hörten kaum hin, als Rodolfo erklärte, er werde sie als Regent unterstützen, wenn Arianna gewählt würde. Sie stürzten sich auf den Tisch, riefen ihre Namen und griffen nach den schwarzen Kieseln aus der entsprechenden Kiste. Einige Bürger warfen di Chimici in aller Öffentlichkeit ihr Bestechungssilber wieder zu.

Schon gegen Mittag mussten die Beamten um weitere schwarze Kiesel schicken, während die Kiste mit weißen Steinen voll blieb. Vor Rinaldo di Chimici wuchs der Haufen mit Silberstücken an, an dem er jedoch geflissentlich vorbeisah.

Als sich die beiden Kandidatinnen für das Amt der Duchessa zur förmlichen Auszählung in den Ratssaal begaben, zischte Francesca ihrem Cousin zu: »Besorge mir eine Scheidung!«

Auf dem Platz blieben die Münzen unberührt auf dem Tisch liegen. Niemand in Bellezza wollte daran erinnert werden, dass er vielleicht doch jemand anders hätte wählen können als die leibliche Tochter der Duchessa.

Während Enrico das Silber stillschweigend einsackte, ertönten vor dem Palazzo die Rufe »Viva Bellezza!«, »Viva la Duchessa!«. Bellezza hatte wieder eine Herrscherin.

Kapitel 19

Zwischen den Welten

Als Lucien das Ergebnis der Kiesel-Auszählung erfuhr, schleuderte er seinen Hut in die Luft und jubelte mit dem Rest der Menge. Er stand mit William Dethridge vor dem herzoglichen Palazzo. Der alte Stravagante hakte sich bei ihm unter und beide schrien so lange »Viva la Duchessa!«, bis sie heiser waren.

Es gab keinerlei Möglichkeit, wie sie den mit Menschen gespickten Innenhof hätten überqueren und zu ihren Freunden gelangen können. Rodolfo und Arianna betraten den Palazzo durch die große Eichentür am Ende der weißen Marmortreppe und waren nicht mehr zu sehen. Di Chimici und seine Cousine kämpften sich durch das Volk, das in die entgegengesetzte Richtung drängte. Lucien sah die beiden kommen und zog sich mit Dethridge auf die Piazza zurück, wo soeben eine spontane Siegesfeier begann.

Holzbretter wurden auf Böcke gelegt, Bierfässer herbeigerollt und Handkarren, die mit Käselaiben, ganzen Schinken und dem Bellezzaner Fladenbrot in der Größe von Wagenrädern beladen waren, wurden auf den Platz gezogen. Die Stadt hatte sich halbherzig auf die Wahl der neuen Duchessa vorbereitet, doch das Ergebnis war nun besser ausgefallen, als sich die Leute hatten träumen lassen – und das wollten sie jetzt im großen Stil feiern.

»Lass uns auf die Gesundheit der neuen Duchessa trinken!«, sagte Dethridge, der vor Aufregung glühte, und führte Lucien an einen der Stände, wo man Bier in Holzbechern kaufen konnte. Lucien nahm einen kleinen Schluck der dünnen, säuerlichen Flüssigkeit und verzog das Gesicht. Sie schmeckte nicht halb so gut wie Prosecco, aber Dethridge war es offensichtlich gewohnt, etwas Ähnliches zu trinken. Er kippte den Inhalt hinunter und holte sich bereits Nachschub. Er brachte so viele Trinksprüche aus, dass Luciens Becher ebenfalls bald leer war und der Platz unter ihm allmählich zu wanken begann.

»Hoppla! Sachte, junger Mann«, sagte der Dottore und lachte. »Du scheinst nicht mehr zu wissen, wie viele Füße du hast. Ich hole dir etwas zu essen, damit du wieder aufrecht stehen kannst.«

Lucien sah zu, wie sich Dethridge durch die Menge zu einem Stand mit Speisen durchwand. Er war rundum glücklich; Arianna war zur Duchessa gewählt worden, und das musste doch den Beginn von vielen neuen Abenteuern bedeuten. Er wusste zwar immer noch nicht, was die Zukunft für ihn bereithalten würde, doch im Augenblick genoss er einfach die Gegenwart. Er war unter Freunden und würde mitfeiern wie ein richtiger Bellezzaner.

Sorglos in seinem Glück bemerkte Lucien kaum, dass ein Mann aus der Menge seinen Arm packte; alle Bellezzaner hakten sich heute ein oder umarmten sich. Doch dieser Mann schien ihn vom Platz und irgendwo hinzuzerren. Als Dethridge zurückkam, war Lucien verschwunden.

Silvia beging ihre eigene kleine Feier in Leonoras Garten. Die beiden Frauen saßen an dem Brunnen und tranken Wein.

»Wirst du all den Pomp und die Eleganz nicht auch vermissen?«, fragte Leonora, während sie den Jubelrufen von der Piazza lauschten.

Ihr Gegenüber antwortete nicht sofort. »Bisweilen vielleicht schon«, sagte sie nach einer Pause. »Aber diesen Preis bin ich gewillt zu zahlen. Ich will meine Freiheit. Ich bin es leid, jede Woche im Rat zu sitzen und mir die Verbrechen anhören zu müssen, die mein Volk begeht. Ich bin es leid, die kleinlichen Kümmernisse der Menschen jeden Monat vorgetragen zu bekommen. Ich möchte ohne Maske durch die Straßen gehen. Ich möchte die furchtbar öden Unterhaltungen mit Rinaldo di Chimici und seine aufdringlich duftenden Taschentücher nicht mehr ertragen müssen. Und vor allem möchte ich nicht mehr, dass man versucht, mich umzubringen.«

»Es ist dir also lieber, dass sie versuchen, deine Tochter umzubringen?«, fragte Leonora unbewegt.

»Das tun sie nicht«, erwiderte Silvia rasch. »Mit der neuen Duchessa müssen sie erst mal wieder ganz von vorne verhandeln. Es sind Jahre mit diplomatischem Hickhack ins Land gegangen, ehe die di Chimici begriffen, dass ich ihren unglückseligen Vertrag nie unterzeichnen würde. Erst dann haben sie sich aufs Morden verlegt. Und mit Sicherheit glauben sie, dass sie mit einer Duchessa, die so jung und unerfahren ist, bessere Chancen haben.«

Leonora lächelte. »Selbst ohne dich im Hintergrund kann ich mir irgendwie nicht vorstellen, dass sie Arianna leichter überzeugen können.«

Im herzoglichen Palast saß Arianna auf einem kunstvoll geschnitzten hölzernen Stuhl und überlegte, ob sie es wohl jemals wieder bequem haben würde. Susanna hatte ihr geraten, alle Zofen, die noch in Diensten standen, zu behalten. Diese hatten sich seit der vermeintlichen Ermordung ihrer Herrin große Sorgen um ihre Zukunft gemacht. Man hatte nach allen schicken lassen und nun standen sie aufgereiht da, um zu hören, was die neue Duchessa zu sagen hatte.

Arianna entdeckte eine maskierte junge Frau, die viel jünger schien als die übrigen, doch nicht viel älter als sie selbst. Sie wirkte besonders nervös und die neue Duchessa fühlte sich gleich zu ihr hingezogen.

»Wie heißt du?«, fragte sie und nickte dem Mädchen zu.

»Barbara, Euer Gnaden«, erwiderte das Mädchen mit einem Knicks.

»Ich brauche eine Kammerzofe, die mir beim Ankleiden hilft«, sagte Arianna. »Wäre dir das recht?«

Rodolfo sah zu ihr herüber und schüttelte leicht den Kopf.

»Ich meine«, sagte Arianna bestimmter, »das ist deine neue Aufgabe.«

»Danke, Euer Gnaden«, erwiderte das Mädchen dankbar.

»Ihr anderen bleibt bis auf Weiteres in euren gewohnten Aufgabenbereichen«, fuhr Arianna fort. »Ihr könnt nun wieder gehen.«

Es war das erste Mal, dass sie einen Augenblick allein mit Rodolfo hatte, seit sie am Morgen auf die Piazza geführt worden war, und beide waren sie erschöpft. Arianna überlegte, ob sie das Thema Vater ihm gegenüber anschneiden könnte, aber es hatte fast den Anschein, als würde Rodolfo einnicken. Doch plötzlich richtete er sich auf und rief: »Luciano!«

Beiden fiel mit einem Schlag ein, dass es schon sehr spät war.

»Ich hoffe doch, er hat sich nicht so sehr in die Festivitäten gestürzt, dass er die Zeit vergessen hat«, sagte Rodolfo. Er ging auf die Tür zu. »Ich muss dich nun kurz verlassen, meine Liebe, und in meinen Palazzo zurückkehren. Warum ruhst du nicht ein bisschen aus? Die Leute erwarten, dich später auf dem Altan zu sehen.«

Nach diesen Worten war Arianna endlich allein, die neue Duchessa ihres geliebten Bellezza. Sie nahm eine Kerze und erkundete den Palazzo. Er war seltsam ruhig und leer. Die meisten Bediensteten waren in den Küchen und bereiteten das Festmahl für die Nacht vor. Es war das erste Mal, dass sie die Gelegenheit hatte, den Palazzo allein zu durchstreifen. Die verkohlte Tür des Glassalons war versiegelt und mit einem Schauder ging sie daran vorbei.

So schritt sie im flackernden Schein der Kerze die marmornen Treppen auf und ab. Wie sehr wünschte sie, dass Lucien diesen seltsamen Abend mit ihr gemeinsam erleben könnte! Im Erdgeschoss verlor sie die Orientierung und schob aufs Geratewohl eine schwere Tür auf, um zu sehen, was für ein Zimmer dahinter lag. Und ließ fast die Kerze fallen. Der Raum schien voll zu sein von Duchessas, alle in prachtvolle Kleider gehüllt und den Blick auf sie gerichtet.

Zitternd versuchte sie, die Kerze gerade zu halten. Dann begriff sie, dass es sich um die Galerie der Festgewänder ihrer Mutter handelte, die sie bei wichtigen Anlässen getragen hatte. Eine Vitrine nach der anderen enthielt Puppen, die Silvia nachgebildet waren, wunderschöne Seiden-, Satin- und Brokatkleider trugen und deren Gesichter hinter den juwelenbesetzten Masken versteckt waren. Arianna schüttelte sich. »Das schaffe ich nicht«, sagte sie, »ich bin noch zu jung.«

Ein Geräusch hinter ihr ließ sie herumfahren und dabei tropfte etwas Wachs auf ihre Hand.

»Entschuldigung, Euer Gnaden«, sagte Barbara. »Ich habe

nach Euch gesucht, weil ich fragen wollte, was Ihr heute Abend tragen wollt.« Ihr Blick folgte dem Ariannas zu den prächtigen Roben der letzten Duchessa. »Sie sind herrlich, nicht wahr? Aber im Zimmer der Duchessa sind noch viel mehr, und wenn Ihr eines auswählen würdet, könnte ich es passend für Euch abstecken.«

Sie knickste und überlegte, ob sie wohl zu vorlaut gewesen war.

»Ich komme«, sagte Arianna, deren Lippen beinahe zu taub waren, um ein Wort hervorzubringen. Aber sie hatte sich entschieden. Wenn sie den Platz ihrer Mutter einnehmen musste, dann wollte sie es richtig machen.

»Was wollt Ihr damit sagen, er ist verschwunden?« Rodolfo fuhr sich mit den Händen verzweifelt durch sein Silberhaar. Es war eindeutig, dass Dethridge etwas mehr als angetrunken war.

»Nicht weiter beunruhigend«, sagte der Stravagante. »Er war mit anderen Festgästen zusammen. Zweifellos ist er inzwischen nach Hause gereist.«

»Nein«, sagte Rodolfo. »Das hätte er nicht können.«

Er verließ Dethridge mit den strikten Anweisungen, Lucien ins Laboratorium zu bringen, wenn er auftauchen sollte, dann schüttelte er seine eigene Müdigkeit ab und rannte die Treppen hinab und bis zu Leonoras Haus.

»Wie geht es ihr?«, fragte Silvia, die besorgt war, weil sie ihn in solcher Aufregung vorfand.

»Sie hält sich ganz gut«, sagte Rodolfo. »Ich sollte bald zu ihr zurück, um sie dem Volk zu präsentieren. Aber ich mache mir Sorgen um Luciano. War er hier?«

Beide Frauen schüttelten den Kopf, doch keine von ihnen

konnte verstehen, warum Rodolfo so besorgt war. »Würdest du uns ein paar Minuten allein lassen, Leonora?«, fragte Silvia. Die Witwe zog sich ins Haus zurück und überließ die beiden sich selbst. Seite an Seite saßen sie auf dem Rand des steinernen Brunnens. Doch noch ehe er von Lucien berichten konnte, hatte sie mit einem eigenen Thema begonnen.

»Es gibt etwas, worüber ich mit dir reden muss.« Sie warf einen Blick auf sein grüblerisches Gesicht. »Sobald sich die di Chimici wieder gefasst haben – vielleicht schon morgen und auf jeden Fall vor der Krönung –, werden sie die Legitimität von Ariannas Abstammung anzweifeln. Sie würden nach jedem Strohhalm greifen, um die Wahl für ungültig zu erklären und ihre Marionette einzusetzen.«

Rodolfo wartete. »Es ist an der Zeit, die Wahrheit zu enthüllen«, fuhr Silvia fort. »Du musst ihnen sagen, dass sie meine gesetzliche Erbin ist. Du wirst unsere Heirat eingestehen müssen.« Rodolfo brauchte ein paar Sekunden, um zu begreifen, was Silvia ihm da vortrug.

»Unsere Heirat hat doch gar keine Auswirkung auf ihre Legitimität«, sagte er nachdenklich. »Es sei denn . . . du willst mir sagen, dass Arianna unser gemeinsames Kind ist?«

Als Silvia nicht antwortete, hob Rodolfo ihr Kinn mit seinen langen Fingern an und drehte ihr Gesicht sich selbst zu.

»Ich muss es wissen«, sagte er so sanft wie möglich. »Es hat mich fast verrückt gemacht.«

Der Schwindel vom Biertrinken war verklungen und es ging Lucien schlecht. Er hatte dröhnende Kopfschmerzen und war irgendwo in einen Raum eingesperrt, vermutlich in der Nähe des Großen Kanals. Sein Begleiter war ein Mann in einem blauen Umhang gewesen, der ihm irgendwie vertraut vorkam.

Doch kaum hatten sie die Piazza hinter sich gelassen, war er gar nicht mehr freundlich gewesen. Er hatte Lucien beim Handgelenk gepackt und ihm mit einer Merlino-Klinge gedroht, falls er sich losreißen würde. Als sie sich dann in einem Seitengässchen befanden, hatte er den Jungen geknebelt und gefesselt und ihm auch noch die Augen verbunden.

Lucien stolperte dahin und versuchte trotz des Knebels zu protestieren, doch die wenigen Passanten nahmen keine Notiz von ihm. Er wurde eine Treppe hinaufgezerrt und in einen gefliesten Raum gestoßen, dann wurde die Tür zugeworfen und verschlossen. Später kam wieder jemand herein, derselbe Mann, dem Geruch nach zumindest, und durchsuchte Lucien gründlich. Der Mann nahm all seine Habseligkeiten an sich. Obwohl der Junge sich wehrte, musste er zusammen mit allem anderen auch das Notizbuch herausrücken. Viel später brachte ihm eine Frau einen Becher Bier, das Letzte, was Lucien jetzt brauchen konnte, und ein Stück frisches Brot. Sie nahm ihm den Knebel ab, aber sie band seine Arme nicht los. Durch den Augenverband konnte Lucien sehen, wie dunkel es schon wurde. Er legte sich auf den Boden und überließ sich der Verzweiflung.

Mr Laski war in seiner Praxis in der Harley Street, als er von der Unfallstation angepiept wurde. Innerhalb von Minuten hatte er seine restlichen Vormittagstermine verlegt und saß in einem Taxi ins Krankenhaus.
David und Vicky Mulholland, die in der durch Vorhänge abgeteilten Kabine saßen, sahen bleich und erschöpft aus. Ihr Sohn lag auf dem Untersuchungstisch, entspannt und an-

scheinend nur tief schlafend. Laski musste sich regelrecht beherrschen, um den Eltern gegenüber erst mal Mitgefühl zu zeigen und sich nicht gleich in die Untersuchung zu stürzen. Er konnte es kaum erwarten, sich den Patienten anzuschauen, doch zwang er sich dem Bericht der Mutter zuzuhören und Fragen zu stellen.

»Diesmal ist es viel schlimmer als die letzten beiden Male«, sagte Vicky Mulholland mit versagender Stimme. »Ich musste einfach den Notarzt rufen – er ist und ist nicht aufgewacht. Dabei hab ich alles versucht – Schütteln, Rufen, nasse Waschlappen. Und dann habe ich ganz einfach durchgedreht. Ich habe meinen Mann angerufen und er hat gesagt, ich soll den Notarzt rufen und er würde auch gleich herkommen.«

Sie zerdrückte beim Reden ein Papiertaschentuch in den Händen. »Was ist das nur? Sind das Auswirkungen von seinem Tumor?«

»Ich kann gar nichts sagen, bevor ich ihn nicht untersucht habe«, sagte Mr Laski beruhigend.

»Aber das ist doch nicht normal, oder?«, fragte nun auch David Mulholland mit gepresster Stimme. »Sie haben uns nie gesagt, dass so etwas auftreten könnte.«

»Lassen Sie mich ihn erst mal ansehen«, bat der Arzt. »Wir müssen ein paar Untersuchungen machen.«

In Bellezza war Lucien hellwach, obwohl es Mitternacht war. Im Kopf stellte er sich immer wieder die Szenen vor, die sich daheim in seiner Welt abspielen würden. Beim Gedanken an das, was seine Eltern ausstehen mussten, durchlitt er solche

Höllenqualen, dass es eine Erleichterung war, als die Tür zu seinem Zimmer aufging, auch wenn er Angst um sein Leben hatte.

Da seine Augen noch verbunden waren, funktionierten seine anderen Sinne umso besser. Er bemerkte den muffigen Geruch seines Entführers und dann noch einen scharfen, starken Duft wie Aftershave. Also zwei Leute, die miteinander flüsterten. Durch das grobe Tuch konnte er ein helles Licht sehen, als ob ihm jemand eine Laterne dicht vors Gesicht hielt. Dann entfernte sich das Licht wieder und er konnte hören, wie jemand scharf die Luft einzog.

Lucien hielt es nicht mehr aus. »Warum haben Sie mich hierher gebracht?«, fragte er mit einer Stimme, die ihm selbst ganz jämmerlich vorkam. »Ich will nach Hause.«

»Tatsächlich?«, antwortete ihm jemand mit kultivierter Stimme. »Doch wo genau ist dein Zuhause? Und kannst du dort hingehen? Oder brauchst du vielleicht etwas, was wir dir entwendet haben?«

Lucien verlor allen Mut. Sie wussten, dass er ein Stravagante war! Da musste di Chimici dahinterstecken. Aber vielleicht wussten sie ja noch nicht, welcher der Gegenstände, die sie ihm geraubt hatten, der Talisman war. Das Büchlein war ja immerhin bellezzanisch. Vielleicht würden sie ihn jetzt foltern, um das herauszufinden?

»Sie haben nicht das Recht, meine Sachen zu stehlen«, sagte er. »Ich will zurück zu Signor Rodolfo.«

Stinker und Dufter nannte Lucien die beiden Männer jetzt bei sich. Stinker sagte etwas, das er nicht verstehen konnte, und Dufter meinte: »Aber sicher kannst du zu dem Senator zurück. Irgendwann. Mein Freund hier bringt dich hin.«

»Und ich will meine Sachen wiederhaben«, sagte Lucien.

»Die kannst du auch haben«, erwiderte Dufter und fügte hinzu: »Alle außer dem Buch natürlich.«

Lucien zuckte unwillkürlich zusammen und hörte, wie Stinker zufrieden grunzte. Na super, dachte er, jetzt hab ich ihnen auch noch verraten, was sie wissen müssen. Aber wenigstens werden sie mich nicht foltern. Andrerseits, vielleicht gibt es jetzt auch keinen Grund mehr, warum sie mich am Leben lassen müssen? Er stellte sich vor, wie ihn Stinker durch die kleinen Gassen zu Rodolfos Palazzo schleifen und ihm stillschweigend den Merlino-Dolch zwischen die Rippen stecken würde. Auf eine Weise hoffte er sogar darauf, vielleicht, weil ihn das in seiner anderen Welt in seinen richtigen Körper zurückbringen würde. Aber tot oder lebendig? Vielleicht würde er wenigstens noch lange genug leben, um seinen Eltern mitteilen zu können, wie leid es ihm tat.

Dethridge war inzwischen wieder nüchtern. Ehe Rodolfo gegangen war, um Arianna den Menschen vom Altan der Widder aus als neue Duchessa zu präsentieren, hatte er Alfredo aufgetragen, den alten Mann zum Dachgarten zu bringen und seinen Kopf unter die Pumpe zu stecken. Der triefende und ernüchterte Alchemist hielt sich die schmerzenden Schläfen und überlegte, wie er etwas Hilfreiches beisteuern könnte.

»Wir könnten in den Spiegel sehen«, sagte er schließlich. »Ich wähne, dass ich erkennen kann, ob er in seinem eigenen Leib ist oder nicht.«

Rodolfo eilte zu den Spiegeln. Er hatte vergessen, dass Dethridge ja ein Fenster auf Luciens Welt ausgerichtet hatte. Darin war immer Luciens Zimmer zu sehen und er selbst, wie er in seinem Bett lag, auch wenn Luciano in Bellezza war. Nach ein paar Handgriffen an den Hebeln zeigte der Spiegel den gewohnten Raum. Sonnenlicht strömte durch das Fenster herein, doch das Bett war leer.

»Das hat nichts zu bedeuten«, sagte Dethridge nach einem Blick auf den bekümmerten Rodolfo. »Er wird wahrscheinlich seinen üblichen Beschäftigungen nachgehen.«

»Nein«, entgegnete Rodolfo verbittert. »Er ist nicht zurückgekehrt. Das weiß ich sicher und ich bin auch noch schuld daran. Seine Eltern haben seinen Körper irgendwo hingebracht, vielleicht zu ihrem Doktor. Die Göttin steh uns bei, wenn sie ihn für tot halten.«

»Amen«, sagte Dethridge, der nun auch besorgt war. »Die Leute dachten oft, ich sei tot, wenn ich doch nur auf einer Zeitreise war.« Vor lauter Erregung kam er auf seine schlimmsten Befürchtungen zu sprechen. »Vielleicht hat man mich in meinen Sarg gelegt und ich bin erstickt? So bin ich möglicherweise hier gelandet.«

Rodolfo legte dem alten Mann eine Hand auf die Schulter. »Wir müssen aufpassen, dass so etwas nicht mit Luciano passiert. Wir müssen ihn finden und herholen.«

Die Sonne strömte in das Schlafzimmer der neuen Duchessa, als Barbara die hölzernen Fensterläden zurückschlug. Arianna erwachte aus einem tiefen, erholsamen Schlaf und wusste zunächst nicht, wo sie war. Dann fiel es ihr wieder ein. Sie war jetzt die Duchessa.

Mit einem Mal stürzten die Ereignisse vom Vortag auf sie ein – die verrückte Wahl, der Saal voller Kleider, das Einkleiden in ein blaues Satinkleid, das zum Schluss voller Nadeln steckte, der Auftritt mit Senator Rodolfo auf der Loggia degli Arieti, dem Widderaltan. Er war noch zurückhaltender als üblich gewesen, obwohl sie sich danach sehnte, mit jemandem darüber zu reden, wie sie das letzte Mal auf dem Balkon gewesen war – am Abend der Vermählung mit dem Meer.

»Wenn nur Luciano hier sein könnte«, war alles, was sie gesagt hatte, während sie der Menge unten freundlich zuwinkte. Sie nahm an, dass er in seine Welt zurückgereist war, aber sie war traurig, dass er sich nicht verabschiedet hatte.

Doch Rodolfo hatte sie nur mit seinen großen schwarzen Augen angesehen und leise etwas gesagt, das klang wie »Das wünsche ich lieber nicht«.

Sie hatte ihn nicht fragen können, was er damit meinte. Sie lernte, was es hieß, die Duchessa von Bellezza zu sein: Es bedeutete, dass man nie für sich war. Immer waren Diener und Wachen im Weg und stündlich mussten hundert kleine Dinge entschieden werden. Arianna fragte sich, wie ihre Mutter das ein Vierteljahrhundert ausgehalten hatte.

Und schon ging es wieder los, während sie sich jetzt im Bett aufsetzte und ihre heiße Schokolade trank. Barbara plapperte von ihrer Garderobe, wann die Schneiderin gerufen würde, um alle Kleidungsstücke zu machen, die sie brauchen würde, einschließlich des Krönungskleides.

Doch die Aussicht auf eine nagelneue Garderobe heiterte Arianna nicht besonders auf. Im Gegensatz zu Silvia war sie nicht eitel. Was sie viel mehr beschäftigte, waren all ihre Staatspflichten, die Sitzungen des Rates und des Senats, die Auftritte in der Öffentlichkeit sowie der Umgang mit dem remanischen Botschafter. Sie reichte Barbara ihre Tasse und vergrub sich wieder in den Kissen. Wie viel einfacher wäre es doch gewesen, Mandolier zu werden!

Lucien lag auf der Intensivstation. Er wurde einer weiteren Computertomografie unterzogen, außerdem wurden ein Röntgenbild sowie ein EEG gemacht. Inzwischen war es acht Uhr abends und er war immer noch nicht erwacht. Er lag in seinem Schlafanzug im Krankenhausbett, mit blassem, aber friedlichem Gesicht, während seine Mutter neben ihm saß und seine Hand hielt.

Mr Laski studierte die Ergebnisse und machte ein ernstes Gesicht. »Der Tumor ist größer als beim letzten Scannen«, sagte er, »aber es gibt keine Erklärung dafür, dass er bewusstlos ist.«

»Woher kommt das dann?«, fragte Luciens Vater mit bebender Stimme.

Mr Laski schüttelte den Kopf. »Ich weiß es nicht. Aber ich möchte seinen Atem und seine Gehirnaktivität vierundzwanzig Stunden lang auf dem Monitor beobachten und sehen, ob es Veränderungen gibt. Bitte versuchen Sie, sich nicht zu sehr zu sorgen. Aus diesen Apparaturen sind schon viele Koma-Patienten unbeschädigt hervorgegangen.«

»Koma-Patienten?«, fragte Frau Mulholland. »Es ist also ein Koma?«

Rodolfo war nicht im Bett gewesen. Er blieb die ganze Nacht auf und richtete seine Spiegel auf alle infrage kommenden Stellen in Bellezza und sogar in anderen Städten Talias, wo sich Luciano aufhalten konnte. Als der Tag anbrach, machte er sich nach einem hastig eingenommenen Frühstück über den offiziellen Weg – nicht durch den Geheimgang – zum Palast der jungen Duchessa auf. Langsam schritt er über die Piazza, wo die Leute nach den Feierlichkeiten vom Vorabend aufräumten. Wie konnte er Arianna beibringen, dass Luciano verschwunden war? Er hatte ihr noch nicht einmal mitgeteilt, dass der Junge wieder krank war. Und es gab etwas noch Dringenderes, das er ihr mitteilen musste, aber alles auf einmal brachte er nicht über sich.

Er blieb stehen und rieb sich die müden Augen. Obgleich es den Chimici nicht gelungen war, Silvia zu ermorden, und obwohl die neue Duchessa doch eine Nachfolgerin nach Silvias Geschmack war, hatte er zum ersten Mal seit vielen Monaten das Gefühl, dass der Feind siegte.

Er fand Arianna in einem provisorischen Audienzraum vor.

»Guten Morgen, Euer Gnaden«, sagte er und verbeugte sich förmlich.

»Guten Morgen, Senator«, erwiderte Arianna. »Aber das bin ich ja noch nicht, oder? Euer Gnaden, meine ich, nicht bis zur Krönung.«

»Das ist richtig«, sagte Rodolfo, »und eine Sache, über die wir sprechen müssen, ist der Ablauf der Zeremonie. Wir müssen überlegen, wie lange es dauert, die nötigen Gewänder und so weiter zu machen.«

Wenn Arianna nicht gerade gesessen wäre, hätte sie aufgestampft. »Schon wieder Kleider! Ist das alles, was es mit einer Duchessa auf sich hat? Ich will wissen, wie viel Geld ich habe, wie viele Stunden ich am Tag arbeiten muss und wann ich anfangen kann, neue Gesetze zu erlassen. Ansonsten bin ich mir nicht sicher, dass ich das mit der Krönung überhaupt will – ob ich nun gewählt bin oder nicht!«

Rodolfo sah Arianna lange an, dann seufzte er und fuhr sich mit der Hand übers Gesicht. »Du hast ganz recht«, sagte er schließlich. »Keiner hat dich gefragt, ob du Duchessa werden willst. Du bist kaum älter als ein Kind, und obwohl ich sicher bin, dass du eines Tages eine ausgezeichnete Herrscherin sein wirst, dauert es Jahre, bis du ohne Rat Beschlüsse fassen kannst. Es gibt viele langweilige Pflichten und die Arbeit wird in den seltensten Fällen spektakulär oder amüsant sein. Aber wenn du wie Silvia oder ich glaubst, dass man den Chimici nicht trauen kann und dass ihr Zugriff auf unser Land verhindert werden muss, dann gibt es nichts anderes, als den Widerstand Bellezzas fortzusetzen. Und das geht wiederum nur, wenn du die Krönung über dich ergehen lässt.«

Er hielt inne und sah sie mit seinen durchdringenden Augen forschend an. »Und das alles hast du dir doch auf Torrone durch den Kopf gehen lassen? Hast mit deinen Eltern darüber gesprochen?«

»Mit meinen Pflegeeltern«, korrigierte ihn Arianna. »Ja. Über all das haben wir eine Ewigkeit gesprochen. Aber ich wusste nicht, dass es so hart werden würde.«

Bei all ihrer Beherztheit sah Rodolfo sie zum ersten Mal als kleines Mädchen. Er lächelte müde. »Lass mich versuchen, deine Fragen zu beantworten. Erstens, Geld. Wie du weißt, hat Silvia genug Silber mitgenommen, um in Padavia eine neues Leben als reiche Bürgersfrau zu beginnen. Doch jede neue Duchessa hat ein beachtliches Vermögen aus den Steuern, die von der Bürgerschaft gezahlt werden. Es wird dem städtischen Schatz sorgfältig zugeteilt, um zu bezahlen, was allen Bürgern Bellezzas zugutekommt, aber eine ansehnliche Summe bleibt für dich übrig, die du ausgeben kannst, wofür du willst. Ich bin da, um dir mit Rat und Tat zu helfen. Außerdem gibt es einen staatlichen Schatzmeister.

Was die Gesetze betrifft, die müssen vor den Senat, das sind die vierundzwanzig Ältesten, die dich beraten. Doch alles, was eine regierende Duchessa vorschlägt, wird wohlwollend behandelt, da bin ich sicher. Hast du an etwas Bestimmtes gedacht?«

»Ich möchte ein Gesetz machen, dass es auch Mädchen erlaubt, sich als Mandolier ausbilden zu lassen«, sagte Arianna und zog etwas aufmüpfig die Luft ein. Jetzt, wo die Regierung von Bellezza auf ihren Schultern lag, schien das eine Bagatelle zu sein, aber diesen kleinen Unterschied wollte sie so bald wie möglich durchsetzen, auch wenn sie selbst nicht mehr in seinen Genuss kam.

»Sobald du gekrönt worden bist, sehe ich zu, dass es auf die Tagesordnung der ersten Senatssitzung kommt«, sagte Rodolfo.

»Und ich will die schreckliche Sitte abschaffen, dass junge Frauen eine Maske tragen müssen«, fuhr Arianna fort.

»Den Senat davon zu überzeugen wäre ungleich schwieriger«, sagte Rodolfo. »Darf ich vorschlagen, dass du nicht sofort loslegst und zu viel auf einmal änderst? Die Stadt hat einen ruhigen Fortbestand nötig.«

»Was ist mit dem Palazzo?«, fragte Arianna. »Kann ich hier Änderungen vornehmen?«

»Nochmals, sobald du gekrönt bist, kannst du alle Veränderungen beschließen, auf die wir uns vorher einigen. Hast du denn schon bestimmte Vorstellungen?«

»Ich will den Glassalon abschaffen«, sagte Arianna schaudernd. »Da kriegt man ja eine Gänsehaut.«

»Da stimme ich dir nur zu gerne zu«, sagte Rodolfo. Er stand auf und trat ans Fenster. »Wenn ich deine unmittelbaren Befürchtungen bezüglich deiner Regentschaft nun beruhigt habe, muss ich dir etwas von Luciano erzählen. Und das könnte eine ernste Sache sein.«

Kapitel 20

Ans Licht gebracht

Lucien musste seinen ersten ganzen Tag in Bellezza als Gefangener erleben. Seine Handfesseln waren gelöst worden, sodass er seine Augenbinde abnehmen konnte und feststellte, dass er sich in einem kleinen Zimmer mit Steinboden und nur wenig Möbeln befand. Es gab einen Stuhl, einen Strohsack, der für ihn hereingelegt worden war, und eine verschlossene Truhe, auf der eine Schüssel und ein Wasserkrug zum Waschen standen. In einer Ecke stand ein Eimer, wo er sich erleichtern konnte.

In einiger Höhe befand sich ein einziges Fenster, und nachdem das Gefühl in seine Arme zurückgekehrt war, nahm er Schüssel und Krug von der Truhe und zerrte sie unter das Fenster, um daraufzuklettern und hinauszuschauen.

Der Blick aus dem Fenster verriet nur wenig: Er bestätigte ihm, dass er sich einige Stockwerke hoch befand, und seine Kenntnis von den Kirchen- und Glockentürmen Bellezzas sagte ihm immerhin ungefähr, wo das Gebäude stehen musste. Aber das half nicht recht weiter. Er war sich ziemlich sicher, dass er sich im Haus des remanischen Botschafters befand. Doch es war nicht entscheidend, wo er war, sondern *wie* er das Buch zurückbekommen konnte. Wenn er seinen Talisman erst mal in Händen hielt, konnte er augenblicklich nach Hause reisen. Ohne ihn war er fast genauso endgültig in dieser Welt gestrandet wie William Dethridge.

Die Stunden zogen sich in unendlicher Langeweile hin – wenn er doch bloß zu Rodolfo hätte entkommen können! Gegen Mittag brachte ihm eine Frau Wasser und Brot und etwas harten Käse und Oliven. Doch sie redete nicht mit ihm, sondern wich rasch wieder rücklings aus dem Zimmer, kaum dass sie das Essen über die Schwelle geschoben hatte. Und genauso schnell drehte sie den Schlüssel im Schloss wieder um.

Lucien verfluchte sich, dass er so ein Weichling war. Er hätte die Frau mit Leichtigkeit überwältigen können, doch alles in ihm wehrte sich dagegen, jemand zu überfallen, der harmlos war und ihm Essen brachte. Dennoch beschloss er es bei ihrem nächsten Besuch zu tun.

Jetzt aß er erst mal und trank auch etwas Wasser, dann legte er sich auf den Strohsack und schlief zum ersten Mal, seit man ihn gekidnappt hatte.

»Ich habe etwas gefunden!«, rief Dethridge, der die Zauberspiegel im Laboratorium fast ununterbrochen beobachtet hatte, seit Lucien verschwunden war.

Rodolfo war im Nu an seiner Seite und spähte in den Spiegel, den Dethridge auf Luciens Welt gerichtet hatte. Auf Luciens Bett lag eine Frau und hatte sein Kopfkissen in den Armen. Es kamen keine Laute aus dem Spiegel, aber es war eindeutig, dass sie weinte. Rodolfo gebot Dethridge zurückzutreten und zog einen silbernen Vorhang vor den Spiegel.

»Was meinst du?«, fragte Dethridge. »Die Mutter?«

»Unglücklicherweise«, sagte Rodolfo und sein eigenes Gesicht war vom Kummer gezeichnet. »Sie leidet und ich kann nichts tun, um ihr zu helfen. Ob ich wohl in Lucianos Welt reisen sollte?«

Bevor Dethridge antworten konnte, trat Alfredo ein, außer Atem, weil er die Treppen so schnell heraufgekommen war.

»Herr«, sagte er, »di Chimici hat für morgen einen Volkssenat einberufen. Es sind Wandanschläge in der ganzen Stadt.«

Der herzogliche Senat traf sich einmal im Monat auf Einladung der Duchessa, um sich mit den Angelegenheiten der Bürger zu befassen. Doch es war das Recht eines jeden Bürgers, wenn er von elf weiteren unterstützt wurde, unter außergewöhnlichen Umständen einen »Volkssenat« einzuberufen. Dann mussten die vierundzwanzig Senatoren im großen Ratssaal zusammenkommen, statt in ihrer gewohnten Senatskammer. Die zwölf Bürger, die den Senat einberufen hatten, mussten ihren Fall vortragen und die Sitzung war öffentlich. Bellezzaner drängten sich dann zuhauf in den Raum, der üblicherweise von den zweihundertvierzig Ratsherren gefüllt wurde.

Die Einberufung eines Volkssenats war äußerst selten, aber völlig legal. Di Chimici hatte die Sitzung nicht persönlich einberufen, denn er war ja Bürger von Remora, aber er hatte zwölf Bellezzaner bestochen, es für ihn zu tun. Es war nicht schwierig, sie zu überreden, denn nun, nachdem sich die Aufregung über die Wahl gelegt hatte, kamen doch hier und da Zweifel bezüglich der neuen Duchessa auf.

Am Abend fand in Rodolfos Laboratorium ein Notstandstreffen statt. Alfredo bat die beiden Frauen aus Leonoras Haus hinzu und Arianna, die eine Nachricht von Rodolfo erhalten hatte, benutzte zum ersten Mal den Geheimgang. Sie trat in den mit Kerzen erleuchteten Raum und fand die anderen mit ernsten Gesichtern vor. Von ganzem Herzen wünschte sie sich, dass Luciano unter all diesen ernsten Erwachsenen an ihrer Seite gewesen wäre.

»Was ist geschehen?«, fragte sie.

»Rinaldo di Chimici hat für morgen einen Volkssenat einberufen«, sagte Rodolfo. »Und wir müssen uns damit abfinden.«

»Aber du brauchst nicht den Vorsitz zu übernehmen«, fügte Silvia schnell hinzu, »weil du bis zur Krönung noch nicht als Duchessa bestätigt bist. Rodolfo wird den Ablauf unter seine Fittiche nehmen, als Oberster Senator.«

»Muss ich denn überhaupt anwesend sein?«, fragte Arianna ängstlich.

»Leider schon«, sagte Rodolfo. »Wir haben den Verdacht, dass die Eingabe dich betrifft. Di Chimici wird jede undichte Stelle geprüft haben, um deine Wahl rückgängig zu machen.«

»Was kann er denn tun?«, fragte Arianna.

»Er kann deine Legitimität in Abrede stellen«, erklärte ihr Silvia. »Es hat die Bellezzaner nie besonders gekümmert, aber es gibt tatsächlich eine Klausel in der Verfassung, die nicht zulässt, dass illegitime Kinder gewählt werden. Ich hätte das Gesetz zu meiner Regierungszeit ändern sollen.«

Arianna war entsetzt. »Aber dann wird meine Wahl ja auf jeden Fall rückgängig gemacht!«

»Warte, Kind«, sagte Leonora.

»Wir können dieser speziellen Eingabe entgegentreten«, sagte Rodolfo und warf Arianna einen Blick zu. »Aber wir wissen nicht, was sie sonst noch planen. Ich mache mir Sorgen, dass sie womöglich hinter dem Verschwinden von Luciano stecken. Ich habe die ganze Stadt absuchen lassen, aber es gibt kein Zeichen von ihm. Er muss irgendwo gefangen gehalten werden. Aber noch etwas anderes bereitet mir Sorgen.«

Er fing an, im Zimmer auf und ab zu gehen. »Luciano hat

Doktor Dethridge und mir erzählt, dass seine Krankheit wieder ausgebrochen ist. Ob er nun gefangen ist oder nicht, ich weiß, dass er nicht in seine Welt zurückgereist ist. Wir haben keine Ahnung, wie viel Zeit dort verstrichen ist, und wissen auch nicht, was seine Eltern von dem vermeintlich leblosen Körper halten. Der Doktor sagt, dass er wie ein Schlafender aussieht – er atmet, aber er ist wie in einer tiefen Ohnmacht.«

»Aber das ist ja furchtbar!«, rief Arianna. »Glauben die Eltern, dass die Krankheit dahintersteckt?«

Rodolfo und Dethridge sahen beide bekümmert drein und Arianna bekam es mit der Angst zu tun. Sie war so mit ihrer eigenen Situation beschäftigt gewesen, dass die Nachricht von Lucianos Krankheit ein Schock für sie war. Als ihr klar wurde, dass sie ihn vielleicht nie mehr wiedersehen würde, war sie am Boden zerstört.

Mr Laski und die Neurologin, Ms Beaumont, waren mit ihrem Latein am Ende. Luciens Koma dauert nun fast schon drei Wochen. Nach einigen Stunden hatte man ihn künstlich ernähren müssen. Nach ein paar Tagen konnte er nicht mehr selbstständig atmen und man musste ihn an weitere Schläuche anschließen. Inzwischen sah er sehr blass und zerbrechlich aus.

»Wir müssen es heute den Eltern mitteilen«, sagte Ms Beaumont. »Es gibt kein Anzeichen mehr für Gehirnaktivität. Niemand weiß, wie lange wir ihn so noch erhalten können.«

Der Volkssenat sollte um drei Uhr beginnen. Schon früh am Morgen fingen die Bürger an, über die Piazza zu strömen, um sicherzugehen, dass sie einen Sitz bekamen. Nachdem alle Ratsherrenplätze besetzt waren, stellten sich die Leute ringsum an die Wände. Schon bald war es sehr heiß im Ratssaal.

Lucien wurden wieder die Augen verbunden und man fesselte ihn. Er hatte am Abend zuvor nicht mit seinem Gewissen kämpfen müssen, denn sein Essen war ihm von dem Mann mit dem Dolch gebracht worden. Lucien erkannte in ihm sowohl Stinker als auch den Spitzel mit dem blauen Umhang, der ihm wochenlang durch die Stadt gefolgt war.

Am Morgen war der Mann zurückgekommen und hatte ihn aus dem Zimmer und die Stufen hinuntergeführt. Sie verließen das Haus und Lucien spürte die warme bellezzanische Sonne auf seinem Körper. Dann wurde die Augenbinde abgenommen und er sah, dass er in der Nähe der Piazza war. In tiefen Zügen sog er die milde Luft ein und nicht mal der leicht faulige Kanalgeruch machte ihm etwas aus.

»Tu, was ich sage«, flüsterte der Mann. »Denk daran, ich habe den Dolch. Geh jetzt ganz normal. Wir müssen in den Palast der Duchessa.«

»Aber das ist doch ganz unmöglich!«, sagte David Mulholland wütend. »Sie sagten doch, es sei nicht der Krebs, der das Koma ausgelöst hat.«

»Es ist in der Tat ungewöhnlich«, gab Mr Laski zu. »Aber da es jetzt schon so lange dauert, ist sein Zustand inzwischen äußerst kritisch geworden. Wie wir Ihnen ja schon leider sagen mussten, hat es den Anschein, dass Lucien einen Gehirn-

schaden erlitten hat. Ich muss wiederholen, dass es keinerlei Gehirnaktivität bei ihm mehr gibt. Und sein Organismus ist bereits überaus geschwächt. Die Geräte können ihn nicht unbegrenzt erhalten.«
»Sie sagen also, dass keine Hoffnung besteht? Dass nichts anders übrig bleibt, als bei ihm zu warten?«, fragte David Mulholland.
Der Arzt schwieg. Die beiden Eltern standen neben dem Körper ihres Sohnes und hielten sich bei den Händen.

»Man erhebe sich!«, sagte der Senatsschreiber und Hunderte von Bellezzanern standen auf, während die Senatoren zu ihren Plätzen auf einem Podest kamen. Auch die vorderste Reihe der Ratsherren war reserviert worden. Dort nahmen Arianna und Leonora Platz; Silvia hatte mitkommen wollen, doch gemeinsam hatte man sie überzeugt, dass es zu gefährlich sei. Dann ließen sich die zwölf Bellezzaner, die den Senat einberufen hatten, neben ihnen nieder. Es waren immer noch ein paar Plätze in der ersten Reihe frei, als Rodolfo die Sitzung für eröffnet erklärte und sich alle wieder setzten.

»Wer hat diesen Senat einberufen?«, fragte Rodolfo förmlich und der Schreiber las die Namen der zwölf Bürger vor, die sich kurz erhoben und einer nach dem anderen den Hut zogen.

»Was ist euer Grund?«

Der erste Bürger, ein gewisser Giovanni Ricci, erhob sich erneut, hustete, scharrte mit den Füßen und brachte dann sein auswendig gelerntes Sprüchlein hervor. »Bei allem angemessenen Respekt für die verstorbene Duchessa, die Göttin gebe ihr Frieden, und für ihre Tochter, die kürzlich statt ihrer gewählt wurde, würden wir gerne die Umstände um ihre Geburt beleuchten. Wir haben alle die Aussage der Hebamme, Signora Landini, vernommen, dass sie die Duchessa von einer Tochter entbunden hat. Aber heißt es nicht, dass die Duchessa von Bellezza ehelich geboren werden muss?«

Erleichtert, dass er seinen Auftrag erledigt hatte, setzte sich Ricci wieder. Ein Murmeln lief durch den Saal. Natürlich wollten die Bellezzaner ihre neue Duchessa nicht so schnell wieder verlieren, aber sie wollten dennoch, dass die Sache aufgeklärt wurde. Arianna bemerkte, dass Rinaldo di Chimici jetzt auf einen Sitz in der ersten Reihe geschlüpft war.

Rodolfo erhob sich, um zu dem Senat zu reden; er hatte ein Bündel Papiere in den Händen.

»Senatoren und Bürger von Bellezza«, begann er, »Signor Ricci hat recht. Ich habe mich mit der Verfassung beschäftigt und dort gibt es eine Klausel, Nummer 67c, die verlangt, dass die Duchessa ehelich geboren sein muss, wie sie auch einen untadeligen Ruf haben und in gutem Ansehen bei ihren Mitbürgern stehen sollte.«

Das Murmeln im Publikum wurde lauter.

Rodolfo fuhr fort: »Wie Ihr Euch jedoch auch erinnern werdet, ist es Teil der talianischen Rechtsprechung, dass eine später erfolgte Heirat den Spross der beiden Beteiligten legalisiert. Und nun halte ich hier ein Dokument in Händen, welches die Heirat der verstorbenen Duchessa – die Göttin gebe ihr nun wirklich endlich Frieden – mit dem Vater der neuen Duchessa, Arianna Gasparini, bestätigt.«

Das Gemurmel wurde zu einem lauten Summen und man konnte sehen, wie di Chimici Ricci eine Notiz zusteckte. Ricci erhob sich erneut und drehte seinen Hut nervös in den Händen.

»Senator«, begann er, »natürlich bin ich sehr froh das zu hören. Doch dürften wir erfahren, wer der Vater ist?«

»Selbstverständlich«, sagte Rodolfo. »Ihr und die anderen elf Bürger, die diese Senatssitzung einberufen haben, können das Ehedokument studieren, das ich zunächst an meine Mitsenatoren weiterreiche. Ihr werdet dort von der Trauung zwischen der ehemaligen Duchessa Silvia Isabella Bellini und mir lesen, dem Senator Rodolfo Claudio Rossi. Die Eheschließung wurde am Tag der diesjährigen Vermählung mit dem Meer vollzogen.«

Jetzt brach im Ratssaal ein Tumult aus, doch Arianna hatte das Gefühl, dass nur zwei Menschen anwesend seien: Sie selbst und der Mann, der der Welt gerade unbewegt verkündet hatte, dass er ihr Vater war. Jetzt sah er sie direkt an und sie spürte, wie ihr die Röte ins Gesicht stieg. Leonora nahm ihre Hand.

»Warum hat er mir nicht gesagt, dass er mein Vater ist?«, zischte Arianna ihrer Tante zu.

»Weil sie selbst es ihm erst in der Nacht deiner Wahl erzählt hat«, erwiderte Leonora. »Der Himmel weiß, wie sie ihn zu dem Zeitpunkt überredet hat, sie heimlich zu heiraten. Ich bin sicher, deine Mutter hatte ihre Gründe dafür. Doch die Wahrheit über dich erzählte sie ihm erst vorgestern. Ich glaube nicht, dass er es schon richtig begriffen hat.«

Die Senatoren hatten die Heiratsurkunde gelesen und Rodolfo gab sie nun an Signor Ricci. Er und die anderen Bellezzaner taten sich sehr wichtig damit, sie sorgfältig zu studieren, aber Arianna war sicher, dass sie nicht hätten sagen können, ob sie echt war oder nicht. Sie bezweifelte sogar, dass die zwölf lesen konnten.

Rodolfo gab ihnen einige Minuten, dann sagte er: »Ich rufe außerdem Bruder Lodovico auf, der die Zeremonie in der Privatkapelle der Duchessa vollzog, damit er die Echtheit des Dokuments bestätigt.«

Eine kleine Gestalt in brauner Robe stieg auf das Podest und Arianna erinnerte sich, ihn in der Nacht gesehen zu haben, als sie sich in der Loggia degli Arieti versteckt hatte. Er war der Mönch, den sie hoch oben im Dom auf einem der hölzernen Stege entdeckt hatte. Er musste die Trauung ihrer Eltern kurz vor dem Fest vollzogen haben, kurz nach der anderen Vermählung Silvias, der mit dem Meer. Doch dann fiel Arianna plötzlich ein, dass ihre Mutter an dieser öffentlichen Zeremonie wahrscheinlich gar nicht selbst teilgenommen hatte. Sie hatte ja vermutlich eine Stellvertreterin benutzt.

Es war jetzt unerträglich heiß im Saal; die dramatischen Enthüllungen der vergangenen halben Stunde hatten bewirkt, dass die wankelmütigen Bellezzaner heftig schwitzten. Arianna merkte, wie ihr schwummrig wurde von der Hitze und der schlechten Luft. Und plötzlich konnte sie gar keinen Gedanken mehr fassen.

»Ich kann es nicht ertragen, David«, sagte Luciens Mutter. »Dass es so zu Ende geht!«
»Ich weiß, ich weiß«, war alles, was ihr Mann erwidern konnte. Er hielt sie fest an sich gedrückt und barg sein Gesicht in ihrem Haar.
»Ich ertrage es nicht, wie er daliegt und immer dünner und schwächer wird. Die Nachricht, dass der Tumor wieder wächst, war schlimm«, sagte Vicky, »aber ich habe nie geglaubt, dass es so laufen würde, ganz ohne Zeit, Abschied voneinander zu nehmen.«

Sie hatte gedacht, dass sie schon keine Tränen mehr weinen konnte, doch als Luciens Vater sagte: »Wenigstens hatten wir noch die Ferien in Venedig mit ihm«, spürte sie, wie es wieder losging.

»Im Lichte dessen, was heute zutage kam«, sagte Signor Ricci, der begeistert war, dass er ganz ohne Aufzeichnungen in dem Großen Ratssaal sprechen konnte, »hoffe ich, Euch, Senator, im Namen meiner Mitbürger unsere aufrichtige Anteilnahme am Tod Eurer Frau aussprechen zu dürfen, nachdem wir nun wissen, dass selbige unsere geliebte Duchessa war.«

»Bravo«, hallte es durch den Saal, während Arianna durch den stechenden Geruch von Leonoras Riechsalz unter ihrer Nase wieder zu sich kam. Sie dachte, sie sei noch nicht wieder ganz bei sich, als sie di Chimici aufspringen sah. »Es gibt noch einen anderen Grund!«

Rodolfo erwiderte ruhig: »Herr Botschafter, als ehrenwerter Gast von Bellezza habt Ihr natürlich das Recht und die Freiheit, an unserem Volkssenat teilzunehmen. Aber ich bin sicher, Ihr versteht, dass solch ein Grund nur von einem unserer Bürger vorgetragen werden kann.«

»Natürlich«, sagte di Chimici und setzte sich wieder. »Vergebt mir. Es ist nur, dass ich hörte, wie diese Bürger den Fall diskutierten und mir dabei einfiel, dass es zwei Gründe gibt.«

Er starrte Ricci finster an, der rasch wieder aufsprang.

»Ah, ja, Senator, das habe ich über der ganzen Aufregung um die Heirat vergessen«, sagte er. »Wir sind außerdem beunruhigt über Vorwürfe der Hexerei im engen Umkreis der neuen Duchessa.«

»Hexerei?«, erkundigte sich Rodolfo. »Könnt Ihr Euch etwas genauer ausdrücken?«

»Magie«, sagte Ricci, der sich sichtlich unbehaglich fühlte. »Die Zusammenarbeit mit bösen Geistern.«

Rodolfo hob nur eine Augenbraue.

»Sie hat einen Freund«, pflügte sich Ricci weiter voran. »Einen engen Freund, mit dem sie viel Zeit verbracht hat, einen jungen Mann.«

»Sprecht Ihr vielleicht von meinem Lehrling Luciano?«, fragte Rodolfo.

»So ist es, Luciano ist sein Name. So unwahrscheinlich es auch klingen mag, wir haben Beweise, dass er nicht tatsächlich, äh, wie soll ich es ausdrücken? Dass er kein gewöhnlicher Sterblicher dieser Welt ist.«

»Was für Beweise?«, wollte Rodolfo wissen.

»Nun, wenn Ihr gestattet, Senator, wir werden ihn hereinbringen und es vorführen.«

Wieder entstand ein Aufruhr in dem Saal, als Enrico nach vorne trat und Lucien hinter sich herzog.

»Luciano!«, rief Arianna aus und Ricci sagte: »Wie Ihr seht, hat der Junge keinen Schatten.«

»Es scheint so weit zu sein?«, sagte Mr Laski.

Luciens Eltern nickten. Sie standen zu beiden Seiten ihres Sohnes und jeder hielt eine Hand, durch die kaum noch Leben pulste.

Die Sonne war einen Moment hinter einer Wolke verschwunden, doch es gab keinen Zweifel, dass sie gleich wieder hervortreten würde und mit voller Macht durch die hohen Fenster des Ratssaals leuchten würde. Die Fenster befanden sich hinter Lucien und gingen nach Westen und er wusste, er würde nun als Stravagante entlarvt werden. Alles war ganz fürchterlich schiefgelaufen. Er sah Arianna an und fragte sich, was es für sie beide bedeuten würde.

In dem Moment rief Rodolfo: »Luciano, fang auf!«, und warf ihm etwas zu. Automatisch streckte er die Hände aus, um aufzufangen, was auch immer es sein mochte, doch seine Hände waren noch gefesselt und außerdem an Enrico gebunden. Er griff daneben und der Gegenstand fiel zu Boden.

In dem Augenblick kam die Sonne wieder voll zum Vorschein. Sie schien durch das Fenster und Lucien sah zum ersten Mal, was er in Talia noch nie gesehen hatte: seinen Schatten, der sich der Länge nach vor ihm ausstreckte. Ein merkwürdiges, kräftiges Gefühl rann durch seine Adern, und ehe er begriff, was es bedeutete, sah er, wie Leonora Rinaldo di Chimici zuvorkam und den Gegenstand aufhob, den Rodolfo geworfen hatte. Sie steckte ihn ein und dann war der gesamte Saal von Gelächter erfüllt.

»Diesem jungen Mann scheint es an seinem Schatten nicht zu fehlen«, sagte Rodolfo, der seine Stimme allerdings nur mit größter Willensanstrengung beherrschen konnte. »Wenn es keine weiteren Anschuldigungen gibt, erkläre ich diesen Volkssenat für beendet.«

Der Doktor schloss Luciens Augen.

Kapitel 21

Der Mann in Schwarz

Lucien befand sich in einem Schockzustand. Enrico hatte ihn schnell losgebunden und war verschwunden. Leonora nahm ihn zu ihrem Haus mit zurück, während Arianna die beiden ängstlich umtanzte. Er wurde in ihren eleganten Salon mit den zierlichen Stühlen gebracht und auf ein kleines rotes Samtsofa gelegt. Leonora läutete nach Wasser. Aber noch bevor das Wasser kam, war Silvia bei ihnen und ein paar Minuten später wurde Rodolfo hereingeführt.

Er fühlte Luciens Puls. »Was ist geschehen?«, fragte er. »Geht es dir gut?«

Lucien nickte. Er war wie betäubt und Leonora musste ihm etwas Wasser einflößen.

»Der Spitzel von di Chimici, der in dem blauen Umhang, hat mich am Abend der Wahl auf der Piazza entführt«, erzählte er. »Er fesselte mich und drohte mir und schloss mich in einem Zimmer ein. Erst wurden mir die Augen verbunden, dann brachte er jemand herein. Ich bin jedoch sicher, dass es der Botschafter war. Sie haben mir alles abgenommen.« Seine Stimme versagte. »Auch das Notizbuch – ich konnte sie nicht davon abhalten.«

Er trank noch einen Schluck Wasser, um sich fassen zu können.

»Vielleicht wissen sie ja gar nicht, was man damit machen kann?«, meinte Arianna.

Lucien schüttelte den Kopf. »Das wissen sie nur zu gut. Es wird nicht lange dauern und sie werden raushaben, wie man es benutzt.« Er wandte sich zu Rodolfo um. »Ich habe Sie enttäuscht, Meister.«

Alles wirkte trostlos. Die Chimici würden die Stravaganza erlernen und würden mit ihrer verbrecherischen Ausbeute des einundzwanzigsten Jahrhunderts anfangen. Niemand konnte sie aufhalten. Und jenseits von diesen bitteren Vorstellungen lag ein Schrecken, über den Lucien noch gar nicht nachdenken konnte.

»Nein«, sagte Rodolfo mit schmerzlichem Ausdruck. »Ich habe dich im Stich gelassen. Ich konnte dich nicht rechtzeitig finden, um dich nach Hause zu schicken, und nun ist es zu spät.«

Schweigen legte sich über den Raum.

»Was genau ist nun eigentlich im Volkssenat passiert?«, wollte Silvia wissen.

»Di Chimici hatte einen zweiten Anklagepunkt gegen Arianna in der Hinterhand«, sagte Rodolfo. »Er wollte sie der Hexerei bezichtigen, weil sie angeblich einen Dämonen im Bekanntenkreis hatte – unseren Freund Luciano. Di Chimicis Strohpuppe behauptete, dass der Junge keinen Schatten habe.«

Silvia zog hörbar die Luft ein. »Dann ist er also als Stravagante entlarvt worden?«

Die Läden in Leonoras Salon waren geschlossen, damit die Sonne die Bezüge nicht ausbleiche. Rodolfo schritt eilig an ein Fenster und stieß sie auf.

»Er ist keiner mehr«, sagte er. »Sieh nur!«

Luciano stand auf und trat ans Fenster; sein Schatten hinter ihm fiel lang auf den gefliesten Boden. »Ich kann nicht mehr zurück, nicht wahr?«, sagte er.

Rodolfo legte dem Jungen einen Arm um die Schultern. »Nein«, sagte er. »Du bist jetzt ein Bellezzaner, Tag und Nacht. Dein Leben in der anderen Welt ist vorbei. Es ist ein bitteres Ende und ich werde es mir nie verzeihen.«

Lucien blinzelte heftig, um die Tränen zurückzuhalten. Das war also endgültig: Er war tot.

Ein Teil von ihm war entsetzt über diese Feststellung. Doch allmählich sagte ihm ein anderer Teil, dass er wenigstens hier in Bellezza am Leben war. Er hatte ja instinktiv gewusst, dass ihn der Krebs auch umgebracht hätte, wenn er in seiner Welt geblieben wäre, und er begriff, dass ihm ein zweite Chance gegeben war, für die die meisten Leute sogar einen Mord begehen würden. Er musste seine Gefühle für sein altes Leben und seine Eltern verdrängen, bis es sicher genug war, sie herauszulassen.

Doch jetzt gab es ein unmittelbares Problem: Die Tatsache, dass di Chimici und seine Leute einen wichtigen Schlüssel zu der Kunst der Stravaganza hatten.

»Aber das Buch, Meister«, sagte er. »Können wir es nicht wieder zurückstehlen?«

»Nicht nötig«, sagte Rodolfo mit schlauem Lächeln. »Ich glaube, Leonora hat es.«

Erstaunt stellte Lucien fest, wie Leonora ein Büchlein aus der Rocktasche zog, das ganz zweifellos seines war – sein Talisman!

»Aber wie ist das möglich? Der Spitzel von di Chimici hat es mir doch in der Nacht, in der sie mich entführt haben, aus der Tasche genommen«, sagte er.

»Nein, sie haben das Ersatzbuch genommen, das ich kurz

nach dem Fest der Maddalena für dich gemacht habe«, sagte Rodolfo. »Damals begriff ich, in welcher Gefahr du schwebst. Du weißt doch, dass ich dich seither bat, immer in mein Laboratorium zu kommen, ehe du heimreisen wolltest. Ich habe die Bücher jedes Mal ausgetauscht.«

»Aber warum?«, wollte Lucien wissen. »Und wie?«

»Ich war sicher, dass sie versuchen würden, dich zu entführen, um es dir abzunehmen«, erwiderte Rodolfo. »Es war nicht schwierig. Ich bekam ein neues Buch von Egidio und habe es ein bisschen in die Mangel genommen und in Wasser getaucht, damit es wie deines aussah. Dann habe ich die Notizen, die du gemacht hast, in deiner Handschrift hineingeschrieben, auch wenn ich sie nicht alle verstanden habe. Es war eine genaue Nachbildung.«

»Ich bin jedenfalls drauf reingefallen«, sagte Lucien bitter.

»Ich habe allerdings einen Fehler gemacht«, fuhr Rodolfo fort. »Ich hätte dir sagen sollen, was ich tat. Aber ich wollte dich nicht beunruhigen. Und du weißt, Luciano«, sagte er leise, »am Ende wäre dasselbe herausgekommen. Die di Chimici haben dich zu lange festgehalten. Nur wenn ich dein Versteck gefunden hätte, hätte ich dir helfen können, nach Hause zu kommen.«

Alle sahen Lucien an und das Mitgefühl in ihren Blicken war mehr, als er ertragen konnte. »Sie haben recht«, sagte er schroff. »Selbst wenn man mich nicht entführt hätte, wäre ich in meiner Welt gestorben. Aber ich kann nicht ertragen, dass ich mich nicht von meinen Eltern verabschieden konnte.«

»Ich weiß«, sagte Rodolfo. »Ich will versuchen, das in Ordnung zu bringen. Aber es gibt noch etwas, um das ich mich vorher kümmern muss. Leonora, kann ich mich kurz mit Arianna allein unterhalten?«

Arianna folgte Rodolfo in den kleinen Garten wie eine Schlafwandlerin. Schon seit ein paar Minuten begriff sie nicht mehr, was um sie herum vor sich ging. Ihr Kopf war einfach zu voll angesichts all der plötzlichen Eröffnungen, als dass er noch mehr fassen konnte. Sie erinnerte sich, dass sie mit Rodolfo böse war, doch selbst das schien einen Grund zu haben, der weit zurücklag und den sie nur aus der Ferne betrachten konnte. Ob sie wohl wieder ohnmächtig wurde?

Rodolfo sah mit einem Mal alt und grau aus. Sie wusste nicht, was sie ihm sagen sollte. Aber er ersparte es ihr.

»Ich weiß, dass du verletzt bist von dem, was Silvia getan hat«, fing er an. »Und was ich eben vor dem Senat gemacht habe. Wir waren beide der Ansicht, dass deine nicht gespielte Überraschung über unsere Elternschaft die Leute überzeugen würde, dass wir die Fakten erfolgreich vor allen verborgen hatten, auch vor dir. Andernfalls hätten sie unsere Geschichte vielleicht nicht geglaubt. Ich konnte ihnen doch nicht sagen, dass ich selbst erst vor ein paar Tagen erfahren hatte, dass du Silvias Tochter bist – und sogar noch später, dass du auch meine bist.«

Er hielt inne. Arianna versuchte, ihn zu verstehen.

»Ihr habt wirklich nie gewusst, dass die Duchessa ein Kind hatte?«

Rodolfo schüttelte den Kopf. »Wenn ich es gewusst hätte, glaubst du, ich hätte sie diesen verrückten Plan durchziehen lassen? Glaubst du, ich hätte zugelassen, dass sie mich meines Kindes beraubt? Nein, dann hätte ich dich selbst aufgenommen und mich mit dir in einem fernen Land versteckt und sie lieber nie wiedergesehen, als dass ich so einem Vorhaben zugestimmt hätte!«

Arianna fühlte Sympathie für ihn in sich aufsteigen.

»Ich habe ihr wegen der Lügen und der Unsicherheit, in der sie mich tagelang gelassen hat, schwere Vorwürfe gemacht«, fuhr er kopfschüttelnd fort. »Solche Tage möchte ich nicht noch einmal durchmachen müssen. Aber letzten Endes musste ich akzeptieren, dass sie in Übereinstimmung mit allem gehandelt hat, was sie für richtig hielt. Doch glaube nur nie, dass du nicht erwünscht warst, meine Tochter.«

Er griff nach ihren beiden Händen und küsste sie sanft auf die Stirn. »Und nun müssen wir zu meinem Palazzo zurückkehren, ohne über alles so reden zu können, wie wir sollten. All meine Irrtümer hatten noch größeres Unrecht zur Folge, um das ich mich kümmern muss. Aber ich vertraue darauf, dass wir in Zukunft genug Zeit haben werden, um miteinander zu reden – Zeit, in der ich mir die Jahre deines Lebens zusammensetzen kann, die mir entgangen sind.«

William Dethridge wusste auf Anhieb, dass etwas mit Lucien anders war.

»Ah, wohlauf, junger Mann!«, rief er, kaum dass sie alle das Laboratorium betraten, doch dann fuhr er mit durchdringendem Blick fort: »Du hast dich verwandelt und bist einer geworden wie ich.«

Danach sagte er nichts weiter, aber er nahm den Jungen lange in die Arme und ging dann und setzte sich in eine dunkle Ecke.

»Du weißt, dass Maestro Crinamorte ein Fenster auf deine Welt gerichtet hat?«, fragte Rodolfo seinen Schüler.

»Ja«, sagte Lucien und überlegte, ob er nun auch einen neuen Namen bekommen würde. Er fühlte sich so verletzlich wie ein ungetauftes Baby.

»Wir haben darin etwas gesehen, was dich traurig machen

würde«, sagte Rodolfo. »Aber ich muss noch einen Blick hineinwerfen. Willst du mit mir schauen?«

Lucien nickte. Er traute sich nicht zu reden. Rodolfo zog den silbernen Schleier beiseite. Es war seltsam für Lucien, sein eigenes Zimmer zu sehen – beinahe unerträglich, weil er doch wusste, dass er es nie wiedersehen würde. Während sie in den Spiegel sahen, tauchte Luciens Mutter darin auf. Er war entsetzt: Sie sah so viel älter aus als in seiner Erinnerung und doch war in seiner Welt nicht so viel Zeit vergangen, seit er sie zuletzt gesehen hatte.

Sie wirkte dünn und angegriffen. Vielleicht fiel es mehr auf, weil sie ein schwarzes Kleid trug, das Lucien noch nicht kannte. Sie kniete sich auf sein Bett und nahm die silberne venezianische Maske von dem Haken an der Wand.

»Kannst du verstehen, was du da siehst?«, fragte Rodolfo. »Was bedeutet es?«

Lucien nickte. »Schwarz trägt sie nur bei Beerdigungen, aber das Kleid kenne ich noch nicht. Und die Maske haben sie mir in Venedig geschenkt.«

Rodolfo sah ihn besorgt an. »Dann muss ich auf der Stelle gehen.«

Seit Lucien nach Talia gereist war, hatte er selbst keine Zeitreise mehr unternommen. »Es ist früher Abend hier bei uns, also wird es in deiner Welt früh am Morgen sein. Deine Mutter ist zeitiger auf als sonst, vielleicht, weil sie nicht schlafen kann. Sag mir deine Adresse, damit ich das Haus finden kann. Du hast gesagt, es befindet sich in der Nähe der Schule von Barnsbury. Dottore, kommt doch bitte zu uns.«

Lucien nannte ihm die Adresse und die drei Stravaganti gingen in die Kammer, in der Rodolfo gewöhnlich schlief. Er nahm einen silbernen Ring von einer Kette, die er um den Hals trug, und steckte ihn an den Finger. »Das ist mein Talisman, Lucien«, sagte er. »Doktor Dethridge hat ihn mir gegeben. Bleibt ihr beiden bei mir, solange ich fort bin?«

Und ohne länger zu warten, glitt er in eine Bewusstlosigkeit.

Der für die Beerdigung zuständige Priester wurde blass, als er die Sterbedaten des Menschen sah, den er an diesem Donnerstag aussegnen musste. Er hasste es, junge Menschen beerdigen zu müssen. Es waren nicht nur die unnatürliche Tragik und die verzweifelten Eltern; damit musste jeder Geistliche von Zeit zu Zeit fertigwerden. Es waren eher all die anderen jungen Leute, die zu der Beisetzung kamen. Einige von Kopf bis Fuß in Schwarz, selbst wenn sie gar nicht eng befreundet gewesen waren. Andere, die versuchten, etwas Aufmunterndes zu tragen, weil sie meinten, dass dem Verstorbenen das besser gefallen hätte.

Die Mädchen waren immer in Tränen aufgelöst und die Jungen nicht viel gefasster. Und er würde eine Predigt halten müssen, die allen eine gewisse Hoffnung ließ, an die sie sich klammern konnten – selbst die Atheisten und die Ungläubigen, die immer häufiger in der Überzahl waren.

Zum Beispiel die Eltern, die ihn aufgesucht hatten. Sie hatten bekannt, keine Kirchgänger zu sein. »Selbst wenn ich bisher gegangen wäre, dann würde ich jetzt nicht mehr gehen«, sagte der Vater unhöflich. »Nach dem, was mit Lucien geschehen ist, bin ich sicher, dass es keinen Gott gibt.«

»Still, David«, sagte seine Frau, aber auch sie hatte sich erkundigt, ob die Feier »nicht so religiös« abgehalten werden könnte.

»Also, Sie müssen keine Gebete und Kirchenlieder auswählen«, hatte der Pfarrer so sanft wie möglich gesagt und ihnen ihren Kummer zugutegehalten. »Sie könnten ja Gedichte nehmen oder andere Texte Ihrer Wahl lesen lassen und die Musik nach dem Geschmack Ihres Sohnes auswählen. Aber darf ich vorschlagen, dass Sie die Beisetzungspredigt im christlichen Gebetbuch durchlesen? Sie enthält einige sehr schöne Passagen, die manch einer als tröstlich empfindet, auch wenn er ungläubig ist.«
Schließlich hatten sie sich doch für die ganze Predigt von 1662 entschieden sowie für zwei Kirchenlieder, »Komm, göttliche Liebe« und »Jerusalem«. Die Mutter hatte alle weiteren Musikstücke ausgewählt und einen Freund ihres Sohnes gebeten, ein Gedicht zu lesen. Zögernd hatte sie dann noch gesagt, sie würden es zu schätzen wissen, wenn in der Predigt erwähnt würde, dass sie keine Gläubigen seien.
Der Priester nahm keinen Anstoß daran. Er sagte nur: »Ich nehme keinen Glauben als selbstverständlich hin außer meinem eigenen.«
Jetzt stieg er auf die kleine hölzerne Kanzel und wollte versuchen, all den verängstigten Teenagern irgendeine Art von Trost zu bieten. Die Tür hinten in der Kirche ging auf und eine sehr seltsame Gestalt trat ein. Zuerst überlegte der Priester, ob es sich um einen Obdachlosen handelte, der Zuflucht vor der Kälte suchte. Doch dann stellte er rasch fest, dass es sich um einen fein aussehenden Herrn mit silbernem Haar handelte. Er war gekleidet, als würde er in einem Shakespeare-Stück mitspielen: in schwarze Kniehosen, ein bauschiges weißes Hemd, eine Samtweste und ein Cape. Dazu trug er hohe schwarze Wildlederstiefel und sein Haar war lang. Er

hielt einen prächtigen schwarzen Samthut in Händen und folgte der Predigt aufmerksam.

»Danke, Tom«, sagte Vicky Mulholland nach dem Gottesdienst. »Das hast du sehr schön gelesen. Es war lieb von dir, dass du das gemacht hast.«
Tom nickte und schüttelte beiden Eltern die Hände. Ein blasses, hübsches Mädchen klammerte sich an seine andere Hand.
»Wer ist das?«, fragte Luciens Vater und deutete auf den seltsamen Mann in schwarzem Samt, der mit einigen der jungen Leute redete. »Ich dachte, vielleicht einer aus der Theater-AG von eurer Schule, der direkt aus einer Probe gekommen ist?«
»Den hab ich noch nie gesehen«, sagte Tom. »Aber er hat mich auch gefragt, was mit Lucien passiert ist. Er wirkte sympathisch und war sehr traurig, auch wenn er so komisch aussieht.«
Sie standen und betrachteten das Blumenmeer um Luciens Namensplakette. Die Blumen von Luciens Eltern waren ein Gebinde weißer Rosen und sie hatten ein Vermögen dafür ausgegeben, die altmodische Sorte zu bekommen, die so wunderbar duftete. Später würden sie noch die Urne abholen müssen, denn sie hatten beschlossen, die Asche nach Venedig zu bringen und in den Canale Grande zu streuen. Luciens Asche mitsamt den Resten der Silbermaske, die der Bestatter auf ihr Geheiß mit in den Sarg gelegt hatte. Jetzt hatten sie es noch vor sich, mit all den Trauergästen zu reden und dann nach Hause zu fahren, wo ein Imbiss wartete.

»Sollten wir ihn auch einladen?«, flüsterte Vicky.
In dem Augenblick trat der Mann auf sie zu. Er hatte die unglaublichsten, durchdringendsten schwarzen Augen, und als er die Hand von Luciens Mutter ergriff, vergaß sie völlig ihn zu fragen, wer er war und woher er kam.
»Es tut mir so unendlich leid«, sagte er mit offensichtlicher Aufrichtigkeit. »Ich wünschte wirklich, es wäre anders gekommen.«
»Danke«, sagte Vicky. »Das ist mein Mann David.«
Der Mann schüttelte auch Luciens Vater die Hand – und dann sagte er etwas höchst Seltsames.
»Ihr Sohn lebt noch, müssen Sie wissen, nur an einem anderen Ort. Und er wird Sie nie vergessen. Er wird stets an Sie denken, so wie Sie an ihn denken. Er wird gesund und glücklich aufwachsen und eines Tages werden Sie ihn wieder sehen.«
Vicky schossen Tränen in den Augen, und als sie wieder sehen konnte, war der Mann verschwunden.
»Ein Spinner«, sagte ihr Mann. »Offensichtlich ein religiöser Spinner, der auf anderer Leute Beerdigungen geht und von der kommenden Welt redet. Reg dich nicht über ihn auf.«
»Er hat mich nicht aufgeregt, David«, erwiderte sie. »Und wie ein Spinner ist er mir auch nicht vorgekommen. Im Gegenteil, ich fand seine Worte tröstlich.«

Lucien und Dethridge hielten besorgt an Rodolfos Lager Wache. In der Kammer brannten Kerzen und sie konnten die Stimmen der drei Frauen hören, die noch immer im Laboratorium waren.

Schließlich seufzte die scheinbar fest schlafende Gestalt auf und Rodolfo öffnete die Augen. Er setzte sich auf und nahm den Ring ab.

»Haben Sie sie gesehen?«, fragte Lucien. »Haben Sie ihnen von mir erzählt?«

Rodolfo nickte. Er nahm eine weiße Rose aus seinem Hemd und reichte sie Lucien wortlos.

Lucien zog den Atem ein. »Sie haben etwas mitgebracht!«

»Dafür gibt es einen Grund«, erklärte Rodolfo. »Bitte, Dottore, wenn Ihr nichts dagegen habt, möchte ich allein mit Lucien reden.«

Es war schon viel später, als die beiden aus der Schlafkammer kamen. Die Morgendämmerung brach an und das zartblaue, einmalige Licht Bellezzas erfüllte das Laboratorium. Lucien war sehr blass.

Arianna kam herbeigelaufen und nahm seine Hand. Während der langen Nacht hatte sie mit Silvia und Leonora und Dethridge geredet und mehr von dem begriffen, was geschehen war. Mit ihren Eltern war sie nicht mehr böse und sie fürchtete sich nicht mehr vor ihrer Verantwortung; in ihrem Herzen war kein Platz für irgendeine Regung außer dem überwältigenden Mitgefühl für ihren Freund.

Lucien lächelte ihr zu. Er war todmüde. Aber er wusste, dass er in dieser Welt ein neues Leben vor sich hatte. Dennoch hatte er das Gefühl, dass es lange dauern würde, bevor er wieder unbeschwert und glücklich sein könnte.

»Es gibt einige Dinge, die wir regeln müssen«, sagte Rodolfo. »Weil Luciano in die Angelegenheiten unserer Welt verwickelt wurde, hat er seine eigene verloren. Wir, die wir in diesem Raum versammelt sind, müssen ihm unsere Freundschaft, unser Verständnis und unseren Schutz anbieten. Ich bezweifle, dass er bereits außer Gefahr ist. Und da er noch minderjährig ist, biete ich ihm an, als sein Pflegevater einzuspringen.«

»Nein«, sagte Dethridge. »Der Junge braucht zwei Eltern und Ihr, edle Dame« – hier wandte er sich an Silvia –, »könnt kaum mit Eurem angetrauten Mann leben, wenn Euer Überleben ein Geheimnis bleiben soll.«

Lucien war verblüfft. Der angetraute Mann der Duchessa? Rodolfo machte ein verlegenes Gesicht und Lucien vermutete, dass wohl eine Menge geschehen war, während man ihn gefangen gehalten hatte.

»Außerdem denke ich, dass ihn Arianna vielleicht nicht gerade als Bruder haben will«, sagte Leonora zur Überraschung aller. Arianna errötete. Es hatte sie immer verwundert, festzustellen, wie viel ihre Tante von ihr wusste.

»Was ist also zu tun?«, fragte Silvia. »Es sollte sich keiner um Luciano kümmern, der nicht von seinem Geheimnis weiß.«

»Es ist ganz einfach«, sagte Dethridge. »Ich biete mich selbst an, trotz meines Alters, dem Jungen ein Vater zu sein. Und da diese liebenswerte Dame zugestimmt hat, meine Frau zu werden, wird sie wie eine Mutter für ihn sorgen. Ich kann in dieser Ehe keinen Fehler sehen, da ich für meine alte Welt gestorben bin und zu meiner früheren Frau nicht zurückkehren kann.«

»Tante Leonora!«, rief Arianna aus.

Selbst Rodolfo war erstaunt. Lucien wusste nicht, was er sagen sollte.

»Luciano, verstehe uns nicht falsch«, wandte sich Leonora an ihn. »Wir wollen nicht versuchen, den Platz deiner richtigen Eltern einzunehmen. Aber du kannst bei uns im Haus wohnen. Es ist in der Nähe des herzoglichen Palastes und des

Laboratoriums. Du kannst Rodolfo und Arianna sehen, sooft du willst.«

»Das wäre wirklich sehr schön«, sagte Lucien.

»Es tut mir ja richtig leid, dass ich in Padavia wohnen werde«, meinte Silvia mit einem Anflug ihres üblichen Humors. »Da entgeht mir der ganze Spaß!«

»Es wird nicht nur Spaß sein, denke ich«, sagte Rodolfo. Er nahm ihre Hand und küsste sie und es war das erste Mal, dass die Anwesenden das erlebten. »Doch gestern war der Tag der Trauer und heute ist ein neuer Tag. Wir haben einiges zu feiern. Und wenn Luciano auch nicht unser beider Pflegesohn sein kann, so wollen wir doch zumindest die Paten seines neuen Lebens in Bellezza sein.«

Er wandte sich Lucien zu. »Wir müssen uns einen Arbeitsplan zusammenstellen, damit wir genug angemessene Feuerwerke für die Krönung meiner Tochter haben. Es müssen die schönsten werden, die ich je ausgedacht habe.« Es war das erste Mal, dass Arianna ihn »meine Tochter« sagen hörte. Rodolfo nahm ihre Hand und plötzlich hatte Arianna das Gefühl, dass er tatsächlich ihr Vater war.

»Und nun soll uns Alfredo das Frühstück bringen«, sagte Rodolfo.

Lucien hatte mit einem Mal unbändigen Hunger. Seit dem Stück Brot, dass ihm am Tag zuvor gegen Mittag in seine Zelle gebracht worden war, hatte er nichts gegessen. Er sah sich im Zimmer um. Jetzt hatte er einen Pflegevater und einen Paten und beide waren mächtige Magier, Wissenschaftler und Naturphilosophen. Er hatte eine Patin, die eigentlich eine Duchessa war und zweifellos die faszinierendste und gerissenste Frau, die er je kennengelernt hatte. Er hatte ein Pflegemutter, die freundlich und vernünftig und mütterlich war, wenn auch ganz anders, als seine eigene. Und er hatte eine Freundin, eine feste Freundin vielleicht sogar, die zum mächtigsten Menschen der Stadt aufsteigen würde.

Aber was ihm am wohlsten tat, waren die Worte, die Rodolfo ihm im Vertrauen gesagt hatte.

»Du bist immer noch ein Stravagante, Luciano, vergiss das niemals. Du brauchst nur einen neuen Talisman. Behalte das Buch, damit es dich an deine vergangenen Reisen erinnert, aber jetzt ist es diese Rose, die dich zurückbringen wird. Sobald du wieder kräftig genug bist, um die Reise zu unternehmen. Doch dann wirst du dort ein Besucher aus einer anderen Welt sein. Du musst immer hierher zurückkehren.«

Lucien tätschelte die Rose, die jetzt in dünnes Seidenpapier gewickelt war und die er in der Hemdtasche verwahrte. Er mochte von nun an Bellezzaner sein, aber er würde einen Weg zurück in seine Welt finden. Es gab dort noch etwas zu erledigen.

Epilog

Karneval

Drei Tage lang war Bellezza erfüllt von Lachen, Fröhlichkeit und Musik. Feiernde Menschen, alle mit Masken, tanzten auf den Straßen oder taumelten mit untergehakten Armen über die Plätze. Die Bellezzaner hoben ihre besten Kleidungsstücke für den Karneval auf und alle waren in bunte Seiden- und Satingewänder und in gemusterten Samt gehüllt. Auch die Männer trugen Masken, genau wie alle Frauen, verheiratet oder nicht, was viele Gelegenheiten für Liebeleien und Scherze bot.

Die Straßen waren voller Stände, die Speisen anboten: Polenta und Käse und Pfannkuchen. Junge Männer mit Laternen standen gegen Abend herum, in der Hoffnung, ein paar Silberstücke zu verdienen, wenn sie den Leuten zu ihren Häusern oder Booten leuchteten. Auch alle Mandoliers trugen Masken und die Mandolas waren mit Laternen und bunten Bändern geschmückt. Wahrsager richteten Stände an den Brunnen ein und boten an, jungen Frauen, die noch auf der Suche nach einem Mann waren, oder liebeskranken jungen Männern, die die Zuneigung einer Dame erhofften, die Zukunft vorherzusagen. Seiltänzer liefen mit einer Balancierstange über ein Seil, das zwischen den Säulen auf der Piazza Maddalena gespannt war. Auf allen Plätzen flanierten die Bellezzaner – einfach nur, um ihre kunstvollen Kostüme und ihre noch ausgefalleneren

Masken zu zeigen. Doch nirgendwo war das beliebter als auf dem Platz vor der silbernen Basilika.

Jetzt kam ein junger Mandolier mit einer Bootsladung voller Gäste über den Großen Kanal. Er war schlank und hatte schwarze Locken und trug eine silberne Schmetterlingsmaske. In seinem Gefährt saßen eine junge Frau, ebenfalls maskiert, und zwei Männer mittleren Alters, die den Anstrengungen des Jungen belustigt zusahen.

»Luciano!«, sagte einer von ihnen. »Wer, sagtest du, unterrichtet dich?«

»Alfredo«, erwiderte der junge Mandolier. »Aber ich habe die Mandola erst seit einer Woche.« Er lächelte. Er hatte sich das schöne schwarze Gefährt von dem Silber der Duchessa gekauft und Rodolfos Diener hatte ihn unterrichtet.

»Du wirst zu unserem kleinen Kanal kommen und noch ein paar Stunden nehmen müssen, glaube ich«, sagte Egidio.

»Genau, du wärst nicht der Erste, dem wir dort was beibringen«, fügte Fiorentino hinzu.

»Beachte sie einfach nicht«, sagte das maskierte Mädchen. »Ich finde, du machst das gar nicht schlecht – für einen Anfänger!«

»Komm doch her und zeig mir, wie es besser geht«, sagte Luciano. »Wenn du meinst, dass du das kannst.«

Das Mädchen lachte, übernahm prompt das Ruder und stakte den Kahn gekonnt den Kanal entlang, während Luciano mit großen Augen zusah.

»Du bist eine wahre Mandoliera!«, rief Egidio aus.

»Es liegt ihr eben im Blut«, sagte Fiorentino.

Und Arianna, die die Anonymität und Freizügigkeit des Karnevals übermütig gemacht hatte, lachte voller Stolz, während sie die Mandola den Großen Kanal entlangsteuerte.

Als Vicky Mulholland Lucien das erste Mal sah, sagte sie ihrem Mann nichts davon. Er hätte womöglich vermutet, dass sie verrückt wurde. Und Himmel, sie hatte das in den Wochen nach Luciens Tod oft genug selbst befürchtet.

Bei jenem ersten Mal war es sowieso nur ein kurzer Blick gewesen, vor der Schule, und sie redete sich ein, dass es eine optische Täuschung gewesen sein musste. Erst später, als sie ihn erneut sah, war sie überzeugt, dass er es auch beim ersten Mal gewesen war. Und nun musste sie David davon erzählen.

»Was?« Er war wie vor den Kopf geschlagen. »Du meinst, du hast jemand gesehen, der so aussah wie er?«

»Nein«, erwiderte Vicky, »er war es selbst. Ich weiß es.«

Ihr Mann nahm sie in die Arme. »Meinst du wie ein Geist, Liebling?«, fragte er liebevoll.

»Nein«, sagte Vicky und die Tränen strömten ihr über die Wangen. »Es war kein Geist – ein richtiger Junge.« Und David wusste nicht, was er sagen sollte.

Dann sahen sie ihn beide. Er stand vor ihrem Haus. Er sagte nichts, aber er lächelte und winkte, ehe er wieder verschwand.

In den nächsten Monaten und Jahren sahen sie ihn viele Male und mit der Zeit konnten sie auch mit ihm reden und seine Seite der Geschichte hören. Das alles hielten sie geheim, denn es war äußerst seltsam und beunruhigend. Trotzdem war es ihnen ein Trost.

Unten am Anleger waren zwei stämmige Fischer dabei, etwas zu erklären, indem sie wild die Arme bewegten und einen unermesslichen Fang andeuteten. Die Menge um sie herum stachelte sie an und versorgte sie mit Wein. Allmählich wurden die Fischer immer vergnügter.

»Es ist ein Wunder«, sagte der eine. »Dass es den Merlino-Fisch noch gibt!«

»Damit steht Merlino großer Wohlstand bevor«, sagte der andere mit vom Wein schwerer Zunge.

»Und uns auch«, stimmte sein Bruder zu.

»Das ist doch das Mindeste, das wir erwarten können«, sagte der Zweite, »vor allem jetzt, wo unsere kleine Schwester Duchessa ist.«

»Also, jetzt wissen wir, dass ihr flunkert!«, rief ein Zuschauer aus der Menge. »Merlino-Fische tauchen wieder auf und die Duchessa ist die Schwester von zwei betrunkenen Fischern!«

Doch Angelo und Tommaso ließen sich nicht beirren. Sie hatten den Merlino im eigenen Netz gefangen und ihn wieder ins Meer schwimmen lassen, wo er hingehörte. Ihnen reichte es, wenn er eines natürlichen Todes starb und seine Gebeine am Strand zurückließ, wo sie sie eines Tages finden würden. Doch es war ein Vorzeichen und wie alle Lagunenbewohner glaubten sie an so etwas.

Die Piazza Maddalena war voller Menschen. Eine große Feier fand im Palazzo der Duchessa statt, wo all die hohen Würdenträger in den herrlichsten Kostümen und Masken feinste Speisen zu sich nahmen. Aber wie immer hielt das die gewöhnlichen Bellezzaner nicht davon ab, ihr eigenes Fest auf der Piazza zu genießen. Es war der Höhepunkt der letzten drei Tage.

Heute hatten sie alle vor, die Nacht zu der Musik der vielen

Spieler, die die Laubengänge um die Piazza bevölkerten, zu durchtanzen. Alle waren an diesem Abend bunt maskiert – Männer und Frauen, Jung und Alt, verheiratet oder ungebunden. Aber zwischen der farbigen Seide und dem Taft und dem Brokat, den glitzernden Pailletten und bunten Bändern schritt auch eine schwarz gekleidete Gestalt in der Schnabelmaske des Pestdoktors umher.

Der Schwarze eilte auf den herzoglichen Palast zu, denn er war ein verspäteter Gast für den Ball der Duchessa. Er blieb stehen, um den jungen Mann zu bewundern, der sich unter dem Jubel der Menge an einem Seil den Campanile herunterließ. Dann beschleunigte er seinen Schritt, während er an dem Scheiterhaufen zwischen den beiden Säulen vorbeikam. Er wusste ja inzwischen, dass die Puppe, die da verbrannt werden würde, aus Stroh war, aber er konnte dennoch nicht hinsehen. Jetzt war er am Palazzo, der in seiner ursprünglichen Pracht, wenn auch ohne den Glassalon, wiederhergestellt worden war, und er wurde die silberne Treppe hinaufgeleitet. Er betrat den großen Saal, hielt Ausschau nach seinen Freunden und ließ den Blick über die dicht gedrängte Menge der Tanzenden schweifen. Als Erstes erkannte er eine Frau, die ihn bereits entdeckt hatte.

»Wo warst du denn?«, fragte die in violetten Brokat Gekleidete. Ihre Silbermaske war mit schwarzen Federn geschmückt. Furchtlos war sie auf den unheimlichen Doktor zugekommen.

»Verzeih, meine Liebe«, sagte der Pestdoktor. »Ich musste mein Experiment zu Ende bringen. Doch nun bin ich hier und bereit mich zu vergnügen.« Er nahm einen Weinkelch von einem vorbeikommenden Diener entgegen. »Wo sind unsere Freunde?«

Die violette Dame führte ihn zum anderen Ende des Saales, wo zwei große Männer in dunkelblauem Samt und schwarzen Masken einen gespielten Ringkampf vorführten. Ein noch größerer jüngerer Mann mit rotem Schopf in einem Harlekinskostüm und weiß geschminktem Gesicht feuerte sie an.

»Fiorentino gewinnt!«, rief der Harlekin aus, als der etwas leichter gebaute der beiden Männer den anderen am Boden festhielt.

»Ich verlange eine Revanche«, sagte der kräftigere Mann, der unter seinem Bruder lag, und lachte.

»Siehst du, sogar wenn sie verkleidet sind, können sie nicht aus ihrer Haut«, bemerkte ein weißhaariger Herr in schwarzem Samt, der eine silberne Fuchsmaske trug, und legte dem Pestdoktor die Hand auf die Schulter.

»Sei gegrüßt, alter Freund!« Der Doktor erwiderte die freundliche Geste liebevoll. »Wo sind die jungen Leute?«

»Dort drüben.« Der Weißhaarige nickte zur Tanzfläche, die ein hübsches junges Paar soeben betreten wollte. In dem Moment kam eine Dame in grüner Seide und einer mit grünen Pailletten besetzten Maske auf den weißhaarigen Herrn zu und forderte ihn mit der Kühnheit, die während des Karnevals allen bellezzanischen Damen zustand, zum Tanz auf. Zögernd willigte er ein.

»Vergnügen Sie sich denn gar nicht, Senator?«, fragte die Dame mit leiser Stimme und ihre veilchenblauen Augen blitzten hinter der Maske.

»Silvia!«, flüsterte er und hielt sie fester an sich gedrückt. »Hast du keine Angst, erkannt zu werden?«

»Beim Karneval?«, spottete sie. »Ich glaube, ich bin hier sicherer als jemals sonst.« Sie trug seinen silbernen Ring am dritten Finger ihrer rechten Hand. Und er trug ihren. Wenigstens das konnten sie sich erlauben.

Die neue Duchessa war in silbernen Taft gekleidet und ihre Maske war ein Fantasiegebilde aus silberner Spitze, die ihre Großmutter auf Burlesca gemacht hatte. Ihr Tanzpartner, ein schlanker junger Mann mit schwarzen Locken, der einen grauen Samtumhang und eine silberne Katzenmaske trug, benahm sich, als sei er ihr Schatten.

Zusammen flogen sie über den Tanzboden. Ein weiter Kreis bildete sich um sie, denn die Menschenmenge rückte ab, um der Duchessa Platz zu machen.

»Du hast ja Tanzunterricht genommen!«, sagte Arianna außer Atem, als sie schließlich stehen blieben.

»Stimmt«, erwiderte Luciano nach Luft ringend. »Bestimmt wärst du nie drauf gekommen, dass Doktor Dethridge zu seiner Zeit ein richtiger Teufelstänzer war. Er wollte unbedingt, das ich ihm heute Abend Ehre mache.«

»Auf jeden Fall tanzt du besser, als du Mandola fährst«, neckte ihn Arianna.

»Lass mir nur Zeit«, sagte Luciano. »Ich habe eine Menge Lehrer.«

Der Pestdoktor applaudierte am meisten, als die Duchessa und ihr Partner die Tanzfläche verließen.

»Komm, wir essen Eis«, sagte Arianna. »Das Kleid hier ist so warm.«

Sie fühlte sich im Palazzo jetzt viel wohler als früher. Jedermann hatte sein Bestes getan, um ihr nach ihrer Krönung zu helfen. Es war schwer gewesen, sich daran zu gewöhnen, dass sie jede Minute des Tages von Dienern umgeben sein würde, die ihr die Wünsche von den Augen ablasen und sie mit allem versorgten, was sie wollte. Jetzt brachte ein Kellner zwei Glasschalen mit Meloneneis, das schon von Weitem, ehe es am Tisch serviert wurde, glitzerte, als stamme es aus dem Museum in Merlino.

Arianna nickte ihm huldvoll zu und trat hinaus auf den Balkon, der um den Innenhof des Palazzos lief. Luciano war an ihrer Seite und ließ sich das köstliche Eis auf der Zunge zergehen. Er hatte sich an viel mehr gewöhnen müssen als Arianna. In den ersten Tagen nach dem, was Dethridge seine »Verwandlung« nannte, hatte er in Gedanken und auf Papier lange Listen von Dingen gemacht, die er nicht mehr haben würde.

Es waren alles kleine Dinge, die aber plötzlich ganz wichtig erschienen. Er würde nie mehr zu einem Fußballspiel gehen oder einen Film sehen oder Pizza essen. Nie mehr fernsehen oder Popcorn essen oder mit der U-Bahn fahren oder ein Los kaufen oder *Gameboy* spielen oder Kaugummi kauen. Nie mehr in einem Flugzeug fliegen oder Achterbahn fahren oder Jeans tragen. Er würde weder die mittlere Reife noch das Abitur machen, würde nie wählen oder endlich erlaubterweise in einer Kneipe Alkohol trinken. Die Listen wollten nicht enden.

Nicht aufschreiben konnte er, dass er seine Freunde oder seine Familie nicht mehr sehen würde, denn das ließ sein Kopf nicht zu, wann immer er darüber nachzudenken anfing. Doch allmählich hatte Lucien mithilfe Rodolfos und seiner Pflegeeltern angefangen einzusehen, dass es auch sein Positives hatte, das restliche Leben als Bürger von Bellezza zu verbringen. Eine der besten Sachen war die, dass er hier auch schon Freunde hatte, gute Freunde. Er hatte ein bequemes Zuhause bei Leonora und Dethridge, die inzwischen verheiratet waren.

Und er arbeitete weiter als Schüler Rodolfos, was interessanter war als jede Arbeit, die er sich in seinem alten Leben hätte vorstellen können. Es wurde davon geredet, ihn auf die

Universität von Padavia zu schicken, wenn er etwas älter war. Er erkannte, dass er zum Kreis der privilegiertesten Personen Bellezzas gehörte – zu der Duchessa selbst und ihrem Regenten. Und das Beste war natürlich, dass er überhaupt noch eine Art von Leben hatte.

Und er war sogar ganz vermögend durch das Silber, das er aus dem Kanal gefischt hatte, und durch die Belohnung, die ihm die letzte Duchessa geschenkt hatte. Die Duchessa! Er war sicher, sie auf dem Ball entdeckt zu haben!

Das war mal wieder typisch für sie. Obwohl sie jetzt mit ihren vertrauten Dienern Susanna und Guido Parola, dem geläuterten Attentäter, in Padavia lebte, kam sie manchmal heimlich nach Bellezza und genoss ihre neue Freiheit, die Straßen ohne Begleitung durchstreifen zu können und Klatsch aufzuschnappen, der ihr im fortgesetzten Streit mit den Chimici zupasskommen konnte. Und natürlich kam sie, um Arianna zu sehen.

Es war eine seltsame Familie, überlegte Luciano, während er sein Eis aufaß, in der die Eltern nicht bei dem Kind und der Ehemann nicht bei seiner Frau lebte. Aber er musste zugeben, dass sich die drei besser verstanden als manch eine Familie, die er in seinem alten Leben gekannt hatte. Je länger sie Duchessa war, desto besser schien Arianna ihre Mutter zu verstehen. Und obwohl sie immer noch ein bisschen Angst vor ihrem neuen Vater hatte, respektierte sie ihn und vertraute ihm ganz und gar.

Wenn aber ihre Staatspflichten der jungen Duchessa zu viel wurden, dann zog sie sich ab und an auf die Inseln zurück. Allein durfte sie nicht fahren, deshalb wurde sie von Luciano und Barbara, ihrer Kammerzofe und einem ganzen Boot voller Wachen begleitet. Sie aßen Gebäck bei Ariannas Großeltern auf Burlesca und mächtige Fischgerichte bei Valeria und Gianfranco und den freundlichen Fischern, die sie immer noch als ihre Brüder auf Torrone ansah.

»Ein Silberstück für deine Gedanken«, sagte Arianna jetzt.

»Was? Ach so, ja, wir sagen: ›Einen Penny für deine Gedanken‹«, erwiderte Luciano.

»Wer ist ›wir‹?«, neckte ihn Arianna. »Du bist jetzt doch Bellezzaner.«

»Ich weiß«, sagte Luciano. »Genau darüber hab ich nachgedacht.«

Er berührte den Talisman, der ihm an einer Schnur um den Hals hing. Es war die inzwischen gepresste weiße Rose, die jetzt in Harz gegossen war, was Rodolfo für ihn gemacht hatte. Er hatte sie schon dreimal benutzt, um in seine alte Welt zurückzukehren. Aber er hatte immer nur einen kurzen Blick auf seine Eltern geworfen, denn jetzt, wo er Bellezzaner war, waren die Zeitreisen viel schwieriger und er hatte immer nur ein paar Minuten bleiben können. Rodolfo hatte ihm versprochen, dass es leichter werden würde. Er seufzte.

»Hör mal!«, sagte Arianna.

Sie hielt seine Hand, als die Glocke des Campanile in der Stille Mitternacht schlug. Beim letzten Schlag ging ein Aufschrei durch die Menge, die auf dem Platz versammelt war, und das Feuer wurde entzündet. »Er geht, er geht, der Karneval verabschiedet sich!«

»Luciano?«, fragte Arianna. »Geht es dir gut?«

Auch er nannte sich jetzt in seinen eigenen Gedanken »Luciano«; Lucien gehörte der Vergangenheit an. Luciano lebte in Talia. Er hatte sogar seinen sechzehnten Geburtstag hier verbracht, ein paar Wochen nach Ariannas. Als er an ihre Feier dachte, musste er lachen.

Arianna schnaubte in ganz unherzoglicher Manier. »Du kannst einem den letzten Nerv rauben!«, sagte sie. »Was ist jetzt schon wieder?«

»Ich musste gerade an deine erste Maske denken.«

Jetzt musste Arianna auch lächeln. Als Duchessa hatte sie eine sehr förmliche Geburtstagsfeier gehabt, die darin gipfelte, dass ihr Rodolfo als ihr Vater und Regent eine weiße Seidenmaske umband. Wie hatte sie das Ding verabscheut! Danach hatte sie eine Reihe von kunstvollen Masken tragen müssen, sobald sie die Öffentlichkeit betrat. Sie konnte sie immer noch nicht leiden, hatte aber allmählich eingesehen, dass sie auch ihre nützlichen Seiten hatten. Es war schwer zu erkennen, was jemand hinter seiner Maske dachte, auch wenn man die Augen sehen konnte. Das bedeutete nun nicht, dass sie das Vorhaben aufgegeben hatte, das Gesetz zu ändern, aber sie hatte Rodolfos Rat angenommen, erst mal vorsichtig mit dem Senat umzugehen.

»Gewöhnst du dich allmählich dran?«, fragte Luciano. »Diese da aus silberner Spitze ist nämlich wirklich hübsch.«

»Na ja«, brummte Arianna. »So ganz noch nicht. Aber vielleicht ist das unwichtig. Ich glaube nämlich nicht, dass ich sehr lange eine Maske tragen werde.«

Und sie wandte sich Luciano mit einem Lächeln zu, das ganz und gar das einer Duchessa war.

Bemerkung zur Stravaganza

William Dethridge, der erste Stravagante, machte seine erste Reise in eine andere Dimension zufällig. Es handelte sich um einen alchemistischen Unfall, der die Gesetze von Zeit und Raum beeinflusste. Dies geschah 1552, als Dethridge offiziell Mathematik an der Universität Oxford lehrte, doch nebenher viel Zeit mit eigenen Studien verbrachte.

Die Kupferschale, die er in der Hand hielt, während er versuchte, unedle Metalle in Gold zu verwandeln, wurde zu seinem Talisman und blieb ihm fast ein Vierteljahrhundert ein verlässlicher Schlüssel zu der anderen Welt.

Doch obwohl Dethridge von seinen Reisen nach Talia immer in seine eigene Zeit zurückkehrte, war der Übergang, den er geöffnet hatte, sehr unzuverlässig. Seit seiner ersten Reise ist es anderen Stravaganti von Talia aus passiert, dass sie in viel späteren Zeitaltern ankamen als in Dethridges elisabethanischem England. So hinterließ Rodolfo sein Notizbuch im einundzwanzigsten Jahrhundert.

Alle Talismane funktionieren in beide Richtungen, doch sie müssen ursprünglich aus der anderen Welt in die des Reisenden kommen. Deshalb brauchte Lucien einen neuen Talisman, nachdem er in unserer Welt gestorben war. Und aus diesem Grund wäre sein Notizbuch den Chimici auch gar nicht von

Nutzen gewesen, was sie allerdings immer noch nicht wissen. Dethridges Kupferschale bildet die einzige Ausnahme von dieser Regel. Nachdem er sich allerdings »verwandelt« hat, als er in seinem eigenen Körper in England starb, sind seine Reisen in unsere Welt, falls er sie unternimmt, der gleichen zeitlichen Unsicherheit unterworfen.

In Talia spricht und versteht Lucien die talianische Sprache, obwohl er in seiner eigenen Welt kein Italienisch konnte. Dethridges Sprache klingt altmodisch in Luciens Ohren – und zwar nur in seinen –, weil sie beide aus England stammen, dort aber in einem Abstand von 450 Jahren geboren wurden. Und das bleibt auch bestehen, obwohl sie beide in Talia verwandelt worden sind.

Bemerkung zu Talia

Talia ist dem Italien unserer Welt sowohl ähnlich als auch unähnlich. Es existiert in einer Parallelwelt und hat sich vor Hunderten von Jahren von dem Italien, das wir kennen, fortentwickelt. Der entscheidende Moment fand während der Auseinandersetzung zwischen den Brüdern Romulus und Remus statt. In der Geschichte bzw. in den Legenden unserer Welt gewann Romulus den Wettkampf und gründete die Stadt Rom. In Talia war Remus der Sieger und gründete die Stadt Remora, die Hauptstadt des Remanischen Reiches, die ungefähr dort liegt, wo heute Siena ist.

Eine Veränderung führt zwangsläufig zu weiteren. Es gibt herausragende Ereignisse in der Geschichte Talias, besonders in Beziehung zu Anglia (England), die sich von der italienischen Geschichte unterscheiden. Am wichtigsten ist die Tatsache, dass sich Anglia niemals von der remanischen Kirche abspaltete. Der Heinrich VIII. von Anglia hatte einen Sohn von seiner Frau Katharina. Er wurde später Eduard VI., starb jedoch jung und ihm folgten seine beiden leiblichen Schwestern, Maria und Elisabeth, die beide kinderlos starben. Etwas wie die anglikanische Kirche gibt es in der talianischen Geschichte nicht.

Talia ist in einiger Hinsicht moderner als Italien, denn es gab bereits im sechzehnten Jahrhundert Strega und Prosecco und man hat Kartoffeln und Tomaten angebaut und Kaffee und Kakao eingeführt. Dafür gab es aber z. B. keinen Tabak.

Kathrin Lange

Herz aus Glas

Juli ist wenig begeistert, die Winterferien auf Martha's Vineyard verbringen zu müssen. Auf der Insel trifft sie den verschlossenen David, dessen Freundin bei einem Sturz von der Klippe ums Leben gekommen ist. Bald erfährt Juli, dass ein Fluch für den Tod weiterer Mädchen verantwortlich sein soll. Eine geisterhafte Stimme beginnt, ihr nachts Warnungen zuzuflüstern. Als sie sich in David verliebt, gerät sie in tödliche Gefahr.

978-3-401-50788-0

Herz in Scherben

Ein Schuss hallt in Davids Kopf wider. Plötzlich ist die Erinnerung da und er weiß nicht, ob sie etwas mit Charlies Tod und den schrecklichen Ereignissen auf Martha's Vineyard zu tun hat. Fünf Monate sind seitdem vergangen, aber nun zieht eine dunkle Ahnung David auf die Insel zurück. Seine Freundin Juli folgt ihm voller Sorge.

978-3-401-50789-7

Herz zu Asche

Charlie ist am Leben! David und Juli können es kaum fassen. Doch das Grauen scheint noch immer kein Ende zu nehmen. Der Geist von Madeleine Bower treibt Juli mehr und mehr in die Verzweiflung, sodass David nur eine Möglichkeit sieht, seine Freundin zu schützen: Er muss sie verlassen. Juli begreift, dass sie ausersehen ist, den Fluch zu brechen ...

978-3-401-50958-7

Jeder Band auch als E-Book erhältlich

Arena

Jeder Band:
Klappenbroschur
www.arena-verlag.de

Kathrin Lange

Die Fabelmacht-Chroniken
Flammende Zeichen

Glaubt Mila an Liebe auf den ersten Blick? Im Zug nach Paris trifft sie einen alten Mann, der ihr diese Frage stellt. Mila ahnt noch nicht, was er längst weiß: Paris wird in ihr eine uralte Fähigkeit wecken. Eine Gabe, mit der sie in ihren Geschichten die Wirklichkeit umschreiben kann. Und tatsächlich, als sie am Bahnhof auf den geheimnisvollen Nicholas trifft, scheint er direkt ihren Geschichten entsprungen. Doch auch Nicholas beherrscht die Gabe der Fabelmacht – und er hat ebenfalls über Mila geschrieben. Ein Kampf der Geschichten um die einzig wahre Liebe entbrennt. Und Mila und Nicholas sind mitten drin.

Arena

Auch als Hörbuch bei Rubikon
und als E-Book erhältlich

416 Seiten • Gebunden
ISBN 978-3-401-60339-1
www.arena-verlag.de

Isabel Abedi

Isola

Zwölf Jugendliche, drei Wochen allein auf einer einsamen Insel vor Rio de Janeiro – als Darsteller eines Films, bei dem nur sie allein die Handlung bestimmen. Doch bald schon wird das paradiesische Idyll für jeden von ihnen zu einer ganz persönlichen Hölle. Und am Ende müssen die Jugendlichen erkennen, dass die Lösung tief in ihnen selbst liegt.

Auch als E-Book erhältlich.
Als Hörbuch bei SILBERFISCH

328 Seiten • Klappenbroschur
ISBN 978-3-401-50892-4
www.arena-verlag.de

Isabel Abedi

Lucian

Immer wieder taucht er in Rebeccas Umgebung auf, der geheimnisvolle Lucian, der keine Vergangenheit hat und keine Erinnerungen. Sein einziger Halt ist Rebecca, von der er jede Nacht träumt. Und auch Rebecca spürt vom ersten Moment an eine Anziehung, die sie sich nicht erklären kann. Aber noch bevor sie erfahren können, welches Geheimnis sie teilen, werden sie getrennt. Mit Folgen, die für beide grausam sind. Denn das, was sie verbindet, ist weit mehr als Liebe.

Auch als E-Book erhältlich

560 Seiten • Klappenbroschur
ISBN 978-3-401-51024-8
www.arena-verlag.de

Rainer Wekwerth

Blink of Time

Sarah Layken flieht vor der Realität – doch vor welcher? Ein Junge will ihr helfen – doch woher weiß er von ihrem Problem? Kein Leben ist wie das andere – doch welches ist das richtige? Um das richtige Leben zu finden, um ihre Liebe wiederzutreffen, um ihren Bruder vor einem Unglück zu bewahren, muss Sarah Layken die gleiche Situation wieder und wieder durchleben. Sie kann sich immer wieder für ein neues Leben entscheiden, aber sie kennt vorher niemals den Preis, den sie dafür bezahlen muss.

Auch als E-Book erhältlich

320 Seiten • Klappenbroschur
ISBN 978-3-401-51009-5
www.arena-verlag.de